거기
눈을
심어라

THERE
PLANT
EYES

거기
눈을
심어라

눈멂의 역사에 관한
개인적이고
문화적인 탐구

M. 리오나 고댕
오숙은 옮김

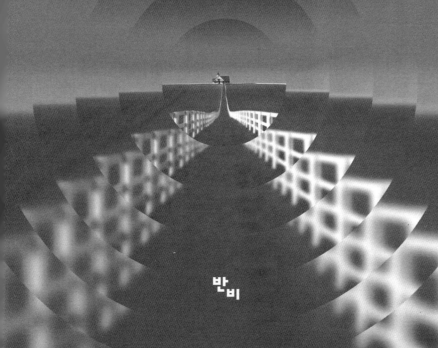

반비

사랑과 감사를 담아 엄마에게
사랑과 추억을 담아 아빠에게

차례

봄과 보지 못함

열 살 무렵의 일이다. 교실 뒷자리에서 칠판의 글씨가 갑자기 보이지 않기 시작했다. 처음에는 안경을 쓰면 해결될 사소한 문제인 줄 알았으나 내 시력은 교정 가능한 게 아니었다. 검안사와 안과 의사의 진료 예약이 연거푸 여러 번 잡혔고, 흰 가운을 입은 남자들은 자신의 무기력함을 감추기 위해 점점 말도 안 되는 설명을 늘어놓기 시작했다. 한 의사는 엄마에게 이렇게 말했다. "따님 눈이 몸에 비해 너무 빠르게 자라고 있습니다." 아니 이렇게 말했던가. "따님 몸이 눈에 비해 너무 빠르게 자라고 있습니다."

샌프란시스코 프리시디오 의료복합단지 외곽에 있는 낡은 단층 건물 안의 여러 안과를 전전하던 끝에, 마침내 엄마와 나는 레터맨 군병원의 으리으리한 위층, 지금은 루커스필름 본사가 있는 곳에서 잘나가던 안과 의사를 만났다. 나는 네덜란드에서 태어나 3년 6개월을 살다가 부모님의 이혼 후 두 분의 고향인 샌프란시스코로 엄마를 따라 왔지만, 공군 장교였던 아빠는 계속 세계 곳곳의 근무지를 옮겨 다니고 있었다. 아빠 덕분에 군인 가족 카드로 혜택을 받을 수 있었으므로, 엄마와 나는 종종 차를 몰고 프리시디오에서 무료 의료 서비스를 받고 그곳 매점에서 저렴한 식료품을 구입하곤 했다.

어린 나로서는 병원 진료나 쇼핑을 그다지 즐기지 않았지만, 지금은 해체된 군기지의 풍경은 아무리 봐도 지루하지 않을 만큼 아름다웠다. 엄마와 내가 녹색 포드차를 타고 통과하던 숲, 삼나무, 소나무, 유칼리나무가 동화 속처럼 우거져 서늘한 어둠을 드리운 그 숲, 골든게이트교의 다홍색 타워 방면으로 샌프란시스코만의 반짝이는 수면을 스치던 바람, 그 다리 근처에서 어른거리다 매일 오후가 되면 우리가 사는 아우터리치먼드까지 밀려와 동네를 뒤덮곤 하던 안개는 내 마음의 눈 속에 간직되어 있다.

고대 그리스인들이 맹목(blindness)*이라고 부르던 부류의 무지가 있다. 유명한 오이디푸스 이야기에서처럼 두려움이나 오만함, 또는 둘 다에서 비롯한 무지인데, 흔히 지성인이라는 사람들이 걸핏하면 이러한 무지를 드러내기로 악명이 높다. 따라서 레터맨 군병원의 잘나가는 안과 의사가 다음처럼 정말 우스꽝스러운 설명, 아니 비난을 한 걸 지금 생각하면 그리 놀랄

---

* '맹목'의 사전적 의미는 '눈이 멀어서 보지 못하는 눈' 혹은 '앞뒤를 가리거나 사리를 판단할 능력이 없는 상태를 이르는 말', '이성을 잃어 적절한 분별이나 판단을 못하는 일'이다.

들어가는 말

일도 아닌 것 같다. "이 아이가 보지 못하게 된 것은 어머님이 아이를 데리고 너무 많은 안과를 다니셨기 때문입니다."

엄마는 좌절감에 눈물을 쏟아내다가 물었다. 마치 그 질문이 애초에 우리의 슬픈 순례의 이유가 아니었다는 듯이 말이다. "그럼 우리 애가 왜 칠판 글씨를 못 보는 거죠?"

웬일인지 이 단순한 질문에 의사는 새롭게 검안경을 다시 들여다보았고, 망막이영양증(retinal dystrophy)으로 인한 시각장애의 시초를 알리는 변색 부분을 발견했다. 망막이영양증은 세포들이 생존에 필요한 영양분을 얻거나 가공하지 못하게 되는 질환이다. 당시 의사들은 그 상태를 망막색소변성증(retinitis pigmentosa, RP)으로 진단했다. 이는 망막이 서서히 닳아 없어져 결국 앞을 못 보게 되는 선천적 퇴행성 질환이다. 이후의 현대 유전학은 어린 시절에 내가 받았던 진단을 거의 무의미하게 만들었는데, 망막변성은 수많은 유전자 돌연변이로 인해 생길 수 있다고 밝혀졌기 때문이다. 망막색소변성증은 망막변성 가운데 가장 잘 알려진 것으로, 한 가족 내의 여러 명에게 드러나기도 한다. 우리 가족 중에서는 내가 유일했고, 나의 유전자 돌연변이는 예외적인 경우로 밝혀졌다.[1]

전형적인 망막색소변성증의 경우 주변부에서 시작되어 시야 안쪽으로 번지지만, 나는 일찍부터 중심부 시야를 잃기 시작하여 열여섯 살 즈음에는 보통 크기의 글자도 읽을 수 없었다. 그래도 어느 정도의 야맹증을 제외하면, 앞으로 몇 년 동안은 지팡이나 안내견의 도움 없이도 걸어 다닐 수 있을 터였다. 나는 결단코 맹인이 아니었다. 시각에 손상이 있을 뿐이었다.

처음 안과 의사들을 찾아다니던 그때 이후로 거의 40년이 지난 지금 나는 앞을 보지 못한다. 그러나 완전한 실명은 아니다. 지금도 가끔은 바깥 세계의 빛이 얼핏 보이곤 한다. 시야 맨 가장자리에 나타나는 아주 밝은 조명등의 불빛, 강렬한 태양이 보내는 햇살 같은 것 말이다.

물론 이 책은 수십 년에 걸친, 노화와 비슷하게 알아채기 힘들 만큼 서서히, 점증적으로, 적응할 시간을 주면서, 솔직히 지루할 정도로 진행된 나의 실명과 나의 삶에 관한 글은 아니다. 하지만 독자들은 지면 곳곳에서 내 이야기를 듣게 될 것이다. 시각장애, 즉 눈멂은 단지 하나의 주제에 그치지 않는다. 눈멂은 하나의 관점이다.[2] 따라서 시력을 잃어가던 그 긴 세월이 있었기에 3000년에 걸친 문학·과학·철학 등의 저작과 자서전을 통해 눈멂의 문화사를 알게 된 건 아니라고 부정한다면 솔직하지 않은 태도이다. 확실히 그 세월 덕분이었다. 반대로 우리의 시각 중심적 세계에서 눈멂에 대해 연구하면서 나는 시각장애인이든 비시각장애인이든 간에 우리의 능력과 장애를 개념화하는 방식에 관해 많은 것을 알게 되었다.

시각 중심주의에서 눈멂이란 문자 그대로 세계를 인식하는 다른 방식일 뿐만 아니라 덜 강렬한 방식을 말한다. 그러나 비유적으로 말할 때, 특히 종교와 문학의 맥락에서 말할 때 눈멂은 우리의 눈이 영적·예술적 초월을 방해할 수 있음을 의미한다. 이는 탁월한 눈먼 시인 존 밀턴(John Milton)이 『실낙원』에서 탐색한 주제인데, 이 책의 제목도 거기에서 가져왔다.

그럴수록 더욱 너, 하늘의 빛이여,

마음속에 빛나고, 마음의 능력 전부를

비춰라, 거기 눈을 심고, 모든 안개를

거기에서 씻어 걷어내라, 인간의 눈에

보이지 않는 것을 내가 보고서 말할 수 있게.[3]

눈멂을 은유적으로 해석해 그 현실과 반대로 받아들일 때, 우리는 눈멂이 어떻게 우리 문화를 온갖 방식으로 형성해왔는지 이해하게 될 것이다. 인간의 시야가 감각 기관에 의해 제한될 수밖에 없음을 고려하면, 눈멂은 완벽한 시야라는 관념에 신빙성을 부여해준다. 눈멂에 대한 우리의 선입견과 가정, 오해를 하나하나 따지면, 우리는 많은 이가 중요하게 여기는 감각을 중심으로 한 서구의 상상력에서 무수한 잔금을 보게 될 것이다. 그래서 나는 처음 시력을 잃기 시작한 이야기로 이 책을 시작하기로 한다. 그 이야기는 문자적 의미의 눈멂과 비유적 의미의 눈멂의 관계를 근사하게 비춰주기 때문이다. 거의 보이지 않던 눈 질환의 시작이 곧바로 의사들에게 마지못해 자신의 무지를 인정하게 했고, 좌절감을 안기면서 헛소리를 늘어놓게 했으니 말이다.

우리의 언어 구조에서 봄(sight), 즉 보는 행위는 떼려야 뗄 수 없이 지식과 이해와 연관되어 있다. 이 연관성은 고대 그리스인들에게서 시작되었다. '보다'를 뜻하는 그리스어 idein에서 '관념'을 뜻하는 idea가 나왔다. '이론'을 뜻하는 영어 단어 theory도 그 뿌리가 비슷한데, 극장(theater)과도 관련이 있는 그 단어는 '살펴보다'를 뜻하는 그리스어 theorein에서 비롯되었다. 그렇다면 봄의 반대 역시 중요한 연관성을 가지는 건 당연하다. 그리스인들은 보는 것이 곧 지식이요, 보지 못하는 것은 곧 무지라는 생각에 상당히 집착했기 때문에, 맹인을 시인(호메로스)이나 예언자(테이레시아스)로 만들어 물리적 시각으로 볼 수 있는 것보다 더욱 소중하고 심오한 초월적 시야를 그들에게 부여했다. 앞을 못 보는 장님 예언자는 특히나 중요해서 하나의 클리셰가 되어왔다. 맹인 캐릭터가 등장하지 않는 과학소설이나 판타지소설은 찾아보기 힘들 것이다. 『듄』 시리즈부터 HBO 드라마 「왕좌의 게임」으로 제작된 『얼음과 불의 노래』까지, 눈멂은 앞을 보는 사람들에게 진실이 무엇인지 보게끔 한다.

한편 blind faith(맹목적 믿음), blind love(맹목적 사랑), blind rage(맹목적 분노), blind drunk(곤드레만드레 취한) 같은 예에서 보듯, 눈멂의 형용사 blind는 수사학적으로 너무 자주 사용되고 있어서 그 단어를 내뱉는 사람조차 이러한 표현의 사용이 실제 시각장애인들에게 끼칠 수 있는 영향을 고려하지 않곤 한다. 수전 손태그(Susan Sontag)는 1978년의 에세이 「은유로서의 질병」에서 "질병은 은유가 아니다. 질병을 가장 정확하게 판단하려면 ─ 그리고 가장 건강하게 아프려면 ─ 은유를 없애야 하며 은유적으로 생각하지 말아야 한다."라고 지적한다.[4]

나는 비록 은유적 사고가 실명에 대한 나의 싸움에 전적으로 불리하다고 생각한 적은 없지만(사실 시각장애인의 자부심을 어느 정도 이해하는 데 도움이 되었다.), 은유는 현실과 균형을 이루어야 한다고 믿는다. 우리는 "그곳의 풍경이 되어온 화려한 은유에 편견이 없는" 비정상의 왕국에서는 "거의 살 수 없"다고 손태그는 질병에 관해 말한다.[5] 눈멂과 관련해서도 그렇게 말할 수 있을 것이다. 이 경우 그 풍경의 조경 작업을 담당한 건 거의 하나같이 비시각장애인들이었다.

눈멂은 문학적 수사로서는 거부할 수 없는 매력을 지닌 것처럼 보이지만, 그만큼 삶의 경험이 가지는 특수성과 다양성을 잃어버렸다. 흔히 말해서 '맹인'은 남달리 순수하거나 초능력을 가진 사람으로 이상화되거나, 아니면 서투르거나 부주의한 사람으로 측은하게 여겨진다. 아마 시각장애인 스스로가 이미지를 만들게끔 허락되는 경우가 드물기 때문인 것 같다. 역설적이게도, 서구 문학의 출발점에 서 있는 호메로스는 웅대한 예외라 할 수 있다.

호르헤 루이스 보르헤스(Jorge Luis Borges)는 자전적 에세이 「눈멂(Blindness)」에서 말한다. "어쩌면 호메로스는 존재하지 않았을지 모른다. 그러나 시는 무엇보다 음악이라고, 시는 무엇보다 리라라고, 시인에게는 시각이 존재할 수도 아닐 수도 있다는 사실을 주장하기 위해서 그리스인들이 그를 맹인으로 상상했다고 믿을 수는 있을 것이다."[6] 보르헤스는 호메로스에서 밀턴, 제임스 조이스(James Joyce)까지, 그리고 (자신을 포함해) 그 너머로까지 눈먼 작가들의 깜짝 놀랄 만한 계보를 추적하면서, "밀턴의 눈멂은 자발적"이었다고 대담하게 주장한다.[7] 아마도 밀턴이 자신의 눈멂을 시인의 표지로 받아들였다는 의미일 것이다. 여기에 더해 나는 이렇게 덧붙이고 싶다. 만약 밀턴이 시력을 잃지 않았다면, 17세기 영국의 불안한 정치 상황이 계속해서 그를 끌어들였을 것이고, 따라서 『실낙원』은 없었을 거라고.[8]

눈먼 음유시인의 계보는 놀랄 만큼 길지만, 눈멂의 은유에 중대한 영향을 끼친 맹인 작가는 그다지 많지 않다. 이유는 독서 대중에게 끌려다니는 출판계가 시각장애 작가들에게 역경 극복의 모델을 따르는 개인적 서사를 기대하기 때문일 것이다. 그 작가들의 생각과 견해가 자서전의 한계 너머까지 아우른다고 해도 상관없다. 이런 관례는 꽤 오랫동안 지속되어왔다. 100년도 훨씬 전인 1908년 헬렌 켈러(Helen Keller)는 『내가 사는 세계(The World I Live in)』 서문에 이렇게 썼다. "모든 책은 어떤 의미에서는 자전적이다. 그러나 자기 기록을 하는 많은 이에게는 적어도 주제 변경이 허용되는 반면에 내가 관세나 우리의 천연자원 보존, 드레퓌스라는 이름을 둘러싼 갈등을 어떻게 생각하는지에 관해선 아무도 관심이 없는 것 같다."[9]

켈러는 당시의 사회 문제에 관해 쓰고 싶은 생각이 간절했지만 편집자는 관심을 두지 않았다. 켈러는 서문에서 이렇게 끝을 낸다. "나에 관한 것이 아닌 주제로 글을 쓸 기회가 생길 때까지 세계는 지식도 정보도 없는 채로 계속 굴러갈 것이며, 나는 나에게 허락된 작은 주제 하나를 가지고 최선을 다할 수밖에 없다."

켈러가 처음 낸 책이자 가장 유명한 책인 『헬렌 켈러 자서전』은 꾸준히 계속 팔리는 반면 『내가 사는 세계』는 절판된 지 오래이다. 그러나 이 두 책 가운데 흥미로운 것은 켈러가 세계를 인식하고 그 안에서 자신이 생각하는 방식을 그대로 묘사한 후자일 것이다. 켈러는 거의 모든 페이지에서 자신의 지각 작용이 타인이 거의 경험하지 못하는 감각에 크게 의존한다는 이유로 진지하게 받아들여지지 않으며, 때로는 의혹까지 사고 있다고 좌절감을 표출했다. "넓고 밝은 시각의 길을 걷는 일부 비평가의 후각이 발달하지 못했다는 이유 하나 때문에, 나를 격려하며 정보를 주고 내 삶을 확장해준 냄새의 감각이 덜 즐겁다고 할 수는 없다. 수줍고 순간적이며 종종 눈에 띄지 않는 감각이 없다면, 그리고 미각·후각·촉각이 주는 확실성이 없다면, 나는 어쩔 수 없이 타인의 우주관을 내 우주관으로 온전히 받아들여야 할 것이다."[10]

이런 좌절감은 켈러의 천진한 자서전에서는 보이지 않는다. 켈러가 20대에 쓴 자서전은 여러 장애인 공동체에서 말하는 이른바 '영감 포르노(inspiration porn)', 즉 비장애인에게 자신이 가진 것에 감사하고, 장애물을 극복하는 씩씩한 개인의 힘을 믿게 만드는 식의 용기와 희망을 주는 이야기의 완벽한 예이다. 『헬렌 켈러 자서전』과 나중에 나온 『기적의 일꾼(The Miracle Worker)』(두 책 모두 연극과 영화로 제작되었다.)에서는 켈러가 병을 앓아 갑자기 어둠과 침묵 속에 빠지게 된 사건과, 교육을 통해 역시 갑자기 빛으로 나오게 된 사건을 중심으로 이야기가 펼쳐진다. 켈러의 삶을 지나치게 단순화한 이들 이야기는 켈러의 어린 시절에서 끝나기 때문에, 대중은 그녀가 어른이 되었음을 잊어버리곤 한다. 다시 말해 영감 포르노는 단순하고 희망적인 결말을 요구한다.

뉴욕대학교 대학원에서 17세기와 18세기 영문학을 공부하던 즈음에 나는 켈러의 길고 역동적인 성인기에 흠뻑 빠졌다. 대학원에 진학하고 몇 년 후에 나는 망원경과 현미경 같은 시각 테크놀로지가 당대 작가에게 끼친 영향을 계속 연구할 수 있도록 논문 보조금을 받았지만, 일정이 없는 시간이 너무 많았다. 나는 학계가 과연 나를 위한 곳인지 고민하기 시작했고, 로어이스트사이드의 공연계 사람들과 어울렸다. 결국 2009년에 박사 학위를 받기는 했지만, 달콤한 종신 교수직에 안착하는 대신 켈러에 관한 희곡 한 편을 써서 무대에 올렸다.

켈러의 삶을 토대로 쓴 「행복의 별(The Star of Happiness)」은 한 여성과 두 목소리가 등장하는 3막극으로, 거의 알려지지 않은 그녀의 보드빌 시절(1920~1924)을 중심으로 다룬다. 이 작품은 켈러의 어린 시절에 관한 희극적 강연으로 시작한다. 즉 『기적의 일꾼』에서 절정을 이루는 장면이 들어가는데, 바로 앤 설리번(Anne Sullivan, '교사')이 켈러의 손바닥에 W-A-T-E-R이라고 쓰는 물 펌프 장면이다. 그 어린아이의 얼굴에 서광이 비치고 음악은 점점 커진다. 종이 울리고 영화는 막바지로 치닫는다. 무대 위에 선 내 뒤에는 메트로골드윈메이어사의 화려한 문장이 "끝"을 알리며 스크린에 투사되고, 1막에서 농담과 은근한 비판으로 나를 괴롭히는 무대 밖의 사악한 목소리가 말한다. "정말 아름다운 이야기야."

나는 무대 위에서 활짝 웃으며 말한다. "그리고 그건 시작일 뿐이야."

사악한 목소리가 대답한다. "아니, 그게 영화의 끝이야."

나는 풀이 죽어 말한다. "하지만 영화가 끝날 때 켈러의 나이는 겨우 일곱 살인걸. 켈러는 여든일곱 살까지 살아."

관객들이 때맞춰 웃어준다. 사악한 목소리가 최후의 일격을 가한다. "켈러는 귀머거리에 벙어리, 장님인데 말을 전달하는 법을 배웠잖아. 더 이상 뭘 원해?"

스포트라이트가 좁혀오고, 나는 『내가 사는 세계』에서 다음과 같이 끝나는 인용구를 읊는다. "나는 나에게 허락된 한 가지 작은 주제를 가지고 최선을 다할 수밖에 없다."

여기서 요점은 아주 분명하다. 켈러를 일곱 살 때의 해피엔딩으로 포장하는 것은 감상적인 어린이책에서 수없이 되풀이된 깔끔한 이야기를 만드는 것과 같고, 켈러의 이야기가 비장애인에게 희망과 감사를 느끼게 해주는 역경 극복의 단순한 문제라는 인상을 준다. 그 이야기는 그녀에게 복잡한 성인기가 있었음을 부정한다. 하지만 이 책에서는 계속해서 성인기의 페이지로 돌아가게 될 것이다.

이 책에서 켈러는 나를 이끌어주는 영혼의 눈먼 길잡이 중하나이다. 이 길잡이는 비시각장애인이 시각장애인에게 너무도 자주 요구하는 영감의 서사를 흐트러뜨리도록 도와줄 것이다. 이런 이야기들은 서구인의 상상 속에서 오래도록 이어진계보를 지니고 있다. 역경을 극복한 인간 승리 장르는 개종이라는 그리스도교적 상징에 뿌리를 두고 있는데, 아마도 성서적 맥락에서 가장 유명한 구절은 다음일 것이다. "한때는 앞을 못 보았으나 지금은 잘 보입니다."

눈멂과 봄(그리고 비유적인 어둠과 빛)은 서구인의 상상 속에서 근본적인 이분법으로 자리 잡고 있지만, 그 이분법은 나의 경험도 아니었고 다른 시각장애인의 경험도 아니다. 사실상 시각장애인 중에서 날 때부터 완전히 보지 못한 사람은 매우 드물다. 더욱이 선천적 시각장애인의 경우에는 대체로 눈멂을 어둠 또는 암흑과 동일시하는 것을 특히 우스꽝스럽게 여긴다. 왜냐하면 어둠이나 암흑은 보통 그 반대의 경험이 있어야만 의미가 있기 때문이다. 지금은 눈먼 나 역시 결코 어둠 속에 살고 있지 않다. 오히려 빛의 폭격을 받는다. 내 시각의 잔여물, 끊임없이 환각을 유발하는[11] 맥동하는 화소 같은 눈가루가 실제로 밤 같은 어둠을 경험하지 않도록 해주는데, 이는 나만의 경험이 아니다.

"맹인 또는 적어도 이 맹인 남자가 보지 못하는 색상 중 하나가 검정이다. 또 다른 색은 빨강이다." 보르헤스는 「눈멂」에서 설명한다. "완전한 어둠 속에서 잠자는 데 익숙한 나로서는 이 안개의 세계에서 자야 한다는 게 오랫동안 괴로웠다. 파르라니 희미하게 빛나는, 또는 푸르스름한 안갯속 세계, 이것이 맹인의 세계이다." 윌리엄 셰익스피어(William Shakespeare)는 "눈먼 자들이 보는 어둠을 바라보며"라고 표현했지만, 비시각장애인이 종종 시각장애인의 상태를 가정하며 상상하는 눈먼 밤(blind night)은 전혀 사실이 아니다. 아니 적어도 보편적인 사실은 아니다. 보르헤스의 말처럼, "만약 우리가 어둠을 암흑으로 이해한다면, 셰익스피어는 틀렸다."[12]

　내 질병의 궤적은 봄과 눈멂의 스펙트럼에서 거의 모든 단계를 거쳐왔다. 은유적으로든 문자 그대로의 의미에서든 그 스펙트럼은 이 책에서 내가 봄과 눈멂의 이분법에 대해 훨씬 더 진실하고 흥미로운 대안으로 이야기하고자 하는 것이다. 현실에서 눈멂이란 불완전하고 얼룩덜룩하고 악화하는 중이며 우발적이다. 다음에 이어지는 글에서, 나의 삶과 타인의 삶에서, 그리고 예술과 철학, 과학이 재현한 눈멂에서 얻은 사례를 통해 우리는 앞을 보거나 보지 못함의 개념을 따르는 상징과 관념을 흩트릴 수 있을 것이다.

　이 책 막바지에 다다랐을 때쯤에는, 비시각장애인이든 시각장애인이든 간에 독자들에게 우리의 역사나 우리의 이야기가 얼마나 밀접하게 연관되어 있는지, 우리가 얼마나 서로에게 인간적 이해를 의지하고 있는지 보여주고 싶다. 은유적이고 문자 그대로의 눈멂과 봄의 복잡성을 따라가면서, 문자 그대로 눈먼 사람들과 그렇지 않은 사람들 사이의 장벽이 얼마나 얄팍한지도 보여주고 싶다. 이 책은 우리 문화에 만연한 시각 중심주의를 조금씩 벗겨내고, 감각의 차이를 수용하는 사회 정의의 공간을 열어젖히고, 보는 것과 보지 못하는 것, 눈멂과 봄, 어둠과 밝음 사이에 놓인 얼룩덜룩하고 광활한 지대를 찬양하고자 한다.

1

$$[\ 호메로스의\\ 눈먼\ 음유시인\ ]$$

　호메로스는 서구 문학에서 가장 오래된 두 작품인 『일리아스』와 『오디세이아』의 저자로 알려져 있다. 호메로스는 눈먼 음유시인의 전통을 세우는 데 큰 역할을 했지만, 그와 그의 삶에 관해서 알려진 것이 거의 없어 대다수의 학자는 눈먼 그를 전설상의 인물이라고 믿기도 한다. 호메로스에 관해 우리에게 전해진 이야기 대부분은 그가 살았다고 알려진 때로부터 수백 년 후에 나왔으며, 그가 장님이라는 사실에 대해서는 심지어 고대인들도 회의적이었다. 고대 그리스 말기의 철학자 프로클로스(Proclos)는 『호메로스 전기(*Life of Homer*)』에서, 그런 의구심을 일종의 경구로 간결하게 표현했다. "호메로스가 장님이었다고 말하는 사람은 내가 보기에 정신적으로 장님이다. 호메로스는 그 어느 인간보다 더 또렷하게 보았기 때문이다."[1]

　비록 이런 식의 시각 중심주의(눈이 안 보이는 사람이 어떻게 보이는 세계에 관해 명쾌하게 말할 수 있단 말인가?)는 훗날 밀턴부터 켈러까지 나머지 눈먼 작가에게까지 메아리치지만, 호메로스가 장님이었다는 생각은 변함없이 이어졌다.

호메로스 하면 떠오르는 위대한 서사시 두 편은 아마 기원전 8세기에서 7세기 사이에 지어졌을 것이다. 각각 트로이 전쟁 도중(『일리아스』)과 이후(『오디세이아』)의 사건을 다루고 있는데, 역사적으로 트로이 전쟁은 그보다 수백 년 전인 아득한 영웅시대의 일이었다. 우리에게 전해지는 이 두 편의 서사시는 수많은 음유시인이 수많은 판본으로 노래한 옛 전설과 이야기를 섞어 짠 일종의 태피스트리로, 그중 일부가 호메로스라는 저자의 이름으로 체계화되었다고 이해해야 할 것이다.

서구 문학 속 눈먼 음유시인의 전통은 호메로스의 이야기나 전기가 아니라 『오디세이아』 작품 자체에서 유래했다. 오디세우스가 알키노스 왕의 궁전에서 눈먼 음유시인 데모도코스(Demodocos)를 만난 그 순간은 다소 초월적으로 느껴진다. 『오디세이아』에 등장하는 이 허구의 눈먼 음유시인은 전설적인 눈먼 작가 호메로스를 대신한다. "그때 전령이 소중한 가인을 데리고 왔다. / 뮤즈 여신은 가인을 사랑하시어 좋은 것과 나쁜 것 두 가지를 그에게 주셨으니 / 그에게서 시력을 빼앗고 달콤한 노래를 주셨던 것이다."[2]

이 부분은 에밀리 윌슨(Emily Wilson)의 2018년 『오디세이아』 번역본에서 가져왔다. 이 유명한 장면은 서구 문화에서 계속해서 반복한 관념을 제시한다. 시적 재능은 물리적 시각 결핍에 대한 보상이라는 것이다. 시각 결핍과 시적 재능 모두 신에게서 나온다. 위대한 서사시의 서두마다 뮤즈에 대한 기도가 그 시인의 감수성을 선언하는데, 그 감수성은 눈이 아닌 귀의 문제이다. 시인은 뮤즈에게 보여달라고 호소하지 않는다. 대신에 들려달라고 호소한다. "말씀해주소서, 뮤즈 여신이여!"

고등학교 1학년 때 처음 『오디세이아』를 읽은, 아니 읽기를 시도한 기억이 있다. 그러나 그때는 시력이 안 좋아져 그다지 많이 읽지 못했다. 내 눈앞에 펼쳐진 건 끝없는 네모난 텍스트의 덩어리들이었고(아마도 고등학생용으로 만든 산문 판본이었나 보다.), 겨우 몇 페이지를 읽는 데 몇 시간이 걸린 나머지(단어들이 눈앞에서 흩어지는 바람에 거의 해독이 불가능했다.) 나는 도저히 다 읽었다고는 할 수 없는 상태에서 과제물을 쓰기로 했다. 그 과제에서 난생처음으로 D를 받았고 정말 참담했다. 영어 우등생이자 한때 열혈 책벌레였던 나는 나의 실패를 선생님 탓으로 돌렸고 선생님을 미워했다. 내가 『오디세이아』를 끝까지 완독하게 된 건 여러 해가 지난 후, 캘리포니아대학교 샌타크루즈 캠퍼스에서 그리스어와 라틴어를 공부하면서였다. 삼나무 숲과 마리화나로 유명한 학교의 고전 전공자라는 기이한 존재였던 나는 그제야 비로소 온갖 복잡성과 모순 속에 놓인 눈멂을 처음 알아보기 시작했다.

사실, 눈멂이 그저 내 미래의 재앙이 아니라 하나의 문화적 현상이기도 함을 처음으로 깨닫게 해준 사람은 장애 학생 서비스 프로그램에서 과외비를 받고 나에게 특별 과외를 해주는 나의 그리스어·라틴어 개인 교사였다. 그가 물었다. "고대인들이 맹인을 시인이나 예언자로 숭배했다는 거 알아요?"

물론 그때쯤 나는 호메로스를 알고 있었지만, 그 눈먼 음유시인이 나와 무슨 관계가 있을 수 있는지 제대로 생각해본 적이 없었다. 집에서는 나의 CCTV(나의 그리스어와 라틴어 텍스트를 1인치 크기 글자로 보여주는 17인치 모니터가 포함된 거추장스러운 확대 장치)를 만지작거리고, 학교에서는 40포인트 크기로 인쇄된 단락의 두툼한 꾸러미(그래도 여전히 읽기 힘들었지만, 수업을 따라가는 데는 도움이 되었다.)를 들고 다녔으므로, 어쨌거나 나는 시인이나 예언자 같은 느낌은 들지 않았다. 확실히 나는 『오디세이아』에 제시되어 있고 서구 문학에서 계속 되풀이되었던 그 보상적 힘을 느끼지 못했다. 개인 교사의 그 말이 계기가 되어 내가 눈멂의 현실에 반대되는 은유적 눈멂을 해석하게 될 줄은 그때는 미처 몰랐다. 그러나 나는 은유적 유형의 이 다른 눈멂이 어쨌거나 약간의 보상이 되리라고 어렴풋이 느끼고 있었다. 은유적 눈멂과 나를 동일시함으로써 내가 사춘기 내내 느꼈던 극심한 수치심을 누그러뜨리게 될 거라고 말이다.

열두 살 무렵부터 시각 손상과 관련해 내가 자주 느꼈던 감정이 바로 수치심이었기 때문이다. 내가 해낼 수 없는 일로 인한 수치심, 사람의 얼굴을 알아보지 못한다는 수치심, 도로 표지판을 보지 못한다는 수치심, 무엇보다 글을 읽지 못한다는 수치심. 만약 내가 다른 부류의 친구를 둔 다른 부류의 아이였다면, 캐치볼을 못한다는 이유로 낙담했을 것이다. 확실히 시력이 나빠서 놀지 못했던 시절도 있었다. 그러나 내 친구들은 대체로 담배를 피우고, 술을 마시고, 예술을 하고, 책을 읽고, 레코드점과 서점을 문턱이 닳도록 드나드는 부류였다. 나는 그들을 따라 샌프란시스코 클레먼트가의 중고 서점인 그린애플 주변에서 정말 많은 시간을 보내면서, 사방에서 느껴지는 오래된 종이의 친숙한 냄새를 들이마시고, 내가 알아볼 만큼 충분히 큰 어떤 단어, 이를테면 제목이나 저자 이름이 있지는 않을까, 그래서 잘하면 그걸 사서 자랑할 수도 있지 않을까 기대하며 꼼꼼히 책 표지를 살피곤 했다.

그 후로도 몇 년 동안 나는 아주 큰 글자 정도는 아직 읽을 수 있었고, 표지를 보고 내 책을 알아볼 수 있었다. 그러나 고등학교 2학년이 되자, 인쇄된 지면은 나에게는 그저 검은 잉크로 찍힌 장식적인 줄에 지나지 않았다. 단어 모양이 춤추는 것은 볼 수 있었지만, 아주 크게 확대하지 않으면 아무리 실눈을 뜨고 책장을 눈앞에 가져가더라도 단 한 단어도 읽을 수 없었다.

고등학교 시절 CCTV와 음성 출력 컴퓨터, 나중에는 점자 디스플레이까지, 오늘날 디지털 서적을 이용할 수 있도록 해준 온갖 테크놀로지를 알기 전, 심지어는 열여덟 살 때 오디오북을 알기도 전의 내가 『오디세이아』를 읽을 수 없었다는 사실은 눈먼 호메로스 전통의 핵심에 있는 아이러니를 보여준다. 『일리아스』와 『오디세이아』라고 전해지는 책들은 먼 옛날 구전되던 것을 글로 옮겨 적은 텍스트이다. 문자가 구술 전통을 지배하면서, 눈먼 작가는 고사하고 눈먼 독자가 존재하기는 거의 불가능해졌다. 이런 현실은 18세기와 19세기에 돋음 문자에 이어 점자가 발명될 때까지 이어졌다. 그러나 그 이후로도 눈먼 작가가 사업 도구(다른 작가의 작품과 글쓰기 수단)를 얻기란 결코 쉽지 않았다.

"정말입니다." 보르헤스는 세상을 뜨기 1년 전, 한 인터뷰에서 이렇게 단언했다. "눈멂의 장점은 크게 과장되어왔어요. 만약 내가 볼 수 있다면, 한 발짝도 밖으로 나가지 않고 나를 둘러싼 수많은 책을 읽으며 집 안에서 지낼 겁니다. 이제 그 책들은 내게는 아이슬란드만큼이나 멀리 떨어져 있죠. 그래도 아이슬란드에는 두 번이나 가봤지만, 내 책에는 영원히 가닿지 못할 거예요."[3]

이 말이 가슴 아프다. 더구나 한때 아르헨티나국립도서관 관장을 지냈고 난해하게 빚어낸 서적 지향적 이야기 「바벨의 도서관」을 쓴 사람에게서 나온 말이라니 더욱 가슴이 저린다. 그러나 한편으로는 놀라우면서 기묘한데, 이 말이 읽는 능력을 상실한 후에도 오래도록 화려한 경력을 누렸던 사람에게서 나왔기 때문이다. 설사 눈멂의 장점에 관한 보고서가 실제로 과장되어왔다 해도 보르헤스 자신은 결백하지 않다. 그는 에세이 「눈멂」에서 설명한다. "눈멂은 내게 완전한 불행은 아니었다. 눈멂을 동정의 눈으로 보아서는 안 될 것이다. 삶의 한 방식, 삶의 스타일일 뿐이다."[4] 이 말을 옮기고 보니 장애 문화(disability culture)를 구체화하는 데 이바지한 배우이자 극작가 닐 마커스(Neil Marcus)의 구호가 생각난다. "장애는 용감한 투쟁도 아니요 '역경에 맞선 용기'도 아니다. 장애는 하나의 기예(art)이다."

보르헤스는 "맹인이 된다는 것에는 장점이 있다."라고 단언함으로써 이런 생각의 맥락을 이어나가고, "어느 정도의 거짓과 어느 정도의 오만함으로 『어둠을 찬양하며(In Praise of Darkness)』라고 제목을 붙인" 또 다른 책을 포함해 많은 재능으로써 그 장점을 인정한다. 이어서 그는 "이제 나머지 사례, 빛나는 사례를 이야기"한다. 그는 "시와 눈멂의 우정을 보여주는 확실한 예이자 가장 위대한 시인이라 불리는 인물인 호메로스"로 시작해서 "눈멂은 자발적"이었다는 밀턴과 "영어에 새로운 음악을 안겨준" 조이스 등 우리가 이 책에서 만나게 될 인물을 언급한다.[5]

그러나 보르헤스는 그에게 길을 보여준 뛰어난 선구자가 있음에도 불구하고, 눈멂이 자신의 글쓰기에는 불리하게 작용했음을 다른 지면에서 고백한다. 1968년의 한 인터뷰에서 작가 리처드 버긴(Richard Burgin)은 보르헤스에게 말한다. "물론 선생님은 눈이 보이지 않아서 글쓰기가 훨씬 더 힘들었겠죠."

그러자 보르헤스가 답한다. "그건 어렵다기보다는 불가능해요. 내가 쓰는 글은 짧은 소품에 한정되어 있어요. 맞아요, 내가 쓴 글을 검토해야 하기 때문이죠. 내가 쓴 글이 매우 미심쩍어서요. …… 그래서 소네트나 한두 페이지 분량의 이야기를 쓰는 거죠."[6]

밀턴은 서사시 『실낙원』을 받아쓰고 수정해줄 대필자를 여러 명 둔 것으로 유명하지만, 보르헤스는 자신이 쓰는 글과 쓰는 방식에 눈멂이 영향을 끼치도록 용납하는 듯하다. 그는 왜 더 긴 글을 소리 내어 읽어줄 조수를 두지 않았을까? 그리고 왜 필요한 수정 작업을 조수와 함께 하지 않았을까? 이 점이 내게는 수수께끼로 남아 있다. 대학을 마칠 즈음 내게는 음성 출력이 가능한 컴퓨터가 있었지만, 종종 책 여백에 교수들의 말을 끼적거리느라 끙끙대야 했다. 논문을 쓰는 동안에는 수정본

속의 악필을 차근차근 읽어줄 인간 대독자를 마음껏 이용했다. 지금은 스크린 리더로 워드 프로세서의 코멘트를 읽을 수 있으며, 글쓰기 작업을 할 때는 대부분의 작가도 이용하는 일반적인 도움 이상은 전혀 필요하지 않다. 한 가지 예외가 있다면, 내 삶의 파트너이자 비시각장애인 앨러배스터 럼이 서식 설정에서의 작은 실수를 눈으로 보면서 체크해주는 게 전부이다.

나는 우리 시각장애인 작가들이 모두 똑같지는 않다는 사실을 되새기면서 보르헤스의 행로를 설명할 수밖에 없다. 게다가 허세와 불안, 자랑과 변명 사이를 정신없이 오가는 그 모습에서 알 수 있듯이, 설사 눈멂의 현실성을 다루기가 너무 힘들게 느껴질 때조차도, 눈멂의 은유가 어떻게 위안을 제공하는지 보르헤스는 분명히 보여준다.

눈멂에 대해 모순된 감정을 품는 건 시각장애인만의 문제가 아니다. 비시각장애인 또한 마찬가지이다. 어쩌면 그들이 더욱더 강렬하게 느낄지도 모른다. 내가 이 책에서 붙잡고 싸우고 싶은 것은 우리의 시각 중심적 문화가 한편으로는 극찬하면서 한편으로는 묵살해버리는 눈멂의 개념이다. 눈먼 사람은 신과 대화하는 사람이거나, 아니면 아주 간단한 일조차 해내지 못하는 사람이다. 찬양은 때로 비웃음을 누그러뜨린다. 그러나 그리스의 여러 비극에서 운명을 예언하는 눈먼 예언자 테이레시아스의 경우에서 보듯이, 비시각장애인들은 문자 그대로 눈먼 사람이 그들의 은유적 눈멂을 지적하는 순간 곧바로 비웃기 시작할 것이다.

지금 우리가 있는 곳은 눈먼 음유시인이라는 보상적 구조의 행복한 영역 안이다. 여기서 비장애인들은 노래라는 선물에 보답하고자 도움의 손길을 내민다. 『오디세이아』에서 눈먼 시인 데모도코스가 장애가 있음에도 얼마나 존경을 받았는지 다음을 보자.

> 전령은 은못을 박은 의자 하나를
> 손님들 한가운데에, 키 큰 기둥에다 기대 세워놓더니
> 시인의 머리 위쪽에 있는 못에 시인의 리라를 걸어놓고는
> 어떻게 하면 그것을 잡을 수 있는지 일러주었다.
> 그런 다음 그의 옆에 식탁을 차리고
> 빵 바구니와 마음 내키면 마시도록
> 포도주 잔도 갖다놓았다.[7]

눈먼 시인이 음식과 술을 먹고 흡족해지자 뮤즈 여신은 그를 부추겨 "유명한 행적들, / 그 명성이 하늘에 닿았던 이야기 한 편을 노래하게" 한다. 시인이 오디세우스와 아킬레우스에 관한 노래를 부르자, 오디세우스는 트로이에서 죽은 친구를 하나하나 떠올리며 눈물을 흘린다. 그를 접대하는 주인(동시에 데모도코스의 고용인)인 알키노스 왕은 오디세우스의 눈물을 보더니 모든 이를 밖으로 내보내 경기를 하도록 하고, 시인은 다른 종류의 노래를 부른다. 데모도코스는 이야기꾼이기도 하지만, 사람들을 춤추게 하는 음악가이기도 하다.

전령이 데모도코스에게 리라를 건넸다.

데모도코스가 한가운데로 걸어가자,

춤에 능한 젊은이들이 그를 에워싸고는 바닥을 구르며

현란한 발 솜씨로 신성한 춤을 추었다. [8]

여기서 데모도코스는 현대인에게 훨씬 친근하게 느껴질 모습으로 등장한다. 인기 있는 시각장애 싱어송라이터라고 할까? 그는 레이 찰스(Ray Charles)나 스티비 원더(Stevie Wonder) 같은 재능 있는 음악가와 크게 다르지 않다. 음악은 시대를 막론하고 그 방면에 재능 있는 시각장애인에게 일자리를 제공해 왔지만, 오디세우스 시대에 시인과 가수는 동의어였다. 보르헤스의 말처럼, 호메로스의 눈멂은 시가 음악적 예술이라는 관념과 온전히 관련이 있으며, 데모도코스와 오디세우스의 시대야말로 바로 그런 시대였다.

데모도코스라는 인물은 호메로스를 맹인으로 보는 관념에 아주 중대한 토대가 되었다. 그러나 이 경우 눈멂은 『일리아스』와 『오디세이아』를 지었다고 믿어지는 사람에 관해서보다 우리가 시각을 선호하고 또 의심한다는 사실에 관해 더 많은 것을 말해준다. 사실 그 전설과 노래 조각을 한데 모으고 글로 체계화한 작가 또는 작가들이 맹인이었을 가능성은 별로 없다. 아마도 눈먼 시인이 잘나가던 때는 문자 문화가 아닌 구전 문화 시기였을 것이다. 일부에서 주장하듯, 호메로스는 아마도 노래하는 방랑 시인, 문자에 밀려서 그 이빨을 잃어버린 구전 문화의 가장 유명한 대표자라고 할 수 있을 것이다. 그러나 윌슨이 그 번역본 서문에서 제기했듯이 구전 문화의 조달업자와

(문자 문화 기반의) 문해력[9]의 실행자 사이의 관계는 수수께끼로 남아 있다. 이 수수께끼가 많은 학문적 담론을 부채질했던 이른바 호메로스 문제이다.

『오디세이아』가 한 사람의 작품이라고 주장하는 학자들이 있다. 그 사람이 구술 전통에 친숙했고, 나중에 글을 익혀 그것을 서사시로 옮겨 썼다는 것이다. 그게 아니라면, 그 서사시는 집단 창작일 수도 있을 것이다. 여러 명의 구술 시인이 저마다의 조각을 가지고 모여서 그들의 입말을 지워지지 않을 글로 옮겼을 수 있다. 그렇다면 최종 작품을 글로 쓴 필경사와의 관계, 그리고 그들의 영향을 둘러싼 새로운 질문이 생긴다. 그 필경사들은 전적으로 수동적이었을까, 아니면 그 노래를 새로운 기록 형태에 좀 더 어울리게 바꾸는 데 일조했을까? 사실 윌슨이 번역본 서문에서 유쾌하게 주장했듯이 "확실한 증거나 타임머신이 전혀 없는 상태에서, 이 여러 가지 가능성 사이에서 판결을 내리기는 쉽지 않다."[10]

내 생각에 우리가 확실하게 주장할 수 있는 것은, 만약 호메로스가 그의 작품이라 일컬어지는 시를 쓴 저자라면 그는 맹인이 아니었다는 것, 그리고 만약 데모도코스처럼 그 시대의 귀족 남녀를 즐겁게 해주던 눈먼 호메로스가 **있었다면**, 오늘날 우리가 아는 『오디세이아』와 『일리아스』의 텍스트는 호메로스가 노래하던 형태가 아니라는 것이다. 그러기에는 텍스트가 지나치게 길기 때문이다.

어쩌면 그동안 호메로스가 맹인이라는 믿음을 꾸준히 퍼뜨렸던 것은 자서전을 픽션에 주입하려는 독자들의 해묵은 열망일지도 모른다. 설사 우리가 학교에서 호메로스가 한 인물이라기보다는 하나의 관념이라고 배운다고 해도, 시각장애인들에게, 특히 시각장애인 작가들에게 호메로스라는 이름은 일종의 부적 같은 마력을 지니고 있다. 그리고 대부분의 사람은 호메로스를 전형적인 눈먼 작가로 여기는 것 같다. 예를 들어 호메로스는 위키피디아 '시각장애인 목록'에서 작가 부문의 맨 위에 올라 있다.[11] 정작 호메로스 항목의 도입부에서는 그의 존재가 전설일 뿐이라고 분명히 밝히고 있는데도 말이다. 이는 서구 문학의 대서사시를 지은 수수께끼의 저자에 관해 우리가 아는 지식도 눈먼 시인의 막강한 이미지에는 비교할 바가 못된다는 사실을 말해준다. 왜일까?

달리 말해서, 우리의 상상 속에서 눈멂은 왜 예술적 창조와 연결되어 있을까? 현대와 같은 시각 중심주의 문화에서 눈멂은 고대 그리스와 마찬가지로 어떻게 그런 (은유적) 힘을 지니고 있을까? 앞으로 계속 보게 되겠지만, 눈먼 음유시인은 고전 그리스 연극에서는 비극적 주인공의 은유적 눈멂을 지적하는 눈먼 예언자로 변신 또는 분리된다. 그리고 소크라테스 철학은 시각과 관련해 역설적 태도를 보이면서, 시각은 불필요한 주의 산만을 유발함으로써 명쾌한 사고를 실제로 위협한다고 주장한다. 그리고 감히 말하건대 우리는 앞으로, 눈멂의 이 두 가지 측면은 보이지 않는 (영적) 진실을 보는 것과 관련해 시각의 위험성을 말해준다는 것을 보게 될 것이다.

눈멂을 예술적·철학적·영적 초월과 결부한 서구 문화는 호메로스 시대 이후 수많은 눈먼 길잡이를 계속 만들어왔다.

2000년에 출간된 마크 대니얼레프스키(Mark Danielewski)의 소설『나뭇잎의 집(House of Leaves)』을 예로 들어보자. 집착과 영화 같은 공포를 그린 이 소설은 다양한 수준에서 눈먼 음유시인을 상기시킨다. 호메로스, 밀턴, 보르헤스 등이 그 소설 속 맹인 길잡이 잠파노라는 인물에 영감을 준 듯하다.『나뭇잎의 집』은 비시각장애인 저자가 아마도 비시각장애인 독자들을 상대로 시각장애 인물을 그려낼 때 어디까지 가게 되는지 보여주는 완벽한 예로 보이는데, 이런 지적이 부적절하지는 않을 것이다. 커졌다 작아졌다 하는 여러 가지 글자 크기, 여러 가지 색의 인쇄, 정신없이 반복되는 단어들이나 줄을 그어 지운 구절들, 한 단어나 두 단어만 있는 페이지들, 시각장애인이 이 소설을 적어도 저자가 의도한 대로 읽기는 사실상 불가능하다.

나는 몇 년 전 대니얼레프스키의 강렬한 걸작을 읽고 완전히 매료되었다. 또한 전자책 청취자로서 내가 놓쳤던 것이 얼마나 많은지 나중에 알고는 큰 충격을 받았다.(너무도 분명한 이유 때문이겠지만, 오디오북 상품은 없는 것 같았고, 그보다는 덜 분명한 이유 때문인지 전자책 상품[12] 역시 없었다.) 나는 그 소설을 다시 읽을 때면 반드시 종이책을 함께 들고서, 특정 페이지가 나오면 앨러배스터에게 그 페이지의 모양을 확인하게 한다. 그러나 설명이 없을 때는 그에게 무엇을 찾아봐달라고 해야 할지 잘 모를 때가 있다. 한번은 그가 무심하게 그 소설 책장을 넘길 때 그에게 페이지들에서 뭐가 보이냐고 물었더니 그가 갑자기 말했다. "이 페이지에 점자가 있어!" 나는 전혀 몰랐다. 바로 시각적인 점자였다.[13]

『나뭇잎의 집』에서 잠파노(상대적으로 비중이 적은 맹인 등장인물로 본격적인 사건이 시작되기 전에 죽는다.)는 두 주인공과 묘한 관계에 있다. 조니 트루언트는 그 맹인의 트렁크를 물려받은 불운한 상속자이며, 윌 네이비드슨(표면적으로는 그의 집에 둘러싸인, 어둡고 헤아릴 수 없는 무한을 기록하는 영화감독)은 맹인이 상상으로 지어낸 인물이다. 말로만 존재하는 영화(그리고 그에 따르는 비평의 상당 부분)를 만드는 필기광적인 맹인 영화 창작자라는 아이러니, 조니는 도무지 그것을 이해하지 못한다. 조니는 전 세입자가 살던 아파트를 살피면서 "이 이상하고 창백한 책들"과 "아파트 전체에 망할 전구 하나도, 심지어 냉장고 안에도 전구가 없다는 사실"에 의아해하던 중에 이상한 진실을 발견한다. "물론 그것은 잠파노의 가장 아이러니한 몸짓이었다. 상심한 자가 쓴 사랑에 대한 사랑, 죽은 자가 쓴 삶에 대한 사랑, 빛과 영화, 사진에 관한 이 모든 언어, 그리고 그는 50대 중반 이후 아무것도 보지 못했다."

조니는 이렇게 결론짓는다. "그는 박쥐처럼 눈이 멀었군." 시각장애인을 폄훼하면서 사용되는 온갖 상투어 가운데서도 이것은 가장 부적절해 보인다. 하지만 우리는 한 청년이 어둠으로의 여행을 막 시작하다 깜짝 놀라서 그런 부정확한 말을 썼으려니 가정하고 그냥 넘어가기로 하자.[14]

눈먼 길잡이는 어쩌면 눈먼 시인만큼이나 오래된 이미지이며, 보통은 예언자의 가면을 쓰고 등장한다. 앞으로 보겠지만, 그 이미지에는 전혀 다른 일련의 연관성이 포함되어 있다. 그렇더라도 눈먼 시인과 눈먼 예언자는 중요한 특징을 공유한

호메로스의 눈먼 음유시인

다. 대체로 그들은 자신이 등장하는 이야기의 주인공이 아니다. 위대한 눈먼 음유시인의 신화가 만들어지는 동안에도, 맹인은 앞을 보는 주인공의 조력자나 조수라는 관념이 빚어진다.

알키노스 왕의 손님을 흥에 겨워 춤추게 만든 데모도코스의 노래가 끝나자, 파티를 즐기던 사람들과 음유시인은 커다란 홀로 돌아간다. 거기에서 '뛰어난 지략가' 오디세우스는 그 눈먼 음유시인에게 이기적인 요청을 하고 칭찬하며 부추긴다. "훌륭하군요, 데모도코스여! 나는 모든 인간 중에서 그대를 가장 찬양하오."[15] 그는 또 데모도코스에게 자기 접시의 맛난 고기를 내밀고, "목마에 관하여 노래하"도록 청한다. 어쨌거나 목마 이야기는 오디세우스의 업적에 관한 것이므로, 자신을 돋보이게 하기 위함이다. "오디세우스는 목마에 도시를 함락할 남자들을 가득 채우고서 그것을 성채로 몰고 갔지요." 그는 이렇게 마무리한다. "만약 그대가 있었던 일을 제대로 이야기할 수 있다면, 나는 신께서 그대에게 신적인 노래를 선사하셨다고 알릴 것이오."[16]

오디세우스는 자신에 관한 노래를 부탁하고, 자주 그러듯 눈먼 음유시인은 맹인의 눈을 통해, 아니 입을 통해 자기 자신을 보고 싶고 알고 싶어 하는 비장애인의 욕구에 부응한다. 이 경우 그 욕구는 매우 현실적으로 보인다. 『오디세이아』에서 이 장면은 오디세우스가 그 궁정에서 자신의 정체를 밝히기 직전의 일이다. 그다음 오디세우스는 네 권(9~12권)에 걸쳐 자신이 겪은 놀라운 이야기를 직접 들려주면서, 빈털터리가 되어 헐벗은 채 알키노스 왕과 파이아케스인들의 해안까지 떠밀려 오게 된 사연을 소개한다. 그 사연은『오디세이아』에서 가장 기억할 만하다. 키르케가 그의 부하들을 돼지로 만들어버린 이야기, 스킬라와 카리브디스, 로토파고스족을 만난 이야기, 지하 세계로의 여행, 키클롭스족 폴리페모스의 눈이 멀게 된 이야기까지. 오디세우스는 사실상 화려하고 놀라운 자신의 이야기를 펼치기 위해 눈먼 시인에게 무대를 준비하라고 요구한 것이다.

따라서 나는 오디세우스를 비난하고 싶어진다. 거의 3000년간 이어진 서구 문학사에서, 눈먼 인물은 비시각장애인 주인공의 중요성, 심지어 그 존재를 묘사하는 임무를 맡은 난감한 처지가 되었기 때문이다. 눈먼 음유시인과 눈먼 예언자, 그리고 나머지 수많은 전형적인 맹인은 자신이 등장하는 이야기에서 주인공인 법이 없다. 전설적인 호메로스를 예외로 하면, 이런 곤란함은 눈먼 등장인물이 눈먼 작가에 의해 그려지는 경우가 극히 드물다는 사실과 관련 있다고 이해할 수 있을 것이다. 그렇다고 해도 눈먼 등장인물이 왜 그렇게 흔한지는 설명되지 않는다. 앞으로 문학적 눈멂을 계속 살펴보는 동안, 우리는 비시각장애인 독자와 청중에게 중요한 것은 눈먼 사람의 경험이 아니라 눈멂이라는 관념 자체임을 알게 될 것이다.

이 책에서는 눈이 보이는 주인공의 흔들리는 마음을 묘사하거나 드러내는 눈먼 인물의 능력에 관한 사례를 많이 들 것이다. 그러나 그 현상이 가장 간결하게 사용된(또는 남용된) 부분은 질리언 플린(Gillian Flynn)의 2006년 소설『몸을 긋는 소녀』에 나오는 다음의 짧은 (임의의) 대목이다. 여기서 길거리의 낯선 시각장애인은 주인공 카밀에게 그녀 자신의 존재를 확인시킨다.

언젠가 시카고의 어느 추운 날 모퉁이에서 신호등이 바뀌기를 기다리며 서 있을 때였다. 한 시각장애인이 지팡이를 딱딱거리며 다가왔다. **여기가 무슨 교차로요?** 그가 물었다. 내가 대답하지 않자 그가 내 쪽으로 고개를 돌리고 말했다. **거기 누구 없어요?**

저 여기 있어요. 내가 말했다. 그런데 그 말이 충격적일 만큼 위안을 주었다. 나는 공황에 빠질 때면 소리 내어 그 말을 중얼거린다. **저 여기 있어요.** [17]

전형적인 주인공 옆에 눈먼 음유시인의 형상이 있다는 사실은 수많은 책과 영화, 텔레비전 프로그램 등에서 우리가 씨름해야 할 눈멂이 왜 그렇게 많은지를 부분적으로나마 설명해준다. 호메로스의 눈먼 음유시인은 『오디세이아』에서 소소한 역할을 하지만, 그가 문학 속 맹인의 역할에 미친 영향은 플린의 소설 속에서 지나가던 시각장애인이 보여주듯 완전히 굳어졌다.

『오디세이아』에는 눈먼 음유시인 데모도코스 외에도 또 다른 눈먼 인물이 한 명 있다. 오래 지속되어온 관련 유형을 비슷하게 대표하는 그가 바로 눈먼 예언자 테이레시아스이다. 사실 테이레시아스는 『오이디푸스 왕』을 비롯한 5세기 아테네(고전 시대 그리스) 비극과 자주 연관되기는 하지만, 『오디세이아』에서는 죽은 자의 영역에서 카메오로 출연한다. 구체적으로 말하면, 테이레시아스는 오디세우스에게 그의 미래를 말해줄 뿐 아니라 죽은 자의 영혼에 말을 거는 법까지 알려준다. 그렇게 해서 죽은 자들은 그들이 떠나온 삶에 대한 통찰을 오디세우스에게 일러준다.

오디세우스가 지하 세계로 간 것은 무사히 집에 돌아갈 방법을 알기 위해서였다. 결국 눈먼 음유시인은 과거의 일을 이야기해주지만 눈먼 예언자는 미래의 일을 말해주는데, 여기에서 모든 차이가 생긴다. 대체로 미래보다 과거에 관해 듣는 것이 덜 거슬리는 법이다. 그러나 어느 쪽이든, 눈먼 음유시인 데모도코스와 눈먼 예언자 테이레시아스는 보이지 않는 것, 즉 현재가 아닌 것을 드러내 보여준다. 인간이 가진 물리적 눈으로 성스러운 진실을 알아내기는 쉽지 않고, 따라서 미래의 일에 관한 약간의 단서를 얻기 위해 이번에 오디세우스는 그 눈먼 예언자를 불러내는 전통을 시작한다. 테이레시아스는 (데모도코스처럼) 눈이 보이는 인간의 알고자 하는 욕구에 부응한다. "내가 다가올 일에 대한 징표를 말해주겠소."[18] 오디세우스가 듣는 건 주로 고향 이타카로 돌아가는 동안 그에게 닥칠 시련을 벗어나는 방법이긴 하지만, 마침내 고향으로 돌아가게 된다는 것을 알면서 그는 위안을 얻는다.

눈먼 예언자의
집요함

『오이디푸스 왕』은 소포클레스(Sophocles)의 테베 비극(『안티고네』와 『콜로노스의 오이디푸스』가 포함된다.) 가운데 가장 유명한 작품으로, 기원전 429년경, 즉 호메로스의 서사시가 글로 쓰이고 나서 200~300년 후에 처음 공연되었다. 이 비극에서 우리는 신화적 인물 오이디푸스의 몰락을 고통스러울 만큼 정확하게 목격한다. 오이디푸스는 극 초반에는 지적으로나 정치적으로나 자기 권력에 취해 있지만, 후반에는 스스로 눈을 찌르고 보기 좋게 비천해진다. 그에게 보지 말라고 조언한 눈먼 예언자 테이레시아스의 말을 들었다면 어떻게 되었을까. 물론 오이디푸스는 보고 말았고, 알아야만 했고, 결국 누구나 아는 운명을 맞았다.

오이디푸스의 배경이 되는 이야기는 고대와 현대를 막론하고 수많은 신화를 낳았으니, 익히 들어봤을 것이다. 트로이 전쟁 이야기가 그랬듯, 오이디푸스와 그의 불운한 테베 가족 이야기는 그 비극이 글로 쓰이고 연극으로 상연될 때쯤에는 이미 진부한 것이었다. 오이디푸스는 테베의 왕 라이오스의 아들로 태어났지만, 그 아이가 자라 아버지를 죽이고 어머니와 결혼할 거라는 예언자의 말을 들은 왕은 자식을 버리기로 마음먹고서, 아기의 두 발에 못질을 해 목동에게 건네며 산에 버려 죽이라고 했다. 이 불편한 임무를 맡은 목동은 그리스 다른 지역의 한 목동에게 아기를 주었다. 아기를 건네 받은 목동은 후사가 없던 코린토스의 왕에게 아기를 바쳤고, 코린토스의 왕은 발이 부어 있는 아기에게 '부은 발'이라는 뜻의 오이디푸스라는 이름을 지어주고 아들로 키웠다. 친부모의 실체를 모르는 오이디푸스는 자신에게 내린 저주를 알게 되자 홀로 독립을 하고는 우연히 길에서 만난 낯선 사람을 죽인다. 그 낯선 사람이 바로 그의 생물학적 친부 라이오스이다. 그 후 오이디푸스는 테베로 흘러드는데, 그곳에서 도시를 구할 수수께끼를 풀어낸다. 시민들은 크게 감사하며 그에게 왕좌를 제안하고 왕비와 결혼까지 시켜준다. 물론 왕비는 그의 어머니 이오카스테이다.

연극은 그로부터 세월이 흘러 또 다른 저주를 받는 테베를 배경으로 시작한다. 신탁에 따르면 라이오스 왕을 죽인 자를 찾아 재판에 넘길 때까지 저주는 계속된다. 그 수수께끼를 풀기 위해, 오이디푸스는 눈먼 예언자 테이레시아스를 부른다. 웬일인지 테이레시아스는 오이디푸스를 돕지 않고 대신에 그 살인자 찾기를 당장 그만두라고 한다. 그러나 오이디푸스는 모르는 건 알아야만 직성이 풀리는 사람이라 눈먼 예언자에게 답

눈먼 예언자의 집요함

을 재촉하는데, 오이디푸스가 전혀 예상하지 못한 답이 나온다. "그대가 이 나라를 더럽힌 불경한 자이기 때문입니다!"[1]

『오디세이아』에 등장하는 데모도코스처럼, 테이레시아스는 비시각장애 주인공의 성격과 운명을 말로 설명해야 한다. 그러나 데모도코스가 오디세우스의 자존심을 만족시키는 방식으로 과거 사건을 이야기했다면, 테이레시아스는 현재의 일을 불쾌하게 이야기한다. "그대는 부지중에 가장 가까운 핏줄과 가장 가까운 인연을 맺고 살면서도 어떤 불행 속에 빠졌는지 보지 못하고 있다는 말입니다."[2]

그러니 테이레시아스에게 돌아온 건 칭찬과 맛난 고기가 아니라 모욕이었다. "그대는 그대의 능력을 잃었다." 오이디푸스는 쏘아붙인다. "그대는 귀도 지혜도 눈도 멀었으니까, 앞 못 보는 장님 같으니라고!"[3]

다른 그리스 비극에서도 거의 비슷한 상황이 벌어진다. (소포클레스의 테베 비극 중 첫 번째로 쓰이고 상연된)『안티고네』의 크레온과 테이레시아스 사이에서, 『바코스의 여신도들(The Bacchae)』(에우리피데스(Euripides)가 쓰고 기원전 405년에 초연한 비극)의 펜테우스와 테이레시아스 사이에서 등 많은 사례가 있다. 이들 비극 속에서 테이레시아스는 예언적 시야를 보여달라는 요청을 받지만, 막상 그가 정직하게 대답하면 그와 그의 눈멂은 비웃음을 사고 그의 조언은 무시당한다. 무슨 일이 어떻게 돌아가는지, 신들이 왜 화가 났는지 말하도록 권력자에게 소환당하지만, 테이레시아스는 듣기에도 불편한 대답을 비난하듯이 한다.

이 대목에서, 눈먼 예언자 테이레시아스의 폭로가 눈이 보이는 사람들에게는 불쾌한데도 어째서 그는 계속해서 사람들을 당황하게 만들까 하는 의문이 생긴다. 그 답은 비극적 구조 자체와 관련이 있을 것이다. 주인공은 타인이 말해주는 진실을 받아들이기를 거부하고 그 때문에 몰락한다. 주인공은 스스로 그 진실을 찾아내야 하며, 진실을 찾다가 고통받고 (보통은) 죽음에 이른다. 오이디푸스의 경우 진실은 그가 자신도 모르는 상태에서 아버지를 죽이고 어머니와 결혼했다는 것이다. 신탁이 예언하고 테이레시아스가 전한 그 진실은 신탁이나 예언자가 아닌 평범한 인간과 하인 들에게 실제적인 질문을 함으로써 발견되어야 한다. 그의 과거에 대한 직접적인 정보를 가진 사람들 말이다.

그가 찾던 사람이 바로 자신이었다는 진실을 더 이상 부정할 수 없게 되자, 오이디푸스는 피가 낭자한 끔찍한 장면에서 자기 눈을 찌름으로써 죄책감과 처벌을 표현한다. 그리스 비극의 모든 액션 장면과 마찬가지로, 그 사건은 비록 무대 밖에서 벌어지지만, 그 장면을 목격한 하인의 이야기는 심장 박동 수를 높이기에 충분하다.

> 그분께서 마님 옷에 꽂혀 있던 황금 브로치를 뽑아 들더니
> 자신의 두 눈알을 푹 찌르며 이렇게 말씀하셨어요.
> "이제 너희는 내가 겪고, 내가 저지른 끔찍한 일을
> 다시는 보지 못하리라. 너희는 보아서는 안 될
> 사람들을 충분히 오랫동안 보면서도

내가 알고자 한 사람들을 알아보지 못했으니
지금부터는 어둠 속에서 보지 못하리라!"
이런 노래를 부르며 그분께서는 손을 들어
한 번이 아니라 여러 번 자기 눈을 찌르셨어요.[4]

'서구의 대화들'이라는 뉴욕대학교 교양 인문학 강의에서 몇 학기 동안『오이디푸스 왕』을 가르친 적이 있다. 학생들은 예언자 테이레시아스의 눈멂에 관해서, 심지어 오이디푸스가 결국 자기 눈을 찌르게 된 이유에 관해서 별로 생각하지 않는 것 같았다. 이를테면 오이디푸스는 왜 아내이자 어머니인 이오카스테를 따라 자살하지 않았을까? 대신에 왜 그녀의 브로치로 자기 눈을 찔렀을까? 물론 그는 보기 위해서 스스로 맹인이 되었다. 과거의 자신처럼 눈이 보이면서도 무지한 왕이기보다는 눈먼 예언자 테이레시아스처럼 되고 싶은 충동 때문이었다. 그런 충동은 텅 빈 눈구멍이라면 온전한 눈으로는 볼 수 없었던 무언가를 보게 되리라고 가정한다. 그리고 도상적이고 문학적인 이 그로테스크한 장면은 어찌어찌 우리 문화를 지배하는 은유 중 하나로 발전했다.

자기 눈을 찌르는 오이디푸스의 비유는 이후 우리 문화 속에 깊이 배어들었고, 나중에 셰익스피어는『리어왕』에서 이를 차용했다. 나의 학생들이 유혈낭자한 시각 파괴 장면을 받아들이던 그 심드렁한 태도가 말해주듯, 눈이 멀어야 더 잘 본다는 인식이 문학사적 배경을 지닌 믿음이라고 인정되는 경우는 거의 없다.

여기서 분명히 말해보자. 나는 무대에 오를 때 종종 "저의 눈먼 형제자매들이 다 그렇듯, 저에겐 예지력이 있습니다."라고 농담하지만, 슬프게도 내가 비시각장애 형제자매들처럼 세속적인 현재에 묶여 있음을 인정할 수밖에 없다. 대중의 믿음과는 반대로 눈을 잃는다고(또는 찌른다고) 해서 저절로 초감각적 능력을 얻는 건 아니다. 그렇지만 나는 꼭 그것을 부정하지는 않는다. 만약 비시각장애인이 나의 예지력을 믿고 싶어 한다면, 굳이 부정할 이유가 없지 않은가? 내 말은, 이 시각 중심적 세계에서는 우리의 실용적 능력을 의심하고 불신하는 경우가 너무 많기 때문에, 차라리 눈먼 예언자의 초능력을 주장하는 편이 낫다는 뜻이다.

그렇더라도 예지력에는 한계가 있다. 눈멂을 여성성과, 따라서 무력함과 연관 짓는 믿음이 눈먼 예언자의 대표 주자 테이레시아스에게 따라다니는 것도 아마 그 때문일 것이다. 테이레시아스는 미래를 알았을지언정, 그 미래에 대해 그가 할 수 있는 건 거의 없었다.

앞으로 계속 보겠지만 젠더는 눈멂을 굴절시킨다. 그러나 여기에서 나는 고전 연극 속 맹인에 대한 재현이 여성에 대한 재현과 공통점이 많음을 지적하고 싶다. 예를 들어 여성은 어둠(여자답게 집에 틀어박혀 있는 것), 정치적 무기력(고전 시대 아테네에서 여성은 시민으로 여겨지지 않음)과 관련이 있다. 문학을 이야기하면서 무기력(impotence)이란 개념을 들먹이기가 이상한데, 우리 현대인의 머릿속에서 이 단어는 남성의 성적 능력과 거의 떼려야 뗄 수 없는 관계이기 때문이다. 그러나 무기력은 남성에게만 적용되지 않는다. 여성들(그리고 눈먼 사람들)에게 문화적으로 덧씌워진 것이기도 하다. 우리가 신체 건장한 남성의 무기력에 신경 쓰는 경향이 있다면, 그건 잃어버린 것에 대한 애통함 때문이다. 애초부터 없었다고 여긴 것에 대해 애통해하지는 않는 법이다.

그러나 어둡고 광기에 가깝고, 도무지 알 수 없는 능력은 희극 속에서는 여성과 눈먼 남성을 대변한다. 힘과 빛을 사랑했던 그리스인들은 그들의 남성적 시각 밖의 진실, 이성과 법(아테네인들이 대대로 찬양했던 두 개의 기둥)의 통제 밖에 있는 진실을 드러내기 위해 여성과 맹인을 무대 위에 세웠다. 이 이미지가 지금 우리에게 어떻게 남아 있는지는 굳이 멀리서 찾을 필요도 없다.

1999년 조지나 클리지(Georgina Kleege)는 회고록이자 문화비평서인 『보이지 않는 시각(*Sight Unseen*)』에서 오이디푸스 신화가 연극 무대에서 영화로, 너무도 쉽게 옮겨진 방식을 이야기한다.

영화 속의 시각장애인들은 관객과 스크린 속의 구경꾼에게 수동적인 사색의 대상으로 존재하기 때문에, 그들은 주류영화에서 보통 여성에게 맡겨지는 기능을 수행한다. 다시 말해 그들은 바라봄의 대상이다. 그들은 모두 구경거리이다. 영화는 시각장애인을 여성처럼 대하면서, 오이디푸스 이후 눈멂이 대표해왔던 거세를 재연한다. 관객은 스크린 속의 시각장애인을 보면서 매력과 혐오감을 모두 느낀다. 진정한 주인공인 비시각장애인은 걷고 말하는 이 거세의 상징을 보살 피고 그 인물이 유발하는 공포를 희석함으로써 관객이 안심 하도록 한다.[5]

그런데 놀랄 만큼 시사적인 원형을 보여주는, 생동하는 신화인 오이디푸스 이야기가 (남성성의) 콤플렉스를 가진 공룡 영화 제작사들만의 전유물이 아니란 사실은 다행스럽다. 비(非)프로이트적 시각으로 보면, 오이디푸스(와 테이레시아스)는 그리스인들에게는 놀랍지 않았을 젠더 유동적 신화를 새 세대에게 말해줄 수 있을 것이다. 어쨌든 배우들은 여장을 하고 무대에 섰고『바코스의 여신도들』의 아가베 같은 여성을 연기했다. 아가베는 야밤의 디오니소스 제의에서 흥청거리는 여성들을 염탐하기 위해 여성 신도로 변장하고 온 자신의 아들 펜테우스를 찢어 죽인 인물이다.

한편 테이레시아스는 고전 비극 속의 모습 뒤에 복잡한 성전환 신화를 감추고 있다. 이 점은 오비디우스(Ovidius)의『변신』에 가장 친숙하게 설명되어 있다. 로마인이 다시 쓴 그 이야기에서 티레시아스(테이레시아스의 로마식 표기)는 남성이었다가 잠시 여성이 되는데, 이 경험은 그가 눈이 멀고 예언자적 시각을 얻게 된 사건과 직접 관련이 있다. 원래 맹인이 아니었던 티레시아스는 커다란 뱀 두 마리가 짝짓기하는 장면을 보고는 지팡이로 그 뱀들을 내리친다. 그러자 그는 여성으로 변하고 7년을 여성으로 살던 중 짝짓기하던 그 뱀들을 다시 만나는데, 이번에도 그 뱀들을 내리치면 성별이 뒤바뀔 것이라고 생각한다.

실제로 티레시아스는 남성성을 되찾는다. 이것이 배경 이야기이다.

여성과 남성으로서 삶의 즐거움을 두루 맛본 티레시아스는 여성과 남성 중에 누가 더 섹스를 즐기는가 하는 논쟁을 매듭짓도록 유피테르(제우스)와 유노(헤라)의 초대를 받는다. 유노에 따르면(그리고 어쩌면 이후의 수많은 여성에 따르면), 티레시아스는 유피테르를 편들면서 사실 여성이 섹스를 더 즐긴다는 틀린 답을 내놓는다! 유노는 크게 화가 나서 벌로 티레시아스의 눈을 빼앗아버린다. 다른 신이 한 일을 되돌릴 수는 없는 법이므로, 유피테르는 티레시아스가 받은 벌의 무게를 감하도록 예지력을 주고, 그럼으로써 시각의 상실을 예언력으로 보상한다.[6]

나는 한동안 테이레시아스에게 매혹되었고, 다시 쓰는 테이레시아스 이야기를 구상하며 첫 소설을 쓰려고 했다. 비록 그 소설을 완성하지는 못했지만, 그 과정에서 티레시아스에 관해 많이 배웠다. 여성으로서 테이레시아스는 유노 여신의 신관이 되고 장차 유명한 예언자가 될 딸 만토를 낳는다. 그래서 나는 데이지 존슨(Daisy Johnson)의 2018년 소설 『아래의 모든 것(Everything Under)』을 발견했을 때 무척 반가웠다. 이 소설은 부분적으로는, 옥스퍼드의 수로와 그 주변을 배경으로 오이디푸스 신화를 현대적으로 재구성한 작품이기 때문이다.

『아래의 모든 것』에는 무시무시한 예언과 함께 그 예언을 피하려는 오이디푸스식 시도가 등장한다. 여기서 신체적 시각장애는 존슨이 재해석한 이야기의 플롯 장치라기보다는 원래

49

의 고대 이야기에서 사용한 플롯 장치이지만, 자신의 운명을 예감하는 등장인물인 찰리에게서 나타난다. "그는 장님이 되는 꿈을 꾼다고 당신에게 말했죠. 잠에서 깨어나니 보이는 건 밤이고, 그의 눈동자를 향해 빠르게 다가오는 핀밖에 없는 꿈이요."[7]

찰리는 극적으로 눈알을 찌르는 대신, 퇴행성 안과 질환을 앓게 된다. 존슨의 소설에서 종잡을 수 없는 가변성은 운명과 나란히 중앙 무대를 차지하고, 서서히 진행되는 실명과 변함없이 흐르는 옥스퍼드 수로로 상징화된다. 인간 존재의 가변성은 또한 젠더 유동성으로 나타난다. 두 명의 크로스드레서는 소설 속 중심인물이다. 테이레시아스를 닮은 인물은 여장을 하고 와서 무시무시한 예언을 하는 반면, 오이디푸스를 닮은 인물은 모험을 거치면서 소녀에서 소년으로 바뀐다. 어쩌면 위태로운 건 시각 상실만은 아니기 때문에, 시각장애 남성 역시(비시각장애 소년도 그러겠지만) 비시각장애 남성에 의존하는 것처럼 보인다는 점에서 눈멂에는 여성성이라는 문화적 짐까지 지워지고, 이것이 일부 부수적인 피해를 강력하게 약화해버린다. 『오디세이아』에서 데모도코스가 그의 자리로 안내되어 리라를 건네받은 것처럼, 테이레시아스는 길잡이에게 의지해 이 도시 저 도시를 다닌다. 테이레시아스는 『안티고네』 무대에 입장하면서 이렇게 선언한다. "테베의 어르신들이여, 우리 두 사람은 / 한

사람의 눈으로 보며 함께 길을 걸어왔소이다. …… / 장님은 이렇듯 길라잡이와 함께 걸어야 하니까요."[8]

길잡이가 필요하다는 건 지팡이나 안내견, 또는 눈이 없거나 뿌연 것처럼, 눈멂을 나타내는 아주 흔한 표지이다. 프랭크 허버트(Frank Herbert)의 소설『듄』시리즈에서 폴 아트레이데스는 황제의 지위보다는 '프리처'라는 눈먼 예언자 지위를 선택한다. 비록 그의 예언적 시야가 그에게 (거의 현재를 보는 것과 같은) 완벽한 제2의 시야를 주기는 하지만, 그에게는 안구가 없으므로 실질적으로는 아니더라도 적어도 문화적으로는 길잡이가 있어야 한다. "프리처가 날이 밝자마자 광장에 들어섰더니 그곳은 이미 신자들로 붐볐다. 그는 어린 길잡이의 어깨에 가볍게 손을 얹었고, 그 친구의 걸음에서 냉소적인 자부심을 느꼈다. 프리처가 다가가자 사람들은 그의 행동에서 드러나는 모든 미묘한 차이에 주목했다. 어린 길잡이는 사람들의 그런 이목이 아주 싫지만은 않았다."[9]

눈먼 예언자의 길잡이는 이상한 방식으로 예언자를 이끌어야 한다. 눈이 보이는 길잡이의 행동을 명령하는 것은 눈먼 예언자의 의지이기 때문인데, 이는 그 관계 속의 더 큰 테마인 독특한 상호 의존을 암시한다. 눈이 보이는 길잡이는 사실상 눈먼 예언자의 필요와 의무에 끌려가는 것이고, 따라서 눈먼 예언자의 안내를 받는 셈이다.

눈이 보이는 길잡이는 눈앞의 장애물을 피하는 것 이상은 할 수 없다. 반면 눈먼 예언자는 보이지 않는 영역의 장애물 사이로 길을 찾거나 적어도 그러기를 바란다. 예언자적 시각이 완벽하다면 그 시각은 미래를 그저 예언하기보다는 명령하기에 일종의 감옥이기 때문이다. 바로 이것이『오이디푸스 왕』의 기본적인 교훈이다. 예지력은 너무도 쉽게 운명으로 바뀔 수 있다는 것이다.『듄』의 프리처가 말하듯 "확실성이 확실한 미래를 확실하게 아는 것이라면, 그렇다면 그것은 변장한 죽음일 뿐입니다! 그런 미래는 현재와 같습니다!"[10]

눈멂은 무력하다고 가정되기 때문에, 예언자적 시각을 포함한 초감각적 능력은 흔히 결핍에 대한 보상으로 주어진다고 여겨진다. 눈먼 음유시인 데모도코스에게 신성한 영감이 주어졌고, 눈먼 테이레시아스에게는 신성한 시야가 주어졌다. 따라서 옛날 그 눈먼 예언자의 무력함은 곧바로 그의 예언력과 연결되고, 그 능력은 오랜 세월을 거치면서 일종의 초능력으로 변하여 슈퍼히어로에 열광하는 우리 세대에 많은 사랑을 받고 있다.

나는 대체로 고급문화와 고전 텍스트의 영역에 갇혀 있으므로, 혹시 내가 모르는 (특히 만화책과 텔레비전 프로그램 같은) 대중문화 속에도 눈먼 예언자가 많지 않을까 하는 생각이 문득 들었다. 그래서 나는 빠르고 간편한 페이스북 크라우드소싱을 하기로 했다. "여러분이 좋아하는 (테이레시아스 외의) 눈먼 예언자는 누구입니까?" 내 질문은 활발한 토론을 불러일으켰고, 토론에서 나는 다음과 같은 인물을 떠올리거나 알게 되었다. 영화로 제작된 소설『세계대전 Z』의 눈먼 좀비 살해자 센세이 토모나가, 여성만으로 구성된 집단 CLAMP가 제작한 일본 만화책『X』의 히노토, 드라마와 영화로 제작된 만화『판타스틱 포』

속의 (슈퍼 악당의 딸로 입양되는) 눈먼 조각가 얼리샤 매스터스, 영화 「일라이」의 (덴젤 워싱턴이 연기한) 일라이, TV 애니메이션 시리즈 「아바타: 아앙의 전설」에서 열두 살배기 주인공인 눈먼 어스벤더 토프, 러시아의 노파 바바 반가, 『데어데블』의 스틱과 데어데블, 영화 「다크 크리스털」의 등장인물로 완전히 눈이 멀지는 않았지만, 북유럽의 신 오딘처럼 한쪽 눈밖에 없는 오프라, 마블 만화의 블라인드폴드, 드라마로 제작된 소설 『슈퍼내추럴』의 패멀라 반스, 영화로 제작된 소설 『타이탄(Clash of the Titans)』에서 눈 하나(와 치아)를 공유해 '지옥의 마녀들'로 기억되는 그라이아이 등등.

확실히 이들 가운데 일부는 범죄와 싸우는 능력을 가진 슈퍼히어로 데어데블, 또는 반쯤 눈이 멀었거나 또는 완벽한 예언자는 아닌 슈퍼히어로 같은 물리적으로 초능력을 가진 맹인의 영역에 어렴풋이 걸쳐 있다. 하지만 독자 여러분은 짐작했을 것이다. 나는 눈먼 예언자에 관해 물었는데, 답으로 돌아온 것은 온갖 유형의 초능력을 갖춘 맹인들이었다. 심지어 한 친구는 밀턴을 언급했다. 이는 테이레시아스의 이미지가 세대를 거치는 동안 대체로 예외적인 맹인으로 변모해왔음을 말해준다. 초능력자 맹인의 위험성에 관해서는 나중에 자세히 말하기로 하고, 지금은 눈먼 예언자 전형이 우리의 상상력을 어떻게 장악하고 있는지 되새기는 것이 중요하다. 적어도 눈이 보이는 사람들의 상상력을 지배해왔음은 물론이다. 흥미로운 것은 답을 보낸 이들 모두가 비시각장애 친구들이었다는 사실이다. 어쩌면 시각장애 친구들은 눈먼 예언자 등에 신물이 나는지도 모르겠다.

눈먼 예언자는 곳곳에 존재하지만, 오이디푸스가 테이레시아스와 비슷한 눈먼 예언자로 변모하는 방식은 종종 간과되곤 한다. 이번에도 역시 (한편으로는 비극적인 재앙이지만 다른 한편으로는 신으로부터 받은 막강한 선물이라는) 눈멂의 두가지 측면은 우리의 문화적 상상력 속에 고집스레 자리 잡고 있다. 따라서 우리는 오이디푸스를 데리고 콜로노스로, 눈먼 예언자의 만신전 속 그의 자리로 들어가기 전에, 자기 눈을 찌르고 어둠 속에 있는 그와 함께 조금 더 머무를 필요가 있다.『오이디푸스 왕』의 결말에서 그는 한 소년에게 이끌려 무대로 다시 나와서 운명을 한탄한다.

> 암흑의 구름이여,
> 부딪치는 파도처럼 나를 휘감아 끌어당기는 것이
> 형언할 수도, 저항할 수도 없는
> 역풍 부는 죽음의 항구로구나. 아아, 슬프도다!
> 고통은 한꺼번에 덮치고
> 기억의 단검은 연거푸 나를 찔러대며
> 미치도록 할퀴는도다.[11]

『오이디푸스 왕』의 마지막에 나오는 이 눈멂의 고통은 우리 대부분이 기억하는 구절이며, 대다수 비시각장애인이 눈멂에 대해 느끼는 죽음 비슷한 공포의 반응을 증폭하는 것 같다. 이 공포는 초능력 맹인들의 초감각적 능력과 함께 우리의 문화적 상상력 속에 굳건히 남아 있으며, 어떤 면에서는 반대되는 이 두 세력이 서로를 먹여살리고 있다.

스티븐 킹(Stephen King)의 소설 『랭골리어(*The Langoliers*)』를 예로 들어보자. 눈먼 예언자 소녀 디나는 유예된 시간 속에 갇힌 미국 프라이드 항공 29편의 승객들을 자신의 초능력으로 구한다. 그 후에 (스포일러 주의) 디나는 마침내 시력을 얻고 행복한 죽음을 맞는다. "내 걱정은 마세요." 그녀는 동행자에게 말한다. "나는 …… 원하던 걸 얻었어요." 그녀는 미소를 지으며 요점을 말한다. "모든 게 아름다웠어요. …… 죽은 것들까지도요. 너무 황홀했어요. …… 그냥 …… 본다는 것이요."[12]

물론 디나가 죽으며 남긴 말은 실제 시각장애인들의 정서에 관해서 거의 아무것도 말해주지 않는다. 그보다는 앞을 못 보느니 차라리 죽음을 선택하겠다는 비시각장애인들의 공포와 과장된 선언에 관해 더 많은 이야기를 해준다.

이 테마를 이토록 걸기 있게 말하는 건 대중 소설만이 아니다. 노벨상을 받은 조제 사라마구(José Saramago)의 우화적 소설 『눈먼 자들의 도시』에서는 이름 모를 어느 도시의 거의 모든 주민이 시력이 약화되는 '백색 실명'에 걸려 갑자기 눈이 멀어버린다. '최초의 실명자'는 너무도 흔한 그 정서를 다음의 말로 간결하게 표현한다. "이런 상태로 지내야 한다면 차라리 죽어버릴 거예요."

눈멂이 죽음보다 최악이라는 것은 『오이디푸스 왕』 후반부에 흐르는 압도적인 결론이다. 사실 오이디푸스가 자신의 죄를 벌하며 눈을 찌르기로 한 것도 바로 그 때문이다. "목매달아

죽어도 씻을 수 없는 큰 죄를 지었다오."[13]

그러나 오이디푸스가 몰락하고 경멸받는 눈먼 왕이 된다는 비극적 결말이 곧 그의 종말로 이어지지는 않는다. 그는 소포클레스의 테베 비극 3부작 가운데 마지막 작품이자 아마도 가장 덜 읽히고, 가장 덜 상연된 작품인『콜로노스의 오이디푸스』에서 구원받는다.

『콜로노스의 오이디푸스』는 소포클레스가 90대에 쓴 마지막 작품으로 사후에 발표되었다. 이 작품은 유명한 전작과는 정반대라 할 수 있다.『콜로노스의 오이디푸스』에서는 오이디푸스 자신이 테이레시아스와 같은 인물이 되어 눈먼 예언자에게 주어진 예지력으로 자기 운명을 받아들인다. 그는 예언자적 시야로 보기 시작하고, 결말에서는 힘의 도구로써 자신의 진정한 운명을 향해 혼자 걷기까지 한다. 비록 비극의 관례대로 그는 죽음을 맞이하지만, 정확히 말하면 비극적 결말은 아니며 오히려 신격화에 가깝다.

> 마지막에 오이디푸스를 데려간 것은
> 불을 뿜는 신의 번개도 아니었고,
> 바다에서 불어닥친 회오리 폭풍도 아니었어요.
> 아니, 그것은 신들께서 보내신 호위대거나,
> 아니면 사자(死者)들의 세계가 호의를 베풀어
> 대지의 깊은 입을 갑자기 벌려 그를 맞이한 것이었어요.
> 그분은 비탄도, 고통도, 질병도 없이
> 어떤 인간의 죽음보다 더 경이롭게

떠나셨답니다.[14]

　전작과는 얼마나 다른 결말인가. 테베 비극 3부작 중에서 이 작품이 테이레시아스가 등장하지 않는 유일한 작품이라는 건 확실히 우연의 일치가 아니다. 그가 등장할 이유가 있을까? 이제 오이디푸스가 그의 역할을 대신하고 있으니 말이다. 운명의 불운한 피해자로 눈이 멀어버린 주인공이 결국에는 신들의 사랑을 받는 눈먼 예언자가 되는데, 이 점을 잊어버리는 독자가 많다는 사실도 흥미롭다.

　열여덟인가 열아홉 때, 엄마와 나는 아메리칸 컨서버터리 극장에서 리 브로이어(Lee Breuer)가 제작한 「콜로노스의 가스펠」을 본 적이 있었다. 『콜로노스의 오이디푸스』 이야기를 미국 흑인 교회로 옮겨놓은 현대 뮤지컬에는 설교자, 성가대, 오르간, 그리고 집단으로 오이디푸스 역할을 하는 맹인 중창단 블라인드보이스오브앨라배마를 포함한 역동적인 출연진이 등장했다. 오이디푸스의 말년을 복음 성가로 해석한 그 뮤지컬 덕에 나는 우리가 『콜로노스의 오이디푸스』를 제대로 감상하지 못하게 막는 것이 무엇인지 이해할 수 있었다. 그 뮤지컬이 가진 강력한 종교적 상징이 문제였다. 복음으로 재해석한 그 뮤지컬에서, 오르간 반주와 박수까지 곁들인 기쁨에 넘치는 마지막 곡인 「이제 울음을 그치게 하소서」는 행복한 종교적 결말을 아름답게 보여준다. "내가 눈이 멀어 보지 못하자, 그가 내 눈을 만지시어 이제 내 눈은 보이나니……."[15]

　앞으로도 계속 보겠지만, 고대 그리스의 눈먼 예언자 전통은 그리스도교 맥락에 맞춰 깔끔하게 번역된다. 여러분이 문자적으로 앞을 볼 때 여러분은 영원한 진리를 보지 못할 가능성이 크고, 따라서 스스로 눈멂은 인간의 시야 너머에 존재하는 그 진실을 보기 위한 가장 빠른 길이다.

어쨌든 자기 눈을 찔렀던 고대인이 오이디푸스만 있었던 건 아니다. 소포클레스보다 30여 년 늦게 태어난 데모크리토스(Democritos)는 일명 '웃는 철학자'로 원자 개념을 제시했다. 로버트 버턴(Robert Burton)은 1621년 자신의 책 『우울증의 해부(The Anatomy of Melancholy)』에서 데모크리토스가 백과사전적 관심을 가진 위대한 학자였다고 말한다. 버턴은 책에서 데모크리토스가 "더 나은 사색"을 위해 "자기 눈알을 파냈고, 자발적인 장님이 되어 노년을 지냈지만, 다른 모든 그리스인보다 더 많은 것을 보았다."라고 말하는 이들이 있었다고 설명한다.[16]

어쩌면 스스로 눈먼 자가 된다는 것의 교훈은 인간의 시야 너머에 수많은 중요한 것이 있다는 당혹스러운 지식, 그리고 종종 이 진실을 부정하는 우리의 오만한 태도와 관련이 있을 것이다. 그럼에도 여전히 우리는 조사해야 한다. 아니, 손으로 더듬어야 한다. 보이지 않는 진실의 문제에 관한 한, 눈먼 예언자가 소환되어 피상적이면서 이상하게 비본질적인 외부 세계 속에서 우리를 안내할 것이다. 따라서 스스로 눈멀기는 우리의 내면적인 눈멂을 인정하는 하나의 상징이다. 이것을 고대 그리스인들은 하나의 관습으로 만들었고, 우리는 그 예술을 물려받은 것이다.

[한때는 앞을 못 보았으나
지금은 잘 보게 되었다]

그리스도교가 우리의 (아마도) 세속 문화를 형성하는 데 한 몫했다는 것은 공공연한 비밀이다. 따라서 (많은 유혹은 눈을 통해 생기므로) 눈먼 사람이 더 영적이며 죄악에 덜 빠진다는 그리스도교의 편견과 가정이 우리의 문화 전반에 지속적으로 영향을 끼치는 것은 어쩌면 당연하다. 그러나 예수가 눈먼 사람을 치유해주었다든가 바울이 다마스쿠스로 가는 도중에 시력을 잃었다든가 하는 『신약성서』의 대표적인 사례를 들기 전에, 그리스도교가 그리스어권 세계에서 성장했음을 상기해야 할 것 같다. 복음서는 기원후 1000년 초 그리스 속어인 코이네어로 쓰였다. 따라서 우리는 고대 그리스인들, 특히 기원전 4, 5세기에 살았던 플라톤과 그의 철학을 좀 더 살펴봐야 한다. 소크라테스가 등장하는 플라톤의 대화편은 어둠과 빛, 눈멂과 봄의 이원성을 믿는 그리스도교 성서에 적어도 부분적인 책임이 있기 때문이다. 거의 집착에 가까운 성서의 이런 이원성은 그리스도교 중세를 거치며 수많은 눈먼 성인을 통해 가속도를 얻었다.

뉴욕대학교 박사 과정에 있으면서 '서구의 대화들'을 강의할 때, 나는 거의 항상 소포클레스의 희곡과 함께 소크라테스가 등장하는 플라톤의 대화편을 연달아 읽히곤 했다. 아니나 다를까 몇몇 학생은 소포클레스와 소크라테스의 이름을 헷갈려했다. 충분히 이해할 만하다. 그 두 사람은 아테네에서 동시대(소포클레스(기원전 496년경~406년), 소크라테스(기원전 470년경~399년))를 살았다. 그리고 각각 극작가와 철학자로서 서구 종교 사상을 크게 지배해온 진실을 보는 맹인, 또는 보이지 않는 눈으로 보는 사람의 덕목을 찬양했다.

플라톤의 대화편 중 소크라테스의 죽음으로 끝나는 『파이돈』은 몸과 영혼이 분리되어 있음을 인정하는 것이 중요하다고 노골적으로 말한다. 소크라테스에 따르면 몸은 보이는 세계, "짐스럽고 무겁고 땅의 성질이 있고 보이는" 세계에 참여한다. 영혼의 요소는 공기와 같고 보이지 않지만 "보이지 않음과 하데스에 대한 두려움 때문에 무거워져서 보이는 세계로 다시 끌려올" 수 있다. 이처럼 보이는 것에 들러붙은 영혼은 유령에 대한 멋진 설명이 된다. 결국 유령은 "순수한 상태로 풀려나지 못하고 보이는 것에 참여하고, 이 때문에 보이기까지 하는 영혼들"이다.[1]

이렇게 해서 서구 사상은 몸과 영혼이 서로 분리되고 상반된 독립체라고 인식해왔고, 이런 인식은 종종 봄과 눈멂으로 상징화되고 고양되었다. 영혼은 빛을 향해 손을 뻗고 몸은 어둠 속에서 헤맨다. 더욱이 몸에 지나치게 신경 쓰다 보면 영혼이 타락할 수 있는 반면, 신들과 보이지 않는 불멸의 관계를 맺은 영혼은 몸보다는 우월한 요소이다. 바꿀 수 없고 죽지 않는 영혼, 이것이 『파이돈』에서 중요한 개념이다. 소크라테스의 친구들은 그들의 머리 위에 죽음(소크라테스 처형에 쓰인 독미나리 사약은 이 특별한 대화편에 간결하고도 확실한 종지부를 찍는다.)이 도사리는 가운데, 소크라테스가 죽은 후에도 그 위대한 철학자의 무언가는 남아 있을 것이라고 믿고 싶어 한다.

소크라테스는 자기주장을 펼치다가, 자기가 어떻게 철학자가 되었는지, 정확히는 진리를 알기 위한 수단으로 어떻게 철학을 선택하게 되었는지 이야기한다. 어렸을 때부터 그는 사물의 본성과 자연의 사물을 조사하곤 했다. 그는 사물을 직접 바라보면서 이해하려 했다. 그러나 어느 시점에 이르자 사물을 직접 바라보다가 눈이 멀게 될까 봐 두려워졌다. "사물에 대한 고찰을 진력나도록 하다 보니, 일식이 일어나는 태양을 바라보고 탐구하는 사람들이 겪는 것과 같은 일을 겪지 않도록 조심해야 할 것 같았네. 그들 중 일부는 물에 비친 모습이나 다른 어떤 것을 통해 태양을 보지 않았다면 눈을 잃었을 거네." 소크라테스는 눈이 멀지 않으려면 일식을 직접 보지 말고 반사된 상을 봐야 한다고 말하는 것 같다. 그러나 반사된 상조차 믿을 수가 없다. "그런 다른 어떤 것을 나도 생각했고, 사물을 눈으로 보고 각각의 감각으로 파악하려 하다가 영혼이 완전히 눈멀어 버리지 않을까 두려웠던 거지."[2]

여기서 플라톤의 『국가』에 나오는 유명한 '동굴의 비유'를 떠올릴 독자도 있을 것이다. 동굴에 갇힌 죄수들은 서로 사슬에 묶인 채 고개를 돌릴 수도 없어서, 그들 뒤쪽에 있는 모닥불 앞을 걸어가는 사람들이 그들 옆의 벽과 머리 위 천장에 드리우는 그림자만을 바라본다. 그렇지만 이 죄수 중 한 명이 풀려나서 뒤로 돌아 그 빛을 바라본다고 해도, 불빛에 눈이 부실 것이며 그가 보는 낯선 이미지가 진짜인지 의심할 것이다. 그리고 만약 그를 동굴 밖 가파른 오솔길의 햇빛 속으로 나가게 한다면, 그는 햇빛 때문에 한동안 눈이 보이지 않을 것이다. 따라서 빛과 어둠의 은유는 그 시작부터 복잡한데, 빛 때문에 안 보이는 것만큼이나 쉽게, 어둠 때문에도 안 보일 수 있기 때문이다.

봄과 보지 않음의 무한한 역전은 끊임없이 돌고 도는 교환 속에서 드러난다. 이런 역전 속에서도 한 가지는 변함없이 남아 있다. 몸보다는 영혼을 돌보는 것이 나은 것처럼, 은유적으로 보는(이해하는) 것이 물리적으로(눈으로) 보는 것보다 낫다는 것이다.

여기서 눈먼 사람들 주변에 맴도는 수많은 가정을 끌어내는 역설이 시작된다. 물리적 눈멂과 정반대인 영혼의 눈멂은 눈을 포함한 감각적 지각에 지나치게 주의를 기울이다 일어날 수 있다는 것이다. 이 역설이 그리스도교적 맥락으로 바뀌면, 영적인 눈멂은 우려할 만한 일로, 물리적 눈멂은 기적이 일어날 상황으로 이해된다. 어느 경우든 간에 중요한 건 진실이다. 철학과 종교가 저마다 생각하는 유형의 진실 말이다.

매기 넬슨(Maggie Nelson)은 사실과 진실 사이의 해묵은 대립을 고찰한 문화 비평서 『잔인함의 기술(*The Art of Cruelty*)』

(2011)에서 이렇게 썼다. "눈에 보이고, 만질 수 있는 세계, 즉 현존하는 세계는 어딘가에 존재하는 '더 진정한' 다른 세계의 그림자에 불과하다는 관념이 플라톤적 우주의 중심을 차지한다."[3]

덧붙여 넬슨은 말한다. "그것은 현시점의 우리는 '유리를 통해 흐릿하게' 볼 수밖에 없지만, 그러나 심판의 날에 우리의 시야는 맑을 것이라는 성서적 인식 또한 뒷받침한다."[4] 그렇다면 진실은 우리가 지각할 수 있는 (감각적이거나 지적인) 사실과 분리되어 있을 뿐 아니라 종종 정반대되는 것이기도 하다. 그리고 인간은 물리적 시각 속에 너무 많은 것을 채우는 경향이 있으므로 우리를 진실에서 멀어지게 만드는 시각은 곧잘 비난받곤 한다.

넬슨은 18세기 영국의 화가이자 시인인 윌리엄 블레이크(William Blake)를 끌어들여 『천국과 지옥의 결혼(The Marriage of Heaven and Hell)』(1793)을 인용한다. "만약 지각의 문이 깨끗해진다면 모든 사물은 인간에게 있는 그대로 무한히 보일 것이다. 왜냐하면 인간은 계속해서 스스로를 가둔 나머지, 모든 것을 자기 동굴의 좁은 틈새를 통해 보게 되기 때문이다."[5]

이 좁은 틈새는 나에게는 그야말로 울림이 큰데, 가끔은 내 왼쪽 시야의 가장자리에서 여전히 약간의 빛을 느낄 수 있기 때문이다. 그렇지만 우리가 물리적으로 보는 것은 모두 우리 눈의 해부학에 따른다는 것 또한 엄연한 사실이다. 돋보기나 망원경, 현미경, X선 같은 기술적 도움이 없다면 우리는 딱 물리적으로 가능한 것만큼만 볼 수 있다. "블레이크는 인간이 '스스로를 가두어'왔다고 말한다. 덜 예리하게 판단한다면, 이 '좁은 틈새'는 제한될 수밖에 없는 우리의 감각이라 할 것이다. 우리는 그 장치를 통해서 우리와는 독립적으로 '바깥에' 존재한다고 가정되는 세계를 파악하고 구성할 수밖에 없다."[6]

앞에서 말한 것처럼, 그리스도교 사상은 그리스어권 세계에서 성장했고, 따라서 (적어도 우리에게 전해진 것과 같은) 예수의 가르침은 유대교 전통 못지않게 그리스 전통의 영향을 받았다. 예수는 그 이전의 소크라테스처럼, 신체적 죽음이 영적인 삶을 가져온다는 근본적인 역설을 강조했다. 소크라테스와 예수는 이런 가르침 속에서 물리적 세계 너머의 영역을 강조하다가 국가와 제국의 권위를 위협하게 되었고 결국 각각 독미나리와 십자가형으로 죽음을 맞았다. 두 경우 모두 눈멂은 영적인 무지(즉 물리적 세계에 눈이 멀어 영적 진실을 보지 못하는 것) 또는 그 반대인 물리적 눈멂(이 경우는 영적 진실을 보는 데 도움이 된다.)을 상징할 수 있을 것이다.

「요한복음」 9장에서 예수와 제자들은 날 때부터 눈이 먼 남자를 만난다. 제자들은 그 남자가 날 때부터 앞을 못 보는 것이 그 남자의 죄 때문인지 그 부모의 죄 때문인지 스승에게 묻는다. 예수는 대답한다. "자기 죄 탓도 아니고 부모의 죄 탓도 아니다. 다만 저 사람에게서 하느님의 놀라운 일을 드러내기 위한 것이다." 그런 다음 예수는 땅에 침을 뱉고 흙을 개어 그 진흙을 남자의 눈에 바른다. 진흙을 씻어내자 그는 앞을 볼 수 있게 된다. 눈이 멀어서 거리에서 구걸한다고 알려져 있던 그에게 의심 많은 바리새파 사람들이 따져 묻자 남자가 대답한

한때는 앞을 못 보았으나 지금은 잘 보게 되었다

다. "다만 내가 아는 것은 내가 앞 못 보는 사람이었는데 지금은 잘 보게 되었다는 것뿐입니다."[7]

결국 눈먼 남자가 치유된 사건은 예수를 통한 신의 능력을 명백히 드러낸다. "소경으로 태어난 사람의 눈을 뜨게 해준 이가 있다는 말을 일찍이 들어본 적이 있습니까?" 눈멀었던 남자가 증언한다. "그분이 만일 하느님께서 보내신 분이 아니라면 이런 일은 도저히 하실 수가 없을 것입니다."[8] 바리새파 사람들은 남자가 자신들을 가르치려 들자 화가 나서 그를 회당 밖으로 내쫓는다.

「요한복음」 9장은 바리새파를 비롯해 나머지 믿지 않는 자들에게 닥칠 수 있는 위협을 말하며 끝난다. "내가 이 세상에 온 것은 보는 사람과 못 보는 사람을 가려, 못 보는 사람은 보게 하고 보는 사람은 눈멀게 하려는 것이다 하고 말씀하셨다."[9]

소크라테스와 마찬가지로 예수는 물리적 봄이 영적 눈멂으로 이어질 수 있다는 눈멂의 역설을 환기한다. 그러나 이 성서 이야기에서 예수가 물리적으로 눈먼 남자를 고쳐준 목적은 신의 능력을 보여주는 동시에 물리적 시각을 지나치게 중시하는 어리석음을 깨우치기 위함이다. 바리새파를 비롯해 믿지 않는 자들은 눈은 보일지언정 영혼은 눈먼 사람들이다. 어쩌면 영적 눈멂에 대한 치유력을 지닌 것으로서 물리적 눈멂이라는 생각이 바로 여기에서 기원하는 것 같다. 그 후 수세기를 거치면서 물리적 눈멂이란 곧 눈먼 사람들은 죄를 덜 짓는, 특히나 세속적인 것에서 비롯된 죄를 덜 짓는 경향이 있다는 뜻이라고 추정하게 되었다.

"나 한때 길을 잃었으나 지금은 인도해주시네. 한때 장님이었으나 지금은 보이네." 대학원 1학년 때 브루클린에서 뉴욕대학교까지 가다 보면, 웨스트 4번가 지하철에서 거리의 악사가 매일 아침 이렇게 노래했다. 당시에는 약간이나마 시력이 남아 있었기 때문에, 나는 C 노선으로 내려가는 경사로와 길목 사이의 정거장 구석에 서서 밝은 목소리로 노래하는 그 거구의 흑인을 가까스로 알아볼 수는 있었지만, 그의 시각장애인용 흰 지팡이는 보지 못했다. 마침내 한 친구가 그는 시각장애인이라고 말해주었다. 그가 그 노래를 부르는 것도 놀랄 일이 아니었다. 그는 날마다 같은 노래를 불렀고, 나도 덩달아 그 노래를 흥얼거리곤 했다. 어떻게 그러지 않을 수 있겠는가? 1779년에 쓰인 「어메이징 그레이스」는 아마도 가장 대중적인 그리스도교 송가일 것이다. 그리고 그리스도교의 핵심에 눈멂이 어떻게 자리 잡고 있는지 완벽하게 보여준다. 그렇다면 영혼의 눈멂이 치유되었음을 환희에 넘쳐 노래하는 눈먼 사람보다 그 노래를 더 잘 부를 사람이 있을까?

시각장애인이면서 무신론자인 내가 별종이라고 한다면, 또는 거꾸로 시각장애인들이 종교적인 경향이 있다고 말한다면 지나친 비약일지 모른다. 그러나 눈멂은 그리스도 신학 속에 워낙 근본적인 방식으로 새겨져 있기 때문에 (그리스도교든 아니든) 비시각장애인이 시각장애인을 보는 방식에 영향을 끼쳤음을 부정할 수는 없다. 눈먼 음유시인이나 눈먼 예언자와 비슷하게, 눈먼 그리스도교인은 신의 보상이 내릴 장소로 여겨지는 것 같다. 이 경우 보상은 일종의 축복받은 순수함이다. 눈과 귀는 영적 진실을 향해 열려 있고 타락과 죄악에 대해 닫혀 있다. 이는 순수함과 축복이 눈먼 그리스도교인에게조차 짐이 될 수 있음을 가정한다.

캐나다의 시각장애인인 리베카 레드밀블래보엣(Rebecca Redmile-Blaevoet)은 스스로 독실한 그리스도교인이라고 말한다. 내가 캐나다의 라디오 프로그램「태피스트리」와 인터뷰하면서 펑크 미학(punk aesthetic)을 채택하는 것이 어떻게 비시각장애인들이 곧잘 우리에게 던지는 동정을 누그러뜨리는 데 도움이 될 수 있는지 이야기했던 적이 있다.[10] 그 후 그녀가 나에게 연락해왔다. 대담하고 불손한 공연 예술을 통해 시각장애인에 대한 고정관념을 벗겨내고자 한 나의 시도가 정통 교회 성가대 책임자였던 그녀의 공감을 불러일으켰다면 이상하게 느껴질 수도 있겠지만, 사실이 그랬다. 리베카는 다른 그리스도교인이 자신에게 하는 말, 이를테면 "당신은 앞을 볼 수 없으니까 죄를 짓지 않겠죠?" 같은 말에는 '음흉한' 무언가가 있음을 느낀다고 했다.

눈먼 사람들이 순수하다고 가정하는 건 잘못일 뿐 아니라 모욕적이기까지 하다. 눈멂을 죄 없음과 동일시하는 것은 한 시각장애 그리스도교인이 자신의 영적 부분과 육체적 부분 사이에서 균형을 잡으려는 투쟁을 무효로 만든다. 리베카의 말처럼 "극소수 사회가 눈멂과 죄 없음을 동일시하지만, 그에 따르는 온갖 가정은 커다란 여행 가방 전체를 채울 정도예요."

이러한 가정은 흔히 순수와 결백, 나아가 청렴에 관한 내용일 것이다. 내가 보기에, 이는 시각과 관련해 비시각장애인들이 흔히 보이는 역설적인 입장과 관계가 있다. 다시 말해 시각은 가장 유용하고 중요한 감각이지만, 한편으로는 가장 정신을 산란하게 만들고 피상적이며 유혹으로 가득한 감각이라는 믿음이 그것이다. 내가 애초에 '블라인드 펑크' 기사(덕분에 캐나다 국영방송국과 인터뷰하게 되었지만)를 쓰게 된 것도 바로 이러한 비시각장애인들의 가정 때문이었다. 내가 아코디언을 들고 무대에 오를 준비를 하고 있자, 내 흰 지팡이를 본 한 여성은 이렇게 말했다. "당신은 천사처럼 노래하겠군요." 나는 그 여성의 예상을 보기 좋게 뒤엎었고, "뇌를 박살내는 전위적인 아코디언" 연주로 청중의 귀에 맹공을 퍼부었다.

대체로 세속적인 오늘날의 세계에서, 눈멂이 초월을 위한 중요한 자리로 남아 있다는 사실은 골치 아프게 다가온다. 이렇듯 눈멂의 의미에 기대를 거는 사람들은 내가 거리를 지나갈 때 "신의 축복을!"이라고 외치는 그리스도교인들뿐이 아니다. 아저씨 부류의 사람에서부터 젊은 전문직 종사자까지 온갖 부류가 있다. 눈멂의 의미란 사실상 시각의 결핍 이상도 이하도 아닌데 말이다.

앞을 못 본다고 해서 특정 유형의 성격, 행동 양식, 충동, 야망, 독창성, 통찰력이 절로 생기거나 개종하는 건 아니다. 종교학자 존 헐(John Hull)이 1990년에 회고록『바위 만지기(Touching the Rock)』에서 썼듯이 "시각장애인은 비시각장애인만큼이나 서로 다르다."[11] 눈뜬 자들의 세계에서 눈멂이 성격에 영향을 주는 정도는 젠더, 민족, 사회경제적 지위 등이 영향을 주는 정도와 다르지 않으며, 서로 교차하는 이 모든 요소가 어떻게 작용할지 알 방법은 없다. 눈멂에 대한 고정관념을 깨부수기란 눈멂이 우리 인간성의 한 양상에 불과하다는 점을 깨닫는 데 달려 있다. 비록 그 인간성이 수백 년에 걸친 강력한 종교적 도상학으로 가득 차 있고, 문학과 예술이 그 도상학을 지울 수 없는 진실처럼 빚어내기는 했지만 말이다.

눈먼 성인의 전통은 특히나 순수함과 눈멂의 관계를 공식화하는 역할을 한 것 같다. 그 가운데 가장 유명한 성인은 동정을 서약하고 이를 지키려다가 304년에 순교한 시라쿠사의 성녀 루치아이다. 그녀는 시칠리아의 부유한 집안에서 태어났지만, 결혼을 거부하고 대신에 지참금을 가난한 사람들에게 나누어주었다. 실망한 구혼자는 그녀가 그리스도교인이라며 고발했는데, 디오클레티아누스(Diocletianus)의 '대박해'가 한창이던 시절에 이는 가벼운 문제가 아니었다. 이 신흥 종교를 짓밟기 위한 로마 황제 디오클레티아누스의 포악한 시도가 절정을 향하고 있었다. 재판관은 그녀를 매춘굴로 보내라고 명령을 내렸지만, 아무리 끌어내려 해도 그녀는 기적처럼 꼼짝하지 않았다. 그러자 재판관은 화형을 선고했지만 그녀 몸에 불이 붙지 않아 결국 그녀는 칼에 찔려 죽었다. 일부 판본에서는 그녀가 결혼하지 않으려고 스스로 눈을 파냈다고 하며, 또 다른 판본에서는 당국에 의해 눈이 뽑혔다고도 한다.(그리고 그녀가 죽은 후 눈은 기적적으로 회복되었다.)

비록 성녀 루치아 이야기의 모든 판본에서 눈멂이 등장하지는 않지만(그리고 실제 눈이 멀게 되는 부분은 그녀가 죽고 몇 세기 후에 나타난 것으로 보인다.) 그럼에도 그녀는 눈먼 사람의 수호성인이 되었고, 종종 눈알이 놓인 쟁반을 든 모습으로 묘사된다. 마치 이렇게 말하는 듯하다. "난 이것이 필요하지 않으니, 당신이 가지세요." 성녀 루치아의 이름은 빛을 뜻하는 라틴어 '룩스(lux)'에서 유래한다. 이 단어는 물리적 빛을 영적인 빛과 교환하려는 신플라톤주의 경향을 보여주는 완벽한 예이며, 이 중대한 은유는 연중 가장 어두운 때인 12월 13일, 성녀 루치아 축일을 기릴 때 등장한다.

얼마 전 내 고향 샌프란시스코에 갔을 때였다. 앨러배스터와 나는 노스비치에 있는 세인트피터앤드폴 교회에 갔다. 우리는 양초 하나를 사서 눈알 쟁반을 들고 있는 루치아의 조각상 앞에 놓았고, 앨러배스터는 그 앞에서 내 사진을 찍어주었다. 나는 성녀 루치아를 좋아한다. 나는 비록 신자는 아니지만, 신이나 예수와는 달리 인간적이며 공감대를 형성할 수 있는 역할 모델인 성인과 대중이 맺는 관계를 잘 알고 있다.

눈멂과 연관되는 성녀는 루치아 말고도 또 있다. 태생부터 눈이 멀었지만, 세례를 받고 시력을 얻은 성녀 오딜(660~720)은 또 다른 예다. 루치아처럼 오딜도 종종 눈알을 든 모습으로 묘사되는데, 눈알이 쟁반이 아닌 책 위에 있다는 점이 다르다.

눈먼 성인 전통은 사도 바울과 함께 시작되었을 것이다. 바울은 원래 사울이라는 이름의 유대인으로 그리스도교를 박해했지만, 믿음을 위해 순교한 교부로 삶을 마감했다. 「사도행전」 9장에 따르면, 사울이 다마스쿠스로 가는 그 유명한 길을 가고 있을 때 "갑자기 하늘에서 빛이 번쩍이며 그의 둘레를 환히 비추었다. 그가 땅에 엎드리자 '사울아, 사울아, 네가 왜 나를 박해하느냐?' 하는 음성이 들려왔다."[12]

　사울이 누구냐고 묻자 목소리가 대답했다. "나는 네가 박해하는 예수이다." 사울이 일어나 눈을 떴지만 앞이 보이지 않았다. "그래서 사람들이 그의 손을 끌고 다마스쿠스로 데리고 갔다." 그는 그곳에서 사흘 동안, 아나니아라는 그리스도교인이 도와주러 올 때까지 앞을 보지 못한 채 지냈다.[13]

　예전의 박해자를 유능한 전도사로 탈바꿈시키기 위해 신의 부름을 받고 사울의 시력을 되찾아주러 온 아나니아는 사울에게 손을 얹은 채 말한다. "사울 형제, 나는 주님의 심부름으로 왔습니다. 그분은 당신이 여기 오는 길에 나타나셨던 예수님이십니다. 그분이 나를 보내시며 당신의 눈을 뜨게 하고 성령을 가득히 받게 하라고 분부하셨습니다."[14]

　그러자 사울의 눈에서 비늘 같은 것이 떨어졌고 사울은 세례를 받았다. 바울이 된 그는 예수의 말씀을 가르친다. 바울이 썼다고 여겨지는 「고린도전서」에는 인간의 제한된 시력을 묘사하는 유명한 구절이 있다. "우리가 지금은 거울에 비추어보듯이 희미하게 봅니다." 바울의 이야기는 눈멂을 고쳐주는 능력을 말하고 있지만, 어쩌면 그 이야기에서 무엇보다 중요한 교훈은 이것이 아닐까. 우리가 우리 시력이 아주 완벽하다고 믿을 때조차도(또는 특히나 그렇게 믿을 때) 우리의 시력은 근본적으로 어둡고 불완전하며, 시각은 오만과 자존심, 영원한 독선과 연결된다는 깨달음 말이다.

독자 여러분은 나처럼 종교를 믿지 않을지도 모르고, 성서를 별로 읽지 않을 수도 있겠지만, 그렇다고 해서 눈멂이 유용한 교정 수단이라는 믿음에 세뇌당하지 않았다는 얘기는 아닐 것이다. 소설 『제인 에어』(1847)에서 로체스터가 눈이 멀게 되는 대목을 예로 들어보자. 실제로 아버지가 부목사였던 작가 샬럿 브론테(Charlotte Brontë)는 이 소설에서 눈멂에 대한 그리스도교식 상징을 노골적으로 사용해 피상성과 죄악, 진정한 사랑과 거짓된 사랑의 관계를 드러낸다.

『제인 에어』는 평범한 외모에 체구가 작은 고아 제인의 이야기이다. 그녀는 친척과 무자비한 교사로부터 학대당하다시피 하다가 으리으리한 손필드 저택에 사는 부유한 귀족 로체스터 집의 가정교사라는 안락한 직업을 얻는다. 제인은 로체스터의 사랑까지 받게 되지만 불행히도 로체스터는 이미 버사 앙투아네타 메이슨이라는 미친 여자와 결혼한 몸이었다.(훗날 진 리스(Jean Rhys)는 소설 『광막한 사르가소 바다』에서 버사의 이야기를 다룬다.) 그러나 로체스터는 어쨌거나 제인과 결혼하려는 노력을 멈추지 않는데, 결혼을 앞두고 진실이 밝혀지자 제인은 달아난다. 그 후 버사는 손필드 저택에 불을 질러 죽음을 맞고, 로체스터는 한쪽 팔과 시력을 잃는다.

사랑하는 로체스터가 이제 눈이 멀었다는, 그리고 혼자가 됐다는 소식을 들은 제인은 그에게 달려가지만, 그를 놀라게 하고 싶지 않아 처음에는 관찰자 역할에 만족한다. 자신이 관찰당하고 있음을 알 리 없는 그 눈먼 남자를 지켜보는 제인의 대담한, 어쩌면 남성적이라고까지 할 수 있는 시선에는 권능적인 어떤 것이 있다.

그는 계단 하나를 내려와서 천천히 더듬거리듯 잔디밭을 향해 나아갔다. 그의 당당한 걸음걸이는 어디로 사라졌을까? 어느 길로 가야 할지 모르겠다는 듯 그가 걸음을 멈추었다. 그리고 한 손을 들고 눈꺼풀을 떴다. 멍한 눈길로 힘겹게 하늘을 올려다보면서 주변을 둘러싼 숲 쪽을 바라보았다. 그에게는 모든 것이 공허한 어둠뿐인 것이 분명했다. 그가 오른손을 내밀었다.(절단된 왼손은 가슴에 감추고 있었다.) 주변에 무엇이 있는지 알고 싶은 것 같았다. 그러나 여전히 손에 닿는 것은 허공뿐이었다. 나무들은 그가 서 있는 데서 몇 미터 떨어져 있었던 것이다. 그는 노력을 포기하고 팔짱을 낀 채 이제 모자를 쓰지 않은 머리 위로 빠르게 떨어지는 빗속에 조용히 아무 말도 않고 서 있었다.[15]

내가 이 슬픈 후반부를 처음 읽은 것은 아홉 살 무렵이었다. 나는 엄마가 값비싼 수입 여성복 장사를 하던 가게에서 모퉁이를 돌면 나오는 작은 공공 도서관의 아늑한 창가 자리에 앉아 있었다. 눈물이 하염없이 흘렀다. 당시 아주 철든 기분이 들었는데, 그때의 눈물은 무엇보다 잘 기억하고 있다. 비시각장애 아동이었던 나는 동정하는 제인에게 공감하는 만큼 로체스터에게 공감할 수 없었지만, 지금은 시력을 잃어버린 그 남자에게 동족애를 느낀다. 바깥 모험을 시도하러 나섰다가도 곧바로 혼란스러워지고 더듬기가 꺼려져 좌절했던 적이 얼마나 여러 차례 있었던가. 최근 몇 년 동안은 지레 포기한 채 팔짱을 끼고서, 혹시 있을지 모를 구경꾼에게 이런 신호를 보낸 적은 또 얼마나 많았던가. "바로 여기가 내가 있을 자리예요, 빌어먹을 머리에 비를 맞겠지만요."

엄마와 나는 곧잘 엄마 침대 위에서 피크닉을 나온 듯 먹을 것을 늘어놓고 옛날 영화를 같이 보곤 했다. 그 소설을 읽은 후에 텔레비전에서 아름다운 흑백 영화 「제인 에어」(조앤 폰테인과 오손 웰스 주연에, 놀랄 만큼 어린 엘리자베스 테일러가 등장한다.)를 방영해주었다. 그 후로도 몇 년 동안 나는 가끔 (불우한) 친구들과 그 영화를 같이 보곤 했다. 지금은 귀로 그 영화를 보지만, 내 마음의 눈에는 대부분의 장면이 남아 있다. 그 영화 역시 나를 훌쩍이게 만든다.

영화는 제인이 손필드로 돌아가는 것을 감정적으로 암시하며 끝나지만, 소설에서 제인은 로체스터와 함께하는 삶을 자세히 이야기하고, 그가 눈이 멀었다는 "그런 상황이 우리를 그토록 더 가까워지게 만들고 그처럼 단단히 결합해주었을 것이다."라고 말한다. 이어서 제인은 그가 세계를 보도록 도와주었다고, 책을 읽어주고 자연을 묘사해주었다고 설명한다. "문자 그대로 나는 (그가 가끔 나를 그렇게 부르듯이) 그의 눈"이었다. 그리고 독자들에게 장담한다. "한결같이 그에게 책을 읽어주었고, 그가 가고 싶어 하는 곳이면 어디든 변함없이 그를 이끌어주었으며, 늘 곁에서 그가 원하는 일을 해주었다. 그리고 나는 도움을 주면서 슬프긴 하지만 가장 충분하고 강렬한 기쁨을 느꼈다. 그는 고통스럽게 수치스러워하거나 의기소침하게 굴욕감을 느끼지 않은 채 이런 도움을 요구했다."[16]

정말 엄청나게 이상화된 동반자의 모습이 아닌가! 나는 앨러배스터를 높이 사지만, 그렇게 완벽한 한쪽의 도움, 그리고 다른 한쪽의 굴욕감 없는 완벽한 감사는 인간의 영역 밖의 일인 것 같다.

흥미롭게도 제인은 로체스터가 계속 눈먼 상태로 남아 있지 않을 것이라고 말한다. 로체스터는 시각 손상인이 될 것이다. "그는 저명한 안과 의사의 진찰을 받고 마침내 한쪽 눈의 시력을 회복했다. 아주 분명하게 사물을 볼 수 있는 상태는 아니어서 책을 읽거나 글을 쓰지는 못한다. 그러나 손을 잡고 인도를 해주지 않아도 혼자서 걸어 다닐 수 있게 되었다. 하늘이 더 이상 그에게 공백이 아니고 땅이 더 이상 공허가 아니었다. 첫 아기가 그의 품에 안겼을 때 그는 아들이 옛날 자기 눈을, 크고 반짝이는 검은 눈을 그대로 물려받았음을 볼 수 있었다."[17]

로체스터가 자기 아들을 보고 인정하듯 "신이 자비로움으로 심판을 누그러뜨려"주었다고 느끼는 우리 감정에 기댄 플롯에서, 일시적이고 불완전한 실명은 완벽한 해결책이다. 사울/바울의 개종이 증언하듯, 눈멂의 교훈은 일단 그것을 배우고 나면 죄 많은 영혼이 바른길을 벗어나지 않도록 하기에 충분한 모양이다.

일시적이든 영구적이든 실명의 불행이 주요 등장인물을 갑자기 덮칠 때마다, 여러분은 그 인물이 아주 중요한 어떤 교훈을, 제대로 기능하는 눈으로는 보지 못했을 인생 교훈을 배우게 되리라는 데 가진 돈을 전부 걸 수 있을 것이다. 『리어왕』에서 폭력적으로 눈이 뽑히는 글로스터, 시트콤 「해피 데이스」에서 사고로 실명하는 폰지, 『얼음과 불의 노래』에서 갑작스러운 벌로 실명이 되는 아리아까지, 때로는 심오하고 때로는 지나치게 감상적인 교훈은 확실히 효과가 있을 것이다. 따라서 강요된 개종이라는 그리스도교식 상징은 매력적이면서 보편적인 듯한 보상의 가능성을 제시한다. 눈멂이 진정한 시야와 맞교환되는 것이다.

최근 몇 년 동안 나는 책과 영화, 텔레비전 프로그램이 즐겨 다루는 이 교훈에 관해 많은 생각을 했다. 그리고 그동안 눈멂을 통해 배워야 할 것을 충분히 배운 것 같으니, 나 정도면 이제 겸손함과 지혜의 복된 파란 아우라처럼 내 이해력을 발산하면서 눈뜬 자의 세계로 다시 들어갈 만하지 않느냐고 공허한 하늘에 대고 소리치기도 했다. 눈멂이 실제로 잘못된 외고집과 죄 많음을 고친다면, 우리 시각장애인은 모두 절대적으로 옳고 천사 같아야 한다. 그렇지 않은가?

그렇지만 이런 눈멂의 교훈은 무릇 감각이 물리적 성질에 의해 제한된다는 사실을 잊어버리는 우리의 망각과 관련이 있다. 청각과 촉각이 시각보다 더 심오할 리도 없고, 영성으로 이끌거나 반대로 영성과 멀어지는 경향이 더 많은 것도 아니다. 다시 말해 우리 시각장애인이 물리적인 것을 초월하는 데 관심이 있다면, 비시각장애인의 고정관념에 끼워 맞추기보다는 우리만의 방식을 찾아야 한다는 얘기다.

헐은 버밍엄대학교에서 종교학을 가르쳤고, 수십 년을 백내장과 망막 박리로 고생하며 수술을 거듭하다가 결국 완전히 시각을 잃었다. 그의 회고록『바위 만지기』는 1983~1986년 동안 녹음테이프에 구술한 일지를 바탕으로 한 것이다. 헐은 완전히 실명하기까지의 삶을 서문에서 간략하게 그려내지만『바위 만지기』의 내용은 이후 3년간에 걸쳐 일어난 일을 자세하게 다루고 있다. "1983년 마지막 빛의 느낌이 희미해지고 어두운 원반이 마침내 나를 압도해버렸다. 나는 36년 동안 내가 생각해도 용감하게 싸웠지만 아무 소용이 없었다. 그때 비로소 나는 깊은 바닷속으로 가라앉기 시작했고, 마침내 절망의 한 끝에서 바위를 만지는 방법을 배웠다."[18]

헐은 회고록 후반부에서, 스코틀랜드에 있는 중세 수녀원인 이오나 수도원에서 객원 연구원으로 머물던 일을 이야기한다. 그곳에 있는 동안 그는 혼자서 수도원을 둘러보곤 했는데, 그곳의 대리석 제단을 발견하고 매일 밤 조금씩 조금씩 그 제단을 살폈다. 이 '온몸으로 보기'는 그에게 독특한 보상을 주는 것처럼 보인다.

그 윗면은 실크처럼 매끄러웠다. 그런데 그것이 뒤로 얼마나 뻗어 있을까? 나는 그 위로 두 팔을 뻗어봤지만, 뒤쪽이 손에 닿지 않았다. 믿을 수 없었다. 어딘가에 뒤가 있어야 했다. 제단 위로 한껏 몸을 밀어 발이 대롱거릴 때쯤에 뒤쪽이 만져졌다. 이런 동작을 계속 반복하면서 내 몸으로 측정하다 보니, 마침내 그 비율이 어느 정도 머릿속에 그려지기 시작했다. 그것은 나보다 크고 훨씬 오래되었다. 반들거리는 표면에는 약간 불규칙한 새김 자국이 길게 나 있었는데, 금 간 게 아니라 일종의 결함 같은 거였다. …… 거칠게 꺼진 자리와 크고 반들거리는 부분의 대조가 두드러졌다. 여기는 사람들이 연마해 기름칠한 것처럼 매끄럽게 다듬은 자리로, 살짝 가루 느낌이 나게 마무리했는데 핥으니 미끄러웠다. 여기 이것들은 마모된 부분으로, 바위의 적나라한 속살처럼 더욱 원시적인 느낌을 주었다.[19]

나는 헐이 겪은 촉각 기반의 특이한 초월 경험을 매우 감사하게 생각한다. 우리가 본 것처럼 (대체로 그리스 철학에 기반한) 그리스도교는 신자들에게 신체를 극복하고 내면의 눈으로 바라보라고 권고하지만, 전 세계의 웅장하고 휘황찬란한 교회들은 깊은 위선을 보여준다. 눈은 너무나 쉽게 아름다움에 현혹당하기 마련인데 왜 교회를 아름답게 지을까? 냉소적으로 말하려는 게 아니다. 내가 하고 싶은 말은 그저, 감각이 우리를 신으로부터 또는 진실이나 영혼으로부터 멀어지게 한다는 관념이 얼마나 복잡한지를 인정하자는 것이다. 그리고 비록 종교적 초월이 눈먼 사람을 격려하는 것처럼, 즉 신에게로 가는 빠른 길을 제시하는 것처럼 보일 수 있다고 해도 극히 제한적이다. 나는 그것 또한, 영혼 대 몸이라는 이원론에 뿌리내린 근본적인 오해에서 비롯되었다고 생각한다.

우리의 감각은 부정확하고 제한적일 것이다. 그러나 감각이 없다면 우리가 어떻게 배우고 감각 너머 또는 그 아래 있는 것을 상상하고 구성할 수 있을까? 애초에 초월의 욕구를 자극하는 가정을 고민한다는 건 더더욱 불가능하지 않겠는가? 내 생각에 우리에게 세계를 알려주는 것은 우리의 몸과, 더듬거리고 틀리기 쉬운 우리 몸의 감각뿐이다. 경전을 읽는 것부터 송가를 듣는 것, 제단 위로 몸을 뻗는 것이 다 그렇다. 그렇지만 앞으로도 시각장애인들은 몸과 몸의 유혹으로부터 거리를 유지하는 그 미심쩍은 이분법, 실질적이고 문자적인 영역에서 많은 난관을 안겨주는 사고방식, 그리고 영적인 것을 우선시하는 태도를 계속 즐겨야 할 것이다. 우리의 문화적 생산물이 그 시야를 넓히고 감각이나 초월과 관련해 더욱 복잡하고 거대한 은유를 즐기게 될 때까지는 말이다.

4

사악한 눈알아,
빠져라!

셰익스피어의 비극 『리어왕』은 1606년 국왕 제임스의 궁정에서 초연되었다. 극의 내용은 왕좌에서 물러나 세 딸에게 왕국을 나누어 주고 싶은 어느 왕의 이야기이다. 그러나 딸들은 아버지 리어왕을 얼마나 사랑하는지 공개적으로 과시하듯 말해야만 영토를 받을 수 있다. 리어는 서로 공모한 두 딸 리건과 고너릴의 사탕발림 선언을 진정한 애정으로 받아들이고, 사랑하는 딸 코딜리아의 솔직한 말을 경멸하다가 뒤늦게 진실을 깨닫는다. 한편으로 이 비극은 글로스터 백작의 이야기이기도 한데, 글로스터는 야심만만한 사생자인 에드먼드에게 속아 정직한 적자인 에드거가 자신에 대한 음모를 꾸민다고 믿게 되지만, 그 역시 뒤늦게 진실을 깨닫는다.

그러므로 사실상 이 작품은 어리석은 두 노인을 둘러싸고 벌어지는 두 가지 비극, 즉 수많은 죽음을 다루고 있다. 자신이

처한 상황과 자녀들을 제대로 보게 되기까지의 여정에서 한 노인은 미쳐버리고 다른 한 노인은 눈을 잃는다. 이 극에는 너무 많은 것이 두 배, 여러 배 등장한다. 두 명의 아버지, 두 명의 못된 딸, 두 명의 훌륭한 (그러나 불신을 사는) 자녀, 두 형제, 두 남편, 두 개의 플롯, 적어도 두 명의 바보, 여러 광기, 그리고 수많은 눈멂.

이런 과잉을 비평가들이 늘 인정하는 것은 아니다. 조지 오웰(George Orwell)이 쓴 1947년의 에세이 「리어, 톨스토이, 그리고 어릿광대(Lear, Tolstoy, and the Fool)」를 보자. 그는 『리어왕』을 경멸한 톨스토이의 견해에 동의하지는 않지만(톨스토이는 셰익스피어가 과대평가되었다고 보았는데, 그렇다고 오웰이 셰익스피어를 옹호하는 것도 아니다.), 그 작품에 몇 가지 근본적인 결함이 있다고 인정한다. "『리어왕』은 희곡으로서 그다지 훌륭한 작품은 아니다. 지나치게 늘어지고 등장인물과 하위 플롯은 지나치게 많다. 못된 딸은 한 명이면 족했을 것이며, 에드거는 불필요한 인물이다. 실제로 글로스터와 그 두 아들이 없었다면 더 나은 작품이 되었을 것이다."[1]

오웰에게는 미안한 말이지만, 그가 글로스터를 가볍게 묵살한 것은 문제로 보인다. 글로스터의 눈멂에 대한 재현은 나의 독서 이력 초기에 눈멂의 은유적 무게를 보여주었던 또 하나의 순간이었다. 콘월 공작(리어의 못된 딸 리건의 남편)이 글로스터의 눈알을 뽑아버리는 장면은 작품의 고압적인 알레고리를 과장해서 재현한다. 만약 당신이 사랑하는 사람을 피상적인 눈으로 바라본다면, 당신은 비유적으로 눈이 멀었으며, 그 문제를 바로잡을 좋은 방법은 눈알을 없애는 거라는 알레고리가 그것이다. 오이디푸스와 사도 바울에게서 보았듯 눈멂은 제대로 보게 해준다. 그러나 내가 처음 『리어왕』을 읽었을 때 미처 몰랐던 것은 글로스터가 겪는 눈멂은 통찰과 함께 일종의 어설픈 광대짓까지 동반하기에, 결국 그가 아들들을 똑바로 보게 되는 능력은 나머지 거의 모든 것을 할 수 없는 무능함으로 인해 빛이 바랜다는 사실이었다.

『리어왕』은 시티칼리지오브샌프란시스코(CCSF, 2년제 지역 전문대학)에서 처음으로 대면했다. 시력이 점점 떨어지는 동안에는 일을 처리하는 방식을 항상 조정해야 했기 때문에 모든 게 오래 걸렸다. 대체로 나는 실력을 발휘할 수 없다는 좌절감으로 인해 고등학교를 중퇴했다. 학교생활이 어려워서가 아니라, 눈이 잘 보이지 않아 학교생활을 더는 해내기 어려웠기 때문이다. 그럼에도 대학에 가지 않는 건 생각해본 적이 없었으므로 곧바로 CCSF에 들어갔다. 그 학교에서 마침내 장애 학생 프로그램을 비롯해 각종 서비스의 도움을 받게 되었고, 시각장애인을 위한 비영리 공공 도서관의 오디오북에 꽂혀버렸다. 때마침 나는 난생처음 컴퓨터를 사용하게 되었다.(그 전에는 엄마의 1950년대 수동 타자기로 보이지도 않는 눈으로 과제를 작성하곤 했는데, 자판은 만질 수 있었지만 내가 쓴 글을 교정 볼 수는 없었다.)

당시 나의 괴짜 같은 남자 친구가 내 집에서 같이 살게 되면서 컴퓨터를 가져왔다. 그는 텍스트 확대 무료 소프트웨어를 내려받았고, 심지어 직관과 거리가 먼 명령어 인터페이스를 배우도록 나를 설득해 MS-DOS 수업에 데려가기도 했다. 그때가 1991년이었을 것이다. 그렇게 해서 CCSF에서의 영문학 개론 수업에서 나는 처음으로 컴퓨터로 에세이를 쓰게 되었다. 그 에세이는 빛을 보려면 눈이 멀어야 한다는 이상한 역설과 글로스터에 관한 내용이었다. 검은 바탕에 거대하고 선명한 녹색 글자들이 DOS 시스템의 독특한 미니멀리즘으로 스크린 위를 지나가는 동안, 나는 문학에 관한 글쓰기로 경력을 쌓을 수 있겠다는 생각이 들었다. 그 전에는 그런 일을 하는 사람들이 있다는 사실조차 생각해본 적이 없었다. 다시 말하면, 글로스터의 눈멂과 내가 처음 사용하게 된 컴퓨터는 내가 학계로 들어가는 입문 수단이었다.

작고한 위대한 문학 비평가 해럴드 블룸(Harold Bloom)은 『리어(*Lear*)』라는 2008년 분석에서 그의 평소 최상급 어조를 써서 이렇게 선언한다. "『햄릿』과 『리어왕』은 지금껏 인류가 구상한 궁극의 드라마로 쌍벽을 이룬다."[2] 설사 블룸이 내가 원하는 만큼 글로스터의 중요성에 무게를 두지 않는다 해도, 그는 아들을 내세움으로써 그 아버지를 일으켜 세운다. "리어 다음으로 이 드라마에서 중요한 인물이 글로스터의 적자이자 리어의 대자인 에드거임을 깨닫는 경우는 별로 없다. 리어의 대사는 749행이고 에드거는 392행인데, 이는 나머지 어느 인물보다 분량이 많다."[3] 글로스터의 대사는 338행에 불과하다. 그러나 나는 이것이 글로스터가 눈알을 뽑히고 엉뚱한 아들을 내쫓았다는 사실이 드러난 후, 곧바로 자멸적 우울증에 빠졌기 때문이라고 주장하고 싶다. 자멸적 우울증이란 일반적으로 장황한 정신 상태는 아니다. 반면 그의 아들 에드거는 현명한 바보(앞을 내다보는 눈먼 사람과 다르지 않은 모순 어법)의 도발적인 언변을 유쾌하게 늘어놓으며 미친 사람 행세를 한다.

　『리어왕』첫머리에서 우리는 판단을 잘못 내린 두 명의 아버지 중 첫 번째 인물인 글로스터를 만난다. 터놓고 말해서 그는 얼간이다. 글로스터의 사생자인 에드먼드가 그를 사랑하지 않는 것도 놀랄 일이 아니다. "이자가 경의 아들이오?"라는 켄트 백작의 정중한 질문에 글로스터는 대답한다. "그가 태어난 것이 내 책임이긴 하지요. 그놈을 내 자식이라 인정하느라 얼굴을 너무 자주 붉혔더니 이제 내가 아주 뻔뻔해졌습니다." 다시 말해 그는 사생자에 대한 생각을 굳힌 상태이다. 그리고 여기서 멈추지 않는다. 켄트가 "무슨 소리인지 이해할 수가 없군요."라는 속뜻 없는 말로 해명을 요구하자, 글로스터는 바보 같은 말장난을 한다. "이놈의 어미는 이해할 수 있었다오." 이어서 켄트 백작에게 에드먼드의 어머니가 "남편을 침대로 들이기도 전에 아들부터 요람에 들어앉혔"다고 말한다.[4]

　그러는 내내 문제의 사생자 에드먼드가 옆에 서 있는데, 그는 자신이 꾸민 계획으로 위안 삼고 있음이 분명하다. 에드먼드는 글로스터를 속여서 그의 적자이자 착한 아들 에드거가 아버지에 대한 음모를 꾸민다고 믿게 만들려는 계획을 세운다. 글로스터는 아무 의심 없이 그 이야기를 덥석 믿고, 에드거 역시 쉽게 속아 넘어가 동생의 음모에 들어맞는 행동을 한다. 에드먼드는 진실을 보지 못하는 두 사람의 눈멂에 신이 나서 지껄인다. 그는 글로스터를 "귀 얇은 아버지", 에드거를 "고상한 형"이라고 하면서 형이 "악행과는 거리가 멀어 / 아무도 의심

　　　　　사악한 눈알아, 빠져라!

하지 않으니, 그 바보 같은 정직함 때문에 / 내 계획이 술술 풀리는구나."라고 쾌재를 부른다.[5]

　말하자면 에드거는 선해서 눈이 먼다. 마음에 품은 것이 없기 때문에 자기 동생의 사악한 의도를 보지 못한다. 순수함은 이중성을 간파할 수 없다는 관념은 밀턴의 『실낙원』에도 등장하는데, "하늘에서 가장 예리한 눈을 가진 영(靈)"조차 위장한 사탄을 알아보지 못한다.[6]

　『리어왕』은 겉모습 대 실체를 다룬 작품이다. 우리가 리어를 만날 때, 그는 자기 왕국의 통치권을 포기하고 세 딸이 해주는 사랑의 말에 따라 왕국을 나눠 줄 준비가 되어 있다. "말로 할 수 있는 이상으로, 시력과 공간과 자유보다 더 소중한 아바마마를 사랑합니다." 사악한 고너릴은 이렇게 말한다.[7]

　고너릴의 과장된 애정 선언은 리어가 세 딸에게 원하던 바였으나, 그는 두 딸에게서만 그 말을 듣게 된다. 그 사랑을 짙게 채색하고 싶은 오만하고 딱한 욕구 때문에, 그는 고너릴의 위선도, 또 다른 사악한 딸 리건의 위선도, 그리고 그가 아끼는 딸 코딜리아의 (이 비극에서 가장 중요한) 꾸밈없는 사랑도 보지 못한다. 코딜리아는 방백으로 진심을 말한다. "저의 사랑은 무거워서 / 혀에 얹지 못할 것입니다."[8]

　얼마 후 리어는 고너릴과 리건에게 푸대접을 받게 되면서 그들의 듣기 좋은 말이 입술보다 더 얄팍하다는 것을 알게 된다. 그는 두 딸과 차례로 다툰 후 황야를 방황하다가 결국 정신줄을 놓아버린다. 리어와 글로스터는 악이 명확히 밝혀진 후에야 제대로 보기 시작한다. 글로스터는 리어를 도왔다가 벌을 받는다.(어쩌면 은유적으로는 불륜을 우습게 본 죄로 벌을 받았을 것이다.) 그가 두 아들의 진심을 알게 된 건 벌을 받고 난 후의 일이다.

콘월 백작과 리어의 두 딸이 글로스터를 체포한 후, 우리는 블룸이 말한 이른바 "셰익스피어 작품에서 타의 추종을 불허하는 악의 호칭 기도"를 듣는다.[9] 이제 악마처럼 글로스터의 처벌을 요구하는 것은 다름 아닌 바로 그 자매(앞에서 리어에게 "시력보다 더 소중"하다고 공언했던 고너릴)이다 ."두 눈을 뽑아버리세요."[10]

고너릴은 자신의 제안이 실행되기 전에 자리를 뜨지만, 동생 리건은 기다린다. 글로스터가 리어를 도버로 보냈다고 인정하자 리건이 그 이유를 묻는데, 글로스터는 무심결에 아이러니하게 대답한다. "그대의 잔인한 손톱이 그 노인네의 / 불쌍한 두 눈을 뽑아버리는 꼴을 보고 싶지 않았고 / 잔혹한 그대 언니가 멧돼지 같은 이빨로 왕의 옥체를 헤집는 꼴을 볼 수 없었기 때문이오."[11]

글로스터가 이런 맥락으로 몇 행의 대사를 계속하자 콘월 백작이 응징에 나선다. "그런 일은 절대 없을 거다. 여봐라, 의자를 붙잡아라. / 내가 너의 두 눈을 밟아버리겠다."[12]

그렇게 해서 글로스터의 눈 한쪽이 뽑힌다. 이름 없는 (그러나 양심이 있는) 하인 하나가 말리려 하다가 실랑이가 벌어진다. 리건은 그 하인을 뒤에서 찔러 죽인다.

첫째 하인: 아, 나는 죽는구나! 백작은 한쪽 눈이 남았으니 내가 공작에게 가한 상처를 보십시오. 아! (죽는다.)

콘월: 더 이상 못 보도록 해주지. 사악한 눈알아, 빠져라! 자,
볼 테면 봐라.

글로스터: 온통 깜깜한 절망이다! 내 아들 에드먼드는 어딨
소?[13]

바로 이 대목에서 글로스터는 하나씩 진실을 깨닫기 시작
한다. 그의 아들 에드먼드, 사생자는 악당이며 그의 친아들 에
드거는 엉뚱하게 비난받았다는 진실 말이다.

블룸은 "『리어왕』 공연을 여러 번 보았다."라고 말한다. "글
로스터의 눈이 뽑히는 장면은 감당이 되지 않는다. 셰익스피
어는 왜 이 장면을 우리에게, 사실상 그 자신에게 보여주었을
까?"[14]

나는 그 연극을 (엄밀히 말해) 한 번도 본 적은 없지만, 한편
으로는 공포의 개념이 떠오른다. (대다수가 우리에게서 가장 소중
하고 시적인 감각 기관이라고 여기는) "사악한 눈알"이라는 블랙 유
머가 담긴 이 잔인한 장면은 사물의 겉모습이라는 덫에 걸리면
기능적인 시각은 쓸모없어짐을 폭력적으로 강조한다. 블룸은
나처럼 데이비드 린치(David Lynch)나 쿠엔틴 타란티노(Quentin
Tarantino) 감독(이들의 충격적인 이미지와 거침없는 잔인성은 내 마음
의 눈에서 지워지지 않은 채 남아 있다.)의 작품을 경험하지 못했고,
그래서 아마 『오이디푸스』에서처럼 무대 뒤에서 폭력이 일어
나는 편을 선호했을 것이다. 물론 앞에서 보았듯이 아무리 말
을 통해서 전해질지언정, 오이디푸스가 스스로 눈을 찌른 행위
는 매우 소름끼치지만 말이다. 그 장면을 목격한 전령의 말은

이렇다. "그분께서는 손을 들어 한 번이 아니라 여러 번 자기 눈을 찌르셨어요. / 그때마다 눈알 뿌리에서 뿜어진 피가 그분의 / 수염을 적셨어요. 드문드문 떨어지는 것이 아니라 / 검은 피의 싸락눈이 맥동하며 쏟아져 내렸어요."[15]

공포물은 종종 싸구려로 매도되기도 하지만, 처음부터 문학 전통의 한 부분을 이루고 있었다. 특히나 눈알 뽑기는 오래된 모티프이다. 『오디세이아』에서 오디세우스가 키클롭스족 폴리페모스를 어떻게 했는지 생각해보자. 자기 부하들을 잡아먹은 폴리페모스에게 복수하기 위해, 오디세우스는 아주 맛난 그리스 포도주를 먹여 그 외눈박이 거인을 고주망태로 만든다. 그다음에는 부하들과 함께 끝이 뾰족한 말뚝을 불에 달군 후 잠자는 거인의 눈을 찌른다. "그러자 뜨거운 말뚝 주위로 피가 흘러내렸소. 불기운은 주위의 눈꺼풀과 눈썹을 모조리 태워버렸고 / 안구도 불타며 그 뿌리가" 마침내 "말뚝에 타며 바지직 소리를 냈소."[16]

우리는 소중한 눈이 물리적으로 얼마나 다치기 쉬운지 가끔은 돌아볼 필요가 있다. 어쩌면 그런 이유로 호메로스와 소포클레스와 셰익스피어는 눈알이 지글거리고 찔리고 뽑히는 장면을 표현했을 것이다. 너무 많은 이가 지나치게 눈에 의존하기 때문에 우리는 눈이 감각 기관 이상이라고 믿는다. 눈은 "마음의 창"이 되었다. 이 대중적인 구절은 「마태복음」 6장 22, 23절에서 영향을 받았을 것이다. "눈은 몸의 등불이다. 그러므로 네 눈이 성하면 온몸이 밝을 것이며 네 눈이 성하지 못하면 온몸이 어두울 것이다. 그러니 만일 네 마음의 빛이 아니라 어둠이라면 그 어둠이 얼마나 심하겠느냐?"

그 구절은 셰익스피어의 표현으로 여겨지기도 하지만, 나는 정확한 대목을 찾지 못했다. 하지만 셰익스피어가 그 관념을 중요하게 여긴 것은 확실해 보인다. 그 예로 소네트 1을 보자. "하지만 그대, 자신의 영롱한 눈에 사로잡혀, / 자신을 연료 삼아 불꽃을 불태우네."[17]

미국의 조각가 하이럼 파워스(Hiram Powers, 1805~1873)는 그 구절을 누구나 알아보는(그리고 남용하는) 형태로 만든 사람으로 알려져 있다. "눈은 마음의 창이요, 입은 마음의 문이다. 지성과 의지는 눈 속에 보이며, 감정과 감성, 애정은 입속에 보인다. 동물은 사람의 눈을 보고 사람의 의도를 알려고 한다. 쥐조차 당신이 쥐를 사냥하며 궁지에 몰아넣을 때면 당신의 눈을 바라본다."[18]

눈의 소중함, 눈의 아름다움과 영혼 가득함에 대한 끝없는 노래에 나는 가끔 우울해진다. 문학에서 눈의 아름다움, 특히 홍채 색깔을 찬양하느라 쏟은 시간이 얼마나 많던가. 나는 비시각장애 친구들에게 홍채는 그저 근육일 뿐이라고, 그 이름도 재미난 홍채 괄약근이라고 유쾌하게 일깨워주곤 한다.

비록 우리 문화가 사람의(또는 동물의) 내면적 깊이와 관련해 눈이 무엇을 보여줄 수 있는가를 심하게 강조하고는 있지만, 눈을 구성하는 물질이 몸의 나머지 부분과 마찬가지로 조직과 세포, 근육과 혈관, 점액 등임을 상기하면 가끔은 도움이 된다. 그리고 비록 "사악한 눈알"을 폭력적으로 파괴하는 장면에서 고개를 돌리고 싶은 사람도 있겠지만, 정전 텍스트 속의 끔찍한 순간은 오늘날 고급문화와 저급문화를 가르는 우리의 인식이 예술 고유의 특질에 의존한다기보다는 유행에 더 가깝다는 것을 보여주는 것 같다.

이와 비슷하게 비극과 희극의 구분도 때로 우리가 가정하는만큼 그리 뚜렷하지 않다. 물론 셰익스피어는 고급과 저급, 비극과 희극의 양극단을 능숙하게 오가는 까닭에, 독자는 글로스터가 눈먼 비극적 인물로 등장할 때부터 힘없고 잘 속는 희극적 인물로 변할 때까지 활기찬 음조를 따라가는 동안 뭐가 어디서 끝나고 뭐가 어디서 시작되는지, 염두에 두어야 할 점이 무엇인지 파악하는 데 애를 먹는다.

눈알이 뽑힌 글로스터는 그를 도우려는 한 노인을 만난 후 절절하게 말한다. "갈 곳이 없으니 눈도 필요 없다. / 눈이 있을 때는 넘어졌지."[19]

이어서 그는 착한 아들 에드거를 못된 녀석으로 오해했다고 설명하며, 자신이 저지른 잘못을 보상할 수 있기를 바란다. "살아서 너를 손으로 만질 수만 있다면 / 다시 눈을 가지는 셈이련만."[20]

이때 옆에 서 있던 에드거가 자신을 드러낸다. 아니, '미친 거지 톰'으로 변장하고 나타난다. 에드거가 왜 그렇게 하면서까지 아버지가 자신을 못 알아보게 했는지는 수수께끼로 남아 있다. 그러나 우리는 에드거가 거지꼴의 미친 사람 행세도 모자라 목소리까지 변조한 것은 아버지 글로스터가 그를 모르기 때문이라고 가정해야 한다. 그러나 글로스터는 '미친 거지 톰'에게 입을 옷을 주더니, 도버 절벽에서 고통을 끝낼 결심으로 자기를 그곳에 안내하라고 한다. 톰이 그 계획에 반대하자 글로스터가 말한다. "세월이 험하니 미친 사람이 맹인을 인도한다."[21]

아들은 희극적이라고밖에 할 수 없는 계책으로 아버지를 죽음으로 인도하는 척한다. 거지 톰으로 변장한 에드거는 눈먼 아버지를 '도버 절벽'으로 데려가고, 도버 절벽이 마치 볼 수만 있을 뿐 느끼거나 소리가 들리거나 (냄새가 나거나) 하는 곳이 아닌 것처럼 설명하는 길동무의 말을 아버지는 그대로 받아들인다. 마치 이 장면은 슬랩스틱 코미디 같다.

> **글로스터:** 언제쯤 그 꼭대기에 이르게 되겠느냐?
>
> **에드거:** 지금 올라가고 있습니다. 얼마나 힘든지 보세요.
>
> **글로스터:** 땅이 평평한 것 같은데.
>
> **에드거:** 끔찍하게 가파릅니다. 들어보세요! 저 바다 소리 들리시죠?
>
> **글로스터:** 아니, 안 들리는데.
>
> **에드거:** 그렇다면 눈의 고통 때문에 다른 감각도 희미해지신 거군요.
>
> **글로스터:** 정말 그런지도 모르지.[22]

여기서 셰익스피어가 보상이라는 관념으로 장난치는 방식은 흥미롭다. 에드거는 글로스터의 나머지 감각이 더 예리해진 게 아니라 눈알과 함께 모두 사라졌다고 주장한다.(게다가 글로스터는 그 말을 순순히 받아들인다.) 물론 우리는 그 진실성을 의심해야 한다. 글로스터는 바로 그 감각을 사용해 길이 평탄하고 바람이 없다는 논점을 주장하기 때문이다. 그러나 에드거는 그의 대꾸를 뭉갠다. 시각장애인인 나로서는 이 대목을 읽기가 괴로운데, 이는 세계가 마치 시각으로만 느낄 수 있는 곳이라는 듯, 세계에 대한 시각장애인의 지식이 너무도 자주 부정당하는 현실을 완벽하게 묘사하고 있기 때문이다. 설상가상으로 이 대목은 비시각장애인의 확신 앞에서 우리의 나머지 감각의 정확성마저 얼마나 쉽게 묵살당하는지를 보여준다.

다음 장에서 우리는 현대 과학의 기원이라 할 17세기 과학을 살펴보고 한쪽에서는 광대한 우주를, 또 다른 한쪽에서는 가장 작은 생물학적 기관을 조사하려는 경험적 충동이 어떻게 일정 정도의 겸손함을 요구하는지 생각해볼 것이다. 인간의 시각은 우리 감각 기관에 의해 어쩔 수 없이 제한되는데, 바로 그 때문에 (셰익스피어가 죽고 수세기 후에 발명된) 망원경과 현미경은 매우 놀랍고 막강하다. 여기에서는 최고의 과학에 이바지하고, 어쩌면 과학을 가능하게 한 그 겸손함을 비시각장애인이 시각장애인을 대할 때는 곧잘 잊어버린다는 사실을 말하고 싶다. 마치 나머지 감각으로 얻는 정보는 시각 정보에 비해 너무 희미하기 때문에 비시각장애인이 그릇된 안정감에 빠질 수밖에 없는 것 같다. 그리고 그 안정감, 보이는 것은 반드시 진실이고 옳다는 고집은 이를 반박하려는 시각장애인을 위축시킨다.

셰익스피어는 글로스터와 에드거가 옥신각신하는 이 장면을 통해 그런 인식을 보여주는 듯하다. 그러나 여기서 기억할 것은 글로스터가 앞을 보는 길동무에게 미약하게나마 처음에

사악한 눈알아, 빠져라!

반박을 시도했다는 사실보다 궁극적으로 그가 남의 말을 쉽게 믿는다는 사실이다. 설사 그 모든 것이 은유적이라 해도, 다른 감각을 믿지 못해 평평한 오솔길과 절벽을 구분하지 못하는 눈먼 사람의 어리석음이 셰익스피어의 르네상스기부터 오늘날까지, 현실 세계에서 실제 눈먼 사람을 바라보고 대우하는 방식에 영향을 끼쳤다는 데는 의심의 여지가 없다.

제이컵 트베르스키(Jacob Twersky) 역시 셰익스피어의 글로스터 묘사를 개인적 입장에서 받아들였다. 그는 시각장애 역사학자이자 소설가로, 20세기와 21세기 초에 걸쳐(1922~2014) 92년의 생을 살았다. 트베르스키는『문학 속의 눈멂(Blindness in Literature)』(1955)에서 이렇게 쓴다. "『리어왕』에서 눈먼 글로스터 백작은 놀랄 만한 어떤 것도 제시하지 않지만, 눈멂에 관해 조금이라도 아는 사람들은 그에게 놀란다."[23]

비록 받아들이기 힘들지만, 남의 말을 쉽게 믿은 글로스터는 도버 절벽이라고 생각되는 곳에서 뛰어내린다. 그러자 에드거는 다시 목소리를 바꾸어, 죽지 않은 글로스터를 보고 놀란 척한다. 이렇게 해서 마침내 글로스터는 자신의 상황을 받아들인다. "이제부터는 고통이 / '이젠 됐다, 이젠 됐어' 하고 외치면서 내 곁을 떠날 때까지 / 감내하며 살아가겠소."[24]

나에게 이 대목은 그리스도교식으로 굴절된 장애인 서사의 중요한 양상으로 다가온다. 나아가 고난과 역경에 맞서 당당하게 '힘을 내는' 우리의 능력을 말하는 영감 포르노의 원형 같기도 하다. 이런 이야기들은 비장애인에게 행복감을 주기 위한 노력 속에서 상대적으로 사소한 고통을 받아들이라고 가르치면서 클리셰가 되어왔다. 사람들은 장애인들이 극단의 고통을 느낄 것이라고 가정하면서 영감에서 의미를 이끌어낸다. 인간은 누구나 고통받지만, 더 많이 고통받는 이들이 있음을 어떻게든 되새기면 자신의 고통을 견디기는 좀 더 쉬워진다. 물론 이 작품은 오래된 이야기이며, 셰익스피어가 글로스터의 눈멂과 리어의 정신착란을 문학에 소비한 것은 터무니없는 세속의 인생사를 묘사하기 위해서였을 뿐이다. 인간은 고통받고 죽으며, 잘 살 수도 병들 수도 있다.

트베르스키는 비시각장애인의 눈에 비친 무력하고 서툰 시각장애인의 이미지에 한몫했다며 셰익스피어를 비판하는 데서 조금 더 나아간다. "그러나 보는 사람들은 흔히 한 개인이 시력을 잃는 즉시 어떤 방식으로든, 하나의 계급으로서 맹인의 특성을 가진다고 가정하기 때문에, 글로스터가 느끼는 혼란은 자연히 그 계급의 특성 탓이다." 그리고 "대체로 복음서로 여겨지는 출처에서" 가져온 글로스터에 대한 묘사는 "아마 맹인들에게 상당한 피해를 주었을 것이며 여전히 더 많은 피해를 줄 수 있다."[25]

앞으로도 계속해서 『리어왕』이 교실에서 읽히고 근사한 무대에서 공연되리라 가정하고, 내가 가능한 교정책을 제안해봐도 될까? 글로스터의 눈멂에 담긴 암시적이거나 명백한 의미에 관해서, 비시각장애 독자와 관객을 장애인 차별적인 단순한 가정에서 벗어나게 해줄 시각장애 교사, 비평가, 배우가 더 많이 등장해야 한다.

그러나 장님 속이기의 비유는 셰익스피어에서 끝나지 않

듯 셰익스피어에서 시작된 것도 아니었다. 이것은 오래된 이야기, 적어도 보상(실명과 맞바꾼 시적·예언적 능력)만큼이나 오래된 이야기이다. 아마도 셰익스피어는 상상 속의 도버 절벽에 선 글로스터를 묘사할 때 히브리 성서 속 늙은 이삭을 속이는 장면을 염두에 두었을 것이다.

야곱은 형 에서의 장자권을 콩죽 한 그릇과 맞바꾸는 엄청난 거래를 했지만, 아버지 이삭으로부터 축복을 받지 않는 한 미래는 여전히 불확실하다고 걱정한다. 아버지는 장자를 축복할 것이기 때문이다. 그 축복을 가로채고 싶은 야곱은 어머니 리브가의 도움을 받아 아버지 이삭이 장님이기에 가능한 계획을 실행한다. 야곱은 그 눈먼 노인을 속이기 위해 팔과 목에 염소 가죽을 둘러 털이 많은 에서인 척한다. 에서라면 실제로 팔에 털이 아주 많았을 테니까 말이다.

트베르스키(우연찮게도 랍비의 아들이었다.)는 이 성서 시나리오에서 이삭이 쉽게 속아 넘어간 장면을 비평한다. 그 방식은 그가 책의 뒷부분에서 글로스터의 잘 속는 면에 관해 말하는 것과 의심스러울 만큼 비슷하지만, 여기서는 그런 속임수의 미심쩍은 성격에 주의를 환기한다. "이삭의 나머지 감각은 손상되지 않았다. 그가 제정신이 아닌 것도 아니다. 정반대로 그는 여전히 가문의 수장이며 가문의 결정권을 가지고 있다. 믿기 힘든 이 이야기의 신뢰성에 충격을 받은 일부 신학자는 그 속임수가 성공한 배경에는 이삭이 속아 넘어가주고 싶었거나 속는 척했다고, 또는 그것이 신의 뜻이었다고 설명한다."[26]

트베르스키는 이렇게 결론을 내린다. "그러나 문자 그대로 받아들인다면, 그것은 눈먼 사람은 실로 매우 속이기 쉽다는 것, 실명에 이어 불가피하게 나머지 감각도 손상되었거나 그 감각이 수집한 정보에 혼란이 있다는 것을 암시한다."[27]

글로스터가 자신이 있는 곳과 관련해, 그리고 두 아들의 됨됨이에 대한 통찰과 관련해 쉽게 속는 건 그가 눈을 잃은 직후이다. 그리고 눈먼 존재의 두 가지 상태(더 많이 알고 덜 아는 것 모두)는 우리 문화를 지배하는 눈멂에 대한 인식의 극단적 진폭을 완벽하게 재현한다. 갈팡질팡하는 것과 아는 것이라는 정반대인 듯한 눈멂의 두 가지 특징은 우리 상상력 속에 공존하며, 연극적 감성의 양극단을 느슨하게 따라가면서, 그것을 혼합하고 뒤섞는다. 트베르스키는 이렇게 지적했다. "물론 셰익스피어의 어조와 의도는 유머러스한 방식으로 글로스터를 희화하지는 않는다. 그러기에는 글로스터의 비극이 지나치게 강조되어 있다. 리어가 미쳤을 때처럼, 그는 비극적으로 희극적이다."[28]

글로스터와 이삭 신드롬은 대대로 우리에게 전해졌고, 덕분에 자신의 눈멂에 관해 깜짝 놀랄 농담을 많이(그리고 귀멂에 대해서도 약간은) 남긴 켈러 같은 사람이 널리 존경받을 수 있었다. 나는 모순처럼 보이는 이 현상을 다음과 같이 설명할 수밖에 없을 것 같다. 만약 눈멂이 우리의 제한된 감각에 의해 인간이 제약받는다는 비시각장애인의(우리 모두의) 내재적인 두려움을 건드린다면, 한두 가지 감각이 없는 사람을 놀림으로써 웃음을 터뜨리는 것이 어쩌면 그 두려움을 덮어버리는 데 도움이 되는 것 같다고 말이다.

사악한 눈알아, 빠져라!

망원경, 현미경, 안경, 그리고 사색

『리어왕』이 처음 무대에 올려지고 4년 후, 그리고 셰익스피어가 사망하기 6년 전, 이탈리아의 천문학자 갈릴레오 갈릴레이(Galileo Galilei)는 『시데레우스 눈키우스(*Sidereus Nuncius*)』(1610)라는 논문을 발표했다. 이 논문의 모호한 제목은 '별의 메시지' 또는 '별의 전령'으로 번역된다. 뜻이야 어쨌든, 갈릴레오는 인간이 한 번도 보지 못했던 목성의 위성 네 개를 발견했는데, 그의 관찰은 인간 시력의 본질적인 약점을 그대로 드러냈다. 강력한 렌즈를 통해서 관찰했기 때문에 드러난 약점이었다. 시각적 보형물(prosthesis)[1]로서 망원경은 인간의 제한된 초점 범위가 우주에 대한 우리의 이해까지 제한하고 있음을 극명하게 보여주었다. "현 상황에서 무엇이 가장 중요해 보이는지 밝히고 알리는 것이 우리의 몫이다. 세계가 시작된 이후 지금껏 보지 못했던 네 개의 위성, 그것을 발견하고 관찰한 사건,

그것의 위치, 그리고 그것의 행동 및 변화와 관련한 지난 2개월 간의 관찰이 바로 그것이다."[2]

　갈릴레오의 관찰은 새로이 시각을 얻은 과학적 눈에 대한 일지와 같다. 『시데레우스 눈키우스』에서 진정 놀랄 만한 점은 무엇보다도 강력한 렌즈로 인간 시력을 증강한 덕에 그 발견이 가능했음을 밝히고 있다는 것이다. 갈릴레오는 인간 시력의 본질적 눈멂과 그것을 교정할 수단을 분명히 보여준다.(교정은 영원히 종결되지 않을 것이다.) 맨눈으로 보이는 것 너머 우주에도 사물이 존재하고, 인간은 그 시력을 확대하기만 하면 예전에 볼 수 없었던 것까지 이제는 볼 수 있었다. 그것은 새로운 유형의 (세속적인) 계시를 암시했다.

　흥미롭게도 당시 독자들을 깜짝 놀라게 한 것이 단지 목성의 위성 발견만은 아니었다. 갈릴레오가 묘사한 우리 지구의 달 모습도 놀랍기는 마찬가지였다. 시적인 사색이 시작된 이래로, 달은 꾸밈없는 아름다움과 성스러운 완벽함에 관한 생각에 영감을 주었다. 그러나 갈릴레오가 망원경으로 본 달은 "거의 모든 사람이 달에 대해, 그리고 나머지 천체에 대해 믿는 것과 달리 표면이 전혀 평평하고 매끄럽거나 고르지 않으며, 반대로 거칠고 울퉁불퉁하다는 것이 거의 확실하다." 1610년 1월 7일 자 편지에서 갈릴레오는 달은 "지구 표면에 뻗어 있는 산맥이나 계곡과 비슷하되 그보다 훨씬 큰 돌출부와 구덩이가 가득"하다고 썼다.[3]

　망원경이라는 눈으로 본 달은 훗날 밀턴이 『실낙원』에 쓴 것처럼, 실제로 '얼룩덜룩한 구'였다. 갈릴레오가 그린 달 표면과 그의 설명은 천체에 관한 막강한 환상, 전통적으로 지상의 것보다는 천상의 것과 연결 지었던 환상을 깨버렸다. 갈릴레오의 동시대인들은 자신들의 제한된 (맨눈의) 시력을 인정하려니 불쾌했다. 그들은 눈이 보지 못한다기보다는 망원경이 거짓말한다고 여기고 싶었다. 나는 한계를 인정하기 싫은 그런 마음이 우리 현대 문화의 상당 부분에도 여전히 남아 있다고 생각한다. 우리는 눈을 뜨고 있을 때 우리가 세계(그리고 우주)를 있는 그대로 보고 있다고 생각하기를 좋아한다. 그러나 사실상 우리는 우리 눈과 두뇌의 협응이 허락하는 만큼 정확하게 세계를 본다. 대체로 이것은 비슷한 시력을 가진 개인들이 창조한 세계에서 살아가는 데 필요한 것일 뿐 그 이상은 아니다.[4]

지금까지 우리는 문학과 종교는 물론 과학 분야까지 포함해서 서구 문화 속의 눈멂에 관한 생각을 확장해왔는데, 오늘날 우리가 아는 과학은 세계를 경험적으로 연구하려는 충동에서 성장했음을 기억할 필요가 있다. 다시 말해 감각을 통해, 즉 눈을 통해 연구해왔다는 말이다. 그러나 이 '신과학(new science)', 즉 철학에서 발전한 새로운 배움의 방식은 사실 '자연과학'으로 불렸다. 그리고 신이 우리에게 주신 감각의 한계와 관련해 어느 정도의 겸손함을 잊지 말아야 한다고 처음부터 깨달았던 과학자들이 있었다.

"인간의 배움에서 가장 큰 장애와 왜곡은 감각의 둔함, 한계, 속임에서 나온다." 17세기 경험주의와 신과학의 위대한 지지자 프랜시스 베이컨(Francis Bacon)은 1620년 『신기관』에서 이렇게 썼다. 이 논문은 아리스토텔레스(기원전 384~

322)의 논리학 저작을 모은 『오르가논(Organon)』(그리스어로 '도구'를 뜻함)에 대한 일종의 업데이트 판본이었다. 베이컨은 『신기관』에서 귀납적 추론을 강조하면서 근대 과학이라는 개념을 제시했고, 한편으로는 우리의 감각 기관, 특히 눈의 능력에 의문을 던졌다. "감각을 공격하는 것들은 감각을 직접 공격하지 않는 더 막강한 것보다 영향력이 크다. 따라서 사고는 사실상 시각에서 멈추고, 결국 보이지 않는 것에 대해서는 거의 또는 전혀 주목하지 않게 된다."[5]

베이컨은 (우리 지성에 대한 자신감과 아리스토텔레스 부류의 고대 논문에 대한 의존이 더해진) 우리 감각 기관의 결함이 근본적으로 학문의 진보를 저해한다고 주장한다. 베이컨은 도구를 사용한 실험에 기반해 귀납적 방법론을 배워야 한다고 동시대인을 설득하려 했다. 비록 갈릴레오 같은 경험주의자가 이미 도구를 사용해 새로운 현상을 발견하고는 있었지만, 훗날 근대 과학이 될 그 운동을 이론화하기 시작한 사람은 베이컨이었다. 특히 그는 시야 확장의 중요성에 주목했는데 "정보에 관한 한 시각이 가장 중요한 감각이라는 것은 명백하기" 때문이다. 아울러 그는 과학적 시각 도구의 세 가지 주요 기능을 규정한다. "보이지 않던 것을 보고, 또는 더 멀리 보고, 또는 더 정확히, 뚜렷하게 보기 위한" 것이다.[6]

베이컨은 맨눈으로 볼 수 없는 것을 보여주는 최초의 도구의 한 예로 현미경을 제시하는데, 현미경은 "(표본 크기를 놀랄 만큼 확대함으로써) 신체에서 감춰져 보이지 않는 작은 부분과, 그것의 잠재적 구조와 동작을 드러내 보여준다."[7]

현미경 시야를 생각할 때마다 초등학교 4학년 때의 동물 과제가 떠오른다. 반 친구들은 늑대나 곰, 말 같은 근사한 동물을 주제로 선택한 반면, 나는 약 1000개의 세포로 된 아주 작은 동물인 담륜충을 선택했다. 나는 교과서에 실린 사진을 모델로 삼아 신발 상자를 가지고 내 담륜충이 등장하는 축소판 무대를 만들었다. 내가 애초에 담륜충을 선택한 이유는 우리와 함께 사는 작은 외계인을 찍은 그 사진 때문이었을 것이다. 나는 사랑하는 내 담륜충에게 나에게 일어난 모든 변화를 이야기했다. 엄마도 의체강(疑體腔)을 가진, 우리 눈에 보이지 않는 동물에 흥분하는 열 살배기 소녀의 특이함을 인정하면서, 이런 나를 격려했다.

담륜충은 하나의 종(種)이나 속(屬)에도 쓰이는 용어이지만, 대체로 민물에 사는 그 동물의 문(門) 전체를 가리키기도 한다. 담륜충은 눈, 턱, 위, 심지어 페니스까지 현미경으로만 보이는 신체 부분을 자랑한다! 이 동물종은 현미경이 발명되고 나서 몇십 년 후인 17세기 말에 처음으로 묘사되었다. 담륜충이 앞으로 나아가거나 먹이를 입으로 끌어올 때 쓰는 특징적인 섬모(아주 작은 털)가 달린 바퀴 같은 머리의 특징 때문에 이러한 이름이 붙었다.

아마도 당시 나는 담륜충이 인간의 눈에 보이지 않는다는 생각에 끌렸던 것 같다. 그게 아니라면 담륜충 과제를 하던 시기가 처음 안과에 다니기 시작하던 해였기 때문에, 두 가지 생각, 즉 우리의 정상 시각 너머에서 바글거리는 무한한 생명의 영역에 관한 생각, 그리고 거의 인지할 수 없었던 내 시력 손상에 관한 생각이 그때부터 내 무의식의 밑바탕에서 뒤섞이게 되었는지도 모른다. 자라면서 나는 결코 과학자가 될 수 없다고 생각했다. 중학교와 고등학교 내내 생물 수업이 불편했다. 눈이 보이는 척하며 앉아 있거나 필요한 정보를 대부분 간접적으로 얻고 있던 터라 그런 인식이 더욱 굳어질 수밖에 없었다. 그러나 나중에 17세기 문학을 연구하면서 뜻밖에도 현미경적 세계의 경이로움을 마주하게 된 것이다.

대학원 시절에 17세기의 주요 과학서를 읽게 되었다. 갈릴레오와 베이컨뿐 아니라 근대 화학의 아버지로 알려진 로버트 보일(Robert Boyle), 피의 순환을 처음 보여준 윌리엄 하비(William Harvey), 신과학을 장려하고 보급하기 위해 1660년 런던에 설립된 왕립학회에서의 실험을 처음 시연한 로버트 훅(Robert Hooke) 등의 저서였다. 끊임없는 의심과 방황 끝에 내가 마무리한 논문에서 주연은 단연 갈릴레오와 그의 망원경, 그리고 훅과 그의 현미경 사용이었다.

망원경보다도 훨씬 극적인 현미경은 인간 시야를 확대함으로써 발견이 가능해진 깜짝 놀랄 세계를 보여주었다. 훅은 1665년 『마이크로그라피아(Micrographia)』에서 이 새로운 기술로 눈부신 효과를 거두었다.

내가 처음 『마이크로그라피아』를 발견했을 때는 훅의 드로잉(그 세부까지는 아니라도 화려한 효과)을 볼 수 있었고, 마음의 눈에는 그 이미지들이 남아 있다. 특히나 충분히 큰 2절판 책에 접어 넣은 커다란 페이지에 떡하니 그려진 그 유명한 머릿니는 또렷이 기억한다. 깜짝 놀랄 시각적 풍경 외에도, 훅은 표면에 대한 우리의 개념이 허상에 지나지 않음을 분명히 해주는 시각의 이데올로기를 제시했다. 그는 인간이 실제로 얼마나 못 보는지 보여주기 위해 가장 흔하고 하찮은 것을 현미경 렌즈 아래 놓았다. 그의 미세 드로잉을 본 동시대인들은 마술사가 모자에서 토끼 크기의 파리를 꺼낼 때처럼 화들짝 놀랐을 것이다.

"우리는 물리적인 한 점으로 시작할 것이다." 그는 우선 바늘 끝에 대한 관찰에서 선언한다. 이어서 바늘이 아무리 "날카롭게 만들어져" 있고, 육안으로는 그 끝의 어떤 부분도 구분할 수 없지만, "성능 좋은 현미경" 아래 놓고 보면 그 끝은 "넓고 뭉툭하고 아주 우툴두툴해 보인다."라고 설명한다. 훅은 이것은 우리가 상상하는 뾰족한 원뿔과 전혀 비슷하지 않으며 "점점 가늘어지다가 꼭대기 대부분이 사라지거나 손상된 몸체의 일부일 뿐"이라고 확인해준다.[8]

독자는 이제 감각의 신세계, 아울러 생각의 신세계로 들어가고 있음을 눈치챘을 것이다. 이 첫 번째 관찰에 담긴 은유적·수사학적 힘은 뻔뻔스러울 만큼 명백하다. 우리는 맨눈, 즉 인간의 제한된 시각으로 보지 못하는 것이 얼마나 많은지를 드러내는 한 점, 말 그대로의 점에서 시작한다. 현미경은 우리에게 보이는 날카로움과 매끄러움이 그것의 참된 속성 또는 최종 실체라는 우리의 확신을 무너뜨림으로써, 매끄러운 표면에 대한 우리의 지각이 우리의 크기, 거리, 감각의 예리함에 상대적이라고 깎아내린다. 이런 깨달음은 보이는 것과 보이지 않는 것에 대해 일단 고정된 양극성을 영원히 괴롭힐 것이다.

훅은 "현미경으로 관찰할 가치가 있는 인공물은 드물며,

따라서 인공물에 대해서는 간단하게만 이야기"하겠다고 선언한다. "인공의 생산품은 매우 조악하고 흉하기 때문에, 현미경으로 보면 그 추함 외에는 관찰할 만한 것이 거의 없다."[9] 결국 인간이 만든 인공물은 우리가 현미경적 눈을 갖고 있지 않기 때문에 완벽해 보이는 것이다. 그래서 훅은 인간이 빚어낸 조악하고 흉한 것과 나란히, 머릿니부터 파리까지 인간이 늘 추하고 못생겼다고 생각하던 생물의 놀라운 대칭을 비교한다. 『마이크로그라피아』에서 우리는 훅을 따라 한편으로는 상상도 할 수 없는 불완전함을, 또 한편으로는 무한히 나눌 수 있는 가분성(可分性)을 밝히는 여정을 떠나게 된다. 생물학적 구조를 가리키는 '세포(cell)', 그 여유로운 함축성과 함께 더 많은 가분성을 가리키는 구조라는 용어를 만들어낸 장본인도 바로 훅이다.

훅의 『마이크로그라피아』는 이후 수십 년간 뜻밖의 베스트셀러 지위를 누렸지만, 그 관념과 현미경 이미지에 담긴 심오함을 모두가 깨달은 것은 아니었다. "인간은 왜 현미경적 눈을 가지지 못했나?" 영국의 시인 알렉산더 포프(Alexander Pope)는 1734년 시집 『인간에 관한 에세이(*Essay on Man*)』에서 이렇게 묻고는 멋진 대구로 압운을 섞어 대답한다. "인간은 파리가 아니라는 명백한 이유 때문이지." 그는 계속해서 요점을 명확하게 말한다. "조금 더 정밀한 광학은 무슨 용도가 있는지 말해 봐 / 천국을 이해하기 위해서가 아니라 진드기를 관찰하기 위해서지."[10]

훅 이후 수십 년간 활동한 영국의 문인 중에는 현미경적 시야가 비록 유용하고 새로운 은유이기는 하지만 쓸데없는 시도라고 생각한 이도 있었다. 그중에는 호메로스 번역과 자작시로 상당한 돈을 벌고 초창기 저작권법의 혜택을 충분히 본 사실상 최초의 영국인 포프와, 종종 「겸손한 제안(A Modest Proposal)」 (어서 가서 아일랜드 아기들을 먹어치우고 끝장내버리라는 풍자적 제안) 에 포함되는 에세이를 쓴 특이한 풍자 작가 조너선 스위프트 (Jonathan Swift)가 있었다. 플라톤의 동굴에서 나온 사람이 너무 환한 빛 때문에 눈이 부셔 보지 못하듯, 현미경적 시야는 지나치게 가까워서 생기는 눈멂을 암시한다. 따라서 현미경적 시야가 스위프트 같은 위대한 풍자 작가의 손을 거치면, 파리의 눈에 보이는, 또는 거인국에 간 걸리버의 경우에는 쥐 크기만한 인물의 눈에 보이는 우스꽝스러움을 빗댄 정교한 은유로 탄생한다. 그리고 그 모든 노력은 과학적 성향을 지녔다는 사람이 과시하는 자만심 때문에 더욱더 우스꽝스러워진다.

1726년에 출간된 스위프트의 『걸리버 여행기』는 모험을 좋아하는 한 남자의 이야기로, 남자는 모험에는 부를 얻을 가능성과, 지식에 대한 갈증을 해소할 가능성이 모두 있다고 생각한다. 어쩌면 걸리버가 소인국 릴리퍼트로 가게 된 첫 번째 항해는 가장 기억할 말한 일이겠지만, 바로 다음 항해에서는 그 역할이 뒤집혀 거인국 브로브딩내그에서 그는 소인이 된다는 사실을 잊지 말아야 한다. 스위프트는 이 두 경우에서 주변 사회에 터무니없을 만큼 맞지 않는 몸이 된다는 것이 얼마나 우스꽝스러운지, 그리고 관점의 변화가 보는 방식을 얼마나 변화시키는지에 관해 주의를 환기한다.

브로브딩내그에 도착하자마자 걸리버는 곧바로 남자다움,

어른다움, 그리고 인간다움마저 잃어버린다. 그가 쥐 또는 인형 크기밖에 안 되고, 아기처럼 이 손 저 손에 내돌려지고 애지중지 다루어지는 세계에서, 어느 정도 힘과 통제력을 보유하기 위한 방어책은 과학적이고 철학적으로 생각하고 행동하는 것뿐이다. 심지어 그는 아기의 시선에서 모유 수유 장면까지 보게 된다.

나는 이제까지 유모의 괴물 같은 젖가슴보다 더 구역질 나는 물체를 본 적이 없었다. 궁금하게 여기는 독자들에게 젖가슴의 크기와 모양, 그리고 색깔에 관하여 뭐라도 알려주어야 할 텐데, 그 젖가슴과 비교해 말할 수 있는 것을 알지 못한다. 가슴에서 1미터 80센티미터 정도 솟아올라 있었고 둘레는 5미터나 되었다. 젖꼭지는 내 머리 크기의 절반 정도였다. 젖꼭지와 젖통[11] 주위에는 여드름과 주근깨, 점들이 가지각색으로 나 있어서 그보다 역겨운 것은 없는 것 같았다.[12]

걸리버는 생각이 깊은 남자였으므로, 이때 받은 괴로운 인상으로 인해 **영국 귀부인들의 살결**을 떠올리게 된다. "그 살결이 우리에게 아름답게 보이는 것은, 귀부인들의 몸집이 우리와 같아서 추한 부분이 잘 드러나지 않기 때문이다. 그러나 실험 삼아 확대경으로 들여다본다면 가장 부드럽고 흰 살결도 억세고 거칠게 느껴지며, 색깔도 좋아 보이지 않을 것이다."[13]
이 대목은 60년 전에 이루어진 훅의 발견을 약간 노골적으로 암시하고 있다. 동시에 스위프트는 현미경적 눈으로 시시콜

콜 단점과 흠을 찾는 동시대인들, 특히 위대한 문학 작품에서 일부만을 떼어내 알아볼 수 없게 만들어버리는 현미경적 시야의 비평가에게 한 방 먹이고 있다. 비록 과학자 혹은 현미경으로 본 매혹적인 미시 세계를 전달하기 위해 최선을 다했지만, 풍자 작가이자 성직자, 문인 스위프트는 걸리버의 관찰을 거슬리고 볼썽사납고 우스꽝스러운 것으로 제시한다. 물론 사람의 피부는 확대해서 보면 역겹겠지만, 그래서 뭐 어떻단 말인가? 스위프트도 포프처럼, 파리의 눈으로 본다는 건 불안을 안겨줄 뿐 아니라 어리석다고 주장하는 것 같다. 확대되지 않은 인간 시야의 눈멂을 인정하는 것이 차라리 낫다는 이야기이다. 그러나 여기에 한 가지 교훈이 있다면, 그것은 상대주의의 교훈이다.

거인국에서 소인이 되어버린 걸리버는 릴리퍼트에서 거인이던 시절을 돌이켜본다. 그곳에서는 "그 작은 사람들의 살결이 세상에서 가장 희고 아름답게" 보였다. 그는 이런 관찰을 한 릴리퍼트인("나와 친하게 지내던 릴리퍼트의 학자")에게 말했다. 그러자 그는 걸리버가 이야기하는 귀부인들도 실은 주근깨가 많다고 알려준다. 더욱 신랄하게도 그는 걸리버에게서 받은 인상을 이야기한다. "내가 자신을 손바닥에 올려놓고 가까이 다가가자, 그는 아주 소름 끼쳤다고 고백했다. 나의 피부에는 커다란 구멍이 무수히 많았으며, 수염은 멧돼지의 털보다도 열 배는 더 거칠었다. 피부색 역시 보기 싫은 몇 가지 색깔이 합쳐져 있었다." 자존심이 상당한 걸리버는 독자들에게 혐오스러운 인상으로 기억되고 싶지 않아서 이렇게 덧붙인다. "그러나 나의 피부는 영국인 남자 중에서도 고운 편이었으며 여행하는 동안에도 별로 타지 않았다."[14]

객관적이고 사심 없는 관찰자가 되려는 노력에도 불구하고, 거인국 브로브딩내그에서 걸리버는 상대적으로 작다는 이유로 파리보다 중요한 존재로 보이기는 힘들다. 이런 부조화로 인해 그는 거인국 사람들이 시력 증강 보형물을 가지고 관찰하는 하나의 표본, 즉 구경거리로 취급당한다. "나는 즉시 소개되어 식탁 위에 올려졌다. 나는 주인이 시키는 대로 식탁 위를 걸으면서 칼[15]을 뽑았다가 다시 칼집에 넣었다. 그리고 주인의 손님에게 경의를 표하면서, 큰 사람들의 언어로 인사를 하고 방문해주어 고맙다고 말했다. …… 나이가 들어서 눈이 나빠진 그 사람은 나를 좀 더 자세히 보기 위해 안경을 썼다. 이 광경을 보고 나는 크게 웃지 않을 수 없었는데, 그의 눈이 두 개의 창문을 통해 비치는 보름달처럼 보였기 때문이다."[16]

물론 걸리버는 자신이 처한 이 상황에 웃기는 하지만, 그 웃음은 이상하고 억지처럼 느껴진다. 식탁 위에서 펼친 그의 공연은 우리가 구경거리 역할을 할 때 느끼게 되는, 불가피해 보이는 또 하나의 굴욕일 뿐이다. 여기에서 T.S. 엘리엇(T.S. Eliot)의 시 「J. A. 프루프록의 사랑 노래」에서 이런 처지를 묘사한 모더니즘적 시구가 떠오른다.

그리고 나는 그 눈들을 이미 알고 있다, 다 알고 있다―
공식화된 문구로 당신을 고정하는 눈들을,
그래서 내가 핀에 꽂혀 사지를 뻗고 공식화할 때

내가 핀에 박혀 벽 위에서 꿈틀거릴 때,

어떻게 내가 뱉기 시작할 수 있으랴.

내 일상생활의 온갖 꽁초들을?

그러니 내가 어떻게 해볼 수 있으랴?[17]

　벽에 꽂혀 꼼짝할 수 없지만 아직 죽지는 않은, 그러면서 주체성을 가정하고, 그럼에도 분명 그것을 주장할 입장은 못 되는 표본의 불편함. 이는 시각장애인인 내가 특히나 혼자 외출할 때면 쉽게 공감하는 감정이다. 시각장애인은 불가피하게, 비시각장애 관찰자의 시선 아래 놓인 표본의 입장이 된다. 그렇지만 눈멂, 즉 시각장애는 하나의 커다란 단일체로 제시되는 경향이 있어서, 비시각장애 관찰자는 자신과 똑같이 생각하고 감정을 느끼는 존재인 우리의 복잡한 내면성을 무시하곤 한다.

　스위프트는 말년에 실명하고 (미쳐서) 생을 마감했다. 1779년 「스위프트 전기(Life of Swift)」를 쓴 18세기의 탁월한 전기 작가로, 흔히 닥터 존슨으로 불리는 (사전으로도 유명한) 새뮤얼 존슨(Samuel Johnson)은 스위프트가 늙어서 안경 쓰기를 거부한 에피소드를 비웃는다. 존슨에 따르면 "절대 안경을 쓰지 않겠다는 매우 우스꽝스러운 결심 또는 정신 나간 맹세 때문에, 그는 말년에 거의 책을 읽을 수 없었다." 따라서 스위프트의 사고력은 "담화를 통해 새로운 활기도 얻지 못하고, 독서를 통해 확장되지도 못한 채 서서히 시들어갔고, 그러다 결국 분노가 쌓여 광기가 되고 말았다."라고 존슨은 결론짓는다.[18]

　대다수의 사람들이 스위프트의 광기는 그가 평생 싸워온

메니에르병(종종 어지럼증이나 먹먹함을 일으키는 내이(內耳)의 질병)의 결과라고 생각했지만, 존슨은 스위프트가 눈멂을 받아들이면서 미쳐버렸다고 생각했다. 천성이 사교적이고 호기심 많은 문인이었던 존슨은 책이 (미쳐가던 말년의 스위프트가 거부한 또 하나인 대화와 함께) 내면의 고통을 달래주고 심지어 덮어주는 연고 같은 것임을 이해하고 있었다. 따라서 안경 쓰기를 거부한 스위프트는 인류와 담을 쌓은 것과 다름없었다.

시각 보형물을 생각할 때는 다음의 평범한 사실을 잊어서는 안 된다. 망원경과 현미경은 수많은 중년의 학자에게 독서를 계속하도록 도와준 단순한 안경에서 발전했다.

알버트 판 헬던(Albert Van Helden)은 갈릴레오의 책을 번역한 『별의 전령(Starry Messenger)』 서문에서 "13세기 말 이전부터 이탈리아의 장인들은 얇은 평면 볼록 렌즈를 만들어 틀에 끼움으로써 눈앞에 걸칠 수 있게 했다."라고 썼다. 그 안경은 렌틸 콩처럼 가장자리보다 가운데가 두꺼웠고, 그래서 그 이름은 렌틸 콩을 뜻하는 라틴어 '렌즈(lens)'에서 유래했다. 15세기 중반의 이탈리아 안경 제작자들은 오목 렌즈로 근시를 교정할 수도 있었다. 물론 "크게 휜 오목 유리를 갈아내고 윤을 내기가 어려웠기 때문에, 초기 형태의 렌즈로는 근시 교정이 일정 정도만 가능했던 것 같다."[19]

이제 근시와 원시 교정은 적어도 어느 정도는 가능해졌다. 그 기술이 이탈리아에서 다른 유럽 국가에까지 퍼졌는데, 판 헬던에 따르면 그 혜택을 누린 이는 도시인만이 아니었다. "떠돌이 행상이 시골의 작은 마을과 시장, 장마당을 다니며 광학

망원경, 현미경, 안경, 그리고 사색

용품을 팔았다."[20]

시력이 완벽했던 내 친구들도 이제는 대부분 독서용 안경을 구하기 위해 약국을 찾기 때문에, 나는 40대 넘은 사람들에게 중세 들불처럼 퍼졌을 그 현상이 어땠을지 이해할 수 있을 것 같다.

망원경은 대체로 두 가지 렌즈, 곧 볼록 렌즈와 오목 렌즈를 함께 놓는 문제에 지나지 않으므로, 그 발명이 늦춰진 것은 주로 렌즈의 품질이 낮았기 때문이었다. 이를 교정한 것이 갈릴레오를 비롯한 이들이었다. 다시 말해 인간 개인의 시력을 '교정'할 필요성이 곧바로 인류 시력의 향상으로 이어진 것이다. 우리 눈의 해부학에 내재된 눈멂을 고려한다면, 우리는 그 깨달음을 인정하는 것이 눈멂과 봄의 엄격한 양극성을 깨부수는 데 도움이 될 수 있음에 주목해야 한다.

우리는 당분간 영국에 머물다가 나중에 프랑스(시각장애인을 위한 최초의 학교가 세워지고 루이 브라유(Louis Braille)가 태어난 곳)로 떠날 예정이지만, 우리에게 친숙한 17세기 초의 프랑스 철학자 한 명을 먼저 만나봐야겠다. 르네 데카르트(René Descartes)가 유명한 이유는 1637년 『방법서설』에서 "나는 생각한다, 고로 존재한다."라고 했기 때문만은 아니다. 그는 당대 과학에도 관심이 많았던 것으로도 유명하다. 사실 『방법서설』은 기상학·기하학·광학 등을 다룬 그의 논문에 대한 서문이었다. 망원경에서 영감을 받은 광학 논문인 『굴절 광학(La Dioptrique)』은 무엇보다 그림을 곁들인 자세한 지침을 제시함으로써 그런 장치를 더 많이 제작하도록 장려했다. 빛에 관한 그의 이론은 얼마 후 아이작 뉴턴 경(Sir Isaac Newton)의 이론으로 대체되었지만, 답을 얻기 위해 가상의 시각장애인을 불러냈던 데카르트의 시각에 관한 고찰은 18세기 계몽주의 시대까지 철학에 지속적인 영향을 끼쳤다.

1993년 지적인 역사학자 마틴 제이(Martin Jay)는 『눈의 폄하』에서, 일반적으로 데카르트는 "근대 시각주의 패러다임의 창시자"로 알려져 있다고 썼다.[21] 제이의 말대로 데카르트는 "본질적으로 시각 철학자로서, 관찰한 세계의 재현을 위해 카메라 오브스쿠라(camera obscura)를 사용하는 원근법 화가의 입장을 암묵적으로 채택했다." '암실'을 뜻하는 카메라 오브스쿠라는 1604년 천문학자 요하네스 케플러(Johannes Kepler)가 만들어낸 용어로, 작은 구멍을 통해 벽에 이미지를 투사하는 것을 가리키는데, 시각을 잃을 위험 없이 일식을 볼 때 사용하는 핀홀 카메라와 비슷하다. 화가들은 카메라 오브스쿠라를 사용해 사실상 이미지를 따라 그리면서 놀랍도록 실물 같은 그림을 그릴 수 있었다. 다시 말해 제이는 시각 장치를 이용해 자연을 본뜨던 당대의 화가와 데카르트를 비유하고 있다. 당시 화가들의 방식을 사용하면서 데카르트의 방법론은 "근대를 지배한 관찰 체제를 특징짓는 축약법으로서 훌륭한 기능을 할 수 있다."라는 것이다.[22]

아마 나는 이 책의 처음부터 페이지마다 제이를 생각하고 있었음을 인정해야 할 것이다. 아무런 설명이 필요 없을 정도로 (드물게) 명백해 보이는 신어 '시각 중심주의'를 처음 만난 것이 (많은 이가 그렇겠지만) 바로 그의 『눈의 폄하』에서였기 때문

망원경, 현미경, 안경, 그리고 사색

이다. 얼마 전 나는 코로나바이러스감염증-19(이하 코로나-19)로 격리 중에 화상회의 앱을 통해 라이스대학교를 방문한 적이 있는데, 신이 난 표정으로 '시각 중심주의'라는 용어를 내뱉으며 '감각의 역사' 과정을 듣는 학생들을 목격하고는 깜짝 놀랐다. 내가 그 말을 듣거나 사용한 지가 여러 해 되었지만(대학원 때 이후로는 없었다.) 이들 젊은이(그들의 지도 교수 란 리(Lan Li)에게 감사를)가 소생시킨 그 단어는 우리 사회에 눈에 띄지 않을 만큼 깊이 배어 있는 어떤 것을 가리키는 한 단어가 있다는 사실이 얼마나 유용한지를 새삼 일깨워주었다.

호메로스 시대부터 지금까지 시각장애인 대다수는 '시각 중심주의'라는 단어를 한 번도 듣지 못했지만, 그들은 확실히 그 영향을 받고 있었다. 시각이 '가장 고상한 감각'이라고 믿었던 사람이 데카르트 혼자만은 아니기 때문이다. 나아가 데카르트는 이렇게 말한다. "우리 생활의 관리는 모두 감각에 의존한다. 그리고 감각 중에서도 시각이 가장 포괄적이고 고상하기 때문에, 두말할 것도 없이 시각의 힘을 증대해주는 발명품은 있을 수 있는 가장 유용한 도구이다."[23]

따라서 데카르트를 시각 중심주의의 중요한 공급업자로 여겨도 될 터이다. 그렇다면 광학을 다룬 데카르트의 책에 눈먼 사람과 지팡이가 등장하는 건 이상하다. 더욱이 『굴절 광학』에는 실제로 삽화까지 곁들여 눈먼 사람이 실려 있다. 나의 대독자가 그 대목을 처음 읽고 설명하고 보여주었을 때, 『굴절 광학』 속 그 눈먼 사람의 삽화에 대한 기억은 지금까지도 (정확하진 않더라도) 강렬하게 남아 있다. 여기서 눈먼 사람의 지팡이는 촉각과 시각의 상사성, 다시 말해 맹인이 지팡이로 느끼는 것이 우리 눈에 닿는 광선과 비슷함을 보여주기 위한 것이다. 그러나 그보다도 흥미롭고 영향력이 있다고, 그리고 현대의 뇌 영상으로 입증되듯 어느 정도는 정확하다고 밝혀지게 될 논점이 있다. 우리가 이해하는 시각의 상당 부분은 마음에서 일어난다는 것이다.

데카르트는 실제의 눈알(이 경우는 소의 눈알)을 구해서 갈라본 끝에, 망막 이미지는 위아래와 좌우가 뒤집혀 있다는 이상한 점을 목격했고, 이에 과학자들은 몹시 당황했다. 그렇다면 우리는 어째서 세계의 사물을 거꾸로 뒤집힌 것으로 경험하지 않을까? 이 문제는 나중에 맹점을 이야기할 때 다시 살펴보기로 하자. 지금으로서는 데카르트가 우리 눈은 있는 그대로의 세계를 제대로 '보지' 못한다고, 실제로 보는 것은 마음(인간이 사고하는 부분)이라고 생각했다는 것만을 밝혀둔다.

데카르트는 마음으로 보는 것을 강조했는데, 이는 **신체적** 눈의 중요성을 부인하는 듯 보일 수도 있다. 그러나 **마음**의 눈은 여전히 눈의 우위를 유지한다. 오늘날도 마찬가지이다. 흔히들 마음의 눈에 관해 이야기하고, 좀 더 나아가 마음의 귀, 그리고 주제를 붙들고 숙고하는 마음의 힘을 이야기하기도 한다. 마치 나머지 감각에 대해서는 전혀 들어본 적이 없는 것처럼 말이다. 마음의 코는 어리석게 들리고, 마음의 손가락은 우스꽝스럽다. 장님이 휘두르는 지팡이가 보는 행위와 비슷할 수는 있지만, 그 둘은 전혀 대등하지 않다.

근대 초기 과학은 전수받은 지혜보다는 감각을 통해, 경험적이고 실험적인 지식을 통해 세계에 관해 배우려는 시도를 시작했다. 그리고 이 경험적 충동은 눈먼 사람에 대한 재현에서 일종의 분열을 일으켰다. 한쪽에는 눈먼 시인이나 눈먼 예언자가 있고, 또 한쪽에는 표본으로서 사색의 관찰 대상으로서 맹인이 있다. 전혀 다른 이 두 이미지는 바로 오늘까지도 눈멂과 눈먼 사람에 대한 우리의 관념을 계속 지배하고 있다.

보이는 어둠

　노래를 들려주소서, 뮤즈 여신이여, 17세기의 위대한 눈먼 시인에 관해서, 호메로스와는 달리 우리가 그 존재를 확신하는 음유시인에 관해서. 밀턴은 1608년 런던에서 태어나 1674년 세상을 떴다. 그는 세계 문학에서 위대한 서사시 중 하나로 꼽히는 『실낙원』(1667)을 쓰고 난 후 40대에 실명했다. 그는 침대에서 혼자 시를 짓고 머릿속에 시구를 저장했다가 받아쓰게 했다. 그의 필사생 시리악 스키너(Cyriack Skinner)는 이렇게 말한다. "절도 있는 남자들의 관습이 그렇듯" 밀턴은 아침 일찍 일어났고 "많은 양의 시구"를 구술할 준비를 갖추고 있었는데, "만약 그 일이 평소보다 늦으면 젖을 짜내고 싶다고 불평하곤 했다."[1]

　우리는 『실낙원』 1만 565행 가운데 일부만을 살펴볼 수 있을 것이며, 그 시 너머까지 가지는 않을 것이다. 그러나 밀턴은 이후 3828행의 또 다른 시『복낙원』(전편보다 덜 흥미로운 속편)과 서재극(closet drama, 무대에 올리기보다는 읽기 위한 희곡으로, 레제 드라마라고도 한다.)인『투기사 삼손(Samson Agonistes)』을 썼다. 밀 턴과 그의 눈멂에 관해서, 특히 눈먼 상황이 매우 개인적으로 느껴지는『투기사 삼손』에 관해서는 할 말이 아주 많지만, 나는 신중해야 한다. 자칫하면 밀턴 자신과 그 전작을 둘러싸고 350 년 동안 이어져온 불타는 학문의 수렁에 빠질 위험이 크기 때 문이다.

여러분이 지금까지『실낙원』읽기를 용케 피해왔다면, 또 는 읽으려고 했으나 실패했다면(터놓고 말해, "『실낙원』은 독자가 찬양하다가 내려놓고는, 다시 집어 들기를 잊어버린 책 가운데 하나이 다."[2]라는 존슨의 말이 완전히 헛소리는 아니었다.) 그 서두를 소개 하는 걸 허락해주기를. 눈먼 음유시인 호메로스식으로 쓴 앞부 분은 뮤즈를 호출하며 시작한다. 아니, 어느 정도 호메로스식 의 호출로 시작한다고 고쳐 말해야 하는데, 사실상 뮤즈는 여 섯 번째 행에 나오기 때문이다. 첫 다섯 행은 시의 주제, 즉 아 담과 이브, 그들의 추락, 그리고 결국 그리스도에 의한 그들의 구원을 소개한다.

인간이 태초에 하느님을 거역하고 맛본
금단의 나무 열매, 그 치명적인 맛 때문에
죽음과 온갖 재앙이 세상에 들어와
에덴을 잃었더니, 한층 위대하신 한 분이
우리를 구원하여 낙원을 회복하게 되었나니

노래하라 천상의 뮤즈여.[3]

여러분이 보듯, 그리고 존슨이 말하듯 밀턴의 시는 쉽게 읽히지 않는다. 나는 내가 가르치던 학생들에게 이 서두에서 동사를 찾아보라고 말하곤 했다.(답은 '노래하라'이다.) 그토록 복잡한 (고문 같은) 구문을 머릿속으로 지어내는 밀턴의 능력에 여러분은 당황했겠지만, 여기서 다음 사실을 밝혀두는 것이 중요할 것 같다. 밀턴은 비록 눈먼 시인으로 (옳게) 여겨지고 있지만, 마흔 살까지는 시각이 살아 있었고, 누구보다 관심사가 다양했던 학자였다. 점자가 등장하기 전, 시각장애인을 위한 체계적인 교육이 시행되기 전인 그 시대에 그가 눈으로 공부하지 않고서도 그 많은 지식을 습득하고,『실낙원』을 쓸 때까지 저장해두었다고는 상상하기 힘들다. 시각장애인 교육이라는 개념은 그보다 100여 년이 지난 후, 그것도 잉글랜드가 아닌 프랑스에서 비로소 등장했다. 내가 굳이 이 점을 지적하는 이유는 밀턴이 태어날 때부터 눈이 멀었던 건 아니라는 사실, 그리고 그가 여러 고대 및 근대 언어로 방대한 독서의 혜택을 보았다는 점을 대중이 가끔 잊어버리는 것 같아서이다. 설사 눈먼 음유시인이라는 관념이 마음에 든다 해도, 우리는 그 눈먼 시인이 성공하기 위해서는 앞을 보는 시인과 마찬가지로 교육이 필요하다는 사실을 기억해야 한다. 밀턴이 뮤즈를 불러내고는 있지만, 그의 시는 오롯이 신성한 영감의 결과물이 아니다.

『실낙원』은 아담과 이브, 그리고 그들이 금단의 열매를 먹게 된 유혹에 관한 이야기이면서, 그 배경 이야기에 관한 것이기도 하다. 하늘에서 전쟁이 일어나고 그 결과 루시퍼(사탄)가 이끌던 반란 천사들이 추락한다. 그러자 루시퍼는 자신을 추방한 신에게 복수하기 위해 인간을 타락시킬 계획을 꾸민다. 금단의 열매를 맛본 이후 얼마쯤 지나서, 우리는 지옥의 불바다로 옮아간다. 여기에서 우리는 새로운 환경 속, 별로 보이는 것도 없는, 좀 더 정확히 말하면 앞을 볼 수 없는 맹렬한 새 보금자리에서 사탄과 그 동료들이 눈을 깜박이는 모습을 보게 된다.

> 주위 사방에는 무서운 암굴, 그것은 마치
> 불길 이는 화덕. 그러나 이 화염에는
> 빛이 없고, 간신히 보이는 어둠에
> 드러나 보이는 것은 다만 비참한 광경뿐.[4]

'보이는 어둠'이라는 표현이 매력적으로 들리는 이유는 그것이 거의 무의미하고, 어쩌면 역설적으로 느껴지기 때문이다. 일부 평론가들은 그 표현이 숭고하다고까지 말하며, 그것이 우리의 시각적 상상력의 한계를 표현한다고 생각했다. 바로 그 지점에서 우리 지각은 알 수 없고 볼 수 없는 무한의 지평 속으로 뻗어나가기 시작한다.

미국 시인이자 회고록 작가인 스티븐 쿠시스토(Stephen Kuusisto)는 회고록 『엿듣기(*Eavesdropping*)』에서 이렇게 쓴다. "열네 살 때, 나는 의회도서관에서 빌린 시각장애인을 위한 LP 음반에서 죄악의 소리를 발견했다." 1955년 이른둥이로 태어난 쿠시스토는 인큐베이터의 산소 공급 때문에 시각의 대부분을 잃었다.(당시에는 드문 일이 아니었다.) "나는 『실낙원』에 귀를 기울였고, 사탄의 이야기를 듣고 난 후면 가끔 진입로 끝까지 걸어가서 햇빛과 바람의 섬세한 작용을 느끼며, 10대만이 할 수 있는 방식으로, 얼굴 뼛속까지 느껴질 만큼 순수한 어둠 속에서 추락하는 사탄을 상상하곤 했다."[5]

쿠시스토와 함께, 우리는 지옥의 어둠에는 무언가 만져질 듯한 것이 있음을 느낀다. 이것은 우리가 본다기보다 느껴지는 마음과 정신의 어둠이다. 이것은 비시각장애인이든 시각장애인이든 똑같이 경험할 수 있는 은유적 어둠이다.

쿠시스토는 첫 번째 회고록『눈먼 자들의 행성(Planet of the Blind)』에서 "비시각장애인은 눈멂을 종종 이것이냐 저것이냐의 상태라고 인식한다."라고 쓴다. "누구는 보고 누구는 보지 못한다. 그러나 눈먼 사람은 일련의 베일을 경험하는 경우가 많다. 나는 뿌옇게 얼룩지고 깨진 창유리를 통해 세계를 응시한다. 내 앞의 형태와 색깔은 트리스탄이 탄 배의 돛, 공기 중에 펄럭이는 코끼리의 귀를 보여준다. 그러나 사실 그것은 4월의 바람에 등 부분이 부푼 런던포그 레인코트를 입은 중년의 남자이다. 그는 호메로스의 저승 세계 묘사에 나오는 죽은 위대한 그리스인들처럼 생겼다. 대낮이나 황혼의 일광 왜곡 속에서, 내가 만나는 모든 이는 카론의 강을 건너고 있다."[6]

쿠시스토의 눈멂과 비슷하게, 그리고 나의 눈멂과도 비슷하게 밀턴의 눈멂은 적어도 일정 시간 동안은 불완전했고 거의 환각과 같았다. "시력은 날마다 퇴화하고 있었고, 그에 비례해 점점 어두워지는 색채가 격렬하게 안에서 충돌하는 것처럼 터

　　　　　　보이는 어둠

져 나오곤 했습니다." 밀턴은 친구 필라라스(Philaras, 그리스인 의사였던 그는 밀턴이 설명한 그 말을 파리의 유명 안과 의사에게 전하겠다고 약속했다.)에게 보내는 편지에서 설명했다. "그러나 지금은 순수한 검은색이며, 마치 꺼진 빛 또는 재 속의 빛 같은 것이 간간이 섞여 쏟아집니다. 그래도 밤낮으로 항상 내 눈앞을 떠도는 안개는 검은색보다는 흰색으로 다가오는 느낌입니다. 그리고 눈을 돌리면, 마치 틈새를 통과한 듯한 소량의 빛이 들어옵니다."[7]

흰색으로 다가오는 순수한 검은색이라니, 이는 『실낙원』의 지옥이 보이는 어둠과 비슷하게, 역설이 아닌 다른 어떤 것이라고는 상상하기 힘들다. 그 순수한 검은색이 시각 세계에 대한 상실을 은유적으로 나타낸다고 해석하지 않는 한에서는 그렇다. 상실은 검은색, 암흑으로 나타난다기보다는 일종의 빛의 과잉, 플라톤의 동굴에서 나온 사람이 앞을 못 보게 하는 해와 마주했을 때 경험하는 눈부심으로 나타난다.

여기에서 잠깐 눈멂을 암흑 또는 검은색과 동일시하는 해묵은 경향은 대체로 시각장애인의 경험과는 같지 않다는 점을 밝히고 싶다. 밀턴의 경험, 쿠시스토의 경험, 나의 경험도 그렇지 않았다. 그러나 여러분은 완전히 시각이 없이 태어난 사람들이나 너무 일찍 실명해서 무언가 본 기억이 아예 없는 사람들의 경우가 궁금할 수도 있을 것이다. 그들은 정말 암흑의 세계에서 살까? 그 대답은 생후 18개월 무렵 암으로 실명한 철학자 마틴 밀리건(Martin Milligan)에게 들어보자. "잠시 '암흑'이라는 단어를 생각하면, 태어날 때부터 눈먼 사람들이나 나 같은 사람들에게는 이 단어에 직접 경험의 의미가 전혀 없음을 강조하는 게 좋을 것 같습니다. 우리는 사람들이 가끔 생각하 듯 '암흑의 세계'에서 살지 않아요. 왜냐하면 우리는 빛에 관해 서는 직접적인 경험으로 아는 게 없고 따라서 암흑에 대한 직 접적 경험도 전혀 없기 때문이죠."[8]

그러나 암흑 또는 어둠이라는 단어는 우리 문화에서 너무 도 설득력이 있어서, 비시각장애인이 하듯이 그 단어를 사용하 지 않기는 거의 불가능하다. 밀리건은 설사 시각장애인들이 어 둠과 빛에 관해 경험적 지식을 가질 수 없다고 해도, 그 단어의 부차적이고 은유적인 의미는 완벽하게 이해할 수 있다고 주장 한다. "왜냐하면 비시각장애인이 일상의 대화에서, 이야기에 서, 추상적 논쟁에서 너무도 자주 그런 단어를 사용하는 방식 때문입니다." 따라서 그는 어둠에 대해서 시각장애인은 비시각 장애인과 똑같은 연관성을 느낀다고 말한다. "그 연관성은 지 각의 어려움, 알려지지 않고 이해할 수 없는 것, 위협과 위험에 관한 것이며, 때로는 타인의 침범적인 지각에 반대되는 따뜻 함, 프라이버시, 안전함에 관한 것이기도 하죠." [9]

이들 인용문은 밀리건이 비시각장애인 방송 진행자이자 작가인 브라이언 머기(Bryan Magee)와 주고받았던 서한집에 서 발췌한 것이다. 이 책은 원래 『눈멂에 관하여(On Blindness)』 라는 제목으로 출간되었지만, 나중에 『보이지 않는 시각(Sight Unseen)』으로 제목을 바꿔 재출간되었다.(시각장애인과 비시각장 애인 모두 공감할 것 같은 이 제목은 '보이는 어둠'과 같은 말장난으로, 거 의 항상 눈멂과 관계 있는 수많은 논픽션과 픽션의 제목으로 쓰인다.) 이들 편지에서 머기는 밀리건의 주장에 대해 (공격적일 만큼) 아주 회의적인 태도를 보인다. "비록 당신은 시각장애인이 어느 정도까지는 시각적 용어를 이해할 수 있다고 멋지게 입증하고 있지만, 저로선 그 이해도가 상당하리라 생각지는 않는다고 말해야겠습니다."[10]

이 대담한 입장은 비시각장애인은 시각장애인의 세계에 관해 자신 있게 말할 수 있는 반면에, 시각장애인은 비시각장애인의 세계에 관해 똑똑히 말할 수 없다는 인식을 강요하고 있다. 사실 이런 경우는 흔하며, 매우 짜증스러운 비대칭을 만들어낸다. 즉 비시각장애 작가는 어디서든 시각장애 인물을 끌어내지만, 시각장애인의 실제 경험은 비시각장애인의 기대에 미치지 못하는 것 같다. 뿌리 깊은 시각 중심적 편견 때문에 시각장애 작가가 자신의 진실을 말하기는 어렵다. 시각장애 작가의 수가 적고 용감하게 글을 쓴 작가를 엄밀하게 검증하는 관례도 부분적으로는 그런 편견 때문이라는 게 내 생각이다.

밀턴을 연구한 학자 사이에는 이런 시각 중심주의에 희생된 오랜 전통이 있다. 밀턴의 "자연의 풍경이나 작용에 관한 이미지와 묘사가 항상 원래의 형태를 따온 것 같지도 않고, 신선함이나 활기도, 직접적인 관찰의 에너지도 없는 것" 같다고 한 존슨부터[11] "밀턴의 시 어느 대목에서도 시각적 상상력이 뚜렷이 나타나지" 않는다고 한 엘리엇까지,[12] 비평가들은 그 시에서 시각적 이미지의 결핍에 대한 이유로 밀턴의 실명을 지적한다. 나는 존슨과 엘리엇의 의견에 동의하지 않으며, 그보다는 스티븐 도브랜스키(Stephen Dobranski)와 생각이 같다. 도

123

브랜스키는『밀턴의 시각적 상상력(*Milton's Visual Imagination*)』에서 밀턴이 "보이지 않는 것을 보이게" 하는 데 매우 능했으며 "시각적 세부를 풍부하게 창조하는 밀턴의 능력에 대한 증거"로서 "1668년 최초의 삽화판을 시작으로 귀스타브 도레(Gustave Doré), 윌리엄 블레이크, J. M. W. 터너(J. M. W. Turner), 살바도르 달리(Salvador Dali) 같은 여러 화가가 참여한 판본까지, 수많은『실낙원』에 삽화를 실은 150여 명의 화가"를 제시한다.[13]

이 주장을 증명하기 위해 밀턴에게 영감을 받은 삽화가와 화가를 찾아볼 것 없이『실낙원』제1편에 나오는 다음 이미지를 떠올려보자. 그 효과는 완전히 영화 같아서 지옥의 불구덩이에서 빠져나오는 사탄을 롱숏으로 잡은 것 같다.

〔마왕은〕해안을 향해 나아갔다.
그의 묵직한 방패,
육중하고 크고 둥근 하늘의 연장을
뒤에 걸머지고서. 그 넓은 원둘레는
달처럼 어깨에 걸쳐 있다.
토스카나의 화가가 망원경을 쓰고
저녁때 페솔레 산꼭대기나 발다르노에서
그 얼룩덜룩한 구체의 새로운 대륙이나
강이나 산을 찾아내려 바라본 그 달처럼.[14]

"토스카나의 화가"가 갈릴레오를 암시한다는 사실을 깨닫기 전에는 그 이미지가 약간 모호할 수 있다. 사탄은 마치 망원경을 통해 보이는 것처럼 그려진다. 사탄과 달 같은 그의 방패는 확대되어 있지만 멀리서도 보이는 것이 매우 이례적일 만큼 시각적이어서, 밀턴이 구상한 비물리적 세계(천국과 지옥)를 독자들의 뇌리에 생생히 심어주기 위해 얼마나 공을 들였는지 보여준다. 밀턴은 동시대의 시각 자료에 무지하기는커녕, 갈릴레오의 망원경, 즉 인간의 눈을 위한 보형물을 채택하고 자신의 시적 이미지에 사용했다.

밀턴은 그 토스카나 화가를 오랫동안 마음에 품고 있었고, 젊고 아직 시력이 남아 있던 1638년에는 이탈리아로 여행을 떠났다. 그때의 일을 그는 『아레오파지티카』('검열 금지 구역'이라는 뜻으로 표현의 자유를 주장한 책)에서 이야기한다. "늙어버린 갈릴레오, 프란체스코회와 도미니크회가 허락한 것과는 다른 천문학을 생각했다는 이유로 종교 재판을 받았던 그 유명한 갈릴레오를 찾아내 방문했던 건 바로 거기에서였다."[15]

앞에서 본 것처럼, 갈릴레오는 완벽하게만 보였던 달이 실은 바위가 많고 울퉁불퉁하다는(밀턴의 표현으로는 "얼룩덜룩한") 사실을 망원경을 통해 밝혀냈다. 이 발견은 동시대인들을 매우 불편하게 만들었고, 맨눈으로는 본 적 없던 목성의 위성들을 망원경으로 갑자기 밝혀낸 것도 불편하기는 마찬가지였다. '광학 유리'가 없다면 인간이 볼 수 없는 세계를, 신은 무슨 목적으로 창조했단 말인가? 태초 이래 인간의 시각이 신의 창조물 중에 일부만을 인지할 수 있었다면, 그 많은 여분의 것들(자연의 시야 너머에 있는 그 많은 것들)은 무슨 쓸모가 있단 말인가? 이런 질문은 밀턴의 서사시 여덟 편 서두에서 아담이 품은 호기심의 배경을 이룬다. 아담은 천사 가브리엘에게 지구가 그저 "한 점, 한 낟알, 한 원자"에 불과할 만큼 지구를 도는 천체가 무수히 많으니, 우주에 그렇게 많은 것이 존재하는 이유가 무엇인지 묻는다.[16]

17세기 눈의 보형물인 망원경과 현미경은 밀턴의 동료들을 충격으로 뒤흔들었지만, 이 사건은 근대로의 진입과 관계가 깊었다. 눈먼 밀턴이 확장된 시각의 엄청난 의미를 인식하고 있었다는 사실은, 어느 정도는 그를 당대의 경험주의자들과 묶어주었다. 물론 그 청교도 시인은 경험주의가 그리스도교를 해체하는 데 한몫하리라는 건 인정하지 않았을 것이다. 그러나 밀턴이 '광학 유리'를 등장시킨 사실은 봄과 보지 못함에 대한 그의 관점이 얼마나 복잡한지 이해하는 단서가 된다. 비록 그는 눈먼 예언자의 내면적 계시라는 관념에 힘을 보태고 그것을 영속화했지만, 동시에 17세기 신과학이 말하는 관찰의 진가를 깨닫고 있었다. 그 신과학의 지지자들이 연구하고 보급한 덕에 18세기 '계몽' 충동을 위한 길, 나아가 오늘날 우리가 이해하는 현대 과학의 길이 마련된 것이다.

존슨과 엘리엇을 비롯해 여러 사람이 밀턴의 시각적 상상력 결핍을 비판한 것은 아마도 밀턴의 글에서 더욱 심오한 내면의 시야라는 보상과 관련해 눈먼 음유시인을 받아들였기 때문인지도 모른다. "기쁘다, 성스러운 빛이여 하늘의 처음 난 자녀여."[17] 『실낙원』 제3편 서두에서 화자는 지옥에서 벌어지는 일에서부터 하늘에서 벌어지는 일로 관심을 돌리며 외친다. 비록 그가 보기에 "지혜는 한쪽 문에서 내밀려"버렸지만, 내면의 눈은 볼 수 있다고 여겨진다. "거기 눈을 심어라."[18]

이 부분은 자전적인 느낌을 주며, 대부분의 독자도 그렇게 받아들인다. 제3편을 시작하며 뮤즈를 부르는 긴 시행의 보상 구조는 정확히 무엇을 잃었고 무엇을 얻었는지 우리가 알 수 있을 만큼 정교하다. 비록 눈먼 화자는 지옥의 어둠을 떠나지만, 꼭 대낮의 빛으로 향하는 건 아니다.

> 나 비록 힘들고 가망 없어도 위험을 무릅쓰고
> 어둠에 내려가 다시 위로 올라가고자
> 하늘의 뮤즈 여신의 가르침을 받아
> '혼돈'과 영원의 '밤'을 노래했다. 무사히 다시 너를 찾아
> 높이 뜬 너의 생기 있는 불빛을 느낀다. 그러나 네가
> 이 눈에 다시 돌아오지 않는다면, 그것은 헛되이 굴러
> 비록 너의 섬광은 찾으나 새벽은 보지 못하리라.
> 그렇게 두꺼운 흑내장(drop serene)은 그 안구를 꺼버렸고,[19]

밀턴은 비록 우리가 내내 이야기해왔던 빛과 어둠, 봄과 눈멂을 대비하는 은유를 분명히 연관 짓고 있지만, 자기 눈의 물성을 잊어버리지는 않는다. 이 시구의 "흑내장"은 자신의 눈멂을 암시한다. 오늘날 이른바 장애 연구 분야에서 초기의 예로 여길 만한 탁월한 책 『밀턴의 눈멂(Milton's Blindness)』(1934)에서 저자 엘리너 브라운(Eleanor Brown, 감염을 치료받지 못해 생후 며칠

만에 실명했다.)은, drop sercne은 중세 용어인 구타 세레나(gutta serena)의 번역어라고 지적한다. 17세기 의학에서 그 단어는 눈이 정상적인 외형을 유지한 채 멀어버린 상태를 가리킨다.[20] 다시 말해 밀턴의 눈멂은 다른 사람들에게는 보이지 않았고, 그 '속임수'는 괴로웠다. 일찍이 정치 팸플릿 작업에 몰두하고 시력이 나빠지기 시작할 무렵, 밀턴은 친크롬웰, 친의회, 반왕당파 성향의 정치 소책자「제2차 영국 국민 변론(The Second Defense of the English People)」에서 자신의 눈은 "가장 예리하게 보는 사람의 눈만큼이나 맑고 밝고 구름 한 점 없다."라고 썼다. 이 사실은 보기 드문 불안감을 드러낸다. "오직 이 점에서만, 내 의지에 반해서, 나는 속이고 있다."[21]

우연히도 브라운은 오하이오대학교를 졸업한 최초의 시각 장애인이자 미국 최초로 박사 학위를 받은 시각장애 여성이며, 오하이오주 서부에 위치한 데이턴에서 싱아이(The Seeing Eye, 미국 최초의 시각장애 안내견 학교로, 나 역시 여기서 두 안내견과 파트너가 되어 함께 훈련을 받았다.)를 졸업한 안내견을 데리고 다닌 최초의 인물이었다. 브라운은 비시각장애 고등학생들에게 독일어와 라틴어, 역사를 가르쳤고, 영향력 있는 밀턴 독자 중 한 사람으로 꼽힌다. 여기서 나는 브라운과 밀턴의 관계를 조명하고 싶다. (그녀가 눈멂에 관해 알고 있었으므로 밀턴 학문이라는 거대한 산에 한두 가지 덧붙일 수 있었다는) 그녀의 전제를 내 것으로 받아들일 수 있었기 때문이다. 브라운은『밀턴의 눈멂』서문에서 이렇게 썼다. "밀턴의 삶과 실명 후 그의 저작에 대한 해석 위에 눈멂에 관한 나의 지식을 덧붙인다."[22] 비시각장애 학자가 같은 주제로 쓴 글에서 볼 수 없던 개인적인 측면이 부여되고 있다. "눈멂에는 박탈이 있음을 누구도 부정하지 않을 것이다. 눈멂에 보상이 있다는 것은 시각장애인이라면 누구나 인정한다. 밀턴에게 이런 보상은 엄청난 의미가 있었고, 그가 독자에게 남기게 될 것은 다름 아닌 혜택에 관한 이런 생각일 것이다."[23]

밀턴은 브라운이 책에서 다루는 주제에 그치지 않았다. 밀턴은 그녀에게 내내 용기를 주었다. 브라운이 어릴 때 사람들은 (그녀를 실망시키지 않으려는) 선의를 담아, 그녀에게 맹인 학교를 그만두고 그녀가 여름을 보내곤 했던 여성 안전 주택에서 지내라고 권했다. 그녀는 그 제안을 거절하고 학교를 마쳤을 뿐 아니라 대학에 입학했고, 나아가 대학원 과정까지 공부했다. 그러는 내내 브라운은 '밀턴이 글을 썼다'는 사실, 그리고 자신이 '항상 글을 쓰고 싶어 했다'는 사실에서 위안을 얻었다.[24]

이것이 내가 처음 듣게 된, 밀턴을 또렷하게 불러내는 여성의 목소리였다. 보르헤스 같은 눈먼 남성 작가가 영감을 위해 밀턴의 위대함을 바라보기는 했지만, 여성 작가가 그런 경우는 내가 알기로 브라운이 유일하다. 밀턴이 남성이었다는 사실, 또는 브라운이 여성이어서 위대함의 성취를 방해받았을 수 있다는 사실은 그 방정식에 들어가지 않는 요소인 것 같다. 그러나 브라운은 자서전『빛의 복도들(Corridors of Light)』에서 밝히기를, 한때 결혼하고 싶은 유혹이 있었지만 포기했다. 그녀는 독신으로 살았고, 독립적인 정신의 소유자이면서도 평생 독실한 그리스도교인으로 남아 있었다. 나는 만약 눈먼 음유시인의 연보에 여성이 올라가게 된다면, 일종의 양성직인 옷을 걸친 모습이어야 하지 않을까 하는 걱정을 가끔 한다. 왜냐하면 역사적으로 눈먼 여성은 문학적 위대함이나 정상적 결혼 상태에 대한 욕망을 주의하라는 권유를 눈먼 남성보다도 훨씬 많이 받아왔고, 그 둘을 모두 갖는다는 건 거의 생각할 수 없는 일이었기 때문이다.

비평가들은 이따금 『실낙원』 제3편 서두에서 밀턴이 빛의 뮤즈를 불러내는 대목이 가슴 아프도록 통렬했을 것이라고 생각한다. 만약 그 대목이 다음처럼 실험적이기보다 관례적인 목가풍 수사로 가득하지 않았다면 말이다.

> 계절은 돌아오건만 내게는 오지 않는구나.
> 낮도 아침저녁의 달콤한 다가옴도,
> 봄철의 꽃, 여름철 장미의 광경도,
> 양 떼, 소 떼, 거룩한 사람의 얼굴도.
> 다만 나는 구름과 가시지 않는 어둠에
> 에워싸여, 사람들의 즐거운 길은 차단되고
> 아름다운 지식의 책 대신 내게는
> 지워지고 깎여버린 자연 만물의
> 끝없이 망망한 공백만이 제시되어
> 지혜는 한쪽 문으로 내밀려버렸구나.[25]

비평가들은 이 대목, 특히나 "지식의 책"을 물고 늘어지면서 밀턴이 본 것이 아니라 들은 것을 얘기하고 있다는 사실을 입증하려 했다. 엘리엇은 밀턴이 실명하기 전에도 "아무것도 본 적이 없다고 할 만한" 사람이라고 야멸차게 일축해버린다.[26] 물론 밀턴이 17세기 런던 거리에서 과거에 보았던 것을 말하지 않고 있다는 사실은 아주 분명해 보이지만, 책에 드러난 자연의 상실에 대해서는 통렬한 무언가가 있다. 세계를 배우는 두 가지 양상 모두 하나뿐인 문(시각)을 통해 들어오고, 지금 눈먼 밀턴에게는 본다는 것은 남이 대신해주어야 할 행동이 되었다. 그의 눈은 더 이상 자연의 책을 읽을 수 없고, 책 페이지에 쓰인 단어도 읽지 못한다. 그리고 나는 이 이중의 상실에 공감한다.

———————

『실낙원』을 포함한 문학 연구의 길, 궁극적으로는 박사 학위로 가는 길은 나에게는 구불구불 돌아가는 먼 길이었다. 고등학교를 중퇴한 후, 나는 얼마 동안 CCSF를 다니면서 처음 '시각장애인과 독서 장애인을 위한 녹음(Recording for the Blind and Dyslexic, 지금은 러닝 앨리(Learning Ally))'에서 나온 오디오북을 알게 되었다. 이 장시간 재생용 카세트테이프는 나에게 엄청나게 소중했다. 소중하면서도 끔찍할 만큼 창피스럽기도 했다. 나는 그 조잡한 파란색과 녹색의 박스를 서랍에 숨기곤 했다. 정부에서 만든 딱할 만큼 재미없는 장난감을 닮은, 색깔 버튼이 있는 플라스틱 테이프 플레이어와 함께 말이다. 그래서 나는 쿠시스토의 용기와 자신감이 경이롭다. 그의 고등학생 시절, 진보적인 음악 교사가 반 학생들에게 좋아하는 앨범을 가져오라고 한 적이 있었다. 다른 학생들이 "기타 솔로는 누가 더 나은가, 클랩턴인가 헨드릭스인가?" 하는 식상한 토론을 부르는 록 음반을 가져오자 쿠시스토는 의회도서관에서 빌린 그의 특수 레코드 플레이어를 끙끙대며 가져와서는, 그렇다, 『실낙원』 레코드를 재생했다.

쿠시스토는 한 면을 끝까지 틀었다. 바늘이 종이 라벨을 긁었다. 이윽고 그는 의기양양하게 그 레코드를 들어 올리고는, 시각장애인을 위한 것이기에 라벨 위에 점자가 있다고 친구들에게 알려주었다. "존 밀턴이 그 시대에 얼마나 외로웠을지 너희들은 상상이 가니? 그때는 점자도 없었고 시각장애인은 도움이 없으면 책을 읽을 수도 없었어. 밀턴은 목소리에 귀를 기울여야 했지. 사람들 얼굴을 보지 않고서 누가 진실을 말하는지 알아내야 했어." 놀랄 것도 없이 그의 발표에 학생들은 조용했다. "나는 나와는 다른 길을 가는 사람들 속에 있었다." 이렇게 쿠시스토는 이야기를 마무리한다. 밀턴의 영혼과 함께한 것은 그 혼자였다.[27]

내가 캘리포니아대학교 샌타크루즈캠퍼스 2학년으로 편입한 첫해에 어쩌다 밀턴 수업을 듣게 되었는지는 잘 기억나지 않는다. 하지만 단테의 『신곡』과 문학으로서의 히브리 성서 수업을 들은 걸 보면, 서구의 오랜 정전의 중요성을 이해할 만큼 독서를 따라잡았던 모양이다. 이렇게 강좌를 선택하게 된 배경에는 한편으로, 내가 고전을 전공하기 전에 순진하게 부르던 '고전'이 테이프에 녹음되어 있으니 새로운 문학('새롭다'고 해

봐야 20년 전에 쓰인 것이지만)에 관한 수업보다는 할 만할 것이라는 깨달음이 있었다. 1990년대 『선(禪)과 모터사이클 관리술』 오디오북을 구하지 못해 실망했던 기억이 생생하다. 그 작품의 인쇄본은 1974년에 나왔는데도 말이다!

솔직히 나는 그 첫 번째 토론식 수업을 받을 때까지 밀턴이 시각장애인이었음을 알지 못했던 것 같다. 그리고 『리어왕』속 글로스터라는 등장인물에서 눈멂의 복잡성을 얼핏 접했던 것을 제외하면, 눈먼 사람이 보상의 관념으로부터 위안을 얻을 수 있다는 최초의 암시를 발견한 것은 다름 아닌 밀턴을 읽으면서였다. 당시에 그것은 작은 불씨에 지나지 않았다. 그때 나는 확실히 나를 눈먼 사람으로 규정하지 않았기 때문이다. 나는 시각이 손상되었을 뿐 대부분을 볼 수 있었다. 아직은 지팡이나 안내견도 필요하지 않았다.(대학원 3학년 때 사용하기 시작했다.) 나는 그저 미래의 눈멂을 마주하고 있었다. 그럼에도 나의 상태는 눈멂의 문화적 의미를 생각하기에 충분했고, 호메로스와 고전과의 만남을 준비하기에도 충분했다.

칼리지 밀턴은 처음으로 내가 둥글게 둘러앉아 책 한 권도 참조할 능력이 없는 유일한 사람으로서 독서에 관해 얘기해야 했던 곳이었다. 물론 나의 투박한 테이프 플레이어를 수업에 가져가지 않았으므로, 텍스트를 가리키지도 못한 채 텍스트를 정밀 분석해야 했다. 그래서 내가 언급하는 텍스트를 교수나 다른 학생들이 소리 내어 읽어주거나, 내 머리에서 뽑아내는 식이었다. 동료 학생과 나 모두 거기에 익숙해졌지만 내가 관련 있는 것을 모두 말할 수 있었던 것은 지금도 놀랍게 다가

온다. 왠지 나는 이 원격 책을 두고 나누는 대화가 이상하리만치 편하게 느껴졌고, 대학원 과정 내내 계속 사용했다. 그러다가 학생들을 가르치기 시작했고, 마침내 노트북이 생겨 텍스트와 내 메모를 열어보게 되었고, 이어버드를 한쪽 귀에 꽂고 전자 음성이 읽어주는 소리를 들을 수 있게 되었다.

학부 탐구 과정 학생들을 가르치기 시작한 후, 수백 권의 책에 영감을 주고 자칫하면 경력 전체를 차지해버리는 연구에 불을 지핀 그 서사시를 논할 시간이 별로 없을 때면, 나는 제9편에 나오는 그 유명한 사탄(SATAN) 아크로스틱*을 잊지 않고 학생들에게 소개해주었다. 아래 대목인데, "보기 좋고 예쁜 뱀"으로 변장한 사탄이 이브에게 당당하게 자신을 소개하기 전에 나온다. 이 대목은 암시 가득한 직유 속에서 사탄의 뱀 의상을 다른 신의 변장과 변신에 비유하다가 그 아크로스틱으로 끝을 맺는다.

> 전자와는 올림피아스, 후자와는 로마의 정화인
> 스키피오를 낳은 그녀와 함께 나타난 뱀도. 처음엔
> 비스듬히 길 잡아 옆으로 나아간다, 마치
> 접근하려 하지만 방해를 두려워하는 자처럼.
> 흡사 노련한 키잡이가 강어귀나 곶
> 가까이서 모는 배가, 바람 때때로

---

* 각 행의 첫 글자를 계속 연결하면 특정 단어나 어구가 되도록 쓴 시. 이합체시(離合體詩)라고도 한다.

변함에 따라 방향을 틀고 돛을 바꾸듯이.

그렇게 그도 방향 바꾸며 굽이치는 꼬리로서

이브 앞에서 멋대로 많은 원을 틀고

그녀의 눈을 꾄다.[28]

He with Olympias, this with her who bore

Scipio the highth of Rome. With tract oblique

At first, as one who sought access, but feared

To interrupt, sidelong he works his way.

As when a ship by skillful steersmen wrought

Nigh river's mouth or foreland, where the wind

Veers oft, as oft so steers, and shifts her sail;

So varied he, and of his tortuous train

Curled many a wanton wreath in sight of Eve,

To lure her eye.

　나는 학생들에게 이브가 봐야 하지만 보지 못하는 것을 눈으로 찾아보라고 한다. 그 뱀의 화려한 생김새와 구불거리는 암시 뒤에는 사탄(SATAN)이 있다! 그러나 이 사탄 아크로스틱(Scipio 행에서 Nigh river's mouth 행까지)은 실제로 이브가 아닌 밀턴의 독자들을 시험한다. 구체적으로는 시각을 가진 독자들을.

　물론 이브는 뱀의 아름다움에 이끌리고 유창한 말에 혹한 나머지 뱀의 말이 자비로운 곳에서 나온다고 믿게 된다. 그러나 독자인 우리는 속아 넘어가선 안 된다. 나는 이것을 눈먼 사람의 농담, 앞을 보는 독자뿐 아니라 그 자신에게 하는 농담이라 생각하고 싶다. 이 대목은 테이레시아스가 종종 당했듯이, 앞을 보는 사람들에게 어디를 봐야 할지 무엇을 찾아야 할지 보여주고 알려주지만 무시당하는 예언자의 무력함을 떠올리게 한다. 눈먼 시인 밀턴이 말하는 듯하다. "여기 SATAN이 있다, 바로 네 눈앞에. 그러나 너는 넘어가고 마는구나."

밀턴이 위의 구절을 지어낸 날, 시인에게서 '젖을 짜내' 운문으로 옮기던 필경사의 반응은 어떠했을까 하는 생각을 가끔 하게 된다. 밀턴은 그에게 주의해서 보라고 했을까, 아니면 그가 눈치채지 못하자 웃어넘겼을까? 시인은 "그 행들이 S-A-T-A-N으로 시작하도록 해주시게." 하며 지적해주었을까? 나에게 사탄 아크로스틱이 말해주는 것은 『실낙원』을 지어낼 당시 밀턴은 매우 시각적인 사람이었을 뿐 아니라 실제로 봄에 집착하고 있었다는 것이다.

밀턴의 눈멂, 그리고 『실낙원』의 화자를 통한 그 눈멂의 표현이 중요한 이유는 이 작품이 호메로스와 맺고 있는 관계 때문이기도 하지만, 한편으로는 이 서사시의 관심사인 시각의 한계, 표면 아래 또는 표면 너머의 중요한 것을 보지 못하는 한계에 대한 테마적 적합성 때문이기도 하다. 예를 들어 제3편에서 사탄은 신의 새 창조물, 아담과 이브를 '보고 알고자' 하는 호기심이 많은 미천한 천사로 위장한다. 이 위장이 매우 그럴듯했는지 "하늘에서 가장 예리한 눈을 가진" 천사 우리엘은 사탄을 알아보지 못하고 결국 그를 천국으로 들여보낸다. 대천사마저 변장한 사탄을 보지 못하는 마당에 우리는 이브를 동정해야 마땅하다.

일단 그들의 복된 낙원에 들어간 사탄은 아담과 이브를 엿보고, 그 천진한 친밀감에 괴로워한다. 그는 소리친다. "밉살스런 꼴, 눈 뜨고 못 볼 지경이군!"[29] 아담과 이브는 타락 천사 사탄이 잃어버린 모든 것을 대표하는 듯하다. 그들은 역시 타락한 우리 인간이 잃어버린 모든 것을 대표하는 것일 수도 있다. 어쩌면 그래서 밀턴은 모든 인류의 어머니 아버지를 꽤나 뜨겁게 묘사하면서 그리 길게 썼는지도 모른다.

> 그의 곱고 넓은 이마와 숭고한 눈은
> 절대권을 나타내고, 히아신스의 머리채는
> 가르마 탄 앞머리에서 소담하게 늘어져
> 씩씩해 보이나 넓은 어깨 밑까지 처지진 않았다.
> 그리고 그녀의 장식 없는 금발은 베일처럼
> 가느다란 허리까지 흐트러진 채 내려와
> 제멋대로 동그라미 그리며 파도친다.[30]

아담과 이브 모두 매력적이긴 하나 좀 더 매력적인 쪽은 이브이다. 따라서 적어도 겉모습으로는 자신보다 못한 사람을 사랑하는 법을 배워야 할 쪽은 이브이다. 나의 첫 밀턴 수업에서, 나는 이브가 물에 비친 아름다운 자기 모습을 보게 되는 나르시시즘의 순간을 다룬 한 에세이를 놓고 고심했다. 이브가 아담에게 말하다시피, 아담을 만나라는 신의 목소리에 이끌리지 않았다면, 그녀는 "헛된 그리움에 애가 탔을" 것이다. 수면 위의 영상보다 "곱지 않고 / 매력 있게 우아하지 않은" 아담을 본 이브는 수면에서 봤던 모습으로 돌아가고 싶어진다. 아담이 사랑의 말로 그녀를 부르고 손을 잡자, 이브는 고분고분 따랐고, 그 순간부터 "사내다운 우아와 지혜는 미보다 우월하고 / 그것만이 참된 아름다움임을" 깨닫는다.[31]

어쩌면 눈먼 음유시인의 비유와 눈먼 여인의 비유를 어울리게 하려는 내 안에서 갓 움튼 어떤 욕구였겠지만, 나는 아름다움 때문에 사랑받지만 거꾸로 아담 안의 신성 때문에 그를 사랑해야 하는 이브의 입장에서 아이러니를 보았다. "그는 하느님만을 위하여, 그녀는 그 안의 하느님을 위하여 만들어진 것"이었다.[32] 그 아이러니는 예수가 믿음의 겸손함을 강조하면서도 극적인 치유에 몰두하는 방식과 다르지 않게 느껴졌다. 만약 여성이 더욱 피상적인 성이므로, 이브는 아담의 내면을 보고 아담을 사랑해야 한다면, 반대로 아담에게 외면적으로 더 아름다운 파트너가 주어지는 그 이유는 무엇일까? 설사 밀턴이 이브의 곤란한 처지를 아이러니로 여기게끔 의도하지 않았다 하더라도, 『실낙원』에서 시각이 이상한 역할을 한다는 것은 단연코 사실이다. 시각은 어디에서나 실컷 사용된다. 나는 감히 독자 여러분에게 제4편에서 사탄의 눈에 보이는 에덴의 묘사 부분을 읽어보라고 권한다. 그러면서 여러분 마음의 눈에 참으로 환상적인 이미지를 새겨 넣지 않는 게 가능한지 보라고 말이다.

『실낙원』에서는 평범한 시각이 폄하되는데, 이 시는 우선 그리스도교 서사시이고, 그리스도교는 시각에 꽤나 회의적이

보이는 어둠

기 때문이다. 그러나 우리는 사탄의 눈을 통해서 밀턴이 잃어버린 시각에 대한 복잡한(그리고 상당히 근대적인) 관계를 암시하는 아름다움을 엿보게 된다. 블레이크가 『천국과 지옥의 결혼』에서 쓴 유명한 말처럼 "밀턴은 자신도 모르게 마왕의 편에 서 있었다." 그리고 그 마왕은 우리가 본 것처럼, 슬프게도 똑똑히 볼 수 있다. "아 지옥! 이 슬픈 눈에 보이는 저건 무엇인가!"[33]

밀턴의 시각적 상상력은 당대의 경험주의가 그랬듯 그가 속한 세계의 물질성을 제대로 이해하고 있다. 그러나 그는 그리스도교인으로 남아 있으며, 따라서 물리적인 눈에 회의적이다. (그가 애석해하면서도 위대함을 이루기 위해 잃었던) 시각에 대한 그의 입장은 이브의 유혹을 바라보는 그의 입장만큼이나 복잡하다.

이브가 추구하는 것, 그리고 밀턴이 태어나서부터 40년간 추구해온 것은 지식이다. 따라서 학자 밀턴은 사탄의 유혹을 가볍게 넘기지 않는다. 지식 나무 열매의 맛은 처음 봄의 맛이다. 이것은 눈먼 사람이 시력을 회복하게 되었을 때, 혹은 순박한 여행자가 외국 땅에 갔을 때의 경험과 비슷하다. 두 경우 모두 진실하고 타락하지 않은 시각을 가정하고, 앞으로 보듯 17세기 말 이후 줄곧 철학적 논의에 활기를 불어넣을 이상화를 의미한다.

『실낙원』에서 첫 번째 시각은 지식을 가진 최초의 인간에게 주어질 것이다. 적어도 사탄이 이브에게 약속한 바로는 그렇다. 지식 나무가 금지된 이유는 "하느님은 아신다 / 그대들이 그것을 먹는 날 눈이 밝게 보이면서 / 실은 어두운 그대의 눈이 완전히 열리고" 밝아지기 때문이다.[34] 그 약속은 그리스도교 독자들에게 울림이 있다. 그래, 고린도인들이 말하듯 우리는 거울에 비춰보듯 희미하게 보지만, 우리 누구나 또렷이 완벽하게 보기를 원하지 않는가? 우리 중 누가 저항할 수 있을까? 그렇다면, 이브는 그 열매를 맛보고 아담에게도 맛보라고 설득한 죄, 그녀의 말처럼 그 나무가 "눈을 여는 신력"이 있어 "맛본 자를 신이 되게" 만든 죄를 어쩌면 용서받을지 모른다.[35]

7

[몰리뉴 남자]

밀턴이 『실낙원』을 펴내고 20여 년이 지났을 무렵, 철학자 존 로크(John Locke)는 경험주의 원칙을 확장한 『인간지성론』(1689)을 출간했다. 로크는 왕립학회를 비롯해 주변 곳곳에서 우연히 벌어지던 과학 활동에 관여했고, 관찰 및 실험 충동을 뒷받침할 철학적 바탕을 공식화해야겠다고 생각했다. 그는 현대 과학을 가능케 한 이러한 충동의 핵심은 타고난 지식 같은 것은 없다는 점이라고 주장했다. 다시 말해 우리 정신에 관념을 채워주는 것은 바로 감각이다.

로크는 『인간지성론』에서 관념이 어떻게 경험에서 나오는지 설명하면서 그가 '백지 상태'라고 일컬은 타불라 라사(tabula rasa)[1]에 대해 자세히 말한다. "정신이 아무런 특징도 아무런 생각도 없는 백지라고 해보자. 그 백지가 어떻게 채워지는가? 분주하고 무한한 인간의 공상이 그 백지 위에 끝없이 다양하게 그리도록 했던 그 방대한 축적물은 어디에서부터 오는가? 이성과 지식의 모든 재료는 어디에서부터 얻는가? 이 질문에 나는 한 단어로 대답한다. 경험이다."[2]

경험이냐 선험적 관념이냐의 문제에 자극받은 스코틀랜드의 철학자 윌리엄 몰리뉴(William Molyneux, Molineux라고도 표기)는 로크에게 편지를 썼다. 이것이 "날 때부터 눈이 멀었으나 촉각을 통해 배워서 정육면체와 구를 구분하는 어른"과 관련한 유명한 철학적 문제가 된다. 만약 그 눈먼 사람이 갑자기 앞을 보게 된다면, 오로지 보는 것을 통해서 "어느 것이 구이고 어느 것이 정육면체인지 구분할 수 있을까?"[3]

몰리뉴는 결혼하고 얼마 후 실명한 아내로 인해 그런 질문을 품게 되었던 것 같다. 아이러니하게도, 철학은 물론 다른 분야에서도 유명해진 '몰리뉴 남자' 뒤에는 눈먼 여자가 있는 셈이다. 어쨌거나 몰리뉴는 자신의 질문에 단호한 부정으로 대답한다. "비록 그는 구와 정육면체가 어떻게 촉각에 와닿는지 경험했겠지만, 이러저러하게 만져지는 것이 이러저러하게 보는 것에 영향을 끼친다는 경험은 아직 얻지 못했다."[4]

로크는 몰리뉴의 생각 실험(thought experiment)을 『인간지성론』 제2판(1694)부터 뒤이은 모든 개정판에 실었다. "나는 생각하는 이 신사에게 동의하며, 자랑스럽게 그를 내 친구라 부른다." 이어서 몰리뉴의 질문에 대답한다. "내 생각에 그 눈먼 남자는 처음에는 어느 것이 구이고 어느 것이 정육면체인지 보는 것만으로는 자신 있게 말하지 못할 것이다. 물론 그는 만져서 그것의 이름을 조금도 틀리지 않고 말할 수 있을 것이며, 분명 느낌의 차이로 그 형상을 구분할 수는 있을 것이다. 이것이 내가 내린 결론이다. 향상, 개선, 획득한 개념에 대해 그가 스스로 얼마나 이해한다고 생각하는지, 어느 때 그것이 전혀 쓸모없거나 도움이 되지 않는다고 생각하는지 하는 문제는 독자에게 맡긴다."[5]

다시 말해 로크는 비록 명민한 철학자라면 그 문제의 진실, 다시 말해 뒤늦게 시각을 얻은 눈먼 사람이 처음에는 어떤 것도 제대로 알지 못한다는 진실을 추측할 수 있겠지만, 그 문제를 생각해보지 않은 대부분의 사람은 눈이 작동하면 자연히 볼 수 있다고 가정할 것이라고 주장한다. 얼마 후 의학적 '기적'이 보여주다시피 문제는 그리 간단하지 않다. 두뇌도 보는 법을 배워야 한다. 우리가 흔히 시각이라고 생각하는 것과 관련해서 로크는 판단과 경험이 중요한 몫을 한다고 말하면서 다음 이야기로 그 대목을 마무리한다. 몰리뉴의 질문을 받은 사람들은 하나같이 그 눈먼 남자가 첫눈에 구와 정육면체를 구분할 것이라고 대답했지만 마침내 "그의 논거를 듣고서 설득당했다."[6]

그리고 실제로 설득력이 필요하다! 몰리뉴의 17세기부터 지금까지, 비시각장애인 대부분은 여전히 "네, 물론 볼 수 있죠."가 대답일 거라고 믿는다. 우리가 단순히 눈을 떠서 사물을 보는 것은 아니라는 생각은 반(反)직관적이다. 몇 년 전 나는 친구와 소호의 한 카페에서 이를 두고서 대화를 나눈 적이 있다. "이 탁자를 생각해보자. 빨간색과 흰색의 체크무늬 식탁보에 컵과 접시가 놓여 있는 이 탁자가 지금까지 앞을 본 적 없는 사람의 눈에는 어떻게 다가올지 말이야. 수많은 색깔의 사각형과 원으로 보이겠지. 게다가 내 뒤로 빛이 비추고 맨해튼의 온갖 형상이 펼쳐져 있어. 시각장애가 있었다가 이제 막 보게 된 사람한테는 그 모든 형상과 색깔과 빛의 작용이 전혀 구분되지 않을 거야. 실제 사물이라고 해석할 수 없을걸. 어릴 때 우리는 시각과 촉각을 연결 지으면서 많은 시간을 보내잖아. 그게 다 그런 빛의 작용이나 색깔을 보고 우리가 알 수 있고 이름 붙일 수 있는 사물로 해석하기 위한 거야."

그때 친구는 머뭇거리며 항복했던 것 같다. 하지만 여러분, 앞을 보는 독자 여러분은 아직 회의적이지 않을까? 어쩌면 나는 여러분의 '정상적' 시야가 얼마나 불완전하고 편향되었는지를 일깨워줘야 할지도 모르겠다. 그 정상적 시야는 진실의 복잡성보다는 쓸모라는 편의주의에 너무도 취약하다.

다양한 책을 펴낸 신경과 전문의 올리버 색스(Oliver Sacks)에게 도움을 청해보자. 그는 에세이 「어느 문인(A Man of Letters)」에서 보는 것의 복잡성에 관해, 다시 말해 지각의 혼돈 속에서 사물을 알아보는 것이 얼마나 어려운지에 관해 곰곰 생각한다. "우리 누구나 구경거리와 소리와 온갖 자극적 세계를 마주한다. 그리고 이것을 얼마나 빠르고 정확하게 평가하느냐에 따라 우리의 생존이 달려 있다."[7] 일상적으로 보는 행위를 가능케 하는 판단은 경험에 기반한 일종의 속기(速記)이다. 로크는 이를 직관으로 알았고, 우리는 시력을 '복구'하는 현대의 의학적 '기적'을 통해서 계속 보게 될 것이다.

색스의 말처럼 "사물을 보고, 그것을 시각적으로 규정하는 것은 즉각적이고 선천적인 능력 같지만, 실은 전반적인 기능의 위계가 필요한, 위대한 인지적 성과에 해당한다." 어떤 사물을 볼 때, 우리는 그 사물을 정확히 보고 있다기보다는 시각적 감각의 혼란스러운 무리에서 대상성을 추론하는 것이다. "우리는 서로 다른 조명이나 맥락 속에서 제시되는 형태, 표면, 윤곽, 경계선을 보면서, 그것의 움직임이나 우리의 움직임에 따라 관점을 바꾼다."[8]

색스는 이처럼 세계를 빠르게 인식하기 위한 정신의 속기를 언어에 비유한다. 우리는 읽는 법을 배우듯 보는 법을 배운다. 따라서 시각의 집짓기 블록은 언어의 집짓기 블록과 비슷하다. "조합의 능력을 끌어내야 한다. 즉 무한한 가짓수로 조합할 수 있는 유한 집합 또는 그런 형태의 어휘가 필요하다. 마치 26개의 알파벳 글자를 특정한 규칙과 제약에 따라 여러 가지로 조합해 언어에 필요한 만큼 수많은 단어나 문장을 만드는 것과 같다."[9]

일단 읽는 법을 배워 술술 읽게 되면, 어릴 때와 달리 우리는 낱개의 글자나 단어를 배우는 데 들이는 노력을 더는 의식하지 않게 된다. 그 노력은 사실 유창함에 가려져 있다. 그러나 유창함은 어떤 단어가 무엇인지 아주 쉽게 가정하도록 만들기도 한다. 내가 대독자에게 주로 의존해 교재를 읽던 시절 고통스레 깨달았듯이 잘못 읽기도 쉽다. 대독자라고 해서 모두가 훌륭하지는 않았다. 불성실한 대독자는 내가 쓴 모호한 문학 용어를 자신에게 익숙한 단어로 옮기곤 했다. 그래서 나는 재차 질문하고 조금 전의 구절을 다시 읽어달라고 부탁해야 했다. 일단 단어의 형태, 글로 쓰인 텍스트의 흐름을 깨닫기 시작하면 비정상성은 사라지는 경향이 있다.

언어의 경우처럼, 우리의 시각에도 일시적이고 임의적인 것, 관습과 관례의 문제인 것이 많다. 다시 말해 우리가 보는 것이 유용하기는 해도 정확히 진실은 아니다. 몰리뉴와 로크가 직관으로 알았듯, 판단은 우리가 어떤 것을 볼 때 결정적인 역할을 한다. 평생 연관성을 구축해온 우리의 시각은 비록 유용하기는 하지만 종종, 그리고 쉽게 우리를 속인다.

2019년 작가 마이클 폴란(Michael Pollan)은 환각제의 힘에 관한 책 『마음을 바꾸는 방법』을 펴냈다. 그는 환각 물질인 실로시빈(psilocybin)으로 유도하는 환각 여행 중 우리 정신이 일상적으로 세계를 이해할 때 사용하는 학습된 시각적 트릭을 해체할 수 있는지 알아보기 위해 한 가지 실험을 한다. "내 노트북에 띄운 것은 심리학 테스트에 사용하는 이른바 '양안 깊이 반전 착시'라는, 회전하는 얼굴 모양 마스크를 찍은 짧은 영상이었다. 마스크가 공간 속에서 회전하면서, 볼록한 면이 넘어가고 오목한 뒷면이 나오자 놀라운 일이 생긴다. 움푹 꺼진 마스크가 다시 볼록한 면처럼 튀어나와 보이는 것이다. 이것은 정신이 만들어내는 트릭인데, 정신은 모든 면이 볼록하다고 가정하기 때문에 오류로 보이는 것을 자동으로 수정한다. 한 신경과학자가 내게 한 말처럼, 환각제의 영향을 받지 않았다면 그렇게 된다."[10]

폴란은 눈가리개를 하고 떠나는 내적 여행을 중단하고, 앞뒤가 맞지 않는 시각 자료를 받아들이지 않으려는 두뇌의 고집스러운 거부 작용을 둘러볼 수 있을지를 시험한다. 약물에 취하지 않은 건전한 성인의 정신은 세계의 작용 방식에 관해 미리 학습되고 형성된 개념과 일치하지 않는 것을 바로잡거나 보상한다. 폴란은 환각제를 통해 있는 그대로의 사물을 보려고 시도하지만, 성인인 그의 두뇌는 이미 너무 단단히 굳어져 있다. "볼록한 면이 돌아가고 오목한 뒷면이 드러나자 마스크가 다시 튀어나왔는데, 다만 환각 버섯을 먹기 전 보았던 것보다 조금 더디게 나타났을 뿐이다."[11]

두뇌가 배운 이런 속기는 일상적인 보는 행위에 필요하다. 따라서 시각장애인이 '시각을 회복'해서 실질적 의미에서 보는 법을 배우기는 굉장히 힘들다. 선천적 시각장애인은 제대로 기능하는 눈을 가진다고 해도, 쉽게 또는 효율적으로 보는 신경의 오솔길이 없다. 반면 비시각장애인의 정신은 쉽고 효율적으로, 또한 있는 그대로의 세계를 보고 있다는 느낌으로 볼 수 있다. 그러나 폴란의 볼록한/오목한 마스크를 비롯해 다양한 착시가 보여주듯, 기능하는 눈은 속기 쉬워서 상황적 진실성이 아닌 유용한 편의성을 기준으로 보도록 훈련받아온 것을 믿어 버린다.

우리는 환각제의 영향 아래 '정상적으로' 보는 정신, 시각을 '회복'한 시각장애인처럼 특이해 보이는 사례를 통해서 시각이 얼마나 반직관적이고 조건적인지를 배운다. 아기 때나 걸음마를 배울 때 보는 법을 배웠던 사실을 기억하는 사람은 별로 없지만, 실제로 우리는 읽는 법을 배우듯 보는 법을 배운다. 가끔 특이한 상황이 벌어지면, 우리는 매일 평범하게 봄으로써 빠져들던 안일함에서 화들짝 깨어나곤 한다.

눈과 두뇌 사이의 이상한 관계는 시각 손상의 예를 통해서도 조명할 수 있을 것이다. 볼 수 있는 시야가 아직 많이 남아 있던 어릴 적, 나는 망막에서 전달되는 정보가 제한적이고 대략적인 경우 시각 피질이 어떻게 그 대상을 추측하려 시도하는지 곧 깨달을 수 있었다. 앞서 말했듯 처음에 나는 망막색소변성증을 진단받았지만(그리고 오랫동안 사람들에게 내 눈 질환을 그렇게 말했지만), 알고 보니 내 병명은 원뿔세포-막대세포이상증이었다. 이 말인즉 그 두 가지 광수용 세포가 초기에 기능을 잃어버렸던 것이다. 비록 기능 상실은 최소한이었지만, 그래도 전형적인 망막색소변성증과는 뚜렷이 달랐다.

망막색소변성증은 보통 야맹증과 함께, 막대세포 손상에 의해 주변 시야가 제한되는 시야 협착으로 시작된다. 막대세포는 망막 주변에 가장 흔히 존재하는 광수용체이다. 이것은 움직임에 민감하며 빛이 적은 환경에서 보는 능력을 주로 담당한다. 내가 야맹증을 경험했을 때 가장 심각한 증상은 원뿔세포의 상실을 말해주는 중심 시야의 상실이었다.

원뿔세포는 망막의 중심(중심와)에 모여 있고, 정밀한 세부와 색깔을 알아보도록 특화된 광수용체이다. 다시 말해 원뿔세포 없이 태어난 사람은 표준 크기의 인쇄물을 읽을 수 없으며 색을 전혀 구분하지 못한다. 이를 색맹이라고 한다.[12] 비록 나의 중심와는 내가 열예닐곱 살 때 거의 날아가버렸지만, 그래도 (거의 완전히 볼 수 없게 될 때까지) 중심와 바깥에 드문드문 있는 원뿔세포로 어느 정도 색을 감지할 수 있었다.(물론 그 후 몇 년이 지나면서 정확성은 떨어졌다.) 나는 종종 파란색과 녹색, 분홍

색과 주황색을 헷갈리곤 했다.

중심부 광수용체가 파괴되었으므로 내 시야 한가운데에 구멍이 생겼다. 시야 협착과 반대로 도넛 시야라고나 할까. 그렇다고 상실된 망막 부분이 암흑이나 어둠으로 인식되지는 않았다. 그건 비시각장애인 독자 여러분이 맹점을 블랙홀로 인식하지 않는 것과 같다. 여러분이 운전을 배울 때, 망막에서 시신경이 안구에서 빠져나오는 맹점 주변에서는 사물이 보이지 않는다는 점을 명심해야 하는 것처럼, 나는 시각 영역에서 사라진 부분에 일부러 물체를 위치시켜야만 맹점을 인지할 수 있었다. 요즘 고급 자동차에는 맹점에 놓인 물체가 있으면 알려주는 전자 장치(사각지대 감시 장치)가 있지만, 나는 나의 사각지대, 즉 맹점을 혼자 힘으로 찾아야 한다.

내가 그 사실을 발견한 시점은 10학년 때 드라마 수업에서였다. 우리는 강당에 흩어져서 일종의 동선 연습을 하고 있었다. 비록 시야는 완전한 것처럼 보였지만, 앞줄에 있던 나로부터 어느 정도 거리에 있는 선생님을 내 시야의 중심에 두면, 시야 풍경 내의 반짝이는 화소 같은 눈물 속으로 선생님을 사라지게 할 수 있다는 것을 깨달았다.(내가 하기 전에 저절로 그렇게 되지는 않았다.) 비슷하게 눈을 움직여 한 학생이나 또 다른 학생에게 '초점'을 맞추면, 그 학생이 사라지고 대신 나머지 학생들이 나타나게 할 수 있었다. 세부가 뭉개진 주변부로 밀려난 상태의 그들이 완벽하게 보이지는 않았지만, 그들이 그 자리에 있다는 것은 분명했다. 나는 그들 모두를 알아볼 수 있었다. 그들의 얼굴 생김새를 보고 아는 게 아니라, 그들의 차림새, 키와 몸

무게, 자세, 머리 모양이나 색깔, 얼굴형 등으로 알아보았다. 나는 이 작은 인지 게임을 가지고 실험했다. 두려워하지는 않았던 것 같다. 그저 호기심이었다. 심지어 나의 특이함에 흥분해서 친구들에게 말해주기까지 했다.

그런데 그 무렵이었다. 사람들은 나에게 왜 자신을 똑바로 보지 않는지 자꾸 물었고, 내가 어디를 보고 있는지 알아내려고 종종 곁눈질로 흘깃거리곤 했다. 내가 그 사실을 깨닫기까지, 나는 무의식적으로 사람의 얼굴을 눈 중앙의 맹점 밖으로 밀어내고 있었던 것이다. 그 후로 나는 대화할 때면 가짜 눈맞춤을 하기 시작했다. 내가 말할 때는 상대방의 얼굴을 더 잘 보기 위해 애먼 데를 보고, 그들이 말할 때는 내 시선을 붙잡아둔다고 느끼도록 그들을 똑바로 바라보았다.(물론 그들이 보이지는 않았다.) 왜냐하면 비시각장애인은 상대방의 시선을 몹시 원하는 것 같기 때문이다. 이 방식은 수십 년간 통했다.

'정상적인' 눈의 맹점은 우리가 보는 것이 세계의 충실한 투시도라기보다는 하나의 구성물임을 이해하게 해준다. "각각의 망막에는 신경과 혈관이 눈에서 빠져나가는 자리에 놀랄 만큼 큰 사각지대가 있는데, 이것을 맹점이라 한다." 심리학자 리처드 그레고리(Richard Gregory)는 봄의 심리학에 관한 1966년의 주요 저서 『눈과 두뇌(Eye and Brain)』에서 맹점을 설명한다. "이것은 두 명이 방을 가로질러 앉아 있을 때, 한 명의 머리를 사라지게 할 만큼 크다!"[13] 두뇌는 정보로 가득 차 있기에, 우리가 사라진 이들 조각을 눈치 채게 되는 건 운전을 배울 때나 소소한 실험을 할 때뿐이다.

그레고리는 책의 '지능적인 눈'이라는 부분에서, 보는 행위가 어떻게 연습을 거치며 숙달되는지를 설명한다. 보는 행위는 단순히 자극을 그림으로 번역하는 문제가 아니라, 우리가 가진 나머지 감각과 우리가 보는 대상에 관한 선행 지식에서 나온 정보를 토대로, 지적인 결정을 내리는 학습된 능력에 가깝다. "요점은 직접적인 또는 확실한 지각을 하기에는 감각 신호가 충분하지 않다는 것이다. 그래서 대상을 보기 위해서는 지능적 추측이 필요하다. 여기서 알 수 있는 건 지각이란 바깥에 있을 수 있는 것에 대해 결코 완전하게 확신할 수 없는, 예측된 가설이라는 것이다."[14]

만약 이미지가 세계를 사진처럼 재현한 별개의 것이라고 가정한다면, 우리가 흔히 우리의 맹점을 못 본다는 건 말이 되지 않는다. 그러나 만약 보는 행위에는 두뇌가 필요하고, 두뇌가 실제로 있지 않은 정보를 최대한 알려준다고 이해한다면, 다른 특이점과 함께 보이지 않는 맹점은 문제가 되지 않는다. "시야의 몇몇 수수께끼는 약간만 생각해보면 사라진다." 그레고리는 설명한다. "눈의 이미지가 거꾸로 맺히고 시각적으로 좌우가 바뀐 것은 전혀 특별한 문제가 아니다. 그것은 내적인 눈에는 그림으로 보이지 않기 때문이다." 이미지가 '지각 대상'이 아니라는 사실은 곧 "그것이 뒤집혔다는 게 문제가 아니"라는 것을 뜻한다. 두뇌가 하는 일은 망막 이미지를 보는 것이 아니라 "눈에서 받은 신호를 외부 세계의 사물, 근본적으로 만져서 아는 사물과 연관 짓는 것이다."[15]

나는 불과 몇 년 전에 『눈과 두뇌』를 읽었지만, 두뇌와 시각의 중요한 관계는 오래전부터 이해하고 있었다. 예를 들어 내 시각이 손상되었을 때, 방 안이나 식탁 위의 물건을 알고 있으면 마술처럼 그것을 볼 수 있었다. 언젠가 룸메이트와 저녁 식사를 하면서 말했다. "너 맥주 마시는구나?" 같이 마시면 좋겠다는 뜻을 담아서 말이다. 빨간 글자가 쓰인 맥주 캔 모양의 물체를 본 나는 그것이 버드와이저라고 추측했다. 그러나 룸메이트는 부정했다. "맥주 마시는 거 아니야!" 나는 손을 뻗어 그 원통형 물체를 만졌다. 알루미늄이 아니라 플라스틱이었다. 곧바로 그 정체가 내 눈에 나타났다. 파르메산 치즈통이었다!

시각 손상을 통해 배운 교훈이 있다. 인간은 보이지 않는 것을 볼 수는 없다. 보는 것은 작동하는 눈의 기능이지만 그에 못지않게 두뇌의 기능이기도 하며, 망막의 전기 자극, 그리고 질서와 일관성을 만들기 위한 두뇌의 형태주의적 노력 사이에 일어나는 마법 같은 (때로는 재미있는) 대화이기 때문이다. 19세기 말에 시작한 게슈탈트 심리학(Gestalt psychology)은 우리가 혼돈에서 질서를 인지하는 방식을 설명하고자 했는데, 사물을 묶음 짓는 우리의 경향성을 이해하는 데 도움이 된다. 유명하지만 종종 잘못 인용되는 게슈탈트 심리학의 모토가 "전체는 부분의 합이 아닌 다른 것"이라는 것이다. 페이지 위의 점을 잇는 것부터 나무가 마구 뒤섞여 있는 개별 잎이 아니라 나무 전체로 보는 것까지, 우리의 두뇌는 방대한 양의 시각 정보를 일관성 있는 그림으로 번역한다.

로크의 판단과 몰리뉴 남자를 둘러싼 추론은 나에게는 정확하고 거의 명백하게 다가왔다. 나의 시각장애 덕택이다! 그러나 우리가 보는 법을 배운다는 사실, 시야는 주로 시각적 자극의 혼돈 속에서 대상성을 추론하는 두뇌의 능력 문제라는 사실에 대해 아직도 많은 이가 반직관적이라 생각하기 때문에, 후천적으로 눈이 먼 남자들(때로는 여자들)이 '보게' 되었을 때 종종 몰리뉴 남자 이야기가 거론된다. 시력을 회복한 눈먼 남자가 어떻게 보지 못할 수 있는가? 어쩌면 수수께끼처럼 여겨지는 그 문제를 해독하기 위해서 세대마다 철학적 맥락을 되새길 필요가 있을 것이다.

나에게 처음 색스를 소개해준 사람은 뉴욕대학교 시절 나의 탁월한 대독자였다. 도서관에서 나와 함께 눈멂과 문학에 관한 데이터베이스를 수도 없이 찾아본 후, 그는 몇 년 전 읽었던 기사를 떠올리고는 가져다주었다. 「보면서 보지 않기(To See and Not See)」라는 제목의 1993년《뉴요커(New Yorker)》 기사였다.[16] 어느 널찍한 연구실에서 그는 색스가 쓴 버질이라는 중년 남자의 이야기를 처음 읽어주었다. 백내장 수술은 18세기 초부터 있었는데도, 버질은 평생 백내장을 제거하지 않은 채 그럭저럭 지냈다.

「보면서 보지 않기」는 색스의 수많은 에세이처럼 편지로 시작한다. 버질의 장인이 될 사람이 쓴 편지이다. 버질은 두터운 백내장 때문에 40년 넘게 눈먼 채로 살아왔고, 망막색소변성증까지 있는 것으로 여겨졌다.

버질은 Y지역에서 마사지 치료사로 평안하고 조심스럽게 살면서 딱히 시력 회복에는 관심이 없었다. 그러나 약혼녀 에이미는 자신이 다니던 안과에 그를 데려갔고, 의사는 백내장 수술을 제안했지만, 망막색소변성증이 있는지 없는지는 알 방법이 없었다. "그 단계에서 확신하기는 어려웠다. 망막이 두꺼운 백내장 밑에 있어 더는 보이지 않았기 때문이다. 그러나 버질은 여전히 빛과 어둠, 빛의 방향을 볼 수 있었으므로, 망막이 완전히 파괴되지 않았다는 건 분명했다. 그리고 백내장 수술은 부분 마취를 하고 외과적 위험이 거의 없이 이뤄지는 비교적 간단한 수술이었다. 잃을 건 없었다. 오히려 얻는 게 많을 수 있었다."[17]

물론 의사 색스에게 오는 편지는 순수하고 명백한 기쁨의 순간에 쓴 것은 거의 없었고, 미스터리와 혼란에 휩싸였을 때 쓴 것이 대다수였다. 버질의 수술은 성공적인 것 같았다. 오른쪽 눈에서 백내장이 제거되자, 날 때부터 눈먼 사람이 갑자기 보게 되었을 때 흔히 예상하는 눈물과 흥분이 있었다. 그러나 기쁨은 오래가지 않았다.

색스는 이야기를 계속하며 에이미의 일기 일부를 들려준다. "버질이 볼 수 있다! 진료실 안 사람들 전체가 눈물을 글썽였고, 버질은 40년 만에 처음으로 시각을 갖게 되었다. …… 버질의 가족은 너무 흥분해서 울고, 꿈같은 현실을 믿지 못한다! …… 회복된 시력의 기적은 놀랍기만 하다!"[18]

그러나 바로 다음 날부터, 눈먼 사람에게 시각을 주는 간단한 듯한 행위는 난처한 문제가 되었다. "비시각장애인의 상태에 적응하려 애쓰면서, 눈멂에서 볼 수 있는 상태로 나아가기는 만만치 않았다. 아직 시야를 신뢰할 수가 없어서 생각을 더 빨리해야 한다. …… 보는 방법을 막 배우기 시작한 아기처럼 모든 것이 새롭고 설레고 두렵고, 본다는 것이 무엇을 의미하는지 잘 모른다."[19]

시각 복구가 곧 눈멂에 대한 완전한 개선이라고 생각하는 사람이 많을 것이다. 색스의 말처럼 "눈이 뜨이고, 눈에서 비늘이 떨어지고, (『신약성서』의 구절처럼) 눈먼 사람이 시력을 '받는다'는 것, 이것이 상식적인 생각이기 때문이다."[20]

그러나 많은 것과 마찬가지로 사건의 진실은 훨씬 복잡하다. 색스는 묻는다. "보기 위해서는 경험이 필요하지 않았을까? 보는 법을 배워야 하지 않았을까?"[21]

로크와 몰리뉴 남자가 제대로 짐작했듯이, 간단히 답하면 '그렇다.' 우리는 보는 법을 배워야 한다.

색스는 「보면서 보지 않기」에서 노골적으로 몰리뉴 남자를 참조한다. 태어날 때부터(또는 유년기 초에) 눈이 멀었다가 시각을 '복구'한 사람은 시각만으로는 원과 정육면체를 구분하지 못할 뿐 아니라 사실상 전혀 어떤 것도 이해할 수 없다는 것을 버질의 경험이 증명하는 듯하기 때문이다. 그러나 철학적 질문이 수반되는 수술을 받은 사람은 버질이 처음이 아니었고 마지막도 아니었다.

색스는 버질의 이야기를 하다가, 초창기 백내장 수술 사례 하나를 언급한다. 1728년 윌리엄 체즐던(William Cheseldon)이라는 영국의 한 외과 의사가 열세 살 소년에게 백내장 수술을 했다. 소년은 "영특하고 젊음"에도 불구하고 "가장 간단한 시각적 인지조차 몹시 힘들어했다." 소년은 거리·공간·크기를 파악하지 못해 끙끙댔다. "그리고 드로잉과 회화, 즉 현실에 대한

2차원적 재현이라는 관념을 이상할 만큼 혼란스러워했다." 버질처럼 소년은 그동안 촉각으로 이해하던 세계와 시각적 세계 사이의 연관성을 하나씩 구축해가면서 아주 서서히, 시각적 세계를 이해해나갔다. 색스는 말한다. "체즐던의 수술 이후로 250년 동안 다른 많은 환자의 사례도 비슷했다. 거의 모두가 가장 중대한, 로크식의 혼란과 당황스러움을 경험했다."[22]

결국 신경 과학은 갑자기 앞을 보게 된 눈먼 사람은 엄밀한 의미에서 볼 수 없다고 말한다. 두뇌가 망막의 전기 자극을 해석하는 법을 배우지 못했기 때문이다. 눈이 건강하다고 해도, 두뇌는 우리가 시각이라고 여기는 것에서 아주 중요한 역할을 한다. 또한 눈먼 사람의 두뇌는 시각을 가진 사람의 두뇌보다 촉각을 더 많이 이해하도록 학습한다. 버질이 보는 법을 배우기가 복잡했던 것은 세계를 탐색하는 주된 방식으로서 촉각을 습관적으로 사용했기 때문이다.

색스는 이렇게 설명한다. "새로이 시각을 얻은 사람의 경우가 그렇듯, 버질에게 중요한 갈등은 촉각과 시각의 불편한 관계였다. 만져야 할지 봐야 할지 몰랐기 때문이다."[23] 버질이 수술을 받고 5주가 지난 뒤, 색스는 안과 의사 친구와 함께 버질과 그의 아내 에이미의 집을 찾아갔다. 이때쯤 "버질은 눈이 안 보였을 때보다 더 심하게 장애를 느낄 때가 많았고, 자신감이 많이 떨어져 예전과 달리 쉽게 움직이지도 못했다. 그러나 그는 시간이 지나면 이 모든 것이 저절로 해결되기를 바라고 있었다."[24] 그러나 색스는 "그렇게 확신할 수 없었다." 18세기 초 이후 줄곧 "문헌에 소개된 모든 환자는 수술 후에 공간과

거리를 가늠하는 데 굉장히 애를 먹었다. 몇 달, 심지어 몇 년이 걸리기도 했다."[25]

심지어 자신이 키우는 애완동물을 일상적으로 알아보는 데에도 배워야 할 것이 있다. "버질의 개와 고양이가 달려와 우리를 맞이하며 냄새를 맡았다. 그런데 버질은 어느 것이 고양이고 어느 것이 개인지 구분하는 데 애를 먹는 것 같았다. 이 희극적이고 당황스러운 문제는 그가 수술 후 집에 돌아가고 나서도 계속되었다. 공교롭게도 두 동물 모두 검은색과 흰색이 섞인 얼룩이였는데, 그는 두 애완동물이 짜증스러워할 만큼 만져보기 전에는 계속 혼동했다. 에이미의 말로는 가끔 남편이 고양이의 머리와 귀, 발, 꼬리를 바라보면서 그 부위들을 부드럽게 만지는 식으로 신중하게 살핀다고 했다."[26]

흥미로운 사실은 체즐던 박사의 나이 어린 환자와 버질이 거의 비슷한 경험을 했다는 것이다. 색스는 과거의 그 관찰을 인용한다. "어느 것이 고양이고 어느 것이 개인지 자꾸 잊어버렸기 때문에 그는 묻기를 부끄러워했다. 그러나 촉감으로 알고 있는 고양이를 붙잡고 가만히 바라보는 모습이 관찰되었고, 그 다음에는 고양이를 내려놓으며 말했다. '그래 야옹아, 다음번엔 널 알아보겠지.'"[27]

태어날 때부터 눈이 멀었다가 시력을 회복한 사람은 두뇌가 새로운 방식으로 사물을 알아보게끔 훈련하기 위해서, 그리고 이 새로운 지각을 믿기 위해서 아기처럼 촉각과 시각의 관계를 구축해야 한다. 결국 색스가 지적하듯, 수술을 받기 전의 버질은 "하나부터 열까지 촉각에 의존하는 사람"이었다.[28]

가엾은 버질은 보는 법을 배우는, 즉 시각 기능을 활성화하는 과제를 많이 해내지 못할 것이었다. 그는 40년 동안 앞이 보이지 않는 상태로 편안하게 지내던 남자였다. 그는 마사지 치료사이자 야구팬(그는 라디오로 야구 중계를 즐겨 들었다.)으로서 단순하고 만족스러운 삶을 살았다. 어쩌면 애초에 시각을 되찾고 싶은 간절함이 없었기 때문에, 또는 단지 그런 커다란 변화에 정신적으로 무장되어 있지 않았기 때문에, 그는 보는 법을 배우는 스트레스를 감당하기 힘들었을 수 있다. 그리고 망막색소변성증으로 근본적인 시각 손상이 있었던 것도 도움이 되지 않았다. 시력을 '회복한' 버질에 관한 색스의 이야기는 해피엔딩으로 끝나지 않았다. 버질은 중병을 앓았고 시각을 가진(또는 부분적으로 시각을 가진) 사람으로서 맹인으로 지냈을 때보다도 훨씬 제대로 기능하지 못했다.

버질과 달리 강력한 동기와 지능을 갖추었다고 해도, 눈먼 사람이 보는 법을 배우기가 늘 가능한 것은 아니다. 2007년에 출간한 로버트 커슨(Robert Kurson)의 놀라운 책 『기꺼이 길을 잃어라』는 마이크 메이(Mike May)에 관한 저널리즘적 이야기이다. 마흔여섯 살의 사업가 메이는 2000년에 또 한 명의 몰리뉴 남자가 되었다. 그는 화학 약품 사고로 세 살 때 실명한 이후 줄기세포 수술을 받고, 처음으로 앞을 보게 되었다. 나는 오래전 샌프란시스코에 살 때 메이를 만난 적이 있었다. 시각장애인을 위해 시각장애인이 만든 나의 첫 컴퓨터는 그의 회사에서 조립해주었고, 나중에 메이는 시각장애인을 위한 여름 캠프에 참가해 용기를 북돋는 말을 해주었다. 나는 그 캠프에서 자원봉사를 했다.(그렇다, 어쨌거나 시각장애인의 세계는 좁다.)

메이는 성공한 사업가이자 열혈 스키광이었다. 결혼해서 두 남자아이를 두었을 때 한 안과 의사(사실 그의 아내가 다니는 안과의 의사였는데, 완전히 실명한 사람은 대체로 안과 의사가 필요 없다.)가 그의 눈을 봐주겠다고 했고 그의 시각을 되찾아줄지 모를 줄기세포 이식이라는 새롭고 진기한 수술이 있다는 놀라운 얘기를 해주었다. 그 수술은 아주 드문 유형의 실명에는 효과적이었는데, 메이가 겪은 화학적 화상도 그에 해당되었다.

버질과 비슷하게, 메이도 처음에는 수술이 별로 내키지 않았다. 비시각장애인 생각에는 그 결정이 쉬울 수 있지만, 그는 몇 달 동안 가능성을 고민한 끝에 수술을 감행했다. 역시 버질과 비슷하게 수술 결과는 얼핏 즉각적이고 완전한 기적처럼 보였다.

붕대를 풀자 곧바로 "대재앙 같은 흰빛이 폭발하듯 메이의 눈에 들어왔다." 그는 최초의 충격과 환한 기쁨을 경험했고, 몇 초가 지나자 사물들이 모습을 드러내기 시작했다. "그의 얼굴 앞에 진료실 문으로 짐작되는 밝은 형체가 있었다. 그는 문이 닫혔던 자리를 기억하고 있었다. 그 주변으로 벽이 있었는데, 옆쪽에 비치는 빛이 위에서 오는 빛과 달랐기 때문에 그것이 벽임을 알았다. 그 빛들이 왜 다른지 굳이 생각할 필요도 없었다. 단지 색깔이 달랐을 뿐이다. 색깔! 그의 옛 친구인 색깔, 그것이 바로 거기 있었고 그것이 켜져 있었다. …… 잠깐! 왼쪽의 검은 방울이 날카로워지고 있었다. 그것에 선과 모서리가 생기고 있었다. 그것은 색깔 이상의 어떤 것, 빛 이상의 어떤 것이 되고 있었다. 그것은 하나의 물체였다."[29]

메이가 처음으로 보는 상황에 대한 놀라운 묘사는 두뇌가 빛과 색깔, 형태의 혼돈 속에서 익숙한 사물을 만드는 과정을 극적으로 보여준다. 메이에게 시각 기억이 전혀 없었다고 해도, 아마도 그의 두뇌가 (실명하기 전 태어나 3년 동안 학습했던) 시각 세계와의 연관성을 어느 정도 기억하고 있었기에 즉각적인 시각 회복이 가능했을 것이라는 점을 염두에 두어야 할 것이다. 그러나 본다는 것은 한 가지 작용이 아니라 여러 가지 작용이다.

메이는 완벽하게 기능하는 눈을 가지게 되었다. 그러나 2개월이 지나서도 볼 수 없는 것들이 여전히 많았다. 그가 아내에게 말했다. "난 모르겠어, 젠. 색깔을 보는 데 5초 정도 걸렸어. 굴러가는 공을 잡는 데는 하루가 걸렸고." 그는 낱낱의 글자를 알아볼 수 있었음에도, 아직 글을 읽거나 얼굴을 알아볼 수 없었다. 아들의 얼굴도 알아보지 못했다. 그는 이해할 수가 없었다.

이상하지만 6개월이 지난 후에도 메이가 볼 수 있는 것과 보지 못하는 것이 우리의 몰리뉴 문제에 복잡한 한 가지 답을 제시했다. 정육면체 그림을 보여주었더니 그는 이렇게 대답했다. "선이 있는 정사각형이네요."[30]

그를 테스트하던 연구원인 아이어니 파인(Ione Fine) 박사는 딱히 어떤 질문을 할 생각은 없었지만, 그 이미지를 회전시키기 시작했다. 그러자 곧바로 메이가 대답했다. "정육면체예요!"[31]

메이의 동작과 색깔 감지 능력은 평생 시각을 가지고 살아온 사람만큼 뛰어났지만, 6개월 후에도 얼굴을 알아보고, 글을 읽는 등 고차원적 양상의 보는 행위는 아무리 그가 개선하려 기를 써도 좀처럼 나아지지 않았다. 테스트를 마친 파인 박사는 우리가 시각이라고 하는 것의 상당 부분은 사실상 두뇌에서 일어나는 작용이며, 우리가 일상적인 의미에서 보기 위해 무의식적으로 사용하는 지식의 상당 부분이 유년기 초에 형성된다는, 약간은 냉혹한 소식을 전했다. 아마 메이도 한때는 어느 정도 지식이 있었지만 눈먼 상태로 수십 년을 지내다 보니 잊어버렸을 것이다. 결론을 말하면, 그 지식 없이는 사람의 눈이 아무리 완벽하게 기능한다고 해도 정상적으로 볼 수 없다는 것이다.

메이의 첫 반응은 '유레카'였다. 새롭고 예측할 수 없는 자신의 시각이 처음에는 수수께끼만 같았는데, 이제 이해되기 시작했다. "사람이 이 방대한 지식의 은행을 시각 현장으로 가져올 수 없다면, 아무 지식이나 최대한 동원하려 한다는 것은 당연하다. 그래서 그는 모든 것을 만지고 싶어 했다. 그는 맥락을 파악하려고 안간힘을 썼고, 색깔과 동작, 그리고 나머지 감각에 심할 만큼 의지했다. 그 모든 것은 눈에 흘러들어오는 미가공 데이터에 그가 가져올 수 있는 모든 지식을 가져오기 위한 노력이었다."[32]

그러나 그는 어떻게 보는 법을 배우게 될까? 아니, 보는 법을 어떻게 다시 배울까?

파인은 어정쩡한 입장을 보였다. 만약 얼굴, 깊이, 사물을 인지하는 데 필요한 메이의 뉴런이 죽었거나 헤매다가 다른 작업을 하게 되었다면, 그가 정상적으로 보기는 영영 불가능할지 몰랐다. 2주 후 fMRI(기능적 자기 공명 영상)를 사용해 찍은 두뇌 이미지는 그녀의 의심을 확인해주었다.

메이는 버질보다 젊고 건강하며, 회복력이 좋은 시각 수용자이지만, 그럼에도 두 사람 모두 보는 법을 배우는 데 애를 먹었다. 내 생각에 그들이 완전한 눈멂에서 부분적인 봄으로 가는 과정과 관련해 중요한 점이 있다면, 시각 '복구'는 필연적으로 복잡하고 골치 아픈 일이라는 것, 그리고 우울한 어둠에서 기쁨 넘치는 빛으로 나아간다는 안일한 은유는 무슨 일이 있어도 피해야 한다는 것을 그 두 사람이 아주 극명하게 보여준다는 사실이다. '시각 복구'는 성서의 우화를 재연하는 것이 아니며, 따라서 눈의 물리적 장치를 고치는 작업이 곧 천사들에게 할렐루야를 노래하라는 큐 사인이 될 수는 없다.

봄과 눈멂에 관한 해묵은 해석이 '근대' 경험주의자로서 우리의 야망을 너무 자주 채색하고 있는 것 같다. 두뇌 영상은 시각을 되찾은 시각장애인이 제대로 보지 못할 수도 있음을 보여주는 한편, 태어날 때부터 눈이 멀었거나, 나처럼 나중에 실명한 사람의 두뇌 속에서 어떤 발전이 새롭게 일어날 수 있는지 보여주기도 한다. 앞으로 점자와 반향 정위, 음악을 살피면서 보겠지만, 시각장애인의 두뇌는 세계를 인식하는 다른 방식, 즉 가치를 부여하기보다는 다름으로 해석해야 하는 방식을 말해줄 수 있다. 시각장애인이(새롭게 시각을 찾은 사람이 아니라) 시각장애인으로서 지각하는 것은 대개 덜 중요한 현실로 묵살당하기도 하지만, 한편으로는 초능력이라며 페티시화되기도 한다. 이 두 가지 태도 중 어느 것도 우리의 두뇌, 우리의 인식, 우리의 인간적 이해에 관해 가르쳐주지 않는다.

이제 영국에서 프랑스로 건너가 로크와 몰리뉴가 심은 씨 앗이 어떻게 여러 갈래의 계몽 프로젝트(단지 시각 '회복'이 아니라 시각장애인 교육)를 싹틔웠는지 살펴볼 때가 되었다. 그러나 그 전에, 태어나면서부터 눈먼 사람과 나중에 보게 된 사람을 둘러싸고 300년 넘게 질문하고, 가설을 세우고, 실험하고, 답한 이들이 대부분 비시각장애인이었음을 지적하는 것이 중요할 것 같다. 다행히도 사정이 바뀌기 시작했다.『감각과 철학사(*The Senses and the History of Philosophy*)』(2019)를 통해 태어나면서부터 눈먼 사람과 나중에 '보게 된' 사람에 관해서 시각장애인은 어 떻게 말할지 철학자들이 고려하기 시작했다는 것을 알게 된 나 는 놀랍기도 했고 기쁘기도 했다.

"눈멂에 관한 인간의 고찰에는 억압의 역사가 있다." 편집 자는 서문에서 설명한다. "그리고 시각장애인이 자신의 목소리 를 되찾기 시작하면서 몰리뉴의 질문에 대한 답으로 여겨질 수 있는 것의 범위가 넓어졌을 뿐 아니라, 수많은 답이 빠지기 쉬 운 오류를 피할 수 있게 되었다. 하나의 감각이 제시한 재현이 그 감각 자체와 혼동될 때 내용과 수단이 융합되는 오류가 그 것이다."[33]

이 융합을 무너뜨리기 위해서 브라이언 글레니(Brian Glen-ney,『감각과 철학사』편집자 중 한 명이기도 하다.)는 자신의 에세이에서 두 시각장애 작가의 말을 곱씹는다. 철학적·사회학적 자서전을 비롯해 여러 편의 소설을 쓴 테레즈아델 위송(Thérèse-Adèle Husson, 1803~1831)과 소르본대학교 문학 교수 피에르 빌레(Pierre Villey, 1879~1933)였다. 이 두 작가 모두 눈멂이 "인간의 인식에 비정상인 것도, 차선인 것도 아니"라고 말한다. 글레니가 쓴 에세이의 요점은 "시각장애가 있는 사람들은 사실 '시각 중심주의' 문화에서 대개 생각하는 것과는 달리 자신의 장애를 결함이나 차이로 보지 않고, 그저 다르다고 여기"며, 따라서 "시각장애가 있는 일부 개인은 자신의 장애를 유리하게, 또 나머지 개인은 불리하게 여기게 되는" 중립성이 가능해진다는 것이다.[34]

『감각과 철학사』 편집자들은 시각장애인이 직면한 현실의 불리함은 "다름을 결함이 아닌 것으로 보지 못하는 사회에 만연한 시각 중심주의"에서 비롯되었음을 지적한다. 편집자들은 몰리뉴 문제에 관한 시각장애인의 견해를 다룬 글레니의 에세이가 해묵은 질문에 참신하고 중요한 답을 줄 뿐 아니라, "철학적 사고를 지닌 장애인에게 정의의 공간을 제공한다."라고 결론짓는다.[35] 달리 말해서 몰리뉴 남자가 될 뿐 아니라 몰리뉴 남자를 이론화하고 가설을 세울 눈먼 철학자(그리고 과학자)가 필요하다는 얘기다.

후천적으로 '보게 된다'고 해서 시각 지향적인 사람이 된다는 얘기는 아니라는 것, 또는 비시각장애인이 어둠 속에서 보는 것이 눈멂과 같지 않다는 것, 이런 사실을 깨닫기 전까지 우리는 하나의 문화로서 보는 것만큼이나 다양한 인지적 경험인 눈멂에 관해 어떤 지적인 이야기도 할 수 없을 것이다. 우리는 우리가 보는 것을 언어로 옮기면서 노력하는 것만큼 많이, 지적으로 그만큼 엄밀하게, 시각장애 경험을 언어로 옮기는 법을 배워야 할 것이다. 눈멂이 대다수 비시각장애인의 경험 바깥에 있는 이유는 바로 이것, 눈을 뜬다는 것이 갑자기 돌이킬 수 없이 시각을 갖게 되는 것과 같지 않기 때문이다.

계몽의 실천

1771년, 젊은 발랑탱 아위(Valentin Haüy)는 한가로이 파리의 거리를 걷다가 우연히 성 오비디우스 축제 현장을 목격했다. 시끌벅적하게 모인 장터의 군중이 열 명의 맹인에게 야유 섞인 환호를 보내고 있었다. 캥즈뱅(중세 이후 세워진 시각장애인 호스피스 병원)에서 온 맹인 무리는 나귀의 귀가 달린 원뿔 모양의 바보 모자를 쓰고서 부서진 첼로와 비올라로 연주하는 시늉을 하고 있었다. 연주대를 바라보는 군중은 커다란 술잔을 부딪치고 취한 채 춤을 추고 있었다. 심지어 1개월 동안 계속될 그 행사를 홍보한답시고 저속한 시구를 써넣은 싸구려 광고 전단까지 있었다. 아위는 '맹인 카페'라는 이름이 붙은 그 구경거리를 보고 몸서리를 쳤다. 그는 "이 조롱거리를 진실로 대체"하고 "맹인들이 글을 읽도록 만들어야겠"다고 맹세했다.[1] 훗날 아위는 최초의 맹인 학교를 열었고 따라서 역사는 그를 "시각장애인의 아버지이자 사도"로 기억한다.

세월이 흐르면서 아위는 그 이야기의 세부를 살짝 바꾸긴 했지만, '맹인 카페'를 마주친 그날의 경험은 훗날 자신의 학교를 위한 최초의 강렬한 영감으로 자리 잡았다. 그는 그 구경거리를 보고 굳게 다짐했다. "그들의 손에 그들이 인쇄한 책을 쥐어줘야겠다. 그들은 참된 개성을 찾게 될 것이고, 자신이 쓴 글을 읽을 것이며, 조화로운 연주회를 열 수 있을 것이다." 아위는 이어서, 그 맹인 공연자를 모아 의상을 입히고 그 쇼를 광고한, 십중팔구 비시각장애인이었을 단장에게 연극 대사를 하듯 말했다. "그래, 극악무도한 악당이여, 당신이 누구든 당신이 불행의 머리를 비하하려고 붙인 저 나귀의 귀는 당신의 귀에 붙어 있게 될 것이오."[2]

1771년의 그날 아위가 느낀 분노와 역겨움에도 불구하고, 그 구경거리를 뒤엎으려는, 다시 말해 눈먼 바보가 아니라 글을 익히고 음악적으로 훈련된 눈먼 학생을 제시하겠다는 그의 계획은 10여 년이 지나서야 비로소 실현된다. 그러나 그 불씨는 교육을 아예 받지 못했거나 조금밖에 받지 않았을 군중은 볼 수 없었던 무언가를 아위가 '맹인 카페'에서 보았을 때 피어오른 것이었다. 아위는 비록 평범한 시골 가문 출신이었지만 총명한 형 덕분에 훌륭한 교육을 받았다. 그는 형을 따라 파리로 갔고, 그곳에서 형제는 당대의 예술과 과학에 심취했다. 정자법(正字法) 학자가 된 아위는 고대 필적 해독이 전문이었다. 형 르네 쥐스트(René Just)는 광물학자(그를 깎아내리려는 사람들은 그를 '수정쇄설암'이라 불렀는데, 수많은 수정을 박살낸 후에야 그 독특한 구조를 겨우 이해했기 때문이다.)였는데, 나중에는 동생이 세계 최초의 장애인 학교를 열 때 파리 지식인의 관심을 끌어주는 역할을 했다.

나는 뉴욕대학교 봅스트도서관 지하에서 처음으로 맹인 카페에 관해 읽었다. 나를 비롯한 시각장애 학생은 벽에 방음 패드가 설치되어 있는 그 작은 방에서 문자 음성 변환 및 문자 확대 소프트웨어가 있는 컴퓨터와 CCTV 확대 시스템, 거대한 커즈와일(Kerzweil) 독서 기기(음성 및 OCR(optical character recognition, 광학식 문자 인식) 소프트웨어가 장착된 스캐너)를 이용할 수 있었다. 적어도 나에게는 파리 그 거리의 생생한 장면이 끔찍할 만큼이나 유쾌하게 다가왔다. 그러한 감정적 갈등을 느낀 사람이 나만은 아닐 것이다. 이 장애인 학교 탄생 이야기에 대한 설명에는 죄책감 섞인 즐거움이 있다. 비록 누군가에게는 그것이 착취의 장면으로 다가오겠지만, 그럼에도 시각장애인 교육의 역사에서 그 이야기가 빠지는 법은 거의 없다.

19세기 중반 이슈벨 로스(Ishbel Ross)를 비롯해 시각장애인 교육의 연대기를 쓴 이들에게 진보란, 로스의 책 제목 『빛으로의 여정(Journey into Light)』이 암시하듯이, 더 나은 쪽으로 가는 직선 위의 행진이다. 이런 관점을 고려한다면, 아위가 말한 그 '무언극'에 대해 계몽된 반응은 하나뿐이다. 그것을 바로잡는 것이다. 로스의 말처럼 "아위의 내면에서 일어난 분노 때문에 파리의 거리에서 행해진 축제 현장은 체계적인 맹인 교육의 진정한 출발점이 되었다. 물론 프랑스와 영국의 철학자들은 이미 그 길을 준비하고 있었고, 아득한 옛날부터 시각장애가 있으면서도 명성과 학문으로 가는 나름의 길을 발견했던 개인들이 있

계몽의 실천

기는 하다. 그러나 성 오비디우스 축제 현장에서 아위가 터뜨린 저항의 외침은 예언자의 것이었다."[3]

나는 논쟁을 하려는 게 아니다. 아위의 반응은 선한 것이었고 그의 학교와 그에 연이어 생긴 학교에 입학한 시각장애 학생들에게는 행운이었다. 그러나 또 다른 관점도 가능하다는 점을 기억하는 게 중요하다. 이 점을 잊는 것은 그 눈먼 공연자의 경험을 잊는 것이다. 만약 그 장면을 무대에 있던 그들의 관점에서 보면 어떨까? 그 글에는 그들이 마지못해 공연했음을 암시하는 대목이 없다. 어쨌거나 그들은 포로가 아니었다. 그 일은 분명 따분한 병원 생활을 벗어나 커다란 관심의 중심이 되는 짜릿한 변화였을 것이다. "이따금 술에 취한 커플이 일어나 그 멋진 음악에 맞춰 거리에서 춤을 추었다. 밤중에 떠들썩하게 모인 군중은 그 맹인들의 무대로 몰려들었는데, 질서 유지를 위해 출동한 경비병의 저지선이 없었다면 그 왁자지껄함에 무대가 부서졌을 것이다."[4]

정말 근사한 장면이 아닌가! 나는 청중으로부터 그런 열광을 받아본 적이 없다. 그리고 그런 식의 반응은 나와 함께 공연하는 친구들 대부분이 성공으로 여길 만하다.(그런 이유로 이 장면은 나의 많은 글과 공연에 영감을 주었다.) 나는 맹인 카페가 해학적인 맹인 '악사들'의 유쾌함과 나란히 그들을 교육하려는 충동을 느낀 아위의 진지함을 대비하고, 그 떠들썩한 구경거리와 나란히 계몽주의적 인도주의와 이성을 병치하는 방식이 좋다.

맹인 카페에서 아위가 받은 인상에 당대를 휩쓸던 계몽주의적 사고가 영향을 끼쳤음은 아무리 강조해도 지나치지 않다.

특히 드니 디드로(Denis Diderot)는 최초의 맹인 학교 설립을 위한 분위기를 조성하는 데 18세기의 어떤 철학자보다 큰 몫을 했고, 따라서 시각장애인 교육의 역사에서 늘 주인공 자리를 차지한다.

앞에서도 보았듯 시각 '복구'의 노력은 근대를 지배하던, 심지어 기초적인 신화였다. 미셸 푸코(Michel Foucault)가 쓴 『임상의학의 탄생』의 한 구절을 보자. "인간을 유년기와 다시 접촉하게 해주고 진리의 영구적 탄생을 재발견하게 해주는 것은 거리를 두고 보는 밝고 열린 시선의 순수함이다. 따라서 18세기 철학은 두 가지 위대한 신화적 경험을 토대로 삼고자 했다. 미지의 나라에 간 외국인 구경꾼의 경험, 그리고 태어날 때부터 눈이 멀었다가 빛을 보게 된 사람의 경험이 그것이다."[5]

그러나 디드로는 이 근대성의 '신화'에 찬성하지 않았다. "사람들은 선천적 맹인에게 시각이라는 선물을 주려고 하지만, 올바로 생각한다면 현명한 맹인에게 하는 질문으로도 과학은 똑같이 진보할 것이다." 그는 1749년 「보는 이들을 위해 쓴 맹인에 관한 편지(*Lettre sur les aveugles à l'usage de ceux qui voient*)」에서 단언한다. 디드로는 "시각 이론과 감각 이론을 그렇게 복잡하고 그렇게 혼란스럽게 만드는 난관을 해결하기" 위해서는 우리(비시각장애인)의 심리학과 맹인의 심리학을 비교해야 한다고 주장한다. 아마도 로크와 몰리뉴 남자를 생각하는지, 디드로는 이렇게 결론짓는다. "하지만 고백하건대, 오랫동안 눈을 사용하면서 소리를 신뢰할 수 없는 안내자로 여기던 사람이 사소한 사고로 아주 예리한 그 기관이 손상되어 고통스러운 수술을 막

　　　　　　계몽의 실천

마쳤을 때, 그 맹인에게서 우리가 어떤 정보를 기대할 수 있을지 나는 상상할 수 없다."[6]

뼛속까지 계몽사상가였던 디드로는 흔치 않은 사람이었다. 그는 이성과 빛의 사람이면서 어둠을 사랑했고, 보이지 않는 것의 힘을 믿었다. 그가 시각장애인의 잠재력을 주목했다고 여겨지는 것도 어쩌면 그 때문일 것이다. 역사학자 지나 베강(Zina Weygand)은 『중세부터 루이 브라유의 세기까지 프랑스 사회의 맹인들(The Blind in French Society from the Middle Ages to the Century of Louis Braille)』(2009)에서 이렇게 설명한다. "그 이전의 사람들이 이론적 문제만을 보았던 곳에서, 디드로는 인간적 문제를 보았다."[7] 이렇게 디드로는 시각장애인에 대한 치료보다는 교육을 위한 씨앗을 심었다.

디드로의 편지는 그 제목에서 선언하듯 "보는 이들을 위해 쓴" 것이기 때문에, 디드로는 맹인 세계의 경험이 비시각장애 독자에게 교육적일 것으로 가정했다고 봐도 무방할 것 같다. 그는 편지를 시작하면서 우리에게 '퓌조의 맹인'을 소개한다. 그 사람은 "건전한 감각의 소유자이며, 수많은 이에게 이름이 알려져 있으며, 화학을 어느 정도 이해하고, 왕립식물원의 식물학 강의에 나가면서 약간의 수입을 얻는다." 철학 교수였던 맹인의 아버지는 그에게 "남아 있는 감각을 만족시키기에 충분한" 수단을 남겼지만, 그는 "젊은 날 쾌락에 지나치게 탐닉했고" 그래서 "지방의 작은 소도시로 물러났다." 지금 그는 자신이 만든 술을 팔기 위해 1년에 한 번 파리를 방문하는데, 그것으로 "큰 만족감을 누린다."[8]

디드로는 이런 세세한 이야기가 '철학적이지는 않다'고 인정하지만, '바로 그런 이유로 인해' 독자들이 "내가 말하는 그 사람이 가공의 인물이 아니라고 확신할" 가능성이 크다고 지적한다.[9] 다시 말해 디드로의 눈먼 남자는 가상의 몰리뉴 남자가 아니다.

디드로와 그의 동료는 그 눈먼 남자에게 조심스레 질문하고, 거울이나 눈 등에 대한 그 남자의 정의와 설명을 듣고 깜짝 놀란다. 디드로는 심지어 그 남자의 대답과 데카르트의 생각을 비교하기까지 한다. 맞다, 매우 영향력 있는 광학 논문을 썼던 17세기의 그 철학자 말이다. 그들이 그 눈먼 남자에게 눈이 있었으면 하는 마음이 있냐고 묻자, 그 남자는 만약 그렇다 해도 그건 호기심 때문이라고 대답한다. "차라리 긴 두 팔이 있었으면 좋겠소. 내 생각엔 당신네 눈이나 망원경보다 내 두 손이 달에서 일어나는 일을 더 많이 말해줄 것 같으니까. 게다가 눈은 손이 만지기를 멈추는 것보다 빠르게 보기를 멈춰버리지요. 내가 가진 신체 기관을 완벽하게 간수하기만 한다면, 나에게 없던 신체 기관을 얻은 것만큼 잘 살 수 있을 거요."[10]

그 편지의 뒷부분에서 디드로는 10년 전 사망한 영국의 유명한 눈먼 수학자 니컬러스 손더슨(Nicholas Saunderson)을 소개한다. 손더슨은 그 이전의 뉴턴처럼(그리고 한참 후의 스티븐 호킹처럼) 케임브리지대학교의 명망 있는 루커스 석좌 교수를 지냈으며, 자신의 계산을 위한 새로운 표기법을 만들어냈다. 디드로는 날카로운 통찰력으로 외친다. "통용되는 것이 없을 때는 어쩔 수 없겠지만, 이미 발명된 기호를 사용하는 게 새로 발명하기

　　　　　계몽의 실천

보다 훨씬 수월하다. 언제든 손으로 만질 수 있는 기호로 배열된 수식을 스물다섯 살이 아니라 다섯 살에 알았다면 손더슨은 얼마나 유리했겠는가!"[11] 시각장애 교육학자 대다수가 그 노력에 시동을 건 사람으로 디드로를 떠받드는 것도 당연하다. 다음 세기에 등장한 브라유도 그랬지만, 손더슨이 학업을 시작하고, 눈이 보이는 동료를 따라잡을(그리고 능가할) 수 있기까지는 엄청난 노력을 쏟아 학습 도구를 발명해야 했다.

손더슨은 빛, 렌즈, 광학, 무지개 현상, 그리고 시각과 관련한 여러 주제로 강의를 진행했다. 또한 뉴턴의 『프린키피아』를 비롯한 저서를 케임브리지대학교 학생들이 구해볼 수 있도록 도왔다. 그러나 뉴턴과는 달리 손더슨은 반종교적인 것으로 유명했는데, 이 때문에 디드로는 이 눈먼 학자에 대해 더욱 관심을 가졌다. 디드로는 자신의 편지를 픽션으로 마무리한다. 임종 직전의 손더슨이 그를 개종하려는 홈스라는 성직자와 함께 있는 가상의 장면이다.

눈이 보이는 성직자는 거만하게 자연의 경이로움을 말하면서 시작한다. 이것은 신이 존재한다는 증거이며 어디서나 그것을 볼 수 있다고 말이다. 눈먼 수학자는 그 말을 묵살하고 대꾸한다. "저기, 목사님. 그 아름다운 광경에 관해서는 말씀하지 말아주세요. 그걸 즐기는 건 제 운명이 아니었거든요. 저는 평생을 어둠 속에 살도록 선고받았는데, 목사님은 제가 전혀 이해하지 못하는 경이로움을 말하고 계십니다. 그거야 목사님과 목사님처럼 앞을 보는 사람들을 위한 신의 증거일 뿐이죠. 저에게 신을 믿도록 하고 싶다면 신을 만지게 해주셔야 할 겁니다."[12]

결국 종교와 신의 존재에 회의적인 디드로는 그리스도교 성서의 장님에 대한 반대 세력으로서 대담한 무신론자를 창조하는 대신 손더슨을 내세운다. 홈스 목사가 신이 행하신 창조의 기적에 관해 뭐라도 알려주고 싶어서 손더슨에게 "당신 자신을 만져"보라고 하지만, 손더슨은 듣지 않는다. "그런 메커니즘과 최고로 지성적인 존재 사이에 무슨 관계가 있습니까? 만약 그렇게 해서 목사님이 경이로움을 느낀다면, 그건 아마 목사님께 기적처럼 느껴지는 것을 모두 본인의 능력 밖의 것으로 여기는 데 익숙해졌기 때문일 겁니다. 저는 사람들에게 곧잘 감탄의 대상이 되어왔던 터라 기적적인 것에 대한 목사님의 생각이 썩 대단해 보이지는 않습니다."[13]

여기서 나는 디드로의 직관력에 깜짝 놀란다. 내가 아는 시각장애인은 누구나, 아주 시시한 행동(목소리로 미소를 알아차리고, 길의 방향이 바뀌었음을 느낌으로 깨닫고, 입에 포크를 넣고 등등)을 했다는 이유로 사람들로부터 놀라움과 멍한 시선, 심지어 축하까지 받곤 하므로, 손더슨의 반응은 디드로가 상상으로 지어낸 것임에도 너무나 진짜처럼 느껴진다. 비시각장애인은 시각장애인에게 전혀 기적 같지 않은 것을 두고 우리 시각장애인에게 감탄하는 경향이 있으며, 우리가 보지 못하는 것이 사물의 실상을 대표한다고 여전히 말하고 싶어 한다.

목사는 계속해서 뉴턴과 고트프리트 빌헬름 라이프니츠 (Gottfried Wilhelm Leibniz) 이외에도 여러 위대한 과학자의 신앙을 이야기하지만, 그래도 손더슨은 납득하지 못한다. 오히려 그 눈먼 수학자는 현재의 '완벽한' 우주 질서에서 (신이 아닌) 우

계몽의 실천

연이 얼마나 큰 역할을 하는지 설명하면서, 다윈식의 원시 진화론을 제시한다. "원하신다면 그렇게 막강하게 느껴지는 설계가 항상 존속해왔다고 생각하시죠. 하지만 저의 반대 의견도 허락해주세요. 만약 우리가 사물과 풍경의 기원으로 거슬러 올라가 움직이는 물질과 혼돈으로부터의 진화를 인식한다면, 고도로 조직화된 몇몇 생물이 아니라 형체가 없는 무수한 생물을 만나게 될 거라는 저의 믿음도 허락해주셔야 합니다."[14]

찰스 다윈(Charles Darwin)이 태어나기 60년 전에, 디드로는 (역사 속의 인물이면서 허구화된) 눈먼 과학자를 통해 인간이 지적 설계의 증거가 아니라 우연한 발생의 결과임을 주장하는 진화론을 가정한다. 그러면서 디드로는 근대의 가장 논쟁적인 발견 중 하나와 시대를 초월한 눈먼 자의 지혜, 곧 그리스도교 근본주의와는 정반대 쪽에 있는 지혜를 연결한다.

이어서 손더슨은 마지막 일격을 가한다. 자신의 눈멂은 우주가 아직 미완성이고 진행 중인 활동이라는 증거라고 말이다. "만약 형체 없는 생물이 존재하지 않았다면, 아무것도 나타나지 않을 것이고 제가 허무맹랑한 공상을 하고 있다는 목사님 말씀에도 일리가 있겠죠. 하지만 이따금 등장하는 괴물 같은 것들의 존재를 배제할 만큼 지금도 그 질서가 아주 완벽하지는 않아요." 디드로는 그 눈먼 무신론자의 확신을 매듭지으면서 멜로드라마 느낌의 윤색을 거부하지 못한다. 손더슨은 신부를 향해 진지하게 말한다. "저를 보세요, 홈스 목사님. 저에겐 눈이 없습니다. 목사님과 나, 우리가 신께 무슨 짓을 했기에 한 사람은 있고 다른 한 사람은 없을까요?"[15]

대답 대신 홈스와 방 안의 나머지 사람들이 흐느낀다. 손더슨은 숨을 거둔다. 이 눈먼 무신론자, 요컨대 눈멂은 벌이나 신의 정의가 구현될 운동장이 아니라 그저 물리적 우연의 상황이라고 과감히 선언하면서, 영적 진리에 이르는 눈멂이라는 케케묵은 믿음을 부숴버린 수학자의 허구적 삶은 그렇게 막을 내린다. 이 경우 눈멂이 어디로든 이어진다면, 그건 종교가 아닌 과학으로 통한다.

「보는 이들을 위해 쓴 맹인에 관한 편지」뿐 아니라 숙녀의 아랫도리더러 말하게 만드는 마술 같은 반지가 등장하는 상스러운 철학 소설 『입싼 보석들(Les Bijoux Indiscrets)』 때문에 당연하게도 디드로는 몇 달 동안 뱅센 감옥에 갇히는 신세가 되었다.[16] 2019년 앤드루 커런(Andrew Curran)은 활기 넘치는 디드로의 전기에서 그때 일을 설명한다. "디드로가 석방되기 얼마 전 치안정감이 교도소까지 찾아와 그 작가에게 부도덕하거나 반종교적인 책을 한 권이라도 더 내면 몇 달이 아니라 수십 년 징역형을 선고받게 될 거라고 경고했다."[17]

디드로는 살롱과 극장을 자주 찾던 사교적인 사람으로, 여자와 포도주를 좋아했고 미식가였다. 그는 절인 체리를 더 먹으려고 손을 뻗다가 숨을 거두었다. 디저트를 더 먹으려다 말이다! 그렇다면 그가 감옥에서 잘 지내지 못했고, 다시 감옥에 가기 싫어했던 것도 놀랄 일은 아니다. 그래서 기발하고 논쟁적인 저작은 혼자 간직하기로 했다. 『라모의 조카』와 『운명론자 자크와 그의 주인』처럼 뒤늦게 그의 작품으로 알려진 소설이 그의 살아생전 출간되지 않은 채 지인들 사이에서 유포되었던 것도 그 때문이다.

「보는 이들을 위해 쓴 맹인에 관한 편지」를 발표한 후 디드로는 공격성이 약간 덜한, 그렇다고 덜 대단하지는 않은 노력, 즉『백과전서(Encyclopédie)』편찬에 공적 관심을 돌렸다. 이는 모든 학문 분야를 여러 권짜리 한 세트로 묶기 위한 최초의 시도였다. 디드로는 1747년부터 1772년까지『백과전서』의 다수의 항목을 편집하고 집필했다. 그 페이지 안에는 수준 높은 학문과 그렇지 않은 학문이 동시에 실렸다. 사상 처음으로, 사제와 철학자를 위한 항목이 직공과 대장장이를 위한 항목과 한 지면에 나란히 실렸다. 이렇게『백과전서』를 특별하게 만든 것, 그리고 폭발 직전의 계급 전쟁에서 그 책이 하나의 무기로 기억되도록 만든 것은 다름 아닌 인류의 모든 노력과 관념을 한 책에 묶은 포괄성이다. 바로 그런 환경, 민주주의 사상이 프랑스에서 조성되고 미국에서는 하나의 실체가 되어가던 18세기 중반 수십년 사이에 시각장애인(그리고 다른 장애를 가진 사람)은 연민이나 조롱의 대상보다는 교육의 대상으로 여겨졌다.

———

아위는 1771년 맹인 카페를 보고 눈먼 사람들을 교육하겠다는 포부를 품었지만, 그 꿈을 실현하기 위한 최종 동력이 된 것은 13년 후에 마주친 또 하나의 (좀 더 고급화된) 광경이었다. 그 동력은 한 소녀의 모습으로 찾아왔다. 빈 출신 음악 영재인 마리아 테레지아 폰 파라디스(Maria Theresia von Paradis)는 유

럽 순회공연을 하면서 촉각 교육법을 선보이고 있었는데, 1784
년 아위와 그녀가 만난다. 이 만남으로 아위는 마침내 오랫동
안 꿈꾸던 계획의 실행 가능성을 확신했다. 그러나 세계 최초
의 맹아학교 설립을 이야기하기 전에, 여기에서 잠시 길을 돌
아 시각장애인 교육 이야기에서 놀랄 만큼 다채로운 인물인 파
라디스에 관해 알아보자.

파라디스는 1759년 빈의 한 귀족 가문에서 태어났고 세 살
무렵 알 수 없는 이유로 시력을 잃었다. 여러 진술에 따르면, 파
라디스는 모종의 폭력이나 끔찍한 일을 겪고 심한 발작을 일으
켰다. 또 다른 진술은 어린 그녀의 눈을 제대로 관리하지 않아
실명했다고도 한다. 나머지는 그녀를 그저 '구타 세레나'로 진
단했다. 이는 눈에서 외형적인(눈에 띄는) 징후가 없는 실명을
가리키는 모호한 과학 용어이다.(밀턴 역시 구타 세레나로 '진단'받
았다.) 빈 최고의 안과 의사를 찾아가봤지만, 치료할 방법이 없
는 것 같았다.

아주 어릴 때부터 음악적 재능을 보였던 파라디스는 노래
와 오르간이나 하프시코드 같은 건반 악기를 배우기 시작했다.
열여섯 살 때는 마리아 테레자 여제 앞에서 연주했고, 깊이 감
명받은 여제는 어린 소녀에게 연금을 하사했다. 덕분에 그녀의
부모는 빈에서 가장 앞서가는 음악 교사를 구할 수 있었다.

파라디스는 외국어·역사·지리 분야도 공부했다. 발명가
이자 기계공인 볼프강 폰 켐펠렌(Wolfgang von Kempelen) 남작
은 파라디스에게 판지로 만든 글자를 가지고 읽도록 가르쳤고,
여러 상대와 편지를 주고받을 수 있도록 작은 수동 인쇄기를

선사했다. 파라디스는 이런 교육적 성취 외에도 춤과 사적인 연극 공연을 할 줄 알았고, 훌륭한 의상 취향까지 갖춘 사교술로 가발과 코르셋으로 대표되던 18세기 사교계 신사 숙녀의 마음을 사로잡았다.[18]

1777년 파라디스는 프란츠 안톤 메스머(Franz Anton Mesmer) 박사의 관심을 끌었다. '최면을 걸듯 넋을 빼놓다.'라는 뜻의 mesmerize라는 단어는 아마도 최면 비슷한 방법과 자석으로 온갖 질병을 '치료'하던 메스머의 논쟁적 작업에서 탄생했을 것이다. 그는 이른바 '동물 자기(animal magnetism)'를 사용했다. 그의 집은 빈의 모든 음악가가 모이는 만남의 장소였다. 그 유명한 자기 치료법을 행한 것도 집에서였다.

로스는『빛으로의 여정』에서 이렇게 설명한다. "빈의 지식인들은 그의 치료법을 토론하고 논쟁하고 실행하기까지 했다. 그러나 의사들은 대체로 그의 시술을 극도로 혐오했다. 메스머는 모든 생물의 몸에는 보이지 않는 자성 액체가 흐른다고 주장했다. 강인한 몸에는 그 액체가 풍부하고 약한 몸에는 부족했다. 메스머는 쇠막대를 꽉 맞잡으면 그 자성 액체를 한 사람의 몸에서 다른 사람의 몸으로 보낼 수 있다고도 했다."[19]

재능 있는 음악가가 즐비한 도시에서 이미 가수이자 음악가로 유명할뿐더러, 열여덟 살의 눈이 먼 신비로운 소녀 파라디스는 메스머 입장에서 놓치고 싶지 않은 환자였을 것이다. 그는 자신의 집 간호 구역에 파라디스를 데려다놓고 자기 치료를 했다. 메스머가 그녀를 거울 앞에 앉혀놓고 '자화(磁化)된 지팡이'를 그녀의 머리 위로 흔들자 그녀의 눈이 신경 경련을 멈추면서 '치료'가 되는 것 같았다. 그녀는 두통을 느꼈고 처음에는 빛에 굉장히 민감해했지만 시간이 지나자 민감도는 줄어들었다.

처음에 그녀의 부모는 무척 기뻐서 빈 사람들에게 메스머에 대한 찬가를 불렀지만, 다른 의사들은 여전히 믿지 못했다. 만약 파라디스가 지금 앞을 본다면, 예전에도 눈이 아주 멀지는 않았을 것이라는 얘기였다. 파라디스의 '치료'에 관한 설명 중에는 그녀가 메스머와 사랑에 빠졌다는(심지어는 정사도 있었을 거라는) 추측이 더러 있지만, 확실히 아는 사람은 없다. 분명해 보이는 사실은 만약 파라디스가 치료되었다면, 그 효과는 일시적이었고 부작용이 더 심했다는 것이다. 다음은 파라디스가 치료된 후 그녀의 음악적 기교와 관련해 무슨 일이 생겼는지 그 아버지가 묘사한 내용이다. "전에 파라디스는 길디긴 협주곡을 아주 정확하게 연주했고 연주하면서 대화까지 나눌 수 있었지만, 눈이 뜨인 지금은 소곡 하나를 연주하기도 버거워한다. 딸애는 건반 위를 움직이는 손가락을 지켜보느라 곧잘 화음을 놓친다."[20]

그녀가 연주력을 잃었기 때문인지, 아니면 눈멂의 요소가 없어지자 연주자로서의 가치가 떨어졌기 때문인지 몰라도, 동물 자기 치료는 갑자기 중단되었다. 역사학자 베강은 악명 높았던 그 사건을 이렇게 요약한다. "환자는 신경 발작에 시달리게 되었고, 따라서 연주력이 흔들렸다. 그녀의 상태에 불안해진 부모는 그 치료사에게서 딸을 데려오고 싶어 했다. 파라디스는 저항했다. 사건은 스캔들로 전락했고 메스머의 적들은 앞

계몽의 실천

다투어 그를 비난했다. 결국 메스머는 치료를 중단하고 소녀를 가족에게 돌려보내야 했다. 그는 곧 빈을 떠나 파리로 갔는데, 파리에서도 동물 자기는 똑같은 열풍을 일으켰고 이어서 똑같은 비난을 받았다."[21]

메스머가 자기 최면을 (아마 자신도 모르게) 사용했기에 심리학사에서 언급하듯이, 파라디스는 시각장애인 교육사를 다룬 책에서 언급된다. 그리고 있었을지 모를 로맨틱한 관계는 다양한 소설과 영화에서 우려먹기 좋은 소재거리였다. 나는 그런 영화를 본 적이 있는데 꽤나 끔찍했다. 분노 발작과 실신 장면은 보는 데 방해가 될 만큼 지나쳤다. 파라디스의 이야기에서 내가 가장 관심을 가졌던 부분은 그녀의 재능이 어떻게 눈멂과 뒤얽혀 있는가 하는 거였다.

만약 메스머가 파라디스를 치료했다고 믿는다 해도, 그 결과가 바람직한 방향으로 작용하지 않았다는 사실은 명백하다. 파라디스와 그 가족에게 부와 명성을 안겨줄 그녀의 잠재력과 관련해서는 적어도 그렇다. 분명 메스머의 품을 떠나기 싫었을 그녀는 처음에 얼마간 감정이 폭발했지만, 시각과 함께 메스머를 잃는다는 것은 탁월한 맹인 음악가로서 운명적으로 감내해야 할 희생이라고 받아들였던 것 같다. 유럽 순회연주가 끝날 무렵 파라디스에게는 '눈먼 마술사'라는 별명이 붙었다. 그녀는 처음에는 연주자로, 이후에는 작곡가이자 교사로 활동하며 장수하게 된다. 보르헤스가 자전적 에세이 「눈멂」에서 밀턴을 이야기하며 쓴 표현에 기대어 말한다면, 파라디스의 눈멂은 자발적이었다.

1784년 4월 일간지《주르날 드 파리(*Journal de Paris*)》에 도착한 '과학 및 예술 통신 총책임자'의 편지는 파라디스가 파리에 도착했음을 알렸다. 연주회가 끝나면, 관객은 파라디스와 그 어머니가 묵고 있던 오텔드파리에 초대받아 그녀가 사용하는 촉각 교육 도구, 집에서 놀이할 때 쓰는 지도나 카드를 구경했다. 공연과 전시가 대단한 성공을 거두면서 두 사람은 6개월을 파리에 머물렀다.

베강은 당시의 열광적인 환영을 설명한다. "늘 진기한 것을 열망하고, 아마도 시각장애를 가지고 태어나서 유명 의사들에게 백내장 수술을 받은 사람들의 반응을 지켜보기가 신물 났을 파리의 귀족 사회는 틀림없이 파라디스 양에게 달려가 그 놀라운 맹인이 촉각 교육의 이점을 몸소 증명하는 장면을 구경했을 것이다."[22]

아위는 파라디스의 공연과 전시회를 본 덕분에 시각장애인 교육 계획 실행에 필요한 최종 동력이 될 실질적 방법을 배웠다. 이제 그는 첫 번째 학생을 찾아 나섰고, 생제르맹데프레 교회 계단에서 구걸하는 한 맹인을 발견했다. 열일곱 살의 프랑수아 르쉬외르(François Lesueur)는 생후 6주 만에 시력을 잃은 소년이었다. 집안이 몹시 가난해서 교육이라고는 아예 받은 적이 없었다. 처음에 르쉬외르는 아위가 제안하는 교육 기회를 덥석 잡지는 않았다. 오순절 기간에 짭짤한 수입을 안겨주는 교회 계단 자리를 포기할 준비가 되지 않았기 때문이다.

아위는 처음에 르쉬외르에게 목판에 새긴 글자를 가르쳤지만, 이는 매번 새로 페이지를 파내야 하는 노동 집약적인 방법이었다. 결국 이후의 중요한 혁신을 생각해낸 것은 교사가 아닌 학생이었다. 어느 날 아위의 책상에 있는 종이를 정리하던 르쉬외르는 초대장을 발견했고, 뒷면에 느껴지는 글자 o의 느낌에 깜짝 놀랐다. 초대장의 두꺼운 종이에는 앞면에서 뒷면으로 누른 돋음 문자가 새겨져 있었다. 그는 교사에게 달려가 그 발견을 이야기했고, 아위는 곧바로 그 유용성을 알아보았다. 더 많은 글자를 훑었더니 뒷면에서 더 많은 글자를 읽을 수 있었는데, 르쉬외르는 모든 글자를 알아맞혔다.

그 방법이 인쇄기만큼 오래된 것임을 깨닫기까지는 오래 걸리지 않았다. 아위는 보통 종이 윗면에 잉크를 찍는 목판 글자를 뒤집어 손가락을 오른쪽에서 왼쪽으로 옮기며 느낄 수 있도록 충분히 크게 만들고, 돋음 문자를 새긴 목판이 오톨도톨한 자국을 남기도록 뒷면에서 찍기만 하면 되었다. 비록 그 활자는 시간이 지나면서 많은 변화를 거치지만, 아위는 돋음 문자를 만들기 시작했고, 이는 시각장애인을 위한 최초의 도서관 탄생으로 이어졌다.

이 일이 있고 난 후, 르쉬외르의 학습에 속도가 붙기 시작했다. 6개월 후 그는 돋음 문자를 읽고 인쇄할 수 있었다. 이제 방법을 알게 된 아위는 지원을 구하고 더 많은 학생을 찾아 나섰다. 박애협회에 재정적 지원과 학생 모집을 요청했다. 그렇게 해서 처음으로 생활수급자 시각장애 어린이 여섯 명이 모였다. 이들은 무상 교육과 숙소, 급식을 지원받았다. 그러나 손더슨이나 파라디스 같은 부유하고 총명한 시각장애인에게는 이런 교육이 특별한 사례가 아니었다. 이들에게는 비록 마구잡이

식이지만 배움의 기회가 충분했기 때문이다. 아위의 학교에서
진정한 혁신은 모든 어린이가 교육받도록 장려하는 새로운 계
몽주의 이상과 관계가 있었다. 비록 아위는 시각장애 어린이에
게 처음으로 글을 가르친 사람은 아니었지만, 중간 계급과 빈
민 어린이가 거지 신세로 전락하지 않고 생활을 꾸리도록 격려
하고자 학교를 세운 이는 그가 처음이었다. 그러나 교육이 완
벽하게 성공하지는 못해서 여전히 많은 어린이가 다시 거리로,
또는 캥즈뱅 호스피스로 돌아갔다. 심지어 르쉬외르마저 결국
에는 돌아갔다. 그러나 그 노력은 매우 참신했고 지속적인 성
과로 이어졌다. 아위의 성공은 오래가지 못했어도, 그에게서
교훈을 얻은 맹아학교가 그 후 수십 년 동안 전 세계 곳곳에 세
워졌다.

아위가 세운 왕립맹아학교는 1785년 파리에 문을 열었고,
빛의 도시 파리의 명소가 되었다. 눈먼 어린아이들이 새로 찾
은 글재주와 음악 재능을 자랑하는 모습을 보기 위해 파리의
사교계 인사와 지식인이 몰려들었다. 비록 아위는 맹인 카페
의 광경을 보고 분노했지만, 그 또한 과시증에 빠지지 않았다
고 할 수는 없다. 나아가 맹인 카페의 연주자들이 아위 학교의
어린이들보다 재량권이 더 많았다고 말할 사람도 있을 것이다.
그 남자들이 강요나 압박에 의해 공연했거나 캥즈뱅 호스피스
를 떠났다고 볼 수 있는 근거는 어디에도 없으니까 말이다. 그
러나 교육과 생계까지 학교에 의존했던 아위의 학생들도 그렇
다고는 말할 수 없다.

나는 여기서 시각장애인이 (비시각장애인을 위해) 하는 오락

거리들이 좋은지 나쁜지, 옳은지 아닌지를 판단하려는 게 아니다. 이런 판단은 문제의 일부에 지나지 않으며, 돌이켜보면 종종 어떤 관념은 이도 저도 아니고 마구 뒤섞여 혼란스러운 상태라는 사실을 말해주지 않기 때문이다.

예를 들어 로라 브리지먼(Laura Bridgman, 1828~1889)의 경우를 보자. 그녀는 시청각장애인으로서는 처음 교육을 받았고 당시 빅토리아 여왕 다음으로 전 세계에서 가장 유명한 여인이라 불렸다. 그녀는 보스턴의 퍼킨스 맹아학교(아위의 학교를 본떠 미국에 처음으로 생긴 장애인 학교)에서 거의 평생을 살았고, 수많은 사람이 그녀가 일하는 모습을 보기 위해 그 학교를 방문했다. 그중 유명한 방문객 하나가 찰스 디킨스(Charles Dickens)였는데, 그는 로라와의 만남을 1842년『일반인을 위한 미국인의 노트(*American Notes for General Circulation*)』에 썼다.

내가 그녀를 만나기 훨씬 전에 도움의 손길은 이미 도착해 있었다. 그녀의 얼굴은 지성과 기쁨으로 빛을 발했다. 직접 땋은 머리타래가 머리를 감싸고 있었고, 그 우아한 머리 윤곽과 넓은 이마에는 그녀의 지적 능력과 성장이 아름답게 드러나 있었다. 직접 고른 그녀의 드레스는 단정하고 수수했다. 그녀 옆에는 뜨개질하던 옷이 놓여 있었다. 그녀가 기댄 책상 위에는 노트가 있었다. 참담한 사별의 슬픈 폐허 속에서 이 상냥하고 다정하며, 거짓을 모르고, 감사하는 마음을 가진 존재가 서서히 일어나 있었다.[23]

로라 스스로 기꺼이 구경거리가 되어 직접 교육하는 현장을 보려는 디킨스 같은 방문객을 끌어들였다는 사실도 그렇지만, 개인적으로는 디킨스의 묘사가 지나치게 감상적으로 느껴진다. 그러나 켈러의 어머니가 역시 질병(성홍열이었을 것이다.)으로 시청각장애를 갖게 된 딸을 교육할 방법이 있겠다는 희망을 품은 것은 출간된 지 40년도 넘은 디킨스의 책에서 저 대목을 읽었을 때였다.

브리지먼 이야기를 덮기 전에, 디킨스가 전하는 당시의 시각장애 어린이에 관한 짧은 이야기를 들려줘야겠다. "그 집에서 지내는 다른 사람처럼, 그녀는 눈꺼풀 위에 녹색 띠를 두르고 있었다. 그녀가 옷을 입힌 인형 하나가 주변 바닥에 놓여 있었다. 나는 인형을 집어 들었는데, 인형 역시 그녀가 매고 있는 것과 같은 녹색 띠를 가짜 눈에 둘러 묶고 있었다."[24] 이 장면은 놀랍기도 하지만, 비시각장애인이 시각장애인의 눈을 보고 종종 나타내는 두려움 또는 혐오감을 말해주는 것 같다. 그리고 어쩌면 더 가슴 아프게는 볼 수 있는 사람들의 세계에서 살아가는 눈먼 사람에게 그런 불안감이 얼마나 쉽게 내재화될 수 있는지를 보여주는 듯하다.

독자 여러분도 짐작했듯이, 나는 개인적으로 시각장애인에 대한 (디킨스의 글 같은) 귀중하고 고무적인 묘사가 (맹인 카페 같은) 외설적이고 해학적인 묘사와 균형을 이룰 필요가 있다고 믿는다. 비시각장애 배우가 시각장애인을 연기하는 것(영화나 텔레비전에서 보듯 형편없는 경우가 너무 많다.)이 아니라, 시각장애인이 숭고하거나 우스꽝스러운 온갖 방식으로 그들 자신을 연

계몽의 실천

기하는 것을 말하는 것이다. 그렇더라도 몇 년 후 단두대에서 처형당할, 불운한 루이 16세와 마리 앙투아네트의 궁정에서 아위의 학생들을 화려하게 전시한 사건을 로스와 함께 축하하지 못할 만큼, 나는 그렇게 냉소적이지는 않다.

1786년 겨울, 아위의 학생들은 크리스마스 축제를 맞아 베르사유에 초대받았다. 그들은 궁정에서 8일 동안 사람들을 즐겁게 해주면서 즐겁게 접대를 받았다. 로스가 유쾌하게 말했듯, 그들은 "정원과 공원을 거닐며 억지로 피워낸 꽃의 향기를 맡고, 분수의 잔물결 소리, 사각이는 실크 소리와 부귀영화의 끝물을 누리던 루이 16세와 마리 앙투아네트 주변에서 흔들리는 궁정 대신의 고음의 웃음소리를 들었다."[25]

로스는 《주르날 드 파리》에 그다음 달 실렸던 일종의 논평 기사를 근거로 그 전시회를 자세하게 설명한다. "한 맹인 소년은 앞을 보는 사람이 책 읽는 소리에 귀를 기울였고 틀린 부분을 수정해주었다. 잘못 쓰인 철자가 발견되고 양각으로 바르게 다시 쓰였다. 최초의 맹인 교수인 르쉬외르는 지리적 관계를 짚어주었다. …… 학생들은 꽤 어려운 분수들을 매우 정확하게 통분했고, 어린 앙굴렘 공작이 펜을 쥐고 그들과 함께 문제를 풀어내 궁정 사람들을 기쁘게 해주었다. 학생들은 왕과 왕실에 그들이 직접 인쇄한 책을 선물했다. …… 이어서 그들이 인쇄한 모든 책의 견본을 제작했는데, 이는 아위에 버금갈 만큼 맹인 복지에 헌신적이며 사심 없는 열성을 지닌 국왕의 인쇄공 M. 클루지에(M. Clousier)의 신중한 지시 아래 진행되었다."[26]

아위의 학교가 꽃을 피우기 시작하자마자 프랑스 혁명이

터졌다. 진보의 자애로운 목표는 온갖 유혈 사태 속에 거의 잊혔고, 부유한 후원자 대다수가 처형당하면서 파리의 맹아학교는 고난의 시기를 맞았다. 새 체제에서 잘못된 편을 택했던 아위가 물러나자, 학교는 어려움을 겪게 되었다. 아위가 세운 학교에서 아위 자신이 쫓겨나고 시간이 한참 지난 후, 어린 브라유가 입학해서 교육을 받았고, 마침내 시각장애 교육에 혁명을 일으킬 표기 체계를 만들어냈다.

계몽의 실천

[브라유와
그의 발명]

　브라유는 1809년 파리에서 동쪽으로 약 39킬로미터 떨어진 소도시 쿠브레에서 태어났다. 지금은 박물관(라 메종 나탈 드 루이 브라유)이 된 그의 생가는 파리 디즈니랜드 바로 근처에 있다. 말하기 부끄럽지만 나는 파리 디즈니랜드에는 가봤지만 그 박물관에는 가본 적이 없다. 평계를 대자면, 나는 대학원 공부를 위해 열심히 프랑스어를 배우며 파리에서 두 번의 여름을 보낼 당시 지금보다 시력이 좋았지만, 그때는 거의 무한한 분량의 책과 여행안내서, GPS 앱 등 지금 손끝으로 스마트폰에 불러올 수 있는 어마어마하게 다양한 정보와 도구를 구한다는 건 상상하기 힘들었다. 그래서 '지구에서 달까지' 롤러코스터가 있는 스페이스 마운틴에는 가봤어도 브라유가 태어난 집에도, 그 아버지의 공방을 재현한 곳에도 가보지 못했다. 만약 그 시절 그 모든 정보에 접근할 수 있었다면 틀림없이 브라유 생가가 바로 거기 있다는 정도는 알지 않았을까.

당시 내가 브라유 점자를 별로 사용하지 않았다고 한다면 용서받을 수 있을지 모르겠다. 슬프게도 나 혼자만이 아니다. 대부분의 추정에 따르면, 미국 내 시각장애인의 10퍼센트 정도만이 점자를 읽는다. 앞으로 보게 되겠지만 복잡하고도 맥 빠지는 이유 때문이다. 그러나 나에게나 내가 아는 많은 시각장애 청년 사이에서는 분위기가 바뀌는 듯한데, 주로 테크놀로지, 특히 조만간 소개하게 될 점자 디스플레이 덕분이다. 여기에서는 일단 천재 소년 브라유에 관해 먼저 알아보자.

뉴욕대학교 도서관 지하의 방음실에서, 나의 애독서인 활기찬 『빛으로의 여정』을 포함해 시각장애인 교육의 초창기 역사에 관한 책을 보면서 브라유 생가에 대해 처음 알게 되었다. "방은 두 개뿐이었다. 위층에 하나, 브라유가 먹고 자던 아래층에 하나. 그 두 개의 방이 단순한 가정생활의 패턴을 만들었다. 아래층 방의 한쪽에는 칸막이로 나눈 공방이 있었다."[1]

공방은 브라유의 아버지가 주로 이용했다. 로스는 그를 '새들러(saddler)'라고 하지만, 사실 그는 '하니스 메이커(harness maker)'였음이 밝혀졌다. 둘 다 마구 제작자를 가리키는 말인데, 똑같지는 않다.(누가 알겠는가?) 많은 사진이 실려 있는 인상적인 커피테이블 북 『루이 브라유: 천재의 손길(Louis Braille: A Touch of Genius)』[2]에서 마이클 멜러(Michael Mellor)는 그 차이를 이렇게 설명한다. "전자는 승마용 마구를 제작하고, 후자는 동력원으로 말을 사용하는 사람을 위한 장비를 제작한다."[3] 후자는 쟁기를 끌 말을 사용하는 농부용 마구 제작자를 일컫는다. 이런 구분이 사소해 보일 수 있으나, 브라유가 아버지의 공방에서 아버지의 일을 흉내 내다 실명했기에 작은 세부 사항 이상의 문제가 되어왔다.

나는 브라유가 송곳에 찔려 시력을 잃었다고 늘 생각했었다. 으스스하게도 그가 자신의 알파벳을 발명할 때 사용하게 될 도구를 암시하는 송곳 말이다. 그러나 알고 보니 그것도 정확하지는 않았다. 1812년 여름에 브라유가 실명한 원인에 관한 가장 믿을 만한 자료는 브라유의 학교 친구이자 평생 친구인 이폴리트 콜타(Hippolyte Coltat)의 설명이다. "세 살 때인 어느 날, 아버지 옆에 앉아 있던 소년은 …… 같이 일하고 싶었고, 아버지가 일하는 동작을 보고 흉내 냈다. 그는 작은 한 손으로는 가죽 끈을 붙잡고, 다른 손으로는 세르페트(작은 가지치기 낫과 비슷하게 날이 가늘고 휜 칼)를 쥐고서 일하고 있었다."[4]

어린 브라유는 칼을 잘못 놀려 스스로 눈을 찔렀다. 아직 항생제가 보급되기 이전이었으므로, 상처 난 눈이 감염되었고 감염이 다른 쪽 눈까지 번지는 바람에 실명하고 말았다. 비록 문제의 그 도구는 송곳이 아니라 작은 칼이었지만, 그 사고는 그가 부지런해서 빚어진 것이었다. 부지런함은 브라유의 유전자였을 것이다. 브라유의 가족은 마구 공방 외에도 작은 포도밭을 일구고 있었고, 절약하면서 부지런히 일했던 것 같다. 멜러의 책에 포함된 그의 겸손한 유언에서도 알 수 있듯, 브라유는 그 가문 대대로의 특질을 물려받았다. 그는 마흔세 살의 나이로 숨을 거둘 때, 조카들(그는 평생 독신으로 지냈다.)과 친구들, 몇몇 자선 단체에 물려줄 것도 별로 없었고, 탕감해야 할 빚도 별로 없었다.

　브라유의 가족은 부유하지는 않았지만 비문해자는 아니었다. 멜러에 따르면, 그 가족의 지인이 전하기를, "루이는 어린 나이에 집에서 나무판자에 장식용 징을 박아 만든 글자 모양을 만지며 알파벳을 배웠다."[5] 학교에 들어간 브라유는 총명함을 드러냈다. 지역 사제는 파리의 맹아학교에 브라유가 입학할 수 있도록 주선해주었다. 브라유가 열 살이던 1819년이었다. 아위가 자신이 세운 학교에서 쫓겨나고 시간이 흐른 뒤였다. 아위는 차르의 초청을 받고 러시아에 학교를 세우기 위해 러시아를 방문했지만 장기간 머물면서도 성과를 거두지 못했고, 수많은 모험을 한 뒤 늘그막에 그 자신도 시력이 많이 떨어진 채 자신이 세운 학교로 돌아가게 된다. 그러나 최초로 시각장애인 교육을 체계화한 노인과 시각장애인을 위한 오늘날의 보편적 표기 체계를 만든 소년이 만났다는 기록은 없다.

　하지만 정작 촉각 표기 체계에 선이 아닌 볼록한 점을 사용한다는 아이디어를 제시한 이는 아위도 브라유도 아니었다. 점자 체계를 만들어낸 사람은 일반적으로 샤를 바르비에 드 라 세르(Charles Barbier de la Serre)라고 여겨진다. 나폴레옹 군대의 포병 장교였던 그는 암호 작성에 관심이 많았다. 바르비에는 밤중에도 불을 켤 필요 없이 적군에게 들키지 않고 군사 정보를 읽을 수 있도록, 이른바 야간 문자(écriture nocturne) 체계를 만들어냈다. 그의 체계는 나폴레옹 군대의(또는 어느 군대에서도) 전투 도구로 사용되지는 않았지만, 그는 그것이 시각장애인에게는 유용할지도 모른다고 생각했다. 그는 브라유가 열한 살이던 1820년, 처음 그 야간 문자를 맹아학교에 소개했다. 그러나 교장은 그 문자를 못마땅하게 생각했다.(그는 얼마 후 음악 강사진 대표와의 떠들썩한 연애 사건으로 쫓겨났다.) 바르비에가 1821년에 다시 그 학교를 찾아갔을 때, 새로 부임한 교장은 그의 문자 체계를 훨씬 우호적으로 받아들였다. 교장 알렉상드르 프랑수아르네 피니에(Alexandre François-René Pignier)는 임기 내내 브라유의 친구이자 멘토로 지냈지만, 몇 년 후 역시 쫓겨났다. 연애 사건이 아니라 프랑스 혁명 후 요동치던 수십 년 동안 지배 세력과는 다른 편에 섰기 때문이었다. 이는 시각장애인 교육이 정치적으로나 다른 어떤 것으로나 외부와 고립되어 존재하지 않음을 다시 한번 보여준다.

바르비에가 방문할 무렵, 학생들은 여전히 아위가 수십 년 전에 개발한, 돋을새김한 라틴 문자 책으로 읽는 법을 배우고 있었다. 이들 문자는 부피가 크고 읽기 힘들었으며 쓰는 것은 거의 불가능했다. 바르비에의 체계 역시 부피가 있었지만, 만져서 쉽게 이해할 수 있었기에 선보다 점이 낫다는 것은 분명했다. 점은 읽기가 쉬웠고, 간단한 몇 가지 도구를 사용하므로 쓰기도 쉬웠다. 그 도구가 발전해 오늘날의 슬레이트와 철필이 된다.

그러나 바르비에의 체계에는 몇 가지 문제점이 있었다. 그 중 하나가 문자가 아닌 소리에 매긴 기호를 바탕으로 한 음파 기록법이라는 점이었다. 크기도 문제였다. 야간 문자는 12개 점의 조합을 기본으로 했는데, 왼쪽에서 오른쪽으로 손가락을 쓸며 읽기에는 너무 컸고, 어느 정도는 세로까지 훑어야 했으므로 대체로 읽는 속도가 느렸다.

바르비에가 몇몇 점 문자 표본과 학교에서 썼던 도구를 두고 가자, 브라유는 그 체계를 조금씩 손보면서 개선하기 시작했다. 이후 몇 년 동안 계속 그것을 확장하고 다듬은 끝에, 브라유는 열다섯 살의 나이에 자신의 이름을 딴 문자 체계를 발명했다. 그가 이룬 위대한 혁신 두 가지는 셀을 구성하는 12개의 점을 6개로 줄여 셀 단위를 절반 크기로 만들고, 알파벳 글자에 점 배열을 부여한 것이다. 간단하고 우아하며, 나아가 음표 체계(브라유는 전문 교회 오르간 주자였다.)로도 발전한 브라유 체계는 오늘날 우리가 배우는 알파벳으로 남아 있다.[6]

30년 전 나는 처음으로 점자를 배우려고 시도했다. 내게 점자를 처음 가르쳐준 사람은 주얼이라는 여자였다. 그녀는 60대였고 나는 10대 후반이었다. 우리는 같은 유형의 퇴행성 눈병을 앓고 있었다. 주얼은 완전히 앞을 못 보았고, 나는 대강은 볼 수 있는 상태였다. 주얼의 아파트에는 그녀가 시각장애인 권리 옹호자로서 세계 여행을 하면서 모은 이국적인 장식 소품이 많았다. 순백의 벽을 배경으로 검은 실루엣으로 보이던 작은 조각상이 기억난다. 내가 처음 본 점자 부호 형태도 비슷하게 흰 바탕 위의 검은색이었다. 주얼은 크고 하얀 노트에 마커펜으로 점 구성을 따라 그려보라고 했다.

"점자 셀은 여섯 개의 점으로 이루어져 있어." 첫 수업 때

주얼이 말했다. 그녀는 나에게 점자 셀 전체를 그리고 점에 숫자를 매기게 했다. 네모 칸의 왼쪽 위에서 아래로 점 1, 2, 3, 그리고 오른쪽 위에서 아래로 4, 5, 6, 점 1은 글자 a, 점 1과 2는 b, 점 1과 4는 c 등등. 모든 점이 다 솟아 있으면 셀이 가득 차게 된다.(그리고 for라는 단어를 뜻한다.)

그때 나는 그 크기와 형태가 브라유의 특별한 혁신이었다는 사실도 몰랐고, 바르비에와 야간 문자에 관해서도 전혀 몰랐다. 이것을 알게 된 것은 10년도 더 지나 대학원에 다닐 때였다. 대학원에서 나는 「야간 문자(Écriture Nocturne)」를 석사 논문 제목으로 택했고, 눈멂과 계몽 사이의 연관성을 탐색한 조잡한 논문을 썼다. 심지어는 플라스틱 재질의 서류철에 내 수동 점자 타자기로 그 제목을 타이핑하기도 했다. 주얼에게 배운 지 수년이 흐르고, 점자 실력이 전혀 늘지 않아 포기한 후에도, 나는 그 알파벳을 잊어버리지 않았고 미학적 목적으로, 그리고 실용적인 목적으로(이를테면 립스틱에 라벨을 붙일 때) 점자를 나의 주변 세계에 흩뿌려놓곤 했다.

수동 점자 타자기는 흔히 퍼킨스 점자 타자기로 불린다. 보스턴에 퍼킨스 맹아학교를 기부한 사람의 이름을 딴 것이다. 그 타자기는 젊은 작가들이 요즘 많이들 숭배하는 클래식 타자기와 비슷하다. 올리베티 타자기나 레밍턴 타자기처럼 작동 부분이 일부 보여서 원리를 쉽게 이해할 수 있다. 내 마음의 눈에는 10대의 내가 자판을 보지 않고 치는 법을 배웠던 엄마의 투박한 50년대 타자기가 또렷이 보인다. 저마다 알파벳 글자 하나가 돋을새김되어 있던 그 금속 팔들이 올라갔다가 잉크 리본을 내리치는 그 기계의 역학은 퍼킨스 점자 타자기와 비슷한데, 퍼킨스 점자 타자기는 여섯 개의 금속 점, 즉 점자 셀의 각각의 점이 아래에서부터 종이를 때려서 글자나 부호를 볼록하게 새기게 되어 있다. 묵직한 금속 구조에 쩔걱거리는 소리가 나는 퍼킨스 타자기에는 기분을 좋게 하는 무언가가 있다.

엄마의 낡은 타자기를 사용할 때와 마찬가지로, 나는 종이(점의 볼록함이 오래가도록 명함지를 쓴다.)를 퍼킨스 타자기 뒤쪽으로 끼워서 쵬쇠로 고정한 다음, 양쪽에 있는 바퀴로 종이를 말아 페이지 위쪽을 앞으로 올려 타이핑할 준비를 한다. 브라유가 발명한 슬레이트와 철필은 글자를 왼쪽에서 오른쪽으로 읽기 위해서는 사실상 뒷면에서(내 두뇌를 돌릴 수는 없으므로), 따라서 오른쪽에서 시작해 왼쪽으로 구멍을 뚫어야 하는 데 반해, 퍼킨스 타자기는 브라유 셀의 각 점에 해당하는 자판에 손가락을 얹기만 하면 된다.

왼손의 검지, 중지, 약지는 점 1, 2, 3에, 오른손의 세 손가락은 점 4, 5, 6에 놓는다. 만약 여섯 손가락을 모두 동시에 누르면, 여섯 개의 점이 가득한 점자 셀(for를 뜻하는 단어)이 된다. 또한 엄지 아래에, 여러분이 기대하는 바로 그 자리에 스페이스 바가 있다. 여러분이 자판을 칠 때마다 셀 하나가 만들어지는데, 이것이 알파벳의 한 글자를 나타내는 경우가 종종 있지만, 한 단어를 나타낼 수도 있다. 점 2, 3, 4, 6은 홀로 있을 때는 단어 the가 되지만, other 같은 단어 속의 t-h-e를 나타내기도 한다.

나는 늘 점자가 멋있고 아름답다고 생각해왔고, 예술가입네 하던 시절에는 점자를 사용해 비시각장애인 친구를 위한 장신구나 카드를 만들고, 벽면 아트 등의 작업을 해서 유명세를 얻었다. 그 체계의 아름다움은 단어나 부호가 반복될 때마다 점들이 만들어내는 패턴에 있는 것 같다. 비시각장애인 예술가들이 거대한 점을 이용해서 설치 작품이나 티셔츠 제작에 점자를 전유(專有)하는 방식을 특별히 좋아하지는 않는다. 그것은 나에게 점자가 아니다. 점자는 손가락이 왼쪽에서 오른쪽으로 부드럽게 미끄러지도록 점의 크기가 중요하다. 어쨌든 점자는 브라유의 위대한 발명이었다.

일반적으로 1급 점자에는 알파벳 글자, 숫자, 구두점이 포함된다. 공간을 줄이고 읽는 속도를 높이기 위한 the 기호나 for 기호는 축약형 2급 점자에서 사용된다. 점자는 우리의 손가락으로 파악할 수 있을 만큼 작을 수 있지만, 그래도 제법 부피가 있다. 내가 처음 완독한 점자 소설은 4권짜리 『포이즌우드 성서(The Poisonwood Bible)』였는데, 하드커버로 된 각각의 책은 대략 30.5×30.5×10센티미터나 되었다! 그 책들은 각각 손잡이가 달린 부드러운 상자에 담겨 있었다. 그 책들을 '시각장애인을 위한 무료 서비스'에 반납하기 위해 끙끙대며 우체국으로 실어 나를 때, 앨러배스터가 찍은 내 사진이 있다. 4.5킬로그램에서 6.8킬로그램에 이르는 문학책의 무게를 못 이겨 구부정하니 현관 계단에 서 있는 모습이다. 온라인 서점의 설명대로라면, 크기 약 20×12×2.5센티미터에 무게 340그램인 페이퍼백(545쪽)으로 된 일반 『포이즌우드 성서』와는 아주 거리가 멀다. 그나마 얼마 없는 책마저 그렇게 육중하니, 점자 문해력을 기르기가 어려운 것도 이상하지 않다.

2009년, 브라유 탄생 기념일을 맞아 전미시각장애인연합(National Federation of the Blind, NFB)은 시각장애 아동과 성인이 점자를 배우면서 맞닥뜨리는 장애물과, 점자를 배우지 못한 시각장애인이 겪는 애로 사항을 설명하는 보고서 「미국에서의 점자 문해력 위기(The Braille Literacy Crisis in America)」를 발간했다. 주목받은 두 가지의 우울한 통계는 "미국에서 법적으로 인정되는 시각장애인 130만 명 가운데 점자를 읽는 사람이 10퍼센트도 안 된다는" 것, 그리고 "시각장애 아동 중 10퍼센트만이 점자를 배우고" 있다는 사실이었다.[7] 이 보고서는 2015년까지 점자 문해율을 두 배로 높여 이 현실을 역전하자고 제안했다.

10년 후, 나는 최근 상황을 알아보기 위해 NFB에 연락하기로 했고, 볼티모어 전국사무소의 크리스 대니얼슨(Chris Danielson)이 친절하게 전화로 응대해주었다. 그는 NFB가 통계를 수집하지는 않지만, 그 문제에 대한 인식을 크게 일깨워왔다고 설명했다. 그는 2019년 《뉴욕 타임스(The New York Times)》에 실린 점자 레고에 관한 기사를 예로 들었다.[8] 기사는 이렇다. "칼턴 쿡 워커의 어린 딸이 건강이 악화되어 거의 시력을 잃자 [쿡 워커 부인은] 딸이 점자를 배웠으면 했다. 그러나 펜실베이니아주 농업 지대에 있는 딸의 학교는 반대했다. 한 교사는 당시 유치원생이던 그 소녀가 글자 크기 72포인트로 된 인쇄물을 얼굴 가까이 가져가면 여전히 읽을 수 있다고 지적했다."

쿡 워커는 반박했다. "우리 아이가 고등학교에 가면 어떻게 할 건데요? 이렇게 해서 디킨스 책을 어떻게 읽어요?" 그 질문에 교사가 대답했다. "아, 오디오를 사용하게 될 거예요."[9]

오디오를 사용하면서 대학과 대학원을 나온 사람으로서 나는 독서를 대신해주는 그 선택지가 고맙기도 하지만, 그 선택지밖에 없다는 좌절감도 동시에 느낀다. 쿡 워커는 시각장애인 딸의 점자 학습을 위해 싸워야 했는데, 불행히도 이런 상황은 심심찮게 벌어진다. 오늘날 점자 문해율이 낮은 데는, 교사와 학교가 교육 제공을 기피하거나 무능하다는 요인이 적어도 일부는 영향을 미치는 것 같다. 시각장애 아동을 가르치는 비시각장애인 교사 대부분은 일반적으로 격무에 시달리고 있다. 교사로서는 아는 것을 가르치는 편이 훨씬 쉬우며, 점자를 모르는 교사도 많다. 대니얼슨의 말처럼 "교육자가 일반인보다 점자를 조금이라도 더 많이 안다고 가정해서는 안 돼요."

비시각장애 교사는 점자를 읽지 못하고 점자를 배울 의지도 없으므로, 점자의 힘과 가치를 과소평가하곤 한다. 이런 편견은 브라유 시대까지 거슬러 올라간다. 멜러에 따르면, 자신이 다녔던 학교에서 교편을 잡은 브라유는 1840년에 "끔찍한 후퇴를 경험"했다. 브라유는 일찍이 1829년 자신의 점자 체계를 발표했고, 그를 비롯한 시각장애 교사와 학생 들은 점자를 사용하여 큰 혜택을 보았다. 그러나 브라유의 친구이자 멘토인 피니에가 강제로 교장직에서 물러난 후, 부교장인 피에르 아르망 뒤포(Pierre Armand Dufau)가 후임이 되었다. 뒤포는 지위를 이용해 자기가 개발한 라틴 돋음 문자 체계를 장려했고, 아위가 개척한 체계를 확실히 대체할 생각으로 돋을새김으로 만든 이전의 모든 책을 불태우도록 명령했다. 그리고 교장으로 재직하는 동안에는 브라유의 점자 체계 사용을 금지하기까지 했다.

그러나 브라유의 점자 체계는 시각장애 학생과 강사 사이에서 개인적으로(또는 개인 교습에서) 사용하는 정도로(비시각장애 강사가 신경 쓸 만한 것이 아닌 정도로) 가치가 떨어졌기 때문에, 내가 아는 한 불태워진 점자책은 한 권도 없었다.[10]

멜러에 따르면 예나 지금이나 대다수의 비시각장애인이 그렇듯, 뒤포는 "맹인들은 시력을 가진 사람들과의 사이에 장벽을 세우지 않으려면 그들과 똑같은(또는 최대한 똑같은) 읽기 및 쓰기 기술을 사용해야 한다."라고 믿었다.[11] 브라유의 시절에 그것은 곧 라틴 돋음 문자를 뜻했다. 오늘날로 치면 조스(Jaws, Job Access With Speech), NVDA, 보이스오버(VoiceOver) 같은 문자 음성 변환 프로그램을 쓸 수 있는 표준 윈도나 맥 컴퓨터와 같다. 다시 말해서 비시각장애인 강사가 배우거나 적응하기 위해 열심히 노력하지 않아도 사용할 수 있는 기술을 뜻한다. 이런 믿음 체계가 얼마나 비시각장애 교사의 편의를 위한 욕구 또는 노골적인 편견에 기반하고 있는지, 그리고 시각장애 학생을 통합하려는 이해관계에 얼마나 깊이 뿌리박혀 있는지, 그 판단은 독자 여러분께 맡기겠다. 그렇지만 나는 지금, 시각장애 학생들이 비시각장애 학생들과 통합 교육을 받는 데 어려움을 느끼지 않는다고 주장하려는 게 아니다. 다름의 감정은 분명 쟁점이지만, 특별히 점자 사용에만 국한되지는 않는다. 확대기나 음성 변환기를 사용하는 어린이 역시 다름을 경험한다.

오페라 가수이자 교육자인 내 친구 로리 루빈(Laurie Rubin)은 2012년 회고록 『색깔로 꿈꾸나요?(*Do You Dream in Color?*)』

에서 자신의 음성 변환 노트북이 동료 학생과의 사이에서 하나의 장벽으로 작용한다고 말한다. 로리는 이렇게 설명한다. "지금 교실 뒤쪽 구석의 콘센트에 꽂혀 있는 내 노트북은 화면에 보이는 것을 나에게 말해주는 합성 음성을 내고 있었다. 그 감정 없는 단조로운 목소리가 교실 안의 다른 학생에게 들리지 않도록 나는 노트북에 일방향 이어폰을 꽂았는데, 덕분에 교사의 말에 귀를 기울이면서 동시에 타이핑으로 필기할 수 있었다."[12]

로리는 레베르선천성흑암시(Leber congenital amaurosis), 그러니까 망막이 겨우 빛을 감지할 만큼만 발달하는 질환 때문에 태어날 때부터 시각장애인이었다. 그래서 로리는 일찍부터 점자를 배웠고, 음성 변환 노트북 또한 그녀가 90년대 초 학교에 다닐 때 중요한 장비 중 하나였다. 실제로 점자책을 포함한 그 모든 물건을 학교에 보관하려면 로리에게는 라커 두 개가 필요했다.

로리가 중학교에 입학하고 얼마 되지 않았을 무렵, 그녀의 교사 타샤는 노트북을 펼친 채 앉아 있는 눈먼 학생에게 당황했는지 자신의 목소리가 들리냐고 물었다. 로리는 재치 있게 대답했다. "전 귀머거리가 아니라 장님이에요." 내가 아는 모든 시각장애인이 적어도 한 번쯤은 해야 했던 대답이었다. 그러나 그 젊은 교사는 자신의 무지가 부끄럽지도 않은지 둔감한 태도로 계속 말했다.

"네가 내 말을 들을 수 있다니 다행이구나." 타샤 선생님은 어색하게 웃으며 말했다. "그렇게 온갖 것을 그 기계에 연결하고 있으니 꼭 로봇 같다. 그냥 네가 선생님 말을 잘 듣고 있는지 확인하고 싶었어."

나는 얼굴을 붉혔다. 갑자기 내가 다시금 셔츠 포켓용 필통을 사용하는 어린아이처럼 느껴졌던 것이다. 주변 사람이 나의 존재를 그렇게 불편하게 여기는 건 전혀 이상한 일이 아니었다. 나는 우주에서 온 외계인이었고, 흥미로운 풍습을 지닌 외국인이었으며, 이제 타샤 선생님은 나더러 공감대가 없고 인간이 아닌 로봇이라고 큰 소리로 말하고 있었다.[13]

불행히도 나는 노트북이 등장하기 전에 학교에 들어갔지만, 일하면서 비슷한 일을 겪은 적이 있다. 뉴욕어린이서비스(New York's Children's Services)에서 다소 계몽적인 성향을 띤 일을 잠깐 할 때였다. 내가 일하던 시설은 월 스트리트에 있는 그럴듯한 아르데코식 외관의 건물에 있었지만, 건물 내부는 열여덟 개 층마다 물이 새고, 쥐가 다니고, 에어컨은 망가져 있었다. 나는 불편 사항을 말하고 전기 기사와 배관 기사에게 이메일로 포화를 퍼부었다. 어느 날인가, 그다음 주에 실행하기로 한 새 컴퓨터 시스템을 살펴보고 있는데, 칸막이가 늘어선 넓은 사무실 저편에서 내 상사가 외치는 소리가 들렸다. "리오나! 정신 차려요!"

내가 스크린을 뚫어지게 바라보는 대신에 이어버드를 꽂고 스크린 리더를 열심히 듣고 있었기 때문에, 그는 내가 근무 중에 자고 있다고 생각한 것이다.

문제는 학교에서 또는 직장에서, 뭐가 됐든 간에 다른 부류의 장비를 사용하는 어린이나 어른은 눈에 띄기 쉽다는 것이다. 물론 지금은 교실에서 노트북이 보편화되었으니 조금은 덜할 것이다. 내가 자주 하는 말이지만 "요즘 눈먼 아이들은 참 운도 좋아!"

지금 내가 누리고 있는 기술을 이용할 수 없었던 내 어린 시절이 아쉽기 때문만은 아니다. 요즘에는 세계가 디지털화되어 시각장애 아동뿐 아니라 모두가 전자 인공물을 달고 산다. 이런 현실이 비시각장애인과 시각장애인의 격차를 줄이는 데 큰 도움이 되었다고 생각한다. 나는 새 스마트폰을 장만한 비시각장애인 삼촌에게 사용법을 가르쳐주었던 그 저녁을 또렷하게 기억한다. 20년 전이었다면 아예 불가능했을 일이다. 그리고 시각장애인 친구들과 나누었던 대화로 판단하건대, 쓸모 있다는 감정은 우리의 삶에서 매우 결핍되어 있다고 종종 느끼는 것이다.

오늘날 기술의 보편적 사용 외에도, 점자에 낙인이 붙을 거라는 생각은 이상해 보인다. 내가 공공장소에서 점자를 사용할 때마다 비시각장애인은 점자에 매우 흥미와 매력을 느끼는 것 같기 때문이다. 어쨌거나 점자는 멋있다. 이런 통찰을 NFB의 대니얼슨에게 말했더니, 그도 끄덕이면서 자기 학교 친구들은 점자를 배우고 싶어 안달했고, 그래서 한 친구에게 수업 중에 쪽지를 건넬 만큼 점자를 가르쳤노라고 했다.

"그렇다면 어째서 점자에 대한 낙인이 사라지지 않을까요?" 내가 물었다.

"우리 사회에는 시각적 편견이 있잖아요." 이렇게 대니얼 슨은 결론을 내렸다. "그리고 그 편견은 시각장애 아동과 저시력 아동에 대한 처우에까지 확장됩니다."

심지어는 우리 사이에도 점자의 유용성에 관한 합의가 전혀 없다. 이번 장을 쓰면서 나는 친구 케이틀린 허낸데즈가 페이스북에 올린 짤막한 글을 보았다. 로리처럼 레베르선천성흑암시 때문에 태어날 때부터 눈이 먼 그녀는 시각장애 자녀를 둔 부모에게 점자를 가르칠 생각을 하지 말라고 충고하는 "거만한 떠버리 시각장애인들"에게 화를 냈다. 충고의 이유인즉 점자 필기 장치로 대부분의 업무를 보는 시각장애인은 고용 부적격자라는 거였다.

자신을 나의 천년 애완동물이라 부르는 케이틀린은 종종 어린이로 오해를 받는다. 그녀가 통제할 수 없는 상황(다시 말해 그녀는 키가 작다.) 때문이기도 하지만, 어린이 메뉴에서 음식을 주문한다든가, 정작 그녀 자신은 본 적도 없는 무지개색으로 지팡이를 비롯한 그녀의 세계를 꾸미기 때문이다. 그래도 취직은 잘만 한다. 케이틀린은 초등학교 특수 교육 교사이며, 매우 재능 있는 출판 작가이기도 하다. 얼마 전 케이틀린은 점자 필사자들과 시각장애인 교육자들의 콘퍼런스에서 기조연설을 하며 이런 말을 했다. "저는 사실 점자를 배운 기억이 나지 않습니다. 마치 항상 점자를 읽고, 점자를 쓰고, 점자로 생각하고, 점자를 사랑했던 것처럼 느껴집니다."[14]

케이틀린은 읽고 쓰는 것의 대부분을 브라유노트 터치(BrailleNote Touch)로 한다. 엄청나게 비싸고 대단히 유용한 이

휴대용 장비는 흔히 점자 노트테이커라 불리는데, 점자 디스플레이와 키보드를 갖추고 있어 이것으로 책을 다운로드해서 읽고, 웹 서핑을 하고, 이메일을 읽고 답장을 쓰는 등등 여러 가지를 할 수 있다. 퍼킨스 키보드와는 달리, 케이틀린의 장비는 미래적이고 당황스러울 만큼 비촉각적이다. 아이패드처럼 평평하고, 크기도 비슷한 스크린 위에 열 손가락 모두를 타이핑 대형으로 올려놓기만 하면 된다. 스크린이 손가락을 인식해서 작은 진동 소리를 내면 타이핑을 시작한다. 말은 쉬워도 해보면 어렵다.

우리 두 사람이 나의 고향이자 케이틀린이 사는 샌프란시스코에서 만났을 때, 그녀는 고맙게도 자신의 브라유노트 터치를 사용하게 해주었다. 나는 매끄러운 스크린 위에 손가락을 얹고, 손가락이 등록되었음을 알리는 작은 진동을 기다린 후 타이핑을 시작했다. 나는 알아볼 수 없는 이상한 글자들만 치다가 이따금 단어 하나를 간신히 눌러낼 수 있었다. "익숙해지려면 좀 시간이 걸려." 케이틀린의 위로가 내 절망감을 쫓아버리지는 못했다.

우리는 술집에 앉아 있었다. 간단한 문장 하나도 타이핑하지 못할 만큼 손을 제대로 놀리지 못하는 나 자신에게 얼마나 짜증이 나고 좌절했던지, 나는 진을 홀짝거리면서 지켜보고 있던 앨러배스터에게 스크린 위의 '영어 글자'를 확인해달라고 부탁했다. 그러자 아니나 다를까, 케이틀린이 나를 꾸짖었다. "앞을 보는 사람처럼 말하네!"

사실 점자가 외국어 같다는 것은 오해에 가깝다. 술집에서 케이틀린의 멋진 점자 기계를 다루지 못해 끙끙대며 실수를 저질렀음에도, 점자야말로 원래 언어인 프랑스어를 포함해 얼마든지 다양한 언어에 쓰일 수 있는 문자 체계임을 나는 잘 알고 있다! 사람들은 점자를 외국어로 여기기 때문에 점자 배우기를 실제보다 더 어렵게 생각한다. 아니 그보다 더 중요하게는, 점자를 이질적으로 생각하기 때문에 시각으로 읽는 법을 배우는 게 더 쉽다고 느낀다. 그냥 누구나 그렇게 하기 때문이다.

"점자에 대해 아무것도 모르는 사람들은 점자를 오컬트 영역으로 올려버렸다." 시각장애인 영문학 교수였던 로버트 러셀(Robert Russell)은 자신의 1962년 회고록 『천사 잡기(To Catch an Angel)』에서 이렇게 썼다. "사람들은 자신이 이해하지 못하는 것에 대해선 항상 경탄하거나 아니면 무시해왔다. 따라서 오톨도톨한 점으로 덮인 한 장의 종이를 이해한다고 주장하는 사람 앞에서 감탄하는 것도 사실 놀랄 일은 아니다." 그러나 점자 읽고 쓰기는 시각장애인뿐 아니라 비시각장애인도 배울 수 있다. 문제는 동기이다. 러셀은 말한다. "내가 등교하자마자 어머니는 점자를 공부하셨고, 내가 점자를 충분히 읽고 이해하기 한참 전에 나에게 편지를 쓰셨다."[15]

점자에 대해 갖는 가장 큰 오해 중 하나는 사람들이 글을 배우기까지 얼마나 노력했는지 잊어버렸다는 데에서 기인한다. 우리는 비시각장애 어린이가 읽고 쓰는 기술을 완성하기까지 몇 년의 시간을 주면서도, 시각장애 어린이는 점자를 읽도록 타고났다고, 또는 가르치지 말아야 한다고 생각한다. 다시 말하지만, 점자는 하나의 문자 체계이다. 영어·프랑스어·스페

인어·독일어 등이 문자 체계인 것과 똑같다. 우리가 사용하는 그 문자 때문에 영어는 영어 이상도 이하도 아니다. 알파벳은 입말을 기록하고 전달하기 위해 받아들여진 하나의 문자 체계일 뿐이다. 따라서 점자는 어떤 문자만큼이나 훌륭하고 유용하고 임의적이다. 그리고 학습하면 모든 문자처럼 배울 수 있다. 알파벳이 하늘에서 인간에게 내려온 게 아니라, 모든 문화유산처럼 전쟁과 정복과 적응과 학습의 상황을 거치며 발달했음을 잊어버린 사람이 너무도 많다.

사실 1852년 브라유가 세상을 떴을 때, 시각장애인의 글 풍경을 그의 문자가 지배하리라는 보장은 전혀 없었다. 19세기 말에는 여러 가지 다른 촉지(觸知) 체계가 사용되고 있었다. 뉴욕 포인트(셀을 옆으로 눕힌 일종의 점 체계), 보스턴 라인 타이프(아위 체계의 수정판), 문 타이프(최소한의 곡선과 선으로 이루어진 라틴 문자 속기판으로, 이것을 발명한 윌리엄 문(William Moon)의 이름에서 가져왔다.) 등이 대표적이었다. 그러나 100년 후 브라유 서거 기념일에는 브라유 점자가 확립되어 전 세계에서 사랑받고 있었다. 마침내 프랑스는 고향 쿠브레에 묻혀 있던 브라유의 유해를 파내어 파리의 팡테옹 내부에 빅토르 위고(Victor Hugo), 장자크 루소(Jean-Jacques Rousseau)와 나란히 묻음으로써 역사상 유명한 시각장애인을 기리기로 했다.

켈러는 이렇게 선언한다. "인류가 구텐베르크에게 빚진 것처럼, 우리 시각장애인은 루이 브라유에게 빚지고 있습니다."[16] 그리고 세계는 브라유의 관을 따라 행진하며 파리의 거리를 두드리는 수백 개의 하얀 지팡이를 목격했다.《뉴욕 타임

스》는 그 장면을 "기묘하고 영웅적인 행진"이라고 표현했다.[17]

브라유의 발명품은 마땅한 찬사와 포상을 받기까지 100년이 걸렸다. 그렇다고 해서 그의 문자 체계를 보편적으로 사용하고 가르치게 된다거나 심지어 필요하다고 여기게 된다는 의미는 아니었으니, 참으로 슬픈 현실이다. 솔직히 오래전 나도 오톨도톨 점자책은 너무 부피가 크고 비싸기 때문에 문자 음성 변환 기술이 점자를 대신할 것이라고 생각하던 사람 중 하나였다. 그러나 지금은 그때의 생각이 틀렸다고 느낀다. 내 생각을 바꿔준 건 재생 가능한 점자 디스플레이였다.

앞에서 보았듯이 점자는 여섯 개 점의 아름다운 체계로, 정해진 셀의 형태를 유지한 채 그 안에 점을 1개, 2개, 3개를 찍거나 비워두는 식으로 알파벳 문자, 단어, 부분단어 기호, 구두점까지 만들어낸다. 전자 점자에서는 작은 핀이 여섯 개의 구멍이 있는 각각의 셀을 찔러 올리는데, 텍스트를 스크롤하면서 내리면 이 핀들이 들어간다. 점자 디스플레이는 20개 또는 40개의 셀 단위로 나오며, 이것을 컴퓨터와 모바일 장치에 연결하면 읽고 쓸 수 있다. 요즘은 종이책을 출간하면서 보통 전자책도 같이 발행하기에 시각장애인 독자도 비시각장애인만큼 빨리 신간을 볼 수 있다.

비록 점자 디스플레이가 터무니없이 비싸긴 하지만, 몇십 년 전 처음 나왔을 때만큼 첨단 기술은 아니다. 내 기억으로는 1992년 영화 「스니커즈」에서 얼핏 점자 디스플레이가 등장했다. 영화 속 해커 집단 중 한 명이 아주 근사한 점자 디스플레이를 가진 시각장애인이었다. 그 후 지금까지 사실상 유일하게 바뀐 것은 새로 고침이 가능한 점자 디스플레이가 다른 테크놀로지와 인터페이스로 연결되는 방식이다. 지금은 점자 키보드와 함께 나오는 무선 점자 디스플레이를 구할 수 있다. 얼마 전 나는 심지어 전자상거래 웹사이트 이베이에도 점자 디스플레이가 돌아다니는 것을 발견했다. 그런데 '테크놀로지' 항목이 아니라 '건강과 미용'이나 '이동 보조 장치' 항목 아래 올려진 경우가 많아서(물론 '시각장애인 용품'이 실제 테크놀로지와 혼동될 리는 없었다.) 약간 짜증을 섞어 눈알 굴리는 얼굴 이모지를 올린 적도 있다.

10년 전, 나는 마침내 점자 모바일 장치를 마련했다. 기본적으로 케이틀린의 것과 비슷한 이동식 독립형 점자 컴퓨터였다. 그러나 점자를 써야 하는 게 두려워서 점자 키보드를 함께 사는 대신 익숙한 표준 쿼티 키보드를 고집했다. 지금 생각하면 실수였는데, 점자를 쓰면 점자 읽는 실력도 늘기 때문이다. 다시 말하지만 그때는 아직 점자를 읽지 않을 때였다. 나는 점자 실력을 향상하는 대신, 점자 디스플레이를 분리해 그저 오디오 출력만 사용하면서 내 글을 단말기에 담아 문장을 아주 짧게 자르고, 귀에 이어버드를 꽂고, 한 줄 한 줄 아래로 스크롤하면서, 열정 없는 시라노 드 베르주라크(Cyrano de Bergerac)처럼 내 귀에 속삭이는 컴퓨터 목소리를 따라 소리 내어 읽는 방법을 발전시켰다.

원래 그럴 의도는 아니었지만, 그럼에도 그 방법은 자유를 안겨주었다. 나는 처음으로 나의 글을 읽을 수 있었다. 작가들이 자주 그렇게 하듯 공연하기 위해서 말이다. 내가 쓴 시를 처음으로 무대에서 낭송하던 날은 완벽하게 기억이 난다. 2011년 봄, 뉴욕시 이스트빌리지 어느 지하 극장의 오픈 마이크 무대에서였다. 나는 프리드리히 니체(Friedrich Nietzsche)의 『즐거운 학문』의 한 구절, "나는 내 고통에 이름을 붙였고 그것을 개라고 불렀다."에서 영감을 얻어 쓴 시 「개라는 이름의 고통(A Pain Named Dog)」을 낭송했다.

내 글을 공연하던 몇 년의 시간을 빨리 감기하면, 여전히 내 문장을 짧게 자르면서, 공연 전에 정말 열심히 연습하면 효과가 있는 이 시라노식의 읽기를 하고 있는 나를 발견한다. 그러나 그 방법은 대체로 번거로웠고 빠르게 또는 매끄럽게 읽어내기가 쉽지 않았다. 그리고 말할 것도 없이, 점자를 읽는 근사함과는 비교도 되지 않을 만큼 꼴사납다.

얼마 전 덴버에서, 점자 기능을 빼버린 내 전자 장비를 무릎에 놓고 이어버드를 귀에 꽂고 시 낭송을 할 때였다. 오른손 중지로 내 이야기의 음성 텍스트를 따라 한 줄 한 줄 스크롤하던 중, 감각 심리학자 로렌스 로젠블룸(Lawrence Rosenblum)의 말이 머릿속에 맴돌면서 갑자기 정신을 팔고 말았다. "점자 경험이 전혀 없고, 시각을 잃은 지 겨우 2년밖에 안 된 시각장애인조차 나머지 우리들보다는 훨씬 촉각이 뛰어나다. 사실, 개별 시각장애인의 촉각 민감성은 노화에 따른 자연적 퇴화를 상쇄하는데, 보통은 25년 더 젊은 비시각장애인의 민감성에 맞먹는다."[18]

그렇다면 우리 중 점자를 배우는 사람이 그렇게 적은 이유는 무엇일까? 시각 세계를 잃은 대신 우리 두뇌의 체지각 부분을 발달시킬 수 있는데도, 그러지 못하게 우리를 막는 것은 무엇일까? 앞에서 몇 가지 시스템의 문제를 보았지만, 개인적으로 볼 때 나 스스로 할 수 없다고 판단했기 때문일 것이다. 마음 한구석에서 새로운 방식의 읽기를 배우기에는 내 나이가 너무 많다고(심지어 열여덟일 때에도) 믿었다. 내가 점자를 배우기 위해 필요한 믿음의 틀을 갖게 된 것은 우리 두뇌가 끊임없이 새 영역에서 꽃피울 능력이 있다는 신경 가소성 개념을 배우면서부터였다. 물론 아주 어릴 때 점자를 배웠던 케이틀린 같은 사람처럼 유창해지지는 않겠지만, 배우려고 노력한 결과 점자를 읽을 수 있게 되었다. 지금도 속도는 느린 편이지만, 나는 아직 어린 나의 점자 두뇌(그리고 손가락)에게 제법 어려운 자료를 읽으라고 요구하고 있다. 오히려 어린이 책을 읽으려면 더 오랜 시간이 걸릴 것이다!

우리는 보통 아주 어릴 때부터 읽기를 시작하고, 우리 부모님과 선생님 들은 아주 너그러웠기 때문에 그림책『스팟』시리즈에서『위대한 유산』에 이르기까지 그 고난의 과정이 오랜 인상으로 기억에 남는 경우는 거의 없다. 지금은 우리가 날마다 쓰고 있지만, 한때는 너무도 낯설었던 테크놀로지를 사용하는 법을 배워야 했던 것처럼, 때로는 우리가 읽는 법을 배워야 했다는 사실을 잊어버리기도 한다.

내가 지금 이 글을 어떻게 쓰고 있는지 독자 여러분께 밝히는 것이 도움이 될지 모르겠다. 나는 엄마의 수동식 타자기로 독학한 터치 타이프 방식으로 워드 문서를 타이핑으로 작성하고 있다. 매끈하고 작은 윈도 노트북에 글을 쓸 때는 프리덤 사이언티픽에서 만든 조스라는 문자 음성 변환 소프트웨어로 오디오 피드백을 받는다. 내가 쓴 글을 읽어내는 무감한 컴퓨터 목소리를 듣다 보면 내 문장이 어떻게 들리는지 알게 된다. 여러분의 쓴 글의 수준을 잘 말해줄 수 있는 감정이나 선입견 없이 무미건조하게 그 글을 읽는 소리를 들을 때는 거리감조차 느껴진다. 그리고 여기서 밝혀야 할 것이 있다면, 나의 음성 출력은 매우 빠르게 설정되어 있어서(친구들은 알아듣지 못하겠다고 한다.) 인터넷에서 원하는 것을 꽤 빨리 찾아내고, 비시각장애인 친구에게 견줄 만한 속도로 여러 페이지의 정보를 훑을 수 있다는 사실이다. 때로는 아마 내가 동료보다 더 빠를 텐데, 비타민 광고나 아기 고양이 사진에 한눈을 파는 일이 없기 때문이다.

지난 10여 년 사이 나의 점자 읽기와 쓰기 실력은 엄청나게 향상되었지만, 그래도 여전히 느리다. 그나마도 내가 매일 아이폰을 쓸 때 사용하는 퍼킨스식 키보드가 달린 무선 점자 디스플레이를 마침내 구한 덕택이다. 그리고 점자를 사랑하는 나는 독자이자 작가로서 앞으로 점자를 더욱더 내 작품에 통합하겠다고 생각하고 있지만, 조만간 문자 음성 변환 기술을 버릴 것 같지는 않다. 나는 점자가 내 오디오 방식을 대체하기보다는 더 강화해주리라 믿는다.

여기에서 나는 스스로 점자 비문해자라고 생각하지는 않아도, 점자가 결핍된 느낌이 든다는 점을 말하고 싶다. 늘 그런 느낌이 들었고, 내가 놓치고 있는 것을 되찾기 위해 열심히 노력 중이다. 모든 시각장애인이 점자를 유창하게 다루어야 하는지는 모르겠지만, 모든 시각장애인에게 점자를 배울 기회를 주고 격려해야 한다고 생각한다. 어쨌든 우리는 학교에서 배운 대수나 화학을 보편적으로 사용하지는 않더라도, 기초 과목에 대한 일정 수준의 이해가 있다면 미래의 노력에 관해 정보에 입각한 결정을 내리는 데 도움이 된다고들 생각하니까 말이다.

발명가이자 서투른 도전자 브라유가 지금 우리가 사용하는 테크놀로지를 보면 깜짝 놀라고 황홀해하겠지만, 한편으로는 눈먼 사람이 눈먼 사람을 위해 만든 최초의 문자 체계를 깨우친 사람이 얼마나 적은지 알면 슬퍼할 것 같다. 지금까지 점자는 시각장애인(또는 시청각장애인)이 자신의 속도로, 그리고 자신의 목소리로 조용히 또는 소리 내어 읽을 수 있는 유일한 수단이다. 나는 점자를 현재의 테크놀로지와 통합하는 것이야말로 시각장애 아동 및 성인 교육에서 표준이 되어야 한다고 믿는다. 표준 크기의 인쇄물을 읽을 수 없는 어린이(그리고 진행 중인 눈병 때문에 조만간 읽는 능력을 잃게 될 어린이)가 이른 나이에 점자를 깨우치도록 사회적 기대와 학습 시스템이 갖춰져야 한다. 이것을 확립하기 위한 유일한 방법은 읽고 쓰기를 포함한 모든 형태에서 다양성을 진정으로 포용하는 것이 아닐까 한다. 일부는 오디오 방식을 선호할 수 있겠지만, 그 결정은 어쩔 수 없는 상황 때문이 아니라 선택과 기회 속에서 이루어져야 한다. 우리가 보았듯이, 시각장애인 교육은 외부와 단절되어 존재하지 않는다. 지금까지 좋든 싫든 항상 계몽과 근대성이라는 웅대한 프로젝트의 일부였고 지금도 그렇다.

10

[눈먼 여행자의
두드림]

길잡이와 동행하거나 막대기 또는 지팡이를 들고 소도시의 거리나 시골길을 다니는 눈먼 남자의 이미지(여자나 아이는 찾아보기 쉽지 않다.)는 눈멂만큼이나 오래되었다. 그러나 20세기 중반에 시각장애인을 위한 단체가 반향 정위 및 이동 훈련을 체계화할 때까지 시각장애인은 자신과 시각 중심적 세계를 이어주는 가느다란 나무 막대기 하나만 가지고 돌아다니는 방법을 알아내야 했다. 표준적인 흰색 지팡이가 등장하기까지 천 년 동안, 시각장애인은 손에 잡히는 것은 무엇이든지 이용했다. 그리고 19세기 신사들의 손에 잡힌 것이 지팡이였다. 제임스 홀먼(James Holman), 일명 '눈먼 여행자'는 촉각과 소리를 모두 이용할 수 있는 지팡이를 이용했고, 덕분에 그는 당대에 가장 많이 여행한 사람이 되었다.

1810년 영국의 젊은 해군 장교였던 홀먼은 배스에서 휴가를 보내던 중 갑자기 실명했다. 그는 몹시 추운 캐나다 대서양에서 군 복무를 하다가 걸린 류머티즘성 관절염을 치료하기 위해 배스를 찾았다. 세계를 보리라는 꿈을 가지고 해군에 입대한 그였다. 그 꿈이 이제 실명 때문에 중단되었을까? 아니, 그는 유명한 세계 여행가로서 『아프리카·아시아·오스트랄라시아·미국 등에서의 여행을 포함한 세계 일주 여행(*A Voyage Round in World, Including Travels in Africa, Asia, Australasia, America, etc., etc.*)』같은 책을 쓰게 되었다. 지팡이 외에도 이 경력을 가능하게 해준 또 하나의 기초적 도구가 있었다.

홀먼은 점자를 알지 못했다. 브라유의 점자 체계가 확립될 때까지는 어느 정도 시간이 걸렸고, 영국에 소개된 것은 1861년이었다. 1852년 브라유가 사망하고 약 10년이 지난 후, 그리고 1857년 홀먼이 사망하고 몇 년 후의 일이었다. 그러나 홀먼은 훌륭한 중등 교육을 받았다. 어릴 적에는 성직자가 되려 했다는 말도 있다. 중간 계급 약제상의 아들에게는 남부럽지 않은 직업이었다. 따라서 실명했을 당시 그는 글을 알고 있었고 쓰는 법을 배울 필요는 없었지만, 쓰는 도구는 필요했다. 녹토그래프(noctograph)라는 게 있다. 기본적으로는 철사가 나란히 달린 나무틀인데, 사실상 줄이 만져지는 종이에 뭉툭한 깃펜으로 쓰는 것과 같다. 여기서 진정한 혁신은 종이 뒷면에 마른 인쇄용 잉크가 발라져 있다는 사실이다. 그래서 왼쪽에서 오른쪽으로 쓰면 잉크가 그 아래쪽에 있는 종이에 박히게 되고, 당시의 표준 깃펜과 잉크로 쓸 때 종종 글씨가 번지던 것과는 달리 손 때문에 글씨가 번지지도 않았다.

나도 다른 사람들처럼, 그 눈먼 여행자에 관해서는 『세계를 더듬다』라는 2007년의 베스트셀러 전기를 읽다가 처음 알게 되었다. 저자 제이슨 로버츠(Jason Roberts)는 만질 수 있는 단서를 남기지 않는 녹토그래프의 한계를 설명한다. 홀먼은 녹토그래프를 이용해 쓸 수는 있었으나, 자기가 쓴 글을 읽을 수는 없었다. "그리고 또렷하기는 했지만, 그의 글씨는 예전 훌륭한 필체의 호쾌함이나 화려함을 찾아볼 수 없었다. 글자는 넓적하고 둥글었고 살짝 위로 뻗기도 했지만, 그 철사들 때문에 제대로 아래로 뻗은 글자는 전혀 없었다. 한마디로 어린아이의 글씨 같았지만 정확하게 페이지를 가로지르고 있었다."[1]

바르비에의 야간 문자처럼, 녹토그래피도 어둠 속에서 군사 정보를 쓰기 위한 도구로 발명되었다. 메시지를 보거나 전달하려면 불을 켜야 하는데 적에게 소재를 알릴 수 있었기 때문이다. 로버츠에 따르면, 홀먼은 녹토그래프가 시각장애인에게 쓸모가 있음을 맨 처음 이해했고 자신의 책을 통해 그것을 보증한 사람이었다. 그러나 녹토그래프는 군대에서나 시각장애인에게 널리 사용될 운명은 결코 아니었다.

물론 홀먼은 대필자를 고용할 수 있었다. 보는 사람이나 보지 못하는 사람을 막론하고 프리랜서 비서를 고용하기란 흔치 않았지만, 홀먼은 집으로 돌아와 자신의 기록과 회고록을 정리해 책으로 펴낼 때 대필자를 고용했다. 그러나 대체로 전업 비서는 홀먼의 주머니 사정뿐 아니라 자립에도 영향을 주었을 것이며, 홀먼으로서는 언제 어디서든 원할 때마다 메모하는 것이 유용했다.

『아프리카·아시아·오스트랄라시아·미국 등에서의 여행을 포함한 세계 일주 여행』서두에서 홀먼은 자신이 가진 방랑벽의 기원을 이렇게 설명한다. "여행을 향한 열망은 일부 사람에게는 본능적인 것 같다. 나의 경우는 아주 어릴 때부터 그 열망을 의식하고 있었다. 나는 멀리 떨어진 지역을 탐험하고 싶었고, 다른 기후, 관습, 법이 서로 다르게 미치는 영향 아래에서 인류가 보여주는 다양성을 추적하고 싶었으며, 지구상의 다양한 민족을 분리하고 다양하게 만드는 도덕적·물리적 차이를 지치지 않는 배려심으로 조사하고 싶었다."[2]

여행은 홀먼의 어릴 적 꿈이기도 했지만 실명을 보상해주기도 했다. "내 능력과 에너지가 향하는 이 방향은 현명하고 자애로운 신의 섭리에 의해 정해졌다고 믿을 수밖에 없었다. 그것은 보이는 세계의 모든 기쁨과 매력을 닫아버린 고통 속에서 위안의 근원이었다." 여행은 그가 볼 수 없는 것을 강조하기보다는 자극과 오락거리를 제공했다. 그는 "끊임없는 정신 활동, 정신적·신체적 활동으로 계속되는 흥분은, 혹시라도 나를 짓누르고 있었을 박탈감을 극복까지는 아니더라도 감소시키는 데 일조했다."라고 말한다. 여행은 홀먼이 자기 연민에 빠지지 않게 해주었으며, 한편으로 "즐거움의 무궁무진한 수단"을 제공해주었다.[3]

비록 홀먼의 생생한 묘사에 대다수의 사람이 찬사를 보냈지만, 그를 비난하는 사람이 없지는 않았다. 질투심과 의심, 또는 악의를 가진 사람들은 그의 '관찰'을 간접적인 것으로 깎아내렸고, 눈먼 사람이 세상에 관해 말할 수 있는 것을 무시했다.

다음 세기의 사람들이 켈러가 한 말의 진실성과 정확성을 의심했던 것과 같다. 그래서 홀먼은 자신이 여행에서 얻는 것뿐 아니라 눈이 보이는 방구석 여행자에게 자신이 제공할 수 있는 것을 설명함으로써 대중의 회의주의를 누그러뜨리려 시도한다. "앞을 보지 못하는 사람에게 여행이 무슨 소용인가? 나는 끊임없이 그 질문을 받는데, 여기서 확실하게 답하는 편이 좋겠다. 나는 이렇게 대답한다. 모든 여행자가 자신이 묘사한 것을 전부 다 보는가? 그리고 여행자라면 자신이 수집한 정보의 상당 부분을 타인에게 의존할 수밖에 없지 않은가?"[4]

다시 말해 조사 작업과 호기심이 없다면, 다른 문화, 다른 땅에 대한 흥미와 연구가 없다면, 여행자는 눈요기에 만족해야 한다. 그저 자랑거리로 남길, 특별한 것도 없는 사진만 찍고서 '꼭 봐야 할' 이 명소에서 저 명소로 몰려다니는 관광객을 업신여기는 사람이 얼마나 많은가? 피상적으로 보는 여행자는 자신이 보는 것에 관해 모든 것을 알지도 못하고 묘사하지도 못한다.

홀먼은 이런 피상성을 이야기한다. 그는 "자연 속의 그림 같은 장면을 내가 보지 못한다는 건 사실이다."라고 인정한다. "그리고 미술 작품은 나에게 아름다운 윤곽선일 뿐이며, 한 가지 감각으로만 접근할 수 있다. 그러나 어쩌면 바로 이런 상황이 호기심에 강한 열정을 불어넣고, 따라서 피상적으로 보는 것에 만족하고 눈을 통해 얻어지는 첫인상에 흡족해하는 여행자에게 요구되는 것보다 훨씬 더 면밀하게 탐색하고 조사할 수밖에 없게 된다."[5]

눈먼 여행자의 두드림

미지의 땅을 밟은 여행자가 뭐라도 이해하기 위해서는 호기심을 가져야 하지만, 한편으로는 기꺼이 놀라고 경악하며, 심지어 약간은 바보가 되어야 한다. 내가 이렇게 말하는 이유는 시각장애 여행자가 보통 어떻게 돌아다니는지, 그리고 특히 홀먼이 어떻게 나머지 네 가지 감각을 사용해 세계를 여행했는지 계속 검토하다 보면, 세계를 항해하고 관찰하는 전혀 새로운 패러다임을 받아들일 수 있는 호기심과 열린 마음이 비시각장애 독자에게 생길 것이기 때문이다.

오늘날은 시각장애인 지팡이가 흰색이 아닌 다른 색인 것을 상상하기 힘들지만, 오래전부터 쓰였던 길잡이나 막대기, 지팡이가 현대적인 얼굴을 띠게 된 것은 겨우 100년 전의 일이다. 전해지기로는 1921년에 제임스 빅스(James Biggs)라는 전직 사진가였던 시각장애인이 자신의 지팡이를 흰색으로 칠하면 브리스틀의 거리에서 눈에 더 잘 띌 것이라는 아이디어를 떠올렸다. 시각 예술가였던 사람이 머릿속으로 대조의 중요성을 깨달았다는 건 내가 보기에 일리가 있다. 그의 아이디어가 영국에서 유럽 대륙으로 이어서 아메리카 대륙으로 퍼진 이후, 1930년대 미국의 라이온스 클럽은 시각장애인에게 흰색 지팡이를 나눠주기 시작했다.

그렇기는 해도, 기다란 지팡이를 좌우로 스치듯 쓸며 걷는 관행이 표준으로 자리 잡은 것은 제2차 세계대전에서 눈을 잃은 참전 군인이 돌아오기 시작하면서였다. 퍼킨스 맹아학교에 따르면, 리처드 후버(Richard Hoover)라는 퇴역 군인 재활 전문가가 흰색 지팡이를 사용하는 표준 기술을 개발했다. 그는 기다란 지팡이를 몸 앞쪽으로 잡고서, 한걸음 디딜 때마다 지팡이를 앞뒤로 스치듯 쓸어서 사물이나 높이 변화를 감지하라고 가르쳤다. 이동 강사들은 지금도 그 방식을 가르치고 있는데, 이를 '후버 방식'[6]이라고 한다.

만약 여러분이 지팡이를 사용할 준비가 되면, 보통은 똑바로 섰을 때 가슴 높이까지 오는, 또는 그보다 긴 지팡이를 받게 된다. 걸을 때는 지팡이 위쪽 끝이 명치 높이에 오도록, 주로 사용하는 손으로 쥐고서 걸음과 반대가 되게 오른쪽이나 왼쪽으로 쓴다. 그런 동작은 약 두 걸음 거리에서 벌어지는 일을 알게 해준다. 지팡이가 왼쪽을 쓸면, 여러분의 오른쪽 발이 나가고, 지팡이가 오른쪽을 쓸면 왼발이 나간다. 몇몇 이동 강사는 아주 완만한 호를 그리면서 양쪽 끝에 닿을 때마다 가볍게 한번 치라고 가르치는데, 내가 해본 결과 이 기술은 깨진 보도나 자갈길을 만날 때는 도움이 된다. 그러나 보통은 지팡이가 땅과 접촉하고 있어야 계단이나 커브길에 가까워질 때를 알 수 있다. 물론 귀로도 들어야 할 부분이 아주 많지만 말이다. 시각이 손상되어가던 긴 시간 동안(당시 나는 여전히 보도와 건물, 자동차, 사람을 낮에는 완벽하게 볼 수 있었고, 밤에는 흐릿하게나마 볼 수 있었다.) 나는 걷고 생각하는 것을 좋아했다. 그러니 사실상 시력이 남아 있지 않은 현재의 나로서는 그렇게 열심히 걸을 생각을 하는 것은 자연스럽지 않다. 나는 20여 분 동안 바짝 긴장하다

눈먼 여행자의 두드림

가 그다음에는 붐비는 거리를 향해 걷기 시작한다. 그러나 나는 흰색 지팡이를 흔들며 걸어나가는 시각장애인을 많이 알고 있다.[7]

홀먼의 지팡이는 기다란 흰색 지팡이와 비슷하게 마이크로 환경, 그러니까 팔을 뻗으면 닿는 범위 안에서 주변 사물과 높이 변화를 감지함으로써 경고해주는 데는 유용했다. 그러나 보통 보행용 지팡이는 꽤 짧고, 무겁고, 단단하기 때문에, 후버 방식처럼 좌우로 스치듯 쓸며 가기에는 바람직하지 않다. 로버츠에 따르면 "어떤 물체에 부딪히면 사용자가 부드러운 압박을 느끼는 게 아니라 강한 충격을 받았다." 더욱이 지팡이 길이가 짧아서 경고 영역이 매우 좁았다. 홀먼은 지팡이를 앞으로 쭉 편 것이 아니라 "엄지와 검지 사이 굽은 안쪽에 그림 붓을 쥐듯 균형을 잡고" 쥐었기 때문에 "제한된 쓸기라는 목적"에만 좋을 뿐이었다.[8]

가끔은 제한된 쓸기야말로 꼭 필요한 방식이라는 게 내 생각이다. 아버지는 2018년에 돌아가셨는데, 말년에는 발바닥부터 무릎까지, 그리고 손바닥부터 팔꿈치까지 파고든 진행성 신경병증으로 발은 블록처럼, 손은 엄지 장갑처럼 변하는 장애를 겪고 거의 완전히 집에만 틀어박혀 지냈다. 그러나 그 전 수십 년 동안은 열혈 여행가로서 7대륙의 100여 개국을 방문했다. 아버지가 여행 중에 모은 온갖 예쁘장한 장신구는 노스비치에 있는 아버지 아파트의 바닥부터 천장까지 빼곡히 채우고 있었다. 그곳은 지팡이로 쓸며 다닐 만한 장소가 아니었다. 물론 나는 일단 집 안에 들어서면 지팡이를 사용하지 않았지만, 내 여행 가방을 뒤에 끌고서, 그림 붓을 쥐듯 섬세하게 지팡이를 쥐고서, 마치 양산으로 데이지 꽃밭을 찌르듯 내 앞의 공간을 스치며 걷는 것이야말로 정확히 필요한 방식이었다. 물론 아버지는 찰리 채플린(Charlie Chaplin)의 걸음걸이로, 발끝으로 튤립 꽃밭을 헤쳐가는 듯한 내 모습을 보고 놀리곤 했다.

아마도 홀먼은 바로 앞에 있는 장애물을 감지하려고 지팡이를 사용했겠지만, 로버츠는 "당시 신사들을 위한 표준적인 산보 장비"의 튼튼한 구조가 매크로 환경에 관한 정보를 얻는 데도 도움이 되었다고 설명한다. 특히 그 지팡이 끝에 붙어 있는 페룰(ferrule)이라고 하는 금속은 홀먼의 걸음에 맞춰 딱딱거리는 날카로운 소리를 내곤 했다.[9] 홀먼은 그 소리로 자기 주변의 깊이와 차원에 대해 많은 것을 알 수 있었는데, 이는 박쥐가 혀를 차는 소리(그리고 그것이 반사되는 메아리)로 장애물과 먹이를 감지하는 것과 다르지 않다. 달리 말해서 홀먼은 보행용 지팡이로 두드리는 소리로 사물과 자신의 위치를 파악했다.

나는 홀먼이 아니지만, 혼자 외출하는 모험을 감행할 때 가장 기분 좋은 것 중 하나가 내 지팡이로 벽을 세게 치면서 벽을 따라가는 것이다. 그러면 근사한 메아리가 나에게 돌아오면서 조용한 거리든 동굴 같은 대학 복도든, 그 공간을 묘사해준다. 시각장애 어린이는 대개 걸음마를 시작하자마자 벽에 부딪치기를 피하기 위해 혀 차는 소리를 낸다. 메아리로 위치를 파악하는 것인데, 홀먼은 반향 정위의 유용성을 이해하고 있었다. 대대로 많은 시각장애 단체는 이런 적극적인 유형의 반향 정위를 대수롭지 않게 여겼다. 내가 이동 강사와 함께 수많은 모험을 해나가던 시절에도 반향 정위는 한 차례도 언급되지 않았으며, 태어날 때부터 시각장애가 있었던 친구들은 목소리로 반향 정위를 하지 말라는 말을 들었다고들 한다. 점자를 반대하는 주장과 비슷하게, 반향 정위와 관련한 두려움이 존재하는 것이다. 즉 혀 차는 소리나 그 밖의 소리로 공간을 판단하는 행위는 비시각장애인과는 너무나 달라서 소외감을 낳을 우려가 있고, 비시각장애인과의 사이에 장벽이 생길 수 있다고 우려하는 것 같다. 적어도 그것이 대체로는 아주 최근까지의 지배적인 이데올로기였다.

내가 (미디어에서 현실의 배트맨이라는 별명을 붙인) 대니얼 키시(Daniel Kish)에 관해 처음 알게 된 것도 로버츠의 책을 통해서였을 것이다. 로버츠는 키시를 "제임스 홀먼의 영적 후계자"라고 부른다.[10] 키시는 망막암으로 13개월이 되기 전 처음에는 오른쪽 눈을, 이어서 왼쪽 눈을 잃었다. 대다수 시각장애 아동의 부모와 달리 자유를 허락하고 독립을 격려해준 부모님 덕분에, 키시는 자기만의 방식으로 세계를 배울 수 있었고, 그러다가 소리를 내는 것이 혼자 돌아다니는 데 유용할 수 있음을 알아챘다. 1990년대 이후 키시는 시각장애인 이동 수단으로서 반향 정위의 권위자로 확고히 자리를 잡았고, 최근 몇 년 사이에 미디어의 관심 이상을 얻었다.

키시는 2015년 큰 인기를 끈 테드 강연 '내가 플래시 소나를 사용해 세계를 누비는 방법(How I Use Flash Sonar to Navigate the World)'에서 혀 차는 소리로 청중을 즐겁게 해주었다. 그는 그 소리를 "박쥐의 소나처럼 나에게서 나갔다가 주변의 모든 표면에 반사되어, 마치 빛이 여러분에게 하듯이 패턴과 정보의 조각을 가지고 나에게로 돌아오는 소리의 번쩍임"이라고 설명한다.[11]

키시의 말처럼 이는 한낱 비유가 아니다. "저의 두뇌는······ 활성화되어, 우리가 이제 이미징 시스템이라고 부르는 시각 피질 안에서 그런 정보의 패턴을 가지고 이미지를 형성합니다. 여러분의 두뇌가 하는 것과 같죠. 저는 이 과정을 플래시 소나라고 부릅니다. 그 방법으로 저는 보이지 않는 눈을 통해서 보는 법을 배웠고, 제가 헤쳐가야 할 어두운 미지의 세계를 여행하는 법을 배웠습니다."[12]

그는 비록 배트맨이라는 별명을 받아들이겠지만, 자신이 비범하다고 생각한 적은 없다고 청중에게 확인시킨다. "저는 항상 제가, 저마다 어두운 미지의 세계를 탐험하는 모든 사람과 대체로 비슷하다고 여겨왔습니다. 그게 그렇게 주목할 만한 일일까요? 제가 눈을 사용하는 게 아니라 두뇌를 사용하는 것 말입니다."[13]

중요한 것은, 키시가 테드 강연에서 그의 '플래시 소나'뿐 아니라 그의 지팡이, 아마도 그럴싸한 배트맨의 장비처럼 보이지 않는다는 이유로 미디어가 가볍게 무시한 지팡이 또한 언급하고 있다는 점이다. 그의 지팡이는 그와 함께 무대에 올랐고 중요한 도구로 인정받는다. "다행히도 저에게는 믿을 만한 긴 지팡이가 있습니다. 시각장애인이 보통 사용하는 지팡이보다 더 길죠. 저는 이 지팡이를 나의 자유 직원이라고 부릅니다. 일례로 이 지팡이는 제가 무대에서 퇴장할 때 꼴사나워 보이지 않게 해주겠죠."[14]

청중은 친절하게 웃음을 터뜨린다.

키시는 '시각장애인을 위한 세계 접근(World Access for the Blind)'이라는 단체를 만들어 개인과 집단에게 플래시 소나 사용법을 가르칠 뿐 아니라 자유, 자기 효능, 권한 부여의 가능성을 포함하는 개념으로 시각장애를 재규정하기 위해 열심히 봉사활동을 하고 있다. 키시와 동료들은 산악자전거 탐험을 조직할 정도로 플래시 소나를 능숙하게 사용한다!

실제로 감각 심리학자 로젠블룸이 2010년에 발표한 다중감각의 가소성에 관한 대중 과학서 『오감 프레임』은 불가능한 것 같은 소리 탐험으로 시작된다. 로젠블룸은 반향 정위를 다룬 깜짝 놀랄 만한 대목에서, 키시와 그 동료 강사 브라이언 부시웨이(역시 시각장애인이다.)가 학생들과 함께 길의 기점까지 거리를 따라 자전거를 타는 장면을 묘사한다. "나머지 세 사람이 언덕을 올라오는 동안, 이따금씩 날카롭게 혀 차는 소리가 들려왔다. 자전거 바퀴에서 나는 소리와는 달랐다. 바로 키시와 부시웨이가 입에서 내는 소리였다. 그들은 내가 보는 것을 귀로 듣기 위해서 그런 소리를 내고 있었다. 약 2초마다 한 번씩 혀 차는 소리를 냄으로써 그들은 가까운 도로의 연석이나 키 작은 나무, 주차된 자동차 등의 장애물에서 반사되는 소리를 들었다. …… 그들은 마치 말에게 달리기를 재촉하는 기수처럼 혀의 측면을 이용해 혀 차는 소리를 냈다. 때로는 주변 환경에 따라 더 큰 소리를 내기도 했다."[15]

그들이 등산로에 접어들자 로젠블룸은 말한다. "드디어 제일 어려운 부분이 시작되는군요!" 그러나 부시웨이의 생각은 다르다. "저로서는 자동차가 달리고 개와 아이들이 뛰어다니는 도로보다는 이곳처럼 바위와 나무, 관목이 우거진 곳을 달리는 게 더 좋아요. 저는 산악자전거가 훨씬 마음이 놓여요."[16]

과학자들은 20세기 중반에 와서야 박쥐가 소리를 사용해 길을 찾는다는 사실을 이해하기 시작했다. 그러나 그때에도 일부 과학자는 이 발견을 두고 머뭇거렸다. 리처드 도킨스(Richard Dawkins)가 1986년에 낸 진화에 관한 책 『눈먼 시계공』에서 말한 대로, 동물학자 도널드 그리핀(Donald Griffin)과 로버트 갈람보스(Robert Galambos)가 박쥐의 반향 정위를 발견하고 1940년 동료에게 발표하자 그들에게 돌아온 것은 회의론 이상이었다. "한 저명한 과학자는 회의적이다 못해 화를 내며 갈람보스의 양 어깨를 붙잡고 흔들어대면서, 우리라면 그렇게 터무니없는 제안을 할 수 없을 것이라고 불평했다. 레이더와 소나는 여전히 군사 기술상 극비로 분류되었고, 전자 공학이 이룬 그 최신의 업적과 조금이라도 비슷한 일을 박쥐가 해낼 수 있다는 생각은, 대부분의 사람이 믿기도 힘들 뿐 아니라 감정적으로도 불쾌했다."[17]

도킨스는 말한다. "저명한 회의론자에게 공감하기는 어렵지 않다. 그의 믿지 않으려는 태도에는 아주 인간적인 면이 있다. 그리고 그 태도는 사실 인간이 더도 덜도 아닌 인간임을 말해준다. 인간의 감각은 박쥐가 하고 있는 일을 할 능력이 없기에 우리는 믿기 힘들기 때문이다."[18]

대다수 비시각장애인이 시각장애인을 바라보는 불신의 눈

길에도 그런 회의주의적 태도가 스며 있는 것 같다. "나는 눈을 감고서는 길을 건너지 못해." 그들은 이렇게 말하며, 시각장애 인도 길을 건너지 못할 거라고 결론짓는다.

그러나 도킨스의 말처럼, 시각을 이해하지 못한다고 해서 우리가 힘들지 않듯, 반향 정위를 이해하지 못한다고 해서 우리가 곤란한 일은 없을 것이다. 어떤 감각을 사용하기 위해 그것의 역학이나 수학을 알아야 할 필요는 없기 때문이다. "시각의 원리를 설명하는 데 필요한 수학적 계산은 매우 복잡하고 어렵지만, 작은 동물이 볼 수 있다는 사실을 믿는 데 어려움을 겪은 사람은 아무도 없다. 우리의 회의주의에서 이런 이중 잣대가 나타나는 이유는 간단하다. 우리는 볼 수 있지만 반향 정위는 못하기 때문이다."[19]

물론 우리의 눈먼 여행자와 눈먼 산악 바이커 들은 인간이 반향 정위를 **할 수** 있음을 입증한다. 도킨스는 무시하는 태도로나마 이를 인정한다. "사실 시각장애인은 가끔 앞에 놓인 장애물을 느끼는 불가사의한 감각을 가진 것처럼 보인다. 이것을 '안면 시각(facial vision)'이라고 하는데, 시각장애인은 얼굴로 촉감 비슷한 것을 느낀다고 보고되어왔기 때문이다. 시력이 아예 없지만 '안면 시각'을 이용해 세발자전거로 집 근처 동네를 빠르게 달릴 수 있는 한 소년에 관한 보고서도 있다. 실험 결과 사실 '안면 시각'은 촉각이나 얼굴 앞면과는 아무 관련이 없음이 밝혀졌다. …… '안면 시각'의 감각은 결국 귀를 통한 감각이다. 시각장애인은 그 사실을 의식하지도 않은 채, 실제로 자신의 발소리나 기타 소리의 메아리를 이용해 장애물의 존재를 느긴다."[20]

설사 시각장애인이 탁월한 반향 정위술을 가지고 있다고 해도, 도킨스는 이를 의식하지는 않는다고 주장한다. 그러나 동물의 반향 정위가 발견되고 10여 년이 지난 후 '안면 시각'의 진실을 깨달은 사람이 있었다. 트베르스키는 1959년에 낸 회고록 『벽의 소리(The Sounds of the Walls)』에서 어릴 때 성홍열로 시력을 잃은 후 오랜 시간에 걸쳐 "시각장애인의 장애물 감각"을 발달시킨 과정을 설명한다.

커다란 물체가 가까이 있으면 그 존재를 느끼고 피해 갈 수 있었다. 이 장애물 감각은 공기의 흐름과 기온의 미묘한 변화를 알아채는 것에 달려 있지만, 주로 장애물에 튕기는 작은 메아리를 듣고 해석하는 문제이다. 박쥐가 장애물을 감지하는 방식이나 레이더와 비슷하다. 사실 아주 작은 발소리도 메아리를 내므로, 예리한 청력까지는 아니더라도 집중적이고 훈련된 듣기가 필요하다. 그렇다고 그것이 어떤 청각적 인상을 주지는 않는다. 그 인상은 희미한 시각 또는 얼굴에 와닿는 가벼운 압력과 같다. 이것을 흔히 안면 시각이라고 한다. 물론 지나친 소음 때문에 혼동될 때를 제외하면 보통 사물에 부딪히는 일은 없지만, 나는 그것이 내 귀와 어떤 식으로든 관계가 있음을 의심하지 않았다.[21]

트베르스키가 말하고 있는 것은 일종의 수동적인, 심지어 무의식적인 반향 정위이다. 반사된 소리를 이용하기 위해 굳이 혀를 차거나 지팡이로 두드릴 필요는 없다. 의도적인 플래시소나의 사용과는 달리 누군가의 발자국, 하다못해 선풍기나 자동차 엔진처럼 다른 곳에서 반사되는 소리도, 듣는 사람이 온전히 의식하든 의식하지 않든 간에 그 주변에 관해 무언가를 말해줄 수 있다. 로젠블룸이『오감 프레임』에서 주장하듯 들을 수 있는 사람은 누구나, 설사 대체로 의식하고 있지 않다고 해도, 이런 식으로 반향 정위를 한다. 그렇지만 시각장애인이 반향 정위를 의식하고 이것을 사용하는 훈련을 받는다면 그 능력을 활용할 수 있다. 모든 사람이 그렇듯 눈먼 사람도 유전학의 산물이며 문화의 산물이다. 그러므로 반향 정위를 최대한 활용하기 위해서는 적절한 인간 반향 정위 개념을 가지는 것이 큰 도움이 된다.

홀먼과 키시, 그리고 다른 사람들(심지어 풋내기였던 나까지도)이 보여주었듯, 인간은 반향 정위가 가능하며 또 그것을 하고 있다. 물론 박쥐만큼 효율적이지는 않겠지만, 인간도 그 기술을 연마할수록 향상될 것이다. 그리고 주의를 기울인다면, 메아리를 통해 여행의 음향학 속에서 음악성을 듣게 될 것이다.

아마도 문학에서 처음으로 시각장애인 지팡이의 음악성에 관심을 가진 것은 조이스일 것이다. "탁. 탁. 탁. 탁." 조이스는 1922년에 펴낸 모더니즘 소설『율리시스』에서 눈먼 청년의 지팡이 소리를 기록했다.『오디세이아』에서 영감을 받은 이 소설

에서 눈먼 청년은 수백 명의 비주류 인물 가운데 한 명으로 등장하는데, 주인공 레오폴드 블룸과 스티븐 데덜러스의 하루에 스쳐 간 사람이다. 그의 지팡이 소리는 광활하고 울퉁불퉁 험한 동굴에 난 작은 금맥처럼 서사에 엮여 있다. 눈먼 등장인물이 흔히 그렇듯, 그 풋내기 장님 청년은 주변적이지만 기억할 만하다. "탁, 장님이 연석을 탁탁 두들기며 탁탁 소리를 내면서 탁탁 걸어갔다."[22]

내내 탁탁거리는 소리에도 불구하고, 비시각장애인은 현실에서처럼 소설 속에서도 고집스러울 만큼, 아니 이기적일 만큼 시각장애인이 걸어오는 모습을 보지 못하고 듣지도 못한다. "네놈에게 하느님의 저주를." 풋내기 장님 청년은 지팡이에 부딪히는 생각 없는 행인에게 심술궂게 말한다. "네가 어떤 놈이든! 넌 나보다 눈이 덜 멀지도 않았어, 개자식!"[23]

나는 지팡이를 사용하는 시각장애인이라면 누구나 그 눈먼 청년의 심술에 공감하리라고 확신한다. 소리가 난 뒤쪽으로 눈길을 주지도 않고 지팡이를 옆으로 차버리는 비시각장애인 행인과 씨름하는 일이 종종 있기 때문이다. 뉴욕시의 한 친구에게서 들은 적이 있는 경악스러운 이야기가 떠오른다. 친구는 지하철 계단을 내려가고 있었는데, 오직 목적지에 도달하기 위해 달리는 것이 다른 누구의 일보다 중요한 어떤 행인이 앞을 가로지르다 친구의 지팡이를 부러뜨렸다. 내 눈먼 친구에게는 부러져 쓸모없어진 지팡이만 남았다. 그 남자는 사과는커녕 무슨 일이 생겼는지 멈춰서 볼 생각도 하지 않았다. 다행하게도 한 친절한 사람이 친구를 안전한 곳까지 데려다주었단다.

어른이 된 후 내내 시력으로 고통받았던 조이스는 그 눈먼 청년과 그의 좌절감에 어느 정도 동질감을 느끼기도 했던 것 같다. 케빈 버밍엄(Kevin Birmingham)은 자신의 책『가장 위험한 책(*The Most Dangerous Book*)』(2014)에서 말한다. "40대 후반에 조이스는 이미 노인이 되어 있었다. 젊은 총각 시절 더블린을 으스대며 걷기 위해 사용했던 물푸레나무 지팡이가 파리에서는 눈먼 남자의 지팡이가 되었다. 행인들은 그가 길을 건너도록 도와주었고, 그는 자신의 아파트 안에서도 가구에 부딪히기 일쑤였다."[24]

그렇다면 보행용 지팡이의 용도를 바꾸어 맹인의 지팡이로 만든 사람이 홀먼만은 아니었던 모양이다. 보통 어린 나무를 깎아 만드는 물푸레나무 지팡이는『율리시스』에서 모호한 모습으로 등장한다. 위의 인용문은 조이스가『율리시스』를 집필한 후의 시기를 가리키고 있지만, 조이스의 눈에 문제가 생긴 것은 한참 전부터였다. 홍채염(홍채가 붓는 것으로, 매독으로 인한 것일 수 있다.)은 1907년부터 시작되었고, 이를 치료하기 위해 여러 차례 끔찍한 수술을 받았음에도 불구하고, 그리고 때로는 그 수술 때문에 세월이 흐르면서 조이스는 부분적 실명 또는 완전 실명을 했다. 나는 대학원 입학 초기에 아이리시 하우스('뮤즈'라고 불리는 오래된 웨스트빌리지 골목에 있는 국제적이고 고풍스러운 건물)에 간 적이 있었다. 내가 수강하던 조이스 수업 때문에 몇몇 서류에 서명을 받으러 갔던 것 같다. 그곳에서 조이스 학자를 만났는데, 내가 시각장애인이라고 말하자 그는 조이스도 삶의 상당 기간을 거의 시력이 없이 보냈다고 말해주었다.

"조이스는 자기가 쓰고 있는 문장을 보려면 종이에 얼굴을 바싹 가져다 대야 했어요."

조이스는 『피네간의 경야』를 쓰던 긴 기간에 홍채 수술을 여러 차례 받았고 또 한 차례의 수술 이후 완전히 시력을 잃었다. 그 후 사뮈엘 베케트(Samuel Beckett)가 그의 작품을 받아썼던 일은 유명하다. "구술을 받아쓰던 도중에 누군가 문을 두드리자 나는 뭐라고 말했다. 구술 받아쓰기를 중단해야 했다. 그러나 그것은 작품 텍스트와는 아무 관련이 없었다. 내가 '들어오세요.' 같은 구절을 넣어 텍스트를 다시 읽어주자 그가 말했다. '그건 그대로 두게.'"[25]

그렇다면 조이스의 두 주인공이 시각 없는 삶을 고려하는 것도 놀랄 일은 아니다.

우리가 처음 조이스의 눈먼 청년을 만난 것은 『율리시스』의 두 주인공 가운데 연장자인 레오폴드 블룸(호메로스의 서사시를 재상상한 조이스의 작품에서 오디세우스와 비슷한 인물)의 눈을 통해서이다. 「레스트리고니언스」라는 에피소드에서 블룸은 "가느다란 지팡이로 연석을 두들기며 멈추어" 선 맹인 청년을 보고 그가 길을 건너게 도와주겠다고 제안하고, 붐비는 교차로를 같이 건너는 동안 그 청년을 관찰하게 된다. "그의 코트의 더러운 얼룩들. 음식물을 엎지른 걸 거야, 상상컨대. 그에게는 모두 다른 맛. 처음에는 숟가락으로 떠먹여줘야. 그의 손이, 마치 아기 손과 같아……. 그가 이름을 갖고 있는지 몰라. 마차, 말의 다리에 지팡이가 닿지 않아야 할 텐데. 고된 일로 피로에 지쳐 졸고 있다. 됐어 비켜났어. 황소는 뒤에, 말은 앞에."[26]

이 구절에서는 할 말이 너무 많아서 어디서부터 시작해야 할지 모르겠지만, 가장 놀랍게 다가오는 것은 블룸이 눈먼 청년을 도우려는 선한 마음에는 어리석음과 모욕 섞인 진정한 호기심이 마구 뒤섞여 있다는 점이다. 또한 비시각장애인, 특히 블룸처럼 어설픈 친절을 베풀려는 사람들의 마음을 꿰뚫게 해주는 것 같다. 아울러 그 눈먼 청년은 사실상 내내 침묵함으로써 인간적인 관계를 막으려 하는 느낌이다. 지금까지 내가 살펴본 바로는 수많은 시각장애인은 비교적 소통 기술이 훌륭한데, 이것이 나를 포함한 시각장애인의 생존 도구의 일부가 아닐까 한다. 만약 우리가 말로 관계를 구축할 수 있다면, 어느 정도는 눈 맞춤 같은 것의 결핍을 보완할 수 있을 것이다. 그러나 이 (피아노 조율사인) 눈먼 청년에게는 다른(음악적인) 소통의 수단이 있다.

길을 건넌 후 "장님 청년은 연석을 두들기며, 그리고 지팡이를 뒤쪽으로 밀면서 다시 땅을 짚으며, 그의 갈 길로 계속 나아갔다." 블룸은 안면 시각(사실상 반향 정위임을 우리는 알고 있다.)의 사용은 물론 그 지팡이의 중요성을 직감한다. "블룸 씨는 눈먼 발 뒤를, 헤링본 트위드에 플랫컷으로 재단한 의복을 뒤따라 걸어갔다. 불쌍한 어린 녀석! 도대체 거기에 마차가 있는 걸 어떻게 알았지? 그걸 느꼈음에 틀림없어. 아마 그들의 이마로 사물을 보는 게지. 일종의 부피감. 물건의 무게 또는 크기, 어둠보다 더 까만 것. 만일 어떤 것을 옮겨놓으면 그는 느낄 수 있을까. 간격을 느끼겠지. 더블린에 대해서 분명 기묘한 생각을 그는 틀림없이 하고 있을 거야. 연석 곁을 따라 그의 길을 두들기며. 만일 저 막대기가 없으면 그이는 일직선으로 걸을 수 있을까?"[27]

그의 마지막 질문에 대한 답은 분명해 보인다. 그럴 수 없다. 그 눈먼 청년은 북적거리는 더블린의 거리를 두드리며 헤쳐갈 그 지팡이가 있어야 한다. 블룸의 연민은 강렬하지만, 호기심은 더 강렬할 것이다. 그리고 그가 연민에서 조금이라도 벗어나게 해주는 것은 바로 이 호기심, 직접 그 어둠을 탐험하려는 욕망이다. 블룸은 "손을 조끼와 바지 사이에 슬쩍 밀어넣고 셔츠를 살며시 옆으로 끌어당기며, 배의 느슨하게 주름 잡힌 곳을 만져보았다. 그러나 난 그것이 희읍스름한 노란색임을 알아. 어두운 곳에서 한번 시험해보고 싶군."[28]

어둠 속에서 보려는 이 열망은 『율리시스』 앞부분에서 두 주인공 중 젊은 쪽인 (조이스 자신과 비슷하면서 오디세우스의 아들 텔레마코스와 비슷한) 스티븐 데덜러스가 해변을 걸으면서 눈멂을 실험하던 종잡을 수 없는 생각과 일맥상통한다. "가시적(可視的)인 것의 불가피한 양상"을 두루 알아보려고 시도하면서 그는 눈을 감고 보행용 물푸레나무 지팡이를 시각장애인의 지팡이처럼 사용한다. "나는 어둠 속을 참 잘 걸어가고 있다. 나의 물푸레나무 지팡이 칼[刀]이 내 곁에 매달려 있다. 그것으로 가볍게 두들겨보라. 장님들이 하듯."[29]

조이스가 그 눈먼 청년과 어느 정도 동질감을 느꼈을지라도, 여전히 그는 스티븐처럼 시각장애인을 '그들'로, 즉 타자로 생각하는 시각 지향적인 사람이었다. 그럼에도 스티븐은 눈을 감은 순간, 전에는 눈치 채지 못한 사물의 소리, 이를테면 발밑에서 바스락거리는 돌멩이 소리를 듣는다는 걸 알아챈다. "바스락, 바스락, 바스락." 이어서 그는 "가청적(可聽的)인 것의 불가피한 양상"을 생각하는 자신을 발견한다.[30] 이는 우리의 지각이 어느 정도는 주의력의 문제이며, 주의력 자체가 흥미로움을 다시금 되새기게 해준다. 그렇더라도 스티븐 데덜러스는 (그 이전의 다른 학자처럼) 물리적 대상이 아니라 이론적 대상을 살펴보기 위해서 눈이 보이지 않는 척한다.

비시각장애인은 시각장애인의 일상적인 기술을 접하면 감탄하면서도 동시에 그들로서는 이해하지 못할 수단으로 시각장애인이 얻는 정보를 무시하는 경향이 있다. 이는 눈멂 대 봄이라는 엄격한 이분법적 사고를 단적으로 보여주는 또 다른 세계로 우리를 데려간다. 시각장애인은 비시각장애인이 자신들과는 너무 다르다고 이해하기 때문에, 시각장애인의 업적에 대해서 자칫 안타까웠을 수 있는 상황에서 이룬 예외일 뿐이라고 생각한다. 다시 말해 시각장애인은 그 장애에도 불구하고 이룩한 업적이나 성과 때문에 찬사를 받으며, 그로 인해 명성은 오래가지 못하고, 선정적으로 흐르는 경향이 있다. 그들은 현실적이고 유용한 정보의 조달자라기보다는 신기한 행위자로 제시되곤 한다. 이것이 정확히 홀먼에게 일어났다.

홀먼이 사망할 무렵, 그의 책은 더 이상 읽히지 않았다. 그의 마지막 원고인 회고록도 사라져, 로버츠가 홀먼의 전기 『세계를 더듬다』에서 그를 부활시키기 전까지 그는 이름 없이 남게 된다.

로버츠는 "나는 이 책을 쓰려고 한 게 아니었다."라고 설명한다. "나는 읽으려고 했다. 제임스 홀먼과의 짧았던 첫 만남 이후 …… 나는 우리 지역 도서관의 자서전 코너에서 H로 시작하는 서가를 뒤졌다. 2주 후 나는 캘리포니아대학교의 뱅크로프트도서관 개인 열람실에서 안타깝고 놀라워 고개를 저으며 앉아 있었다. 그런 책은 쓰인 적도 없거니와, 홀먼에 관한 하찮은 성격의 연구들은 책이 쓰였을 리 없음을 암시하고 있었다. …… 내가 아는 한 가장 최근의 학술적 조사는 1890년 무렵에 좌절하며 끝났다."[31]

비록 다윈이 『비글호 항해기』에서 권위자로서 홀먼을 언급하고, 비록 리처드 프랜시스 버턴 경(Sir Richard Francis Burton, 그는 홀먼의 발자취를 좇아 몇 년을 보냈다.)이 『아라비안나이트』에서 그를 '눈먼 여행자'라 부르며 찬사를 보냈고, 비록 런던에서 그가 당대의 몇몇 위대한 지성인(많은 신과학을 생산하고 전파한 왕립학회 회원)과 친하게 지냈음에도, 대부분의 사람에게 홀먼은 하나의 진기한 행동을 한 사람으로 비춰졌다. 그의 눈멂은 그를 한 인간이기보다는 호기심의 대상으로 만들었다. 그의 여행기는 세부 사항에 많은 주의를 기울였음에도 불구하고, 간접적인 것이라며 대체로 무시당했다. 로버츠는 대중의 경멸을 이렇게 요약한다. "그의 눈멂은 진정한 통찰을 불가능하게 만들었다. 그는 잔지바르에 있었을 것이다. 하지만 그 눈먼 여행자가 어떻게 잔지바르를 안다고 주장할 수 있었겠는가?"[32]

여기에서 시각장애인을 향한 회의주의의 메아리가 몇 번이고 울리고 있다. 앞을 보지 못하면서 당신이 어떻게 알 수 있는가? 아무것도 알 수 없다. 어쩌면 그 무엇보다 시각장애인의 자아 존중감에, 따라서 자기 효능감에 해를 끼친 것은 문화적 편견이었다. 우리의 소나 전문가 키시는 말한다. "시각장애인에게 장애 자체보다도 훨씬 위협이 되는 것은 눈멂에 관한 인상입니다." 키시는 테드 강연에서, 비시각장애인 청중에게 잠시 눈멂에 대한 인상을 생각해보라고 요구한다. "제가 처음 무대에 올라왔을 때, 또는 여러분이 시력을 잃게 되었을 때, 또는 사랑하는 사람이 시력을 잃었을 때 여러분의 반응을 생각해보십시오." 이어서 이렇게 말한다. "우리 대부분에게 그 공포는 어마어마할 겁니다. 왜냐하면 눈멂은 무지와 알아채지 못함, 캄캄한 미지의 황폐함에 그대로 노출되는 것의 단적인 예로 여겨지기 때문이죠." 내가 이 책에서 여러 번 애썼던 것처럼, 키시는 눈멂의 은유를 대다수 비시각장애인이 보이는 태도와 연결 짓는다. "얼마나 시적인가요." 그는 그렇게 점잖고 가시 돋친 마무리로 모호한 웃음을 이끌어낸다. 아울러 비시각장애인 청중이 그의 말에 아무리 공감한다고 해도, 그들은 그 어둠은 곧 비틀거리는 무력함으로 이어진다고 주장하는 이데올로기에 갇혀 있다고 암시한다. 현실의 배트맨이 그게 사실이 아니라고 밝히는 그 순간에도 말이다.[33]

11

헬렌 켈러의
보드빌 공연과 사랑

대학원을 다니던 중 언제인가 내가 학문에 소질이 없음을 깨달았다. 이런 어정쩡한 태도에도 불구하고 어찌어찌 학위 논문이 통과되었고, 마침 그해에는 내가 맡은 강의가 없어서 남는 시간이 많았다. 그래서 나는 안내견과 함께 이스트빌리지와 로어이스트사이드 주변을 돌면서 오픈 마이크 공연을 시작했다. 공연 예술가로서 스토리텔링부터 스탠드업 코미디, 아코디언과 루프 페달 연주까지 온갖 것을 하면서 야간 아르바이트를 시작한 지 얼마 안 된 때였다. 우연히 『헬렌 켈러의 급진적 삶 (*The Radical Lives of Helen Keller*)』이라는 책을 발견했고, 그 책 덕분에 (내 대학원 연구 주제와 논문의 초점이 되었던) 17세기와 18세기 이외의 시기를 모처럼 뒤져보게 되었다. 그때가 아직은 전자책을 구하기 쉽지 않던 2006년 무렵이라(킨들은 그다음 해에 등장했다.) 나는 켈러의 책을 한 장 한 장 일일이 스캔해서 커즈와

일이라는 OCR 문서 음성 변환 소프트웨어에 입력시켜야 했다.[1]

그러던 중 켈러와 그녀의 교사 설리번에 관한 경멸적이면서 깜짝 놀랄 다음 구절을 마주하고는 그만 멈추고 말았다. "[재정적인] 해결책을 모색하면서 두 사람은 켈러가 마흔 살이던 1920년부터 1924년까지 보드빌 순회공연을 했다. …… 이는 켈러가 래드클리프칼리지 학위라는 찬란한 광채를 받을 때 예상한 일은 아니었다."[2]

켈러가 사실 얼마나 급진적인 사상가였는지 밝힘으로써 켈러의 거룩한 시각장애 체계를 야금야금 깎아내리려고 애쓰는 책에서 생생히 만져질 듯한 경멸을 발견하는 일은 매우 흥미로웠다. 켈러는 여성 참정권 운동에 거침없이 참여했고, 노동자의 권리를 위해 싸웠으며, 사회당 당원이었고, 전미유색인지위향상협회(National Association for the Advancement of Colored People)의 창립 회원이었다. 『헬렌 켈러의 급진적 삶』은 내가 전에 읽었던 그 어떤 책보다 더 미묘하고 흥미로운 초상을 그려내지만, 켈러의 보드빌 생활을 좌파 정치 활동과 멀리 떼어놓고 싶어 하는 것 같았다. 물론 켈러는 단연코 그러지 않았다. 채플린과 버스터 키튼(Buster Keaton) 같은 스타의 출발점이었던 보드빌 무대는 켈러에게 사회주의적·민권지향적 정치관을 펼칠 자유를 부여했다. 특히 강의식 공연의 표준 요소였던 질의응답 시간이 그랬다. 켈러와 설리번은 공연의 그 코너를 준비하면서 나올 수 있는 수많은 질문의 목록을 작성하고 진지한 사안부터 장기 자랑까지 아우르는 답을 구상했다. 다음은 도로

시 허먼(Dorothy Herrmann)의 전기『헬렌 켈러(*Helen Keller*)』에서 발췌한 몇몇 사례이다.

Q: 자본주의를 어떻게 생각하나요?

A: 자본주의는 그 유용성이 다한 후에도 살아 있다고 생각해요.

Q: 하버드칼리지의 유대인 차별을 어떻게 생각하세요?

A: 교육 기관이 학문 이외의 어떤 시험을 적용한다면, 더 이상 공공 서비스 기관이 아닐 거예요. 지적 자질 이외의 것을 근거로 유대인과 흑인을 차별하는 하버드는 그 전통의 값을 하지 못하고 스스로 불명예를 덮어쓴 거죠.

Q: 여성이 관직에 진출해야 한다고 생각하세요?

A: 네. 여성에게 표를 던질 시민의 마음을 충분히 얻을 수 있다면요.

Q: 켈러 양의 나이가 어떻게 되십니까?

A: 보드빌 무대 위에서 나이는 상관없어요.

Q: 빛에 대한 켈러 양의 개념은 무엇인지요?

A: 머릿속의 생각과 같아요. 밝고 놀라운 것이죠.[3]

질문은 계속되었다. 눈멂과 예언의 케케묵은 관계를 다루면서, 켈러에게 점을 봐달라거나 주식 시장에 관해 귀띔해달라고 요구하는 경우도 있었다.

켈러의 자리에 있는 나를 상상하기란 힘들지 않았다(아

위를 심란하게 만들었던 '맹인 카페'의 연주대에 있는 나를 상상하기 어렵지 않았던 것처럼). 그러나 켈러의 친구들은 그녀의 보드빌 활동에 굉장히 놀랐다. 켈러는 중년의 회고록『강물의 한가운데 (Midstream)』에서 이렇게 쓴다. "우리가 그저 관심이나 끌려고 공적인 삶에 진출했다는 얘기는 항상 있었고, 유럽에 있는 친구들은 내가 스스로 끌려가고자 했던 그 '비참한 연극 전시회'에 관해 충고의 편지를 보냈다." 켈러는 자신이 자유 의지로, 매우 현실적인 사정 때문에 보드빌에 뛰어들었음을 확인해준다. 즉 자신은 물론 자기 교사까지 감당해야 하는 재정적 이유 때문이었다. "내 친구들이 나에게 지원해주는 기금은 내가 죽으면 중단될 터였다. 만약 내가 선생님보다 먼저 죽는다면, 선생님은 극빈자가 될 게 뻔하다. 내 수입으로도 먹고살 만하지만 저축은 한 푼도 할 수 없다."[4]

내가 보기에 착취라는 비난에는 시각장애인이 무엇을 해야 하고 어떤 존재이어야 하는지에 관한 가정이 가득 차 있는 것 같다. 시각장애인은 시인이나 예언자, 성인이나 거지이어야 하지, 저속한 연예인이어서는 안 된다는 가정 말이다. 착취라는 외침은 또한 착취당하는 사람이 어쨌거나 올바른 결정을 스스로 내릴 능력이 없다고 가정한다. 켈러는 보드빌에 출연할 무렵에 탁월한 지성인이었고, 완전히 성장한 마흔 살의 여성으로서 어린 시절의 명성이 시들기 시작한 성인으로서 스스로 생계를 꾸려야 한다는 압박감을 느끼고 있었다.

켈러는 1880년 앨라배마주 터스컴비아에서 남부 미인인 어머니와 남부 동맹군 대위이자 대농장 소유주인 아버지 사이에서 태어났다. 켈러가 다섯 살 되던 해까지 개와 하인 들과 뛰놀며 지냈던 건물과 부지는 지금은 역사 유적이 되었고, 담쟁이로 뒤덮인 본채 건물 때문에 아이비 그린이라고 불린다. 켈러는 생후 19개월 무렵 심하게 앓았다. 성홍열이었다고도 하고 수막염이었다고도 한다. 어쨌든 펄펄 끓던 열이 가라앉자 기쁨도 잠시, 곧이어 가족들은 켈러의 귀와 눈이 완전히 멀어버렸다는 사실을 알게 되었다.

앞에서도 말했지만, 켈러의 어머니가 눈멀고 귀먼 딸을 교육할 수 있겠다는 가능성을 처음 발견한 것은 디킨스의 브리지먼에 관한 글을 읽으면서였다. 이 일로 켈러 가족은 보스턴의 퍼킨스 학교를 알게 되자 곧바로 도움을 청했다. 1887년 퍼킨스 학교는 요청에 응해 켈러를 가르칠 젊은 여성을 앨라배마로 보냈다. 그 젊은 여성이 바로 설리번이었다. 그녀는 아일랜드 이민자 출신의 고아로 어릴 때 시력을 잃었다가 여러 차례의 성공적인 수술 덕에 회복하기는 했지만 평생 약시로 지냈다. 설리번은 '스승'으로 유명세를 탔는데, 거의 혼자 힘으로 켈러에게 언어를 가르침으로써 그녀를 세상으로 내보냈기 때문이었다. 설리번은 건강이 악화될 때까지 수십 년간 켈러의 동료이자 안내자, 통역자로 지냈다. 설리번은 켈러가 래드클리프 칼리지에 다니고 수석으로 졸업할 수 있도록 도왔으며, 켈러의 첫 순회강연에 동행했고, 나중에는 보드빌 순회공연도 같이 다녔다.

1903년 켈러가 20대에 출간한 첫 번째 『헬렌 켈러 자서전』이 엄청난 성공을 거두자, 대중은 켈러를 보고 싶다고 아우성이었다. 이에 제1차 세계대전이 일어나기 몇 년 전에 켈러와 설리번은 순회강연을 하러 다녔다. 이 강연은 교육 모임이 시작된 장소인 뉴욕주 북부 셔토콰 호수의 이름을 따서 '셔토콰스'라고 불리기도 한다.

중요한 작가나 사상가를 미국 농촌 지역으로 불러들여 이뤄지는 일종의 교훈적 공연이었을 순회강연은 옛 서부식의 느슨한 일 처리 때문에 몹시 고되었던 것 같다. 켈러는 이렇게 말한다. "세상일이 보통 그렇듯 순회강연을 하다 보면 불쾌한 경험을 많이 하게 된다. 강연 계약에 따라 우리는 연단에 오르기 전에 돈을 걷어야 했지만, 그것이 가능했던 경우는 거의 없었다. 그렇다고 선불을 요구해서 그들을 불신한다는 식의 인상을 심어주고 싶지는 않았다. 시애틀에서는 열광적인 청중 앞에서 오후와 저녁에 두 차례 강연했다. 현지 매니저는 저녁 강연이 끝난 후에 우리 몫 1000달러를 주겠다고 약속했다. 하지만 매니저는 저녁 강연이 끝나도 극장에 나타나지 않아 우리가 그에게서 돈을 받을 방법은 없었다." 켈러와 설리번은 뉴욕주 던커크에서부터 캘리포니아주 샌타로자까지, 여러 소도시에서 이런 식으로 여러 차례 사기를 당했다. 한번은 연단에 오르기 전에 강연료를 요구했더니 "청중은 화를 냈고" 다음 날 신문에는 "대문짝만한 헤드라인"이 실렸다. "헬렌 켈러, 돈을 쥐기 전에는 강연 거절."[5]

　　이런 착취는 점잖은 체하는 순회강연 기획자와 일할 때 벌어졌지, 보드빌 기획자와 일할 때 겪은 일이 아니었다. 물론 보드빌은 강연자와 함께 저글러, 가수, 코미디언, 공연용 동물 등이 같이 나오는 버라이어티 쇼이므로 저속하다는 평판을 들었다. 켈러는 "보드빌은 저서나 강연보다 더 나은 수입을 안겨주었다."라고 설명한다. 보드빌 극장은 "강연 도중 우리와 악수하려고 몰려들곤 하던 우호적인 군중의 습격에서 우리를 보호해주었다." 더욱이 보드빌의 경우 출연자는 한 번에 일주일씩, 한 장소에 머물 수 있었고, 하루에 20분짜리 공연 2회만 하면 되었다. 반면 순회강연을 할 때면 끊임없이 이동해야 했고, 열차에서 내리면 한숨 돌리거나 준비할 시간도 없이 곧바로 연단에 올라야 할 때도 많았다.[6]

　　켈러가 보드빌에 출연했다는 사실을 알게 된 순간, 나는 그 발견을 소재로 예술적인 무언가를 해야 할 것 같았다. 마침내 논문을 마치고 얼마 지나지 않았을 무렵, 켈러가 보드빌에 출연한 사실을 소재로 '한 여성, 두 목소리, 세 개의 막'으로 구성한 희곡을 쓰기로 하고 「행복의 별」이라는 제목을 붙였다. 희곡은 켈러의 어린 시절과 교육에 관한 이야기로 시작하고, 이에 걸맞게 뒤에서는 시각장애 여성으로서 공연하려 애쓰는 나 자신의 시도를 덧붙였다. 연극을 상연할 때는 아름다운 영상(친구인 미술 작가이자 뉴욕 도서관의 사진 기록 보관자 데이비드 로가 모은 켈러의 다양한 이미지)을 보여주었다. 이들 영상은 나의 무대 배경이 되었다. 프랑스식 창문과 피아노 한 대(모두 허먼의 묘사를 기초로 했다.)까지 빠짐없이 갖춘 가상의 보석 상자 살롱이었다. 재미있는 순간도 많았고 상당한 양의 역사적 정보까지 집어넣었지만, 가슴이 미어지는 순간도 있었다. 몇몇 관객은 울었다며 나에게 말해주기도 했다. 전체적으로 무대는 헌신적인 몇몇 친구의 도움으로 내가 아주 열심히 작업한, 이상하고 아름다운 작은 쇼였다. 지금 생각해보면 내 용기가 놀랍기만 하다. 「행복의 별」은 이전까지의 모든 것을 서로 섞은 작품이었다. 코미디와 루프 페달, 그리고 켈러의 자전적 글쓰기와 그녀에 대한 역사적 조사가 충돌해서 만들어진 결과물이었다.

희곡의 제목은 켈러의 보드빌 공연 테마곡 제목인 「행복의 별(The Star of Happiness)」에서 따왔다. 그 테마곡은 아마 「네! 우리에게는 바나나가 없어요(Yes! We Have No Bananas)」를 쓴 남자가 썼을 것이다. 내 친구가 그 노래의 낱장 악보를 발견했고, 또다른 친구 크리스티나가 나를 위해 녹음해주었다. 지나치게 감상적인 그 노랫말의 시작은 이렇다. "아름답게 빛나는 별 / 밤의 어둠 속에서 나오네요."

허먼이 쓴 켈러 전기에 따르면, 보드빌에서 켈러의 테마곡이 연주된 후 켈러가 개회사를 했고 설리번이 통역을 했는데, 그 인사말에는 자주 인용되는 다음 구절이 포함되어 있었다. "혼자서는 할 수 있는 게 별로 없습니다. 함께하면 할 수 있는 게 많습니다."

고백하면, 나는 켈러의 연설을 공연하면서 코미디 요소를 가미해야 할 것 같았다. 그녀의 연설에서 감상성이 뚝뚝 떨어졌기 때문이다. 지나치게 달콤하게 느껴지고, 성인판 영감 포르노를 미리 맛보여주는 수많은 어린이책에서 정말 많이 보게 되는 켈러와 맥을 같이하는 감상성이었다. 그러나 켈러는 장애를 극복하기 위해 함께 노력하자는 선동적인 선언 외에도 많은 일을 했던 역동적인 여성이었다.

켈러는 쓴다. "나는 보드빌의 세계가 내가 살아온 세계보다 훨씬 재미있다는 사실을 알았고, 그 세계가 좋았다. …… 맥동 치며 내 주변을 빙빙 도는 인간 삶의 따뜻한 물결을 느끼는 것이 좋았다." 켈러는 "종종 다른 배우의 분장실에 들어가도 좋다는 허락을 받았"고 "다른 배우들이 자신들의 의상을 만져보게 했으며, 심지어 나를 위해 연기를 해보이기도 했다."라고 설명한다.[7]

켈러가 다른 단원의 몸과 얼굴에 손을 얹는 장면을 상상하면 너무 좋다. 그것은 로어이스트사이드에서 내가 처음 안내견을 데리고 오픈 마이크 무대에 빈번히 오르기 시작했을 때의 그 환영의 분위기를 되새기게 해준다. 오픈 마이크라고들 말하지만, 검은 상자 같은 극장에서 일주일에 여러 날 밤 벌어지는 공연은 '열린 무대'라고 하는 것이 더 적절할 것이다. 오픈 마이크에서는 코미디부터 춤까지, 공연 예술부터 정치적 외침까지, 각종 악기 연주부터 누드 독백까지 (마이크를 쓰든 아니든 간에) 다양한 공연을 할 수 있다. 나는 이처럼 다양한 부류의 공연자를 한데 끌어모아 무대에 서게 하는 경우가 얼마나 드문지 알고 있었고, 절대 예술가가 될 수 없다고 생각한 사람에게 그 경험이 얼마나 소중한지를 깨달았다.

공연자들에게는 넉넉한 무언가가 있다. 그들은 스스로를

헬렌 켈러의 보드빌 공연과 사랑

건강한 신체의 우월한 사람이라기보다는 아웃사이더, 비슷한 처지의 괴물로 여기는 경우가 많았다. 이토록 많은 사람이 모여서 가장 숭고하고 우스꽝스러운 방식으로 자신의 꿈을 공연할 때는 차별이 들어설 자리가 거의 없다.

켈러는 화려함 뒤에 감춰진 슬픔을 볼 만큼 동료 단원과 친해졌다. "종종 그런 생각이 들었다. 배우들이 연기한 부분은 모두 그들의 실제 삶이었고, 나머지는 모두 가상이라고 말이다. 지금도 그 생각에는 변함이 없고, 현실 세계에서 운명이 가혹하게 다루는 많은 이를 위해 지금도 그게 사실이기를 바란다." 켈러는 스스로 "조만간 그 구경거리도 시들해질 거라는 생각"이 들 수도 있음을 인정하며 자서전의 그 구절을 마무리하면서도, 독자들에게는 이렇게 확인시켜준다. "나는 보드빌에 출연한 경험을 항상 기쁘게 생각할 것이다. 그것이 주는 설렘 때문이기도 하지만, 나에게 삶을 공부할 기회를 주었기 때문이다."[8]

나는 이 구절을 보고 「행복의 별」의 독백 중 하나를 만들긴 했지만, 내가 켈러의 말을 제대로 담아낸 것 같지는 않다. 나는 최고의 배우가 아니었고, 가장 싼 배우였을 뿐이다. 적어도 그렇게 다른 사람들에게 농담 삼아 말한다. 사실 나는 오래전에 꺾여버린 꿈의 한 가닥을 부여잡고 있었다. 어렸을 적 나는 여러 번 연기 수업을 들었고 독백으로 된 나만의 레퍼토리도 있었다. 열한 살 때인가는 에드거 앨런 포(Edgar Allan Poe)의 「고자질하는 심장(The Tell-Tale Heart)」 서두를 연기하려고 시도하기도 했다. 나의 연기 선생님은 나와는 너무 동떨어진 역할을 하지 말라고 나를 설득하려고 했다. 선생님은 성격 유형을 생각했던 것 같은데, 나는 무언가 어두운 정서나 어른들의 것에 끌렸다. 아주 재치 있다고 생각한 도로시 파커(Dorothy Parker)의 독백도 외우고 있었는데(참으로 용감하고 어린 드라마광이었다!) 여름 캠프에서 공연했더니 사람들은 예의상 박수를 쳐주었다.

어릴 때 했던 마지막 독백 공연은 고등학교에서였다. 내 눈으로 직접 읽었던 마지막 소설 중 하나인 하임 포톡(Chaim Potok)의 『약속(The Promise)』에서 한 대사를 가져왔다. 그때쯤 그것은 하나의 투쟁이었다. 나에게는 강한 빛이 필요했고, 독서 속도는 매우 느렸으며, 그것도 아주 짧은 시간 동안만 가능했다. 그 독백은 심리적으로 무너지고 있는 한 아이에 관한 것이었다. "너 무서웠어." 한 친구가 나에게 말했다.

그러니 20년이 지나 내가 대학원을 마치면서 무대로 돌아가기로 결심한 것은 어찌 보면 당연하다. 시각 상실의 오랜 세월을 보낸 그때야말로 나의 장애를 공연하고, 나의 눈멂에 섹시한 검은 상자 요법을 쓰기 좋은 시간인 것 같았다. 사실 「행복의 별」을 공연할 때보다 대본을 쓸 때가 더 즐거웠다. 비록 뉴욕시 이스트빌리지에서 가진 두 차례의 짧은 공연은 잘 끝났지만, 똑같은 연극을 계속 공연하거나 연극 축제를 따라 이 도시저 도시로 여행하며 공연하는 것은 상상도 할 수 없었다.

하지만 공연은 여전히 나를 끌어당긴다. 우리가 직접 창작하고 우리가 만든 역할을 연기하는 것은 장애 행동주의를 위한 중요한 수단이다. 더욱이 공연은 언제나 시각장애인에 관한 대중 교육의 일부였다. 그리고 교육이 공연을 활성화하듯, 공연이 교육을 활성화하는 것을 우리는 계속 목격하게 될 것이다. 공연의 일부 양상은 바보 같고 경솔해 보일 수 있고, 또 일부 양상은 진지하고 심각해 보일 수 있다. 하지만 나는 착취의 맥락은 결코 쉽게 또는 명쾌하게 판단해서는 안 된다고 계속 주장할 것이다.

한편 그런 공연이 만약 교육적이고 정통적이어야 한다면 작가와 배우는 시각장애인이어야 한다. 역사적으로, 그리고 오늘날까지 거의 예외 없이 그래왔던 것처럼, 비시각장애 작가와 비시각장애 배우가 연극과 영화 속의 시각장애인을 창조하는 것은 포용과 다양성의 세계에는 아무 도움이 되지 않는다. 장애 없는 신체를 가진 배우들이 장애인 역할을 소화해내 최고 연기상을 받는 경우가 얼마나 많은지 생각해보자. 2004년 전기 영화 「레이」에서 찰스를 연기한 제이미 폭스를 예로 들어보자. 그는 모든 주요 영화제에서 남우 주연상을 휩쓸었다. 이러한 추세는 이제 조금씩 바뀌기 시작했지만, 영화 및 텔레비전 산업의 장애인 활동가(캐스팅 디렉터부터 배우 자신까지)는 우리가 우리 자신을 대표하기 시작해야 한다고 주장하기 위해 엄청난 노력을 쏟고 있다. 수십 년 전에는 러시아계 미국 배우 율 브리너(Yul Brynner)가 얼굴에 노란 칠 분장을 하고 브로드웨이와 할리우드에서 시암 왕을 연기하는 것이 대수롭지 않았다. 시각장애인을 비롯한 여러 장애인의 재현과 관련해서, 나는 아시아인이 아시아인을 연기하고, 소수자가 소수자를 연기하는 것을 중요하게 만든 운동이 뿌리내리기를 소망한다.

현재 할리우드는 장애인을 재현하는 장애인 배우의 고용

에서 과도기를 겪고 있다. 2014년 나는 전국 텔레비전 광고에 시각장애인 여성 역할로 뽑혔는데, 진실된 재현이 중요하다고 믿는 운동에 가담했던 것을 자랑스럽게 여기고 있다. 하지만 이러한 사례는 매우 새롭고 드물어서 시각장애 역할을 할 재능 있는 배우의 인력 풀이 좁다. 나는 종종 오디션 요청을 받는데, 정식 배우라고는 할 수 없음에도 주변의 몇 안 되는 시각장애 배우이기 때문이다. 내가 고등학교 때 연기를 포기하고 대학원을 졸업할 때까지 다시 연기를 하지 않았던 이유는 대본을 읽을 수가 없으니 어떻게 배역 오디션을 봐야 할지를 몰랐기 때문이다. 그리고 그 걱정은 틀리지 않았다.

메릴리 토킹턴(Marilee Talkington)은 시각장애인이면서 예술학 석사 학위를 취득하고 배우 생활을 하는, 매우 보기 드문 사람이다. 토킹턴은 《포브스(Forbes)》의 한 기사에서 연기 훈련을 받을 때 처음부터 대놓고 차별당한 경험을 이야기한다. 그녀는 한 교수에게 자신이 사용할 수 있는 자료를 제공해달라고 했다가 거절당했을 뿐 아니라, 그녀의 허락도 없이 등록 취소를 당했다. "난 자네를 가르칠 수 없네."[9] 교수의 말이다.

토킹턴도 나처럼 원뿔세포-막대세포이상증이다. 추측하건대 그녀는 예술학 석사 과정에 다닐 때는 시각장애인처럼 '보이지' 않았으되 다만 큰 글씨로 인쇄된 자료가 필요했을 것이다. 그녀가 경험한 저항은 차마 짐작하기도 어렵다. 토킹턴은 "수업을 듣기 위해 싸워야 했다." 예술학 석사를 졸업한 후에도 사정은 크게 나아지지 않았다. 첫 번째 중요한 오디션에서 그녀가 큰 글씨의 대본을 요구하자 감독이 말했다. "대본을 읽을 수 없다면 당신은 무대에 설 사람이 아닌 거예요."[10]

　20년간 수많은 시각장애 배우를 위해 싸우고 시각장애 배역을 좀 더 진짜처럼 보이도록 자문을 수없이 한 끝에, 토킹턴은 마침내 「어둠의 나날」에서 역할을 맡았다. 애플TV+의 드라마 「어둠의 나날」은 알 수 없는 질병으로 인해 거의 모든 사람이 시력을 잃게 되고, 이런 상황 때문에 문명이 붕괴된 세계를 다룬다. 개인적으로는 이 드라마의 전제에 문제가 있다고 생각하는데, 이를테면 시각장애인은 보통의 비시각장애인보다 테크놀로지를 훨씬 많이 사용하고 있기 때문이다. 이런 전제에도 불구하고, 토킹턴은 당연히 "등장인물의 다양성과 복잡성"에 감명을 받는다. 그녀는 할리우드의 시각장애 배역이 하나같이 매우 제한적임을 지적한다. "보통 스크린에 시각장애인이 나올 때는 네 가지 범주 중 하나에 들어간다. 영감을 가진 사람, 불쌍히 여겨야 할 사람, 치료받고 나아야 할 사람, 그게 아니면 이제 막 장애를 갖게 되어 자살하고 싶어 하는 사람이다."[11]

　「어둠의 나날」이 재능 있는 시각장애 배우를 찾기 위해 다른 드라마와 영화보다 많이 애쓰긴 했지만, 주요 역은 비시각장애 배우에게 돌아갔다. 사실 나도 주요 역할 중 한 명인 패리스 역에 오디션 제안을 받았더랬다. 그 배역이 다른 주연급 배우에게 넘어간 사실을 알고 달콤쏩쓸한 깨달음을 얻었다. 확실히 나는 그녀의 경력과 경쟁할 수 없었다. 하지만 바로 그게 요점이다. 하물며 고려의 대상이 되는 것도 힘든데 어떻게 우리가 경쟁할 수 있단 말인가? 20년 후에는 그 많은 눈먼 등장인물 역할을 하고도 남을 만큼 시각장애 배우의 인력 풀은 분명 훨씬 넓어져 있을 것이다. 그리고 어쩌면, 새로운 세대의 시각장애 배우는 시각장애를 따지지 않는 역할에 지원할 수 있을 것이다. 특정 인종의 배우가 많지만, 굳이 인종을 특정하지 않는 것처럼 말이다. 그때쯤 영화 제작자와 관객은 영화가 탄생한 이래 비시각장애 감독이 묘사해온 방식으로 보는 시각장애인은 거의 없다는 사실을 다루어야 할 것이다.

특히 눈먼 표정(다른 사람의 목소리가 들리는 방향을 보려는 시도조차 하지 않는 시선)은 진정 사라져야 한다. 시각장애인이 항상 눈을 맞추지는 않겠지만(사실 나는 요즘 눈을 맞추는 척하기가 점점 힘들어짐을 깨닫고 있다.) 솔직히 자신한테 말을 거는 목소리의 방향으로 고개를 돌리려 하지 않는 시각장애인은 거의 없다. 상대가 말하지 않고 자리를 옮긴다면 그 사람을 놓칠 수는 있지만, 일단 그 목소리가 다시 들리면 그 사람의 머리가 어디 있는지는 쉽게 알 수 있다. 2014년 나는 처음으로 중요한 오디션을 보았는데, 토머스 해리스(Thomas Harris)의 소설을 각색한 심란할 만큼 생생한 TV시리즈 「한니발」의 리바 매클레인 역이었다. 나는 이 눈먼 등장인물에 익숙하고 그 인물을 좋아했기 때문에 리바 오디션을 열심히 준비했고, 실제 감정에 흠뻑 빠져서 연기한 것은 이때가 처음이었다. 그 장면을 연기할 때는 실제로 두려움을 느꼈고 거의 울다시피 했다.

리바 역을 맡게 된 여성은 뱀파이어 시리즈 「트루 블러드」의 스타로 유명해진 배우였다. 감독이 왜 유명 배우와 같이 작업하려는지는 이해할 수 있지만, 우리에게 롤 모델과 기회가 생기지 않는다면, 어떻게 유명한 시각장애 배우가 나올 수 있을까? 이것은 시작부터 붕괴될 수밖에 없는 부조리한 상황이다. 내가 오디션을 봤던 그 장면은 리바가 레드 드래곤에게 고문받는 장면이었다. 앨러배스터와 나는 그 장면을 보고 있었는데, 리바 역의 배우는 레드 드래곤이 있는 쪽을 바라볼 생각도 하지 않은 채 멍한 얼굴에만 너무 집중하고 있어서, 나는 우리가 가야 할 길이 얼마나 먼지를 다시금 고통스럽게 되새겼다.

내가 텔레비전 광고를 찍을 때, 감독은 이렇게 말했다. "정말 흥미롭게 움직이시네요." 그 말은 내 동작이 영화에서 묘사되었던 것과는 다르다는 뜻이었다. 비시각장애 감독들은 계속해서 눈멂에 대한 고정관념을 창조하고 영속해왔는데, 그 이유 중 하나는 그들이 실제의 눈멂(우리는 조명이나 무언가를 넘어뜨릴지도 모른다.)을 다루려 하지 않기 때문이라는 것이 내 생각이다.

그렇게 증폭되고 과장된 묘사는 결국 현실의 어떤 시각장애인과도 비슷하지 않게 되며, 심지어 실제 시각장애인은 기대를 충족하지 못하게 된다. 따라서 루빈이 당한 일 같은 부조리한 상황이 일어난다. 오페라 가수이자 회고록을 낸 루빈은 사실상 평생 시각장애인으로 살아왔음에도 '맹인처럼' 여겨지지 않는다는 이유로 배역을 따내지 못한다는 사실을 알았다.

'눈먼 사람처럼 보이지' 않는 것이야말로 연기에서나 실생활에서 진짜 문제이다. 내가 찍은 상업 광고는 이런 평을 들었다. "이 사람은 배우다! 그들은 진짜 시각장애인을 써야 한다." 마치 시각장애 배우라는 인식 자체가 없는 것 같다. 나머지는 내가 얼마나 눈이 멀었는지 의심했다. "그녀의 눈은 동작을 따라다니고 있다. 적어도 그녀에겐 어느 정도 시각이 있다."[12]

친구이자 동료 시각장애 작가인 짐 니펠(Jim Knipfel, 망막색소변성증을 가지고 있다.)은 이메일에서 말하기를, 그가 진짜 눈멀지 않았다고 비난하는 사람들이 있다는 사실이 시각장애에 관한 그 어떤 것보다 화가 난다고 했다. "우리가 혼자 가게에 가거나 길을 건너거나 지하철을 타면, 우리는 실제 시각장애인이어서는 안 된다는 것 같아요. 요즘 그것처럼 살인적인 분노를 일으키는 것은 거의 없습니다."

비시각장애인은 시각장애인의 모습을 아주 제한적으로 생각한다. 우리 모두 선글라스를 끼거나 눈을 계속 감고 있어야 한다고 말이다. 얼마 전 열두 살배기의 한 어린아이가 짐에게 말했다. 짐은 눈을 뜨고 있으니 눈이 멀지 않았다고. 짐은 이렇게 말했다. "그 아이가 아직 살아 있는 건 내가 아주 너그러운 사람이기 때문입니다."

가짜 눈멂은 이상한 개념이다. 왜 우리가 눈먼 척하고 싶겠는가? 동정을 바라고? 여분의 푼돈을 바라고? 농담을 위해서? 사실 비시각장애인이 우리더러 눈먼 척한다고 비난하지 않을 때는 그들이 우리의 눈멂을 농담 삼고 있을 때이다.

켈러에 관한 나의 연극 「행복의 별」은 켈러 농담의 존재를 피하지 않는다. 나는 그 농담이 가진 굉장한 저력에 항상 놀라곤 하는데, 켈러가 1968년에 사망하고 수십 년 후에 태어난 나의 젊은 지인들도 켈러 농담을 알고 있었다. 나는 그 농담을 인

정하는 것이 중요하다고 생각했다. 그 이유는 첫째로, 우리가 곧 만나게 될 스티비 원더에 대한 존경을 담은, 그에 견줄 만한 농담이 오늘날 공연자들의 입을 통해 여전히 회자되기 때문이다. 두 번째는 사람들이 켈러를 생각할 때 떠올리는 것 중에서 우리가 초등학교 때 읽었던 것처럼 지나치게 달콤하고 희망적인 아동용 위인전과 어쩌면 『헬렌 켈러 자서전』이나 『기적의 일꾼』 같은 책과 나란히, 그 농담들이 커다란 부분을 차지하기 때문이다. 그 부분을 함께 생각하지 않는 것은, 나와 함께 무대에 오른 코끼리를 보지 못하는 것과 같다. 그래서 나는 다음의 보석 같은 농담을 일부러 못되게 녹음했다. "헬렌 켈러가 좋아하는 색은?" "코듀로이!" 그리고 "헬렌 켈러는 왜 운전을 못 하죠?" "여자이기 때문에!" 이런 농담은 분명 장애인 차별적이면서 성차별적이지만, 내 쇼에서 그 농담을 이용한 이유는 켈러가 여성 참정권을 위해 애썼고 여성의 성 결정권(낙태를 포함해)을 위해 싸우는 여성들과 연대했기 때문이다.

나는 또한 켈러가 수많은 반대에 부딪히며 맞서 싸웠던 섹슈얼리티를 피하지 않았다. 켈러가 살던 시대는 여성 장애인이 아내이자 어머니가 될 수 있다는 생각을 허락하지 않았다.

켈러는 『강물의 한가운데』의 「나의 가장 오랜 친구」라는 장에서 알렉산더 그레이엄 벨(Alexander Graham Bell)과의 관계를 이야기한다. 벨은 헬렌의 오랜 지인이었고, 그녀의 부모에게 매사추세츠주의 퍼킨스 맹아학교를 소개해주었다. 설리번은 어린 헬렌을 가르치기 위해 이 학교에서 파견한 교사였다. 벨은 농아 교육에 특별한 관심이 있었다. 벨의 어머니와 아내는 청각장애인이었고, 벨의 유명한 발명품인 전화기도 처음에는 귀가 잘 들리지 않는 이들을 위한 장치로 생각해낸 것이었다.[13]

어느 날 저녁인가 벨과 켈러는 벨의 집 현관에 단둘이 있었다. 그때 벨은 래드클리프칼리지의 젊은 학생인 헬렌에게 그녀의 미래, 특히 사랑과 결혼에 관해 자신의 속마음을 털어놓고 싶었다. "헬렌, 어쩌면 그런 날이 올 거 같군. 우정보다 사랑이 자네 마음의 문을 두드리며 들여보내달라고 하는 날이."[14]

켈러는 놀라서 무엇 때문에 그런 생각을 하는지 물었다. "아, 나는 종종 자네의 미래를 생각해. 나에게 자네는 귀엽고 매력 있는 젊은 아가씨라네. 그리고 젊을 때 사랑과 행복을 생각하는 건 당연하지."[15]

켈러는 자신도 가끔 사랑을 생각해봤다고 대답한다. 이어서 하지만 "그것은 내가 만져서는 안 되는 아름다운 꽃 같아요. 그래도 그 향기로 인해 정원이 기쁨의 장소가 되니 괜찮아요."라고 말한다.[16]

벨은 켈러에게 "여성의 가장 큰 행복이 금지되어" 있다고 생각해서는 안 된다고 주장한다. 그의 논리는 오늘날 듣기에는 불쾌하다. "유전은 자네 경우에는 해당하지 않아." 이는 만약 그녀의 장애가 유전이었다면, 이런 식의 대화는 없었을 것임을 가정한다. 우생학의 냄새가 풍기는 그의 말은 켈러가 결혼하고 어머니가 되는 '정상 상태'를 누릴 가능성을 허락하고 있었다. 그러나 켈러 삶의 나머지 사람들이 그녀의 적합성을 믿기에는 그런 주장도 충분하지 않았을 것이다. 벨도 그 점을 걱정하면서 만약 "좋은 남자가 자네를 아내로 삼고 싶어 한다면" 반대론

자들에게 겁먹지 말라고 격려했다.[17]

실제로 몇 년 후 켈러에게 찾아온 사랑은 켈러의 어머니와 가족의 단호한 반대에 부딪혀 한 번의 폭발처럼 덧없이 끝났다. 켈러는 『강물의 한가운데』에서 피터 페이건(Peter Fagan)과의 짧았던 연애에 관해, 상대의 이름을 말하지 않은 채 쓰고 있다.

페이건은 설리번의 전남편 존 메이시(John Macy)의 친구로 메이시와 켈러처럼 사회주의자였다. 헬렌이 서른여섯 살 때, 페이건은 통역을 돕기 위해 켈러의 두 번째 셔토콰스 순회강연에 동행했다. 그는 "매우 진지했고 사람들에게 내 메시지를 전달하려고 열심이었다. 1916년 실망스럽고 힘 빠지는 여름을 보내고 가을이 되자 그는 우리와 함께 렌섬으로 돌아왔다."[18]

얼마 후 설리번이 심하게 앓으면서 켈러는 평생의 동반자를 잃을지도 모를 처지가 되었다. 켈러의 삶에서 외로웠던 이 시기는 페이건이 고백하기 좋은 때였다.

어느 날 저녁 켈러가 "완전히 낙담한 채" 서재에 앉아 있었는데, '그 청년'이 들어와 그녀 옆에 앉았다. 켈러의 회상에 따르면 "그는 한참이나 말없이 내 손을 잡고 있다가 다정하게 말을 건넸다. 그가 나한테 굉장히 마음을 쓰고 있어서 놀랐다. 다정한 그의 말속에 달콤한 위안이 있었다. 나는 떨면서 그의 말 하나하나에 귀를 기울였다. 그에게는 나의 행복을 위한 계획이 가득했다. 그는 만약 나와 결혼하면, 삶의 역경 속에서도 늘 가까이서 나를 도와주겠노라고 했다. 그는 내 곁에서 책을 읽어주고, 내가 쓸 책을 위한 자료를 찾아줄 것이며, 내 스승이 나에게 해주었던 것을 최대한 해주겠다고 했다."[19]

그러나 그들의 사랑은 비밀에 부쳐야 했다. 켈러의 어머니가 그를 좋아하지 않았기 때문인데, 눈멀고 귀먼 딸이 남자와 사귀는 것을 극구 반대했던 것 같다. 전기 작가 허먼은 페이건과 켈러가 함께 달아나려고 했을 때 켈러의 남동생이 총을 들고 페이건을 쫓아낸 일을 묘사한다. 그러나 켈러는 연애에 신중하고, 전반적인 상황에 대해 수치심을 삭이는 듯한 느낌이다. 그녀는 짧은 회상을 이렇게 마무리한다. "그 짧은 사랑은 암흑의 바다에 둘러싸인 작은 기쁨의 섬으로 내 삶에 남을 것이다. 누군가에게 사랑받고 욕망되었던 경험을 감사하게 생각한다. 잘못은 사랑에 있는 게 아니라 상황에 있었다. 사랑은 그 자체를 표현하려고 애썼다. 그러나 조건이 맞지 않았거나 적절하지 않았고, 그것은 영영 꽃을 피우지 못했다." [20]

몇 년 후인 1922년, 보드빌 공연을 하던 당시 켈러는 성과 사랑, 결혼에 대한 생각을 솔직 담백하게, 그리고 어쩌면 공적이며 자전적인 글에서 허용된 것보다 더 허심탄회하게 표현하기도 했다. 그녀는 한 구혼자에게 이런 편지를 보냈다. "신체적 장애나 억압도 가라앉힐 수 없는 온갖 원시적인 본능과 마음의 욕망이 당신의 바람에 부응하려고 내 안에서 뛰어오릅니다. 어릴 때 이후 난 한 남자의 사랑을 갈구했어요. 때로는 반항심이 일어서 운명의 여신이 왜 그렇게 기묘하게 나를 우롱했는지, 나는 왜 내가 발휘할 수 없는 신체 능력으로 애를 태웠는지 물어보기도 했습니다. 하지만 위대한 훈육자인 시간은 자기 할 일을 했고, 그렇게 해서 나는 달을 잡으려 해서는 안 된다는 것을, 엎질러진 여성성의 보물 때문에 소리 내어 울어서는 안 된다는 것을 배웠습니다."[21]

비록 켈러는 청혼(그녀가 마흔두 살 때, 다섯 아이를 둔 한 남자가 청혼했다.)을 거절하며 매우 진지한 답장을 썼지만, 마음 깊은 실망을 분출할 기회는 있었다. 벨의 견해에도 불구하고, 켈러의 친구와 가족은 결혼하고 아이를 낳는다는 건 생각도 하지 못할 일이라며 켈러를 말렸고, 결국 성숙한 중년의 켈러는 선택의 여지없이 이런 결론을 내릴 수밖에 없었다. "나는 내 본성의 강력한 성 충동에 의식적으로 맞섰고 그 생명 에너지의 방향을 돌려 만족스러운 공감과 일에 전념했다."[22]

켈러의 사회주의 정치 활동, 산아 제한과 관련한 솔직하고 진보적인 관점, 그리고 4년간의 보드빌 순회공연 등이 성인(聖人)의 개념에 배치되지만, 그럼에도 켈러는 종종 성인으로 불린다. 성스러운 맹인이라는 고정관념을 깨기 위해 나는 「행복의 별」 2막을 헬렌이 구혼자에게 건넨 솔직하고 친밀한 말로 마무리했다. 비록 그 말들은 체념으로 끝나지만, 켈러가 제시한 공적인 페르소나는 대체로 그 시대의 제한적 규범을 따른 것임을 명심해야 할 것이다. 켈러는 구혼자에게 말한다. "당신은 제가 쓴 책들을 읽으셨지요. 어쩌면 거기에서 잘못된 인상을 받으셨을 거예요. 인쇄물 속의 투덜대지 않는 여자, 또는 생각 없고 무심하게 바라보는 사람들을 위해 자신의 부러진 두 날개를 들고 있는 여자. 고상한 철학과 웃는 얼굴 뒤로 서투름과 무력함을 최대한 숨기고 있는 여자 말입니다."[23]

켈러는 시각장애인, 그리고 사실상 모든 부류의 장애인은 욕망하고 욕망의 대상이 되기보다는 감동을 주고 성스러워야 한다는 엄격한 주장의 피해자였다. 이런 이유로 영감 포르노 스타(감동적인 강연으로 밥벌이하는 수많은 장애인)는 많지만, 장애인 섹스 심벌의 가능성을 인정하는 것은 말할 것도 없고 책이나 영화에서 섹스하는 시각장애인을 찾아보기도 힘들다.

인식의 지평은 바뀌었지만, 그럼에도 사람들은 나에게 말을 걸 때는 '영감을 준다'는 단어를 두려울 만큼 자주 사용한다. 나는 그 말을 칭찬으로 받아들이려고 노력한다. 그저 비시각장애인 역시 영감을 주는 사람이 되고 싶을 거라고 넘겨버린다. 그러나 시청각장애인으로서는 최초로 하버드 로스쿨을 졸업한 하벤 기르마(Haben Girma)가 2019년 회고록에 썼듯이 "장애인들은 대개 아주 사소한 이유로 영감을 준다는 소리를 자주 듣기 때문에 그 단어는 이제 동정을 완곡하게 에두른 말처럼 느껴진다."[24] 문제는 우리가 장애를 영감과 연관 지으면서 장애가 단지 복잡하게 뒤엉킨 우리 인간성의 한 양상이 아니라, 무언가를 의미해야 한다는 생각에 동의한다는 것이다.

우리가 성과 눈멂에 관해 생각할 때는 정치적 관점, 연극적 성향, 또는 우리를 인간으로 만들어주는 다른 모든 것을 포함해 섹슈얼리티를 부정하거나 묵살하는 과정에서 인권은 대체로 사라지는 경향이 있음을 주목해야 할 것이다. 따라서 사랑하고 아이를 낳을 우리의 권리를 인정하지 않는 것은 종종 삶과 자유, 표현의 자유, 그리고 사생활에 대한 합리적 권리를 부정하는, 더욱 뿌리 깊은 인식을 보여준다.

12

[고난을 통해
거룩해졌는가]

눈먼 사람을 떠올려보자. 그 사람에게 젖가슴이 있는지? 남근은 있는지? 그가 양철 컵을 들고 있는지, 아니면 흰색 지팡이를 휘젓고 있는지? 여러분은 살면서 섹시하고 멋있는 눈먼 사람을 얼마나 자주 보았을까? 영화에서? 아니면 소설에서? 눈먼 등장인물이 매력적이거나 섹시하게 또는 섹스를 하는 장면이 묘사되는 일은 거의 없다. 따라서 나에게는 그것이 눈먼 사람은 모두 성인이고 처녀라는, 다소간 뻔한 결론인 듯 여겨진다. 그러나 시각장애인도 섹스를 **한다**. 다만 비시각장애인이 우리가 섹스하기 쉽게 해주지 않았을 뿐이다.[1]

트베르스키는 1953년에 낸 소설 『심연의 얼굴(*The Face of the Deep*)』에서, 맹아학교에서의 엄격한 성 분리를 묘사한다. 앞부분의 배경을 이루는 맹아학교에서 아이들은 규율과 교사들의 말을 어기고 데이트하는 법을 배운다. 그러나 그 관계가 항상 성공적인 것은 아니다. 두 명의 주인공 켄과 로지는 남자 탈의실 뒤에 있는 마사지실에서 비밀리에 만나던 중 급습을 당한다.

우리는 테이블에서 내려와 완벽하게 옷을 챙겨 입어야 하지만, 나는 움직일 수 없다. 로지도 마찬가지인 것 같다. 문이 열린다. 문소리가 들리고 찬바람이 느껴진다. 누군가 우리를 빤히 바라봄을 느낀다.

"역시." 로저스가 말한다.

나는 테이블에서 내려와 옷을 여민다. 로저스의 멱살을 잡고 그 비열한 숨구멍을 틀어막고 싶다. 로지는 훌쩍인다. 그 가여운 소리에서 수치심과 두려움이 느껴진다.

"세실 양, 조신하게 굴어요." 로저스가 빈정댄다. "치마를 내리라고." 그가 소리친다. "짐승들, 완전 짐승 새끼들이야."

켄은 로지의 명예를 지키려고 교사에게 말한다. "한 번만 더 로지를 모욕하면 누구도 당신을 못 알아보게 만들어주겠어." 켄은 이미 졸업했고(하지만 갈 곳이 없다.) 로지는 졸업을 앞두고 있지만 두 사람은 쫓겨난다. 트베르스키는 그들의 나이를 직접 말해주지 않지만 둘은 열여덟 살쯤 되었다. 그들은 곧 결혼하고 많은 우여곡절을 겪으며 함께 살게 되는데, 지금으로선 상황이 암울해 보이고 켄의 마음은 쓰라리다.[2]

트베르스키는 1920년에 태어났고 1930년대에 브롱크스에 있는 뉴욕 맹아학교에 다녔다. 그는 자신의 경험을 토대로 허구의 맹아학교를 만든 것으로 보인다. 엄격한 성별 분리는 그의 회고록을 비롯해 20세기 초중반에 나온 여러 책에 거듭해서 언급되는 내용이다.

트베르스키보다 열 살 어리지만, 우리가 곧 만나게 될 레이 찰스가 다녔던 남부의 맹아학교는 훨씬 더 분리가 엄격했다. 우선은 흑인과 백인으로, 다음은 청각장애와 시각장애로, 마지막으로 남녀 성별로 학생들을 분리했다. 그러나 아이들은 이 마지막 분리를 갖은 수를 써서 우회하곤 했다. 찰스는 자서전 『브라더 레이(Brother Ray)』에서 남자 친구가 자기 방을 잘 찾아오도록 정교한 점자 지도를 만든 한 소녀의 이야기를 한다. "이 다이어그램은 그야말로 물건이었다. 모든 것이 자세하고 정확했고 심지어 야간 경비원이 들이닥칠 때의 비상 대처법까지 있었다. 최신의 전략이었고 특히나 창의적인 계획이었다. 독자 여러분은 이 두 아이 모두 시각장애인이었다는 점을 명심해야 한다. 하지만 한편으로 섹스는 굉장한 동기 부여이다. 여기에는 눈이 필요하지 않다."[3]

섹스에 대한 찰스의 솔직함 때문에 『브라더 레이』는 1978년 출간된 이후 수많은 독자의 반감을 샀음이 분명하다. 찰스는 성스러운 눈먼 사람이라는 인식에 누구보다 더 반박했을 것이다. "내가 대중 앞에서 노래하고 연주하기 시작한 이후로, 단 한 번도 여자를 구할 필요가 없었다. 마음만 먹으면 여자들은 있었다. 나는 넌지시 제안만 하면 되었다." 찰스는 1940년대와 50년대에 떠오르는 음악가였으므로, 이것은 끊임없는 공연에 따라오는 '부수적 이점' 같은 것이었다. "열여덟 살이 되자 나는 프로처럼 그 게임을 할 수 있었다."[4]

찰스를 제외하면, 미디어에서 성적으로 적극적인 시각장애인은 보기 힘들며 어쩌다 등장한다 해도 주인공인 경우가 거의 없다.

레이먼드 카버(Raymond Carver)의 유명한 1983년 단편 「대성당」에서는 한 시각장애인이 10년 전 자신에게 글을 읽어주던 대독자와, 그 남편인 화자의 집을 방문한다. 남편은 '맹인'에 관해 희극적인(그리고 괴로울 만큼 지나치게 익숙한) 장애인 차별주의적 불안감을 보인다. "눈이 멀었다는 게 뭘까 생각해보면 영화에서 본 것만 떠오른다. 영화에서 맹인은 천천히 움직이고 웃는 법이 없었다. 때로 그들은 맹인 안내견을 따라가기도 했다. 우리 집에 맹인이 온다니 학수고대할 일은 아니었다."[5] 그뿐 아니라 이 방문은 더욱 일상적 성격의 결혼생활의 불안감을 불러일으킨다. "마침내 아내는 맹인에게서 눈을 떼고 나를 바라봤다. 그다지 맘에 들지 않는 걸 바라보는 눈길이라는 느낌이 들었다."[6]

화자는 자기 아내가 그 맹인과 바람을 피웠을 가능성을 인정하지 않는 듯하다. 대부분의 비장애인 독자도 그처럼 가정할 것이다. 반면 장애인 독자는 이 단편에서 그 맹인과 아내가 한때 연인 사이였을 가능성을 쉽게 알아볼 것이다.

실제로 이러한 인식은 시인이자 소설가인 질리언 와이즈(Jillian Weise)에 의해 아름답게 극대화되었다. 온갖 디지털 전자벨과 호루라기가 달린 의족에 의존하는 사이보그인 와이즈는 「레이먼드 카버의 대성당(Cathedral by Raymond Carver)」이라는 시에서, 아내가 레니라고 부르는 첫 남편에 관해 녹음한 테이프를 맹인 남자에게 건네는 장면을 상상한다.

> 난 당신을 태우고 운전하던 때가 그리워
> 내가 운전할 때 당신이 하던 것 때문만은 아니야.
> 물론 당신은 당신이 하던 그것을 아주 잘했지.
> 난 한 번도 당신이 그저 그걸 끝내기 위해 하고 있다고
> 느낀 적이 없었지. 물론 당신의 프로페셔널리즘은
> 칭찬받을 만해. 당신은 전문가야.
> 당신의 손은 그것을 위해 만들어졌지만, 레니의 손은
> 아마도, F-22 랩터를 위해 만들어진 것 같지.[7]

와이즈가 Academia.edu에 이 작품을 소개하면서 쓴 것처
럼 "이 단편은 마치 그 시각장애인과 아내의 관계가 전적으로
플라토닉하고 고상한 관계인 것처럼 가르치고 논의되고 있지
만, 원래 이야기는 그와는 다른 내용을 암시한다."[8](결국 그 맹
인은 다음에 만난 대독자와 결혼한다.) 시각장애인과 그 대독자 사이
에 엄격한 플라토닉 관계를 가정하는 것은 우리 사회의 장애인
차별적 규범과 기대를 드러낸다. 더욱이 「대성당」은 여러 면에
서 흥미롭고 독특하지만, 주인공의 행로나 깨달음에서 시각장
애인을 보조 역할로 묘사하는 낡은 덫에 여전히 갇혀 있다.

흔히 있는 일이지만, 솜씨 좋은 비시각장애 작가의 손에서
빚어진 시각장애인의 이미지는 그 부류에서 최고가 된다.(「대성
당」은 위대한 단편집에 자주 포함된다.) 따라서 카버의 묘사와 비슷
한 시각장애인 이미지는 비시각장애 독자, 그리고 시각장애 독

자의 뇌리에서 지워지지 않는다. 그렇게 우리는 모두 그 이미지에 의해 형성되는데, 그것을 뒤흔들기가 여간 어렵지 않다.

카버의 단편에 나오는 남성 시각장애인과 달리 여성 시각장애인은 시각장애와는 거의 관계가 없거나 전혀 무관한 단편과 소설의 은유 속에서, 종종 이성애자 남성의 왜곡과 페티시를 극대화하며 시각장애의 무력함에 더해 무력한 여성의 매력까지 결합한다.

예를 들어 폴 볼스(Paul Bowles)의 1949년 소설『은신의 하늘(*The Sheltering Sky*)』을 보자. 주인공이 알제리의 사창가에서 눈먼 무희에게 잠깐 시선을 던진 순간, 그는 그녀의 눈멂과 관계된 온갖 강렬한 성적 환상에 빠진다. "그리고 침대에서는 침대 너머를 볼 눈이 없으니 그녀는 포로처럼, 온전히 거기 있을 것이다. 그는 그녀와 하게 될 사소한 게임들, 여전히 그 자리에 있으면서 사라져버린 척하는 게임 같은 것을 생각했다. 그녀가 그에게 고마워하도록 만들 수많은 방법도 생각했다. 그리고 이런 환상에 빠져 있을 때면 항상 가면 같은 대칭 속에서 차분하면서도 희미하게 의문을 품은 그 얼굴을 보곤 했다." [9]

내가 20대 초반 오디오 카세트를 통해 처음『은신의 하늘』을 읽었을 때, 나는 이 성애화된 눈먼 여성의 초상에 남몰래 흥분되었다. 어쩌면 젊은 남성에게 끌리던 젊은 여성이던 나에게, 이 장면은 시각을 잃는다는 두려움을 건드렸던 것 같다. 20여 년이 지난 후, 나의 젊은 친구 케이틀린은 미투(#MeToo) 운동의 여파로 특히나 열변을 토하면서, 이 짧은 구절이 학대 이상의 그 무언가를 풍긴다고 지적했다.

고난을 통해 거룩해졌는가

성폭행 피해자인 케이틀린은 시각장애인이라는 위험성을 성적 맥락에서 좀 더 깊이 고려해야 한다고 생각한다. 미디어는 젊은 여성 시각장애인을 성적으로 생각하기를 꺼릴 수도 있겠지만, 그렇다고 해서 그 여성들이 좋아하고 믿는 사람들도 그렇지 않다는 뜻은 아니다. 여성 장애인은 성적인 대화에서 고려되는 일이 거의 없을지라도 성폭행 피해자가 될 가능성이 세 배 더 높으며,[10] 따라서 공공 서비스 접근에 어려움을 겪는 경우가 많다. 케이틀린은 청소년 맥락에서 그 문제를 바로잡으려 모색하는, 아직 미출간인 소설을 써왔다. 시각장애 레즈비언의 렌즈를 통해 성폭행 이후의 생존을 톺아보는 그녀의 소설은 평균적인 비시각장애인의 상상 속에서는 존재하지 않는다. 얼마 전 케이틀린은 나와 대화를 나누던 중 자신이 캘리포니아대학교 샌타크루즈캠퍼스 신입생 시절 동급생에게 성폭행을 당했을 때, 그가 한 짓과 자신의 눈멂의 관계를 제대로 표현할 방법을 몰랐고, 자신이 알던 권위 있는 사람들은 대부분 자신을 매몰차게 밀어내더라고 말했다.

물론 사랑의 대상을 향한 여성의 욕망 또는 결핍은 오랜 세월 남자들이 써온 문학에서 문제가 되었지만, 눈멂은 그런 경향을 과장한다. 작가 J. M. 쿳시(J. M. Coetzee)는 소설 『야만인을 기다리며』(1980)에서 주인공인 화자가 비시각장애 남성임에도 불구하고, 그의 은유적인 눈멂을 여러 대목에서 드러낸다. 제국과 눈멂에 관한 쿳시의 우화적이고 이상한 소설에서, 등장인물은 이름이 없고 대신 직함으로 불린다. 화자는 치안 판사이며 원주민 소녀(내가 문학 속에서 만났던 최초의 시각 손상 인물)는 그의 연인과 비슷하다.

대학원 1학년 때 『야만인을 기다리며』를 읽으면서 그 원주민 소녀의 중심 시야 상실이 나의 증상과 비슷한 것 같았다. 다만 나의 경우는 흐린 부분이 전혀 없었다. "정말이에요, 볼 수 있어요." 그녀는 치안 판사한테 말한다. "똑바로 쳐다보면 아무것도 안 보이다가……." 그녀는 이 아무것도 없음을 표현하는 단어를 찾으려 애쓰고, 치안 판사는 그녀가 얼굴 앞쪽으로 흔들자 흐릿하다는 의미로 해석한다. "흐릿하단 말이겠지." 그녀가 동의한다. "하지만 옆으로 보면 볼 수 있어요. 왼쪽 눈이 오른쪽 눈보다 상태가 좋은 편이에요. 앞이 보이지 않으면 제가 어떻게 돌아다니겠어요?"[11]

이 시각장애 소녀, 아니 시각 손상 소녀는 우리의 화자, 제국의 늙은 치안 판사의 긴장을 풀어준다. 그는 소녀가 방 안에 있어도 벌거벗은 채 어슬렁거릴 수 있다. 그는 그녀가 시각이 없으니 자신을 평가하지 않는다고 느끼지만, 그 마을을 떠날 때까지도 그녀 안으로 들어가지 못한다. "나는 그녀의 몸에 들어가지 않았다. 처음부터 나의 욕망은 그걸 향한 게 아니었다."[12]

치안 판사가 궁금하게 여겼던 것, 곧 그녀를 고문한 사람들이 그녀의 눈에 무슨 짓을 했는지를 원주민 소녀가 들려줄 때도 그는 이해하지 못한다. 그녀가 들려주는 기이한 이야기를 이해하려고 애쓰거나 "지금은 좋아지고 있어요." 하는 소녀의 장담에 귀를 기울이는 대신, 그는 두 손으로 그녀의 얼굴을 감싸고 "거기에 비친 두 개의 내 모습이 엄숙하게 나를 응시하는"

고난을 통해 거룩해졌는가

눈의 중심부를 바라본다.[13]

　그런데 문제가 있다. 비시각장애인이 시각장애인의 눈을 들여다보면 사실 자기 자신밖에 보이지 않는다. 비시각장애인 주인공이 만나는 눈먼 등장인물이 이해의 통로로 묘사되는 경우가 왜 그렇게 많은지 어쩌면 설명되는 것 같다. 시각장애인이 나름의 복잡한 내면적 삶을 가진 개인으로 다뤄지는 일은 드물다. 소설 속 치안 판사는 심지어 원주민 소녀의 애정이나 질투, 그녀와 자지 않는 그를 이해하지 못하는 심정을 보지 못한다. "당신은 다른 여자를 찾아가잖아요. 제가 모를 줄 아세요?"[14] 그녀는 상심해서 흐느끼고, 치안 판사는 여전히 그녀를, 아니 그녀의 욕망을 보지 못한다.

　앞에서도 말했지만, 내가 좋아하는 눈먼 등장인물 중 하나 (심지어 텔레비전 각색판의 그 배역 오디션을 요청받기 오래전부터 좋아했다.)는 한니발 렉터가 등장하는 해리스의 소설 중 첫 편인 『레드 드래곤』의 리바 매클레인이다. 솔직히 말해 영화를 먼저 보고 나서 소설을 읽었다. 나는 레이프 파인스에 푹 빠져 있었기 때문이다. 그 무렵 나는 완전히 실명했다기보다는 시각 손상 상태였고, 에밀리 왓슨이 리바 역을 맡아서 기뻤다.

　내가 리바를 좋아하는 이유는 똑똑하고, 자의식이 있고, 프랜시스 달러하이드에게 먼저 다가갈 만큼 성적으로 자신감이 있기 때문이다. 연쇄 살인범인 달러하이드가 최고의 선택지는 아닐 수는 있지만, 구순열에 언어 장애가 있는 그를 그녀가 매력적으로 여긴다는 것은 정확히 그 역시 그녀를 좋아하는 이유이다. 그는 뜨거운 순간에는 심지어 살인 게임을 포기할 생각

까지 한다. 왜 아니겠는가? 그녀는 오럴 섹스를 해주고 나중에
는 멋진 섹스까지 해주는데. "아, 잠깐만요. 내가 벗을게요. 아,
찢어졌네. 상관없어. 어서요. 어머나. 정말 좋군요. 날 제압하지
말아요. 내가 가서 가질 테니까."[15]

리바는 달러하이드를 향한 자신의 욕망을 분명히 말하고,
시각장애인이 "고난으로 성스러워진"다는 대중의 오해가 부당
하다고 그와 독자들에게 주장한다.[16]

그러나 리바를 비롯해 몇몇 예외적인 인물이 증명하는 것
은 비시각장애인은 시각장애인이 자신보다 덜 성적이고 더 영
적이라고 생각하는 경향이 있다는 규칙이다. 날마다 파트너와
손잡고 동네 식료품 가게에서 장을 보고 같이 계산할 때 점원
에게서 남매냐는 질문을 받는다면 짜증이 날 수 있다. 사람들
은 40대 커플을 보고 둘 중 한 명이 시각장애인이 아닌 이상 그
저 커플로 여길 테지만, 앨러배스터와 나는 여러 가지로 닮은
점이 거의 없는데도 남매라고 생각하는 것 같다.

나는 《캐터펄트(Catapult)》에 기고한 칼럼에서 그 일에 관
해 썼는데, 한편으론 걱정이 되었던 것을 기억한다. 내가 순결
한 장님 효과를 과장하는 것은 아닐까? 다른 사람들도 그런 경
험이 있을까? 나는 내 경험만으로도 충분하다고 판단했고 칼
럼이 게재되었다. 칼럼은 평소보다 큰 반응을 불러일으켰다.
내 경험과 비슷하거나 그보다 심한 충격적인 사연이 쏟아져 들
어왔다.

친구 케이틀린은 자신의 페이스북 피드에 그 기사 링크를
올렸다. 그녀는 LGBT 공동체에서 활동하고 있었다. 그녀의 친

구들에게 듣기로는, 동성 커플 중 한 명이 시각장애인이면 사람들에게 자신들이 형제자매가 아니라 연인 사이임을 납득시키기가 훨씬 힘들다고 했다. 피부색도 그들의 관계를 굴절시켰다. 한 흑인 여성은 배우자가 아닌 개인 간병인이라는 오해를 받았다. 한 임산부는 정말 우스운 일을 겪었는데, 버스 안에서 한 호기심 많은 비시각장애인에게 자신이 어떻게 임신했는지를 설명해야 했다. 그녀는 "사람들은 대개 어두운 데서 섹스하잖아요." 하고 비꼬듯 농담으로 넘어갔지만, 시각장애인이 어떻게 그것을 시작하는가 하는 다음 질문을 피할 수는 없었다.

그러나 시각장애인이라고 해서 우리가 인간이라는 사실이 바뀌는 것은 아니다. 온전한 시각을 가진 사람처럼 우리도 짝을 찾고 아이를 낳으려는(또는 낳지 않으려는) 욕구와 유인이 있다. 눈멂의 복잡성, 개성, 자의식 등은 모두 인간성 안에 포괄되어 있다. 눈먼 개성이나 눈먼 존재 방식 같은 것은 없다. 사실 시각장애나 시각 손상은 세계 속에서 우리의 방식을 왜곡하고 형성하는 존재의 양상이며, 세계 속에서 우리가 대우받는 방식에 의해 왜곡되고 형성된다. 눈멂이 신체와 관련한 것이라 할지라도 블라인디즘(blindism)*은 문화와 관계가 있다. 그렇더라도 섹슈얼리티(또는 그것의 결핍)가 시각(또는 그것의 결핍)과 결부된다는 태도는 성생활에 영향을 준다.

『레드 드래곤』에서 리바는 "섹스를 아주 많이 즐긴다."라

---

* 맹인벽이라고도 한다. 임상적으로는 시각 손상 어린이에게 나타나는 반복적이고 특징적인 행동을 말한다. 눈 비비기, 머리 흔들기, 몸 흔들기 등이 특징적이다. 여기서는 맹인에 대해 가정하는 관념을 말한다.

고 선언한다. 그러나 비장애인으로 보이는 작가 해리스는 성과 장애에 관한 근본적인 문제, 즉 비장애인은 '부담을 지게 될 수도 있다'는 두려움 때문에 욕망에 굴복하려 하지 않을 수도 있다는 문제를 놀랄 만큼 능숙하게 다룬다. 리바는 "남자가 닭을 훔치는 것처럼 몰래 그녀의 침대에 드나드는 것을 좋아하지 않았다."[17]

시각장애인은 평생의 파트너에게 보살핌을 받아야 한다는 인식이 깊이 배어 있는 것 같다. 그런 인식은 성적 지향으로 더 복잡해지고, 뿌리 깊은 젠더 표준 및 기대와 결부된다. 특히나 시각장애가 있는 이성애자 남성에게 데이트는 때로 좌절감을 안겨줄 수 있다. 대런 하버(Darren Harbour)는 극단 이매진 블라인드 플레이어스(Imagine Blind Players)의 설립자 겸 배우이다. 루이빌에 있는 이 극단은 안무나 결투 장면에 몸을 사리지 않는 시각 손상 및 시각장애인 출연진만으로 구성되어 있어 고정관념을 깨고 있다.[18] 나는 2018년 《플레이보이(*Playboy*)》에 (문자 그대로의) 블라인드 데이트에 관한 기사를 쓰기 위해 하버와 그 친구들을 인터뷰했다. 당시 그가 자주 마주치던 문제는 "누군가를 보살펴주고 싶다."라는 이유로 그와 사귀고 싶어 하는 여자들이었다.

반대로 그의 감정에는 신경 쓰지 않고 그저 그의 매력을 즐기기 위해 친구로 지내고 싶어 하는 여자들도 있었다. 마치 그는 아무 위협이 되지 않는다는 듯, 한 여자와 그녀의 남자 친구와 함께 데이트를 하는, 지극히 모욕적인 일을 겪은 적도 있었다. 셋이서 아늑한 테이블에 앉아 있을 때, 여자가 남자 친구에

게 말했다. "너도 대런처럼 근육 좀 키워야겠다." 분명 그녀는
이 섹시하고 눈먼 남자를 이용해 자기 남자 친구의 질투를(그러
나 지나친 질투는 말고) 유발할 수 있으리라 생각했을 것이다.[19]

물론 사회의 규범과 기대, 그리고 그 규범과 기대에 관한
우리의 불안감이 서로 맞물리는 지점을 짚어내기는 쉽지 않다.
전통적인 젠더 역할은 일부 시각장애인 남성에게는 피할 수 없
는 무력감을 주기도 할 것이다. "나는 경쟁, 특히 성적인 경쟁에
서는 어리석어 보이거나 실패하거나, 눈멀고 서툰 남자로 여겨
질 위험을 무릅쓰느니 차라리 발을 빼기 시작했다." 화가였다
가 작가가 된 앤드루 포톡(Andrew Potok)은 1980년에 펴낸 멋진
회고록 『평범한 한낮(Ordinary Daylight)』에서 시력을 잃어가던
중에 은둔자가 되려고 하면서 말한다. "가끔은 희생이 쉬워 보
였다. 특히나 다른 선택지가 굴욕적이고, 심지어 참담할 때는
말이다. 그리고 희생에는 고귀함이 있었다. 예전의 내 삶에서
희생은 매우 낯설었지만, 그것은 시각장애인의 특성으로 여겨
졌고, 심지어 사람들이 기대하는 것이었다."[20]

아마도 포톡은 켈러를 생각하고 있었을 것이다. 너무도 자
주 성인으로 묘사되지만, 우리가 보았듯 우리 대부분처럼 성적
충동을 경험했던 켈러 말이다. 어쨌든 포톡은 재결합이나 희생
을 오래 고려할 필요가 없다. 아이러니하게도, 그 생각이 곧바
로 그를 새 연인의 품으로 데려가니까 말이다. 새 연인은 그에
게 이끌렸음을 선언하고, 시각이 없으니 남자다움이 부족하다
고 징징대는 그를 꾸짖는다.

"그렇지 않아요. 처음 당신을 만난 순간부터 난 당신과 자

고 싶었어요. 당신도 그걸 느꼈을걸요. 그런 일이 나한테는 자주 있는 게 아니에요. 난 아주 까다롭거든요. 당신은 그 후 줄곧 내 판타지의 일부였어요. 당신 눈이 왜 문제가 되는지 도무지 이해가 안 돼요. 이걸 위해 눈이 있어야 하는 건 아니잖아요."[21]

미술을 사랑하는 미술가인 이 여성은 전에 없던 색다른 관점을 표현한다. 나는 서른 살이 된 후 내 안내견, 미끈한 검은색 래브라도인 밀레니엄과 파트너가 되었다. 흰색 지팡이를 사용한다는 낙인만큼은 피하고 싶었던 나는 왠지 그 개가 동정심을 덜어줄 것 같았다. 그러나 그 선택 때문에, 예전에 비시각장애인처럼 보였던 나는 오히려 시각장애인처럼 보이게 되었다. 지팡이냐 개냐는 문제가 아닌 것 같았고, 사람들은 갑자기 나를 다르게 대우했다.

인정하자면, 그 초창기에 나는 밀레니엄을 데리고 많은 남자를 만났다. 약간의 시력은 있었기에 이동이 비교적 쉬웠고 눈 맞춤을 속일 수 있었던 데다(상대의 눈이 보이지 않더라도 적어도 상대의 머리가 어디에 있는지는 볼 수 있었다.) 내가 시각장애인임을 말해주는 안내견이 있었으므로, 나는 매력적으로 달랐다. 다름이 통용되는 뉴욕의 로어이스트사이드에서 나는 꽤 잘나갔다. 하지만 그 편안한 괴짜의 영토를 떠나 이를테면 다름이 거의 힘을 쓰지 못하는 어퍼이스트사이드 같은 곳에서는 마치 내가 노인이라도 되는 듯 내 팔을 붙잡고는 천천히 길을 건너주는 사람들도 있었다. 나로서는 화가 나는 일이었다. 이렇게 소리친 적이 여러 번이었다. "이거 놓으세요! 난 가라테도 할

줄 안다고요!"(정말이었다. 블라인드 가라테는 대단하다.)[22]

대다수 비시각장애인은 도움을 주려던 의도가 거절당하면 잘 받아들이지 못한다. 그래서 "눈먼 잡년"이라는 소리도 여러 번 들었다. 어쩌면 내가 까다로웠거나 비호감이었을 것이다. 지금은 안다. 도와주고 싶은 그 마음에 대한 참을성 없는 내 반응이 대체로 시각장애인의 대의에는 좋지 않다는 것을 말이다. 대다수 시각장애인에게 낯선 이의 친절은 도움이 된다.

사람들에게 내가 처음으로 완전한 시각장애인처럼 보였을 때, 나는 커다란 분노와 좌절을 느꼈다. 아마도 그 감정이 내가 오픈 마이크 무대에 서게 된 자극제가 되었던 것 같다. 어느 재현 형식에서도 목격하지 못한 그때의 내 느낌을 표현하고 싶어서 말이다. 갑자기 무력한 사람처럼 보이게 되면서, 나는 논문을 쓰고 있어야 할 시간에 코미디를 시도하기로 했다. 나의 공연은 곧 '약간은 난잡하고 항상 취한 상태의 성난 시각장애 계집 스타일'이 되었다. 나는 어디에서나 거부되는 눈멂의 측면에 관해 최대한 많은 사람들에게 외쳐야 할 것 같았다.

한번은 친구와 함께 로드아일랜드에 사는 또 다른 친구를 방문한 적이 있었다. 우리 셋은 술집에서 재미있게 논 후 그 친구 차가 주차되어 있는 곳을 향해 걸어가고 있었고, 나는 안내견을 데리고 있었다. 누군가 자기 친구에게 말하는 소리가 들렸다. "야, 너라면 눈먼 여자랑 데이트할래?" 나는 다음과 비슷하게 쏘아붙였다. "글쎄, 내가 너랑 데이트할 일은 없을걸!" 하지만 진심을 담은 말은 아니었다. 나중에 선입견과 편견이 현실임을 알고 난 후에는 울곤 했다.

"내가 여성에게 보살핌을 받을 때가 더 많은 것 같다고 했더니 나를 동성애자라고 생각하더군요."《플레이보이》에 블라인드 데이트 기사를 쓰기 위해 만났던 오페라 가수이자 회고록 저자 루빈은 이렇게 말했다. "한 여자는 내가 왜 동성애자일지 이해가 간다고 하더군요. 그녀는 내가 눈이 안 보이기 때문에 젠더에 구애받지 않는다고 생각했죠." 시각이 있고 없고가 우리의 성적 지향을 결정한다는 생각은 우리의 키나 머리색이 성적 지향을 결정한다는 생각만큼이나 경악스럽다.[23] 이러한 생각은 내가 보기에 세 가지로 모욕적이다. 첫째, 여성이 더 보살핌에 능하다고 가정한다. 둘째, 시각장애인은 (비시각장애인보다 더) 보살핌을 필요로 한다고 가정한다. 셋째, 동성애가 매력이나 욕망보다는 실용적 필요와 실행 계획에 의해 결정되는 선택이라고 가정한다.

로리는 "가수인 내 친구의 입에서 나온 특별한 보석 같은 말"을 전해주었다. "인간은 동물이기 때문에 본능적으로 가장 적합한 짝을 찾는다는 거예요. 하지만 그 후 난 깨달았죠. 시각장애인이라 해도 쾌락을 알고 물론 섹스를 원한다고요."[24]

우리는 대개 성적 특질이 눈을 통해 전달된다고 생각하도록 프로그램되어 있기 때문에 욕망을 실행하는 시각장애인에 대한 묘사는 정형화되어 있다. 그래서 비시각장애인은 그 묘사를 복음처럼 받아들인다. "얼굴 만져봐도 돼요?"『레드 드래곤』에서 리바는 달러하이드와 처음 단둘이 만나게 되자 묻는다. 리바는 혹시라도 상대가 기분 상했을까 봐 이렇게 설명한다. "당신이 웃고 있는지 찌푸리고 있는지 궁금해서요."

이는 시각장애인이 등장하는 그 소설 속 장면 중 내가 보기에 개연성이 없는 몇 안 되는 순간이다. 비시각장애인이 나더러 자기 얼굴을 만져보고 **싶냐**고 물은 적은 많지만, 내가 누군가의 얼굴을 만져보고 싶다고 한 적은 없다. 그 장면은 늘 웃음이 난다. 나라면 흔히 비시각장애인이 상대의 얼굴을 만지는 맥락에서 벗어난 얼굴 만지기는 하지 않을 것이다. 즉 배우자나 자녀 등 사랑하는 사람과의 친밀한 순간이 아니라면 말이다.

내가 사람을 싫어해서일까? 내숭 떠는 것일까? 나는 얼굴 만지기에 관한 내 감정을 판단하기 위해 다른 사람들에게 연락해보았다. 특히 케이틀린, 로리, 미셸 클라인버그에게. 당시 우리 네 명은 주기적으로 연락하면서 시각장애 여성으로서 우리의 삶과 글쓰기를 이야기했더랬다. 나는 이메일 제목란에 "얼굴 만지기"라고 쓰고 이에 대해 어떻게 생각하는지 묻는 메일을 보냈다. 모두가 거의 예외 없이, 그건 자신들이 하지 않는 행동이라고 답했다. 스킨십을 좋아하고 태어날 때부터 시각장애를 가진 케이틀린도 마찬가지였다. "난 절대 얼굴을 만지지 않아요. 다만 누군가를 애무할 때나 아주 취했을 때, 그리고 상대한테 반해서 내 눈먼 취기를 핑계 삼아 그 사람에게 매달릴 때는 예외지만."

아마도 비시각장애인 독자 여러분은 더욱 신중한 사람일 것이며, 시각장애인에게 "내 얼굴 만지고 싶어요?"라고 물은 적도 없을 테지만, 그런 질문이 너무 흔해서 실제 우리가 답변을 준비해야 한다는 사실에 놀랄 것이다. 하지만 사람들이 다 여러분 같지는 않다.

하와이에서 활동하는 오페라 가수이자 역시 태어날 때부터 시각장애를 가진 로리는 대중에게 개방된 마스터 클래스에서 노래하던 당시를 언급했다. 음악회가 끝난 후 "어머니 또래"의 한 여자가 로리에게 다가오더니 "대화의 상대방이 어떻게 생겼는지 얼굴을 만져보고 싶지 않냐고" 물었다. 그 여자는 답을 기다리지도 않고 로리의 "손을 잡고 번들번들한 자기 얼굴에 가져가서 부비는" 거였다. "정말이지, 그 만남에서 기억나는 거라곤 아주 긴 코밖에" 없었다. 로리는 황급히 자신은 보통 얼굴을 만지지 않는다고 말하며 이렇게 마무리했다. "내 손을 자기 얼굴에 가져가서는 그게 도움이 되느냐고 묻는 사람을 실제로 만나다니 우스웠어요."

로리는 이렇게 덧붙였다. "사실대로 말하면" 그녀는 자기 아내의 얼굴도 잘 만지지 않는다고 했다. "그녀의 뺨을 톡톡 치거나 그녀의 얼굴에 내 얼굴을 비비기는 하겠지만 정말로 얼굴 만지기는 좋아하지 않으며, 얼굴의 상호 작용보다는 껴안는 게 더 좋"다는 것이다.

우리는 이메일을 주고받으며 대화를 나누었고 사례는 속속 나왔다. 수염을 만져보라는 권유는 특히나 불쾌한 기억을 떠올리게 했다! 그러나 케이틀린은 얼굴 만지기를 통해 얻는 게 있다고 생각하는 한 친구가 있다고 했다. 그 친구는 과거에 시각이 있었으므로 케이틀린은 그것 때문에 다른가 생각했지만, 미셸과 나는 그 생각을 바로잡아주었다.

미셸은 열한 살배기 자녀를 둔 엄마로, 시력을 잃어가는 중에 양육에 관한 회고록을 쓰고 있다. "사람들이 나에게 물을 때

고난을 통해 거룩해졌는가

가 싫다. 난 당신 얼굴을 만지고 싶지 않다고! 그리고 나는 예전에 시각이 있었으므로, 만져서 이미지를 얻지는 않는다. 아마도 그건 내가 얼굴을 만지는 것에 질색하기 때문일 것이다. 실제로 누군가의 얼굴을 만지는 게 좋았던 때는 우리 애가 태어난 직후 아기 얼굴을 만질 때뿐이었다."

그렇다면 나는 얼굴 만지기에 대한 근거 없는 믿음을 조장한 책임은 주로 비시각장애 작가와 영화 제작자에게 있다고 추정할 수밖에 없다. 좀 더 큰 표본 집단이 필요하지는 않을까? 그러나 짐작하기에 내 남자 친구들은 차라리 다른 곳을 만질 것이며 얼굴 만지기는 더 심하게 꺼릴 것 같다.

트베르스키는 회고록 『벽의 소리』에서 아내가 될 여성과의 첫 데이트를 묘사한다. 데이트 중에 그녀가 말한다. "내 얼굴을 만져봐요. …… 만져보면 내가 정말 예쁜지 아닌지 알 것 같지 않아요?" 그는 그녀의 얼굴을 만지는 대신, 첫 키스의 기회를 잡는다.[25]

눈멂과 관련해 허구적 재현이 잘 보여주지 않는 또 한 가지는 사랑할 때 눈멂이 어떻게 사람을 편집증자처럼 만들 수 있는가 하는 것이다. 아니 적어도 이것은 나의 경험이다. 그가 다른 여자를 보고 있지는 않을까? 그 여자가 나보다 예쁜가? 그가 날 보는 눈에 사랑이 가득 담겨 있을까? 이런 질문은 나의 질투에 쉽게 불을 댕길 수 있고, 여기에 술기운이 더해지면 질투는 자칫 걷잡을 수 없게 된다.[26] 이러한 경험, 그리고 비난과 격한 분노로 관계를 파괴하지 않고 관계에 전념하기 위한 고군분투를 재현한 경우는 거의 본 적이 없다. 특히나 시각장애인 여성과 관련해서는 말이다. 그렇지만 이와 비슷한 편집증이 1991년 오스트레일리아 영화 「위험한 선택」에서 묘사된다. 휴고 위빙과 러셀 크로가 출연한 영화에서 시각장애가 있는 주인공은 비시각장애인이 자신에게 묘사하는 세계가 진짜 그런지 의심하며, 그에게 푹 빠진 가정부와 사랑할 가능성을 부정한다. 가정부의 마음이 사랑인지 동정인지를 그로서는 알 수 없을 테니까 말이다.

앨러배스터와 나는 초창기에 자주 다투었는데, 거의 예외 없이 나의 편집증과 질투가 원인이었다. 다른 남자 친구를 사귈 때도 야금야금 마음을 괴롭히는 불안감을 느낀 적이 있지만, 눈이 멀게 되면서 내 분노는 더 커졌다.

트베르스키 역시 회고록에서, 자신이 결혼하고 싶은 여자를 둘러싼 감정을 묘사하면서 눈먼 편집증을 에둘러 말한다. 그녀가 그에게서 무엇을 볼 수 있을까? 그는 의심한다. "에스더가 나를 계속 만나고 싶어 해서 나는 끊임없이 놀라곤 했다. 나는 단지 동정심이나 친절함일 수는 없다고 되뇌었다. 하지만 그게 아니면 무엇이란 말인가?"[27]

이러한 불안감으로 인해 짜증이 늘면서 불화로 치닫는 경향이 나타난다. 트베르스키와 에스더가 레스토랑에서 식사를 하고 있을 때, 한 점쟁이 노파가 다가와 그들이 함께할 행복한 미래를 말해주었다. 하지만 점쟁이는 트베르스키가 전쟁터에서 눈을 잃었다고 추정했기 때문에 트베르스키는 화가 났다. "늙다리 바보 같으니! 물론 당신 같은 여자라면 남자가 전쟁에서 실명하기 전부터 어느 정도 아는 사이가 아니었다면 눈먼 남자와 사귀지 않겠죠."[28]

이 일로 트베르스키는 취해서 아무 말이나 내뱉는데, 이런 식이다. "당신은 왜 나같은 남자랑 사귀어서 이렇게 말도 안 되는 상황을 겪는 거요?"[29]

불안, 술, 절망감까지, 괴로울 만큼 너무 친숙한 감정이기에 당신이 사랑하는 사람은 똑바로 말하지 못한다. 사실 그들은 그들이 왜 당신과 함께 있는지, 왜 눈먼 당신을 사랑하는지 또는 비시각장애인을 사귀었다면 실제로 상황이 더 팬찮고 쉬웠을지 정확히 말하지 못한다. 사랑이란 감정은 대체로 복잡하다.

마침내 나는 나의 눈멂에, 그리고 앨러배스터와의 관계에 차츰 안정을 찾아갔다. 그리고 그 안정감이 주는 안락함은 나의 능력과 자기 효능감이 커진 것과 직접적인 관련이 있다. 물론 좀 더 나이를 먹고 술을 덜 마시는 게 도움이 되기는 했지만 말이다. 소소한 성공의 경험은 예쁨과 시각에 관한 걱정을 덜 중요하게 만들어주었다. 다시 말해서, 쓸모 있고 유능하다고 느끼는 감정은 사랑받을 가치가 있다고 느끼는 감정과 큰 관계가 있으며 그 반대도 마찬가지이다. 그러나 다음 장에서 보다시피 시각 중심의 문화가 불행히도 시각장애인의 예술적·직업적 목표 추구를 그다지 쉽게 만들어주지 않은 것처럼, 관계 욕구 속에서 우리를 격려하지도 않는다.

13

[눈먼 작가가
일하는 풍경]

우리에게는 눈먼 음유시인의 막강한 이미지가 있지만 눈먼 작가, 특히 소설가는 상대적으로 드물다. 물론 이런 현실은 분명 바뀌고 있고 앞으로도 계속해서 바뀔 것이다. 하지만 눈먼 작가의 수는 책 속에 등장하는 눈먼 인물의 수에 전혀 미치지 못한다고 말해야 공정하다. 한 가지 문제는 주요 보조금과 장학금 지원을 위한 다양성 선언에서 장애를 포함한 경우가 아직은 대체로 드물다는 것이다. 또 다른 문제는 우리가 보아왔듯이 디지털 문화, 도서, 잡지, 문학지, 그리고 그 밖의 독자 참여 공간이 등장할 때까지, 그러한 것을 제때에 쉽게 구할 수 없었다는 것이다. 글쓰기는 단지 집필만이 아니라 독서와 작가 공동체 참여에 관한 것이기도 하다. 또한 동등한 기회와 함께 차이에 대해 개방적이며 장애인 차별이 없는, 전문적이고 창조적인 직업 환경에 접근하는 것이 필수적이다.

어쩌면 시각장애 직업 작가가 거의 없기 때문에, 나는 계속해서 트베르스키로 돌아가는 것 같다. 그의 1953년 소설『심연의 얼굴』은 켄과 로지라는 시각장애인 커플과 그 친구 가운데 몇 명의 삶을 따라가고 있다. 처음 실명하던 순간부터 학창 시절을 거쳐 결혼하고 직업을 갖고 상심하고 실패하는 성인기까지를 다룬다. 쉽게 읽히는 소설은 아니다. 20세기 초중반 정부와 자선단체의 복잡성, 한정된 직업 전망, 서로를 잔인하게 만드는 시스템 내의 삶을 거치면서 시각장애인이 마주하는 수많은 시련이 소설에는 고통스러울 만큼 생생하고 노골적으로 묘사되어 있다. 트베르스키의 눈먼 등장인물은 매우 다양하며, 인간에게 흔히 존재하는 선과 악의 온갖 순열을 보여준다.

그 거친 날것의 느낌을 싫어하는 독자들도 있다.《뉴욕 타임스》의 서평을 보자. "트베르스키 씨는 학교와 단체의 최악의 양상과 최악의 일꾼, 그리고 지금까지 인쇄물을 통해 수집한 내용 가운데 가장 비호감의 '눈 깜박임' 집단만을 묘사하는 데 적합해 보인다."[1]

서평자는 책 속의 심란한 내용은 독자가 눈먼 작가에게 요구하는 것, 즉 픽션이 아닌 자서전에서 가장 잘 제시되는 영감을 압도한다고 여기는 것 같다. "작가는 시각장애 작가가 흔히 사용하는 자전적 형태를 따르는 대신『심연의 얼굴』을 소설로 쓰면서 깊은 수렁에 빠져버렸다."[2]

트베르스키는 개인적 서사에 대한 그 요구를 기억하고 있었는지 몇 년 후 회고록『벽의 소리』를 출간했는데, 덕분에 나는 이 두 책을 비교하는 호사를 누릴 수 있었다. 트베르스키의 소설에는 다분히 자전적인 내용이 많이 녹아 있다. 무엇보다 주인공 중 한 명인 조 버코비치는 유대인으로 고집스럽게 자존심이 세며, 20세기 중반 시각장애인에 대해 민망할 만큼 낮았던 미국 사회의 기대치를 뛰어넘는 능력을 지녔다는 점이 저자와 비슷하다. 그는 친구들도 능력을 발휘하도록 돕지만 별 성과를 거두지는 못하며, 성공한 다른 시각장애인들이 불운한 시각장애인에 대해 가진 편견에 좌절한다. 조(트베르스키처럼 직업이 교수이다.)는 소설 후반부의 한 장면에서 옛 학교 동창인 프레드를 찾아간다. 그만의 기발함과 사업가 아버지의 지원 덕에 프레드는 그들의 친구이자 어렵게 사는 켄에게 일자리를 줄 만한 위치에 있다. 그러나 프레드는 거절한다. "그 친구의 모든 것이 넌더리가 나. 그 친구가 내 주변에 있는 것도 싫다고. 어떤 식으로든 그 친구와 엮이고 싶지 않아."[3]

그러나 프레드가 감지하지 못하는 사실이 있다. 켄은 겨우 걸음마를 배울 때 실명한 후 고아가 되는 바람에 부잣집 아들 프레드가 누린 기회를 전혀 누리지 못했다는 것이다. 조가 켄의 이야기를 밀어붙이자 대화는 격앙되고, 결국 프레드가 말한다. "켄은 냄새 고약한 게으름뱅이야. 시각장애인에 대한 나쁜 인상을 심어준다고. 녀석에겐 머리도 없고 배짱도 없어."

차츰 언성이 높아지던 중에 조가 맞받아친다. "내가 아는 사람 중 켄만큼 머리 좋고 배짱 두둑한 사람은 없어."

각자의 방식으로 성공했지만 공감하는 방식이 너무 다른 이 두 시각장애인은 더욱 분노한다. 위스키가 담긴 종이컵을 프레드가 조에게 던지면서 주먹다짐이 시작된다. 조는 입술이

터져서 프레드의 사무실을 나가는데 "어리석고 헛되"다고 생각한다.[4]

결국 켄은 로지와 아이들을 위해 지하철에서 두려워하던 양철 컵을 앞에 놓고 구걸하는 신세가 된다. "감사합니다." 켄은 자신 앞에 푼돈을 던지는 행인들에게 인사해야 한다. "신의 축복이 있기를."

그러나 속으로는 씩씩거리며 생각한다. "늘 술에 취해 지내면 좋겠지만, 이 일이라도 잘해야지." 왜냐하면 "가끔은 로지가 밤에 자다가 우니까. 가끔은 나도 울고." 그는 걱정한다. "우리 아이들이 언젠가는 우리의 부끄러움을 알게 되겠지." 그리고 "우리를 아는" 다른 사람들도 우리의 부끄러움을 "언젠가는 알게 되겠지." 그러나 켄은 이렇게 결론을 내린다. "할 수 있는 게 없다."[5]

아마도《뉴욕 타임스》의 평론가가 못마땅하게 여겼던 것은 암울한 결말이었을 것이다. 또한 독자들도 똑같이 느꼈던 모양이다. 얼마 후 그 소설은 절판되었다.

『심연의 얼굴』에 관해서는 할 말이 너무 많다. 페이스북의 한 시각장애인 친구가 내가 이 책을 쓴다는 걸 알고 소개해준 소설이다. 그녀의 추천이 무척 고맙고, 트베르스키에 대한 관심을 새롭게 불러일으키는 데 내가 도움이 될 수 있기를 바란다. 우리 이야기를 들려줄 시각장애인 작가가 더 많이 필요하기 때문이다. 트베르스키는 2014년 아흔네 살의 나이로 세상을 떴으므로, 내가 찬사를 보낸들 그에게 득이 될 것도 없다. 다만 "사람들과 눈멂에 대해 커져가는 통찰로 글을 쓰려는"[6] 그의 노력을 따라가다 보면, 비시각장애 작가가 수없이 그려낸 시각장애인의 억지스러운 초상 때문에 시각장애 작가가 어떻게 열외로 밀려날 수 있는지 제대로 이해할 수 있다고 나는 생각한다.

로리 앨리스 이크스(Laurie Alice Eakes)는 소설 스물다섯 편을 정식으로 출간했으며, 현재 세 편의 집필 계약을 마친 시각장애 작가이다. 그녀의 작품은 일반적으로 여성 소설로 분류될 것이다. "그건 제가 로맨스를 쓰기 때문에 붙인 일종의 코드예요."[7] 그녀의 말이다. "로맨스 하면 선정적인 표지에 반쯤 벗은 남녀의 모습을 떠올리고, '보디스 리퍼(bodice ripper)*'라는 용어를 연상하는 경향이 있지만, 그런 로맨스는 아네요. 그 용어는 대부분의 로맨스 작가에게는 모욕적이죠. 요즘은 옷을 찢는 사람이 여성인 경우가 더 많아요."

내가 이크스(보통 앨리스로 통한다.)를 알게 된 것은 2018년 그녀가 《허프포스트(*HuffPost*)》에 올린 「그렇다, 시각장애인도 책을 읽는다. 우리는 책을 쓰기도 한다」라는 오피니언 칼럼 때문이었다. 출판계에 만연한 시각 중심주의를 유쾌하게 비꼬는 통렬한 시각이었다. 그 글을 읽고 나는 그녀를 꼭 알고 싶어졌고, 그래서 몇 가지를 질문하며 그녀에게 연락한 끝에 새로운 눈먼 작가 친구를 얻었다.

지금 앨리스는 경력이 탄탄한 직업 작가로서 에이전트와 편집자의 지원까지 받고 있지만, 그 자리까지 오르기는 쉽지 않았다. 앨리스는 그동안 터무니없고 당당하기까지 한 차별을

---

* 과거 역사를 배경으로 한 선정적인 로맨스 소설. 보디스는 여성 코르셋을 가리킨다.

받았다. "어느 에이전트와의 첫 만남은 충격적이었어요. 누군가 전화를 걸어와서는 나를 맡게 됐다고 하고는 내 글이 얼마나 생생한지 칭찬하더군요. 내가 …… 사실을 밝혔더니 다시는 연락이 오지 않았죠." 다시 에이전트와의 접촉을 시도할 용기가 생겼을 때, 앨리스는 시각장애인임을 밝히지 않았다. 그러다가 같이 점심을 먹기 위해 어느 콘퍼런스에서 만나면서 그녀는 시각장애와 안내견을 숨길 수가 없었다. 하필이면 그 에이전트는 개를 무서워하는 사람이었다. 아무리 착한 골든 리트리버도 소용없었다. 그 후로 그 에이전트는 앨리스의 작품을 출판사에 보내지 않았다.

마침내 앨리스는 그녀의 시각장애에 관해 알고 그녀를 위해 열심히 애써주는 에이전트를 만났다. 그러자 이번에는 편집자가 문제였다. "한 솔직한 편집자는 이렇게 말하더군요. 시각장애 여성이 출판 과정을 끝까지 해낼 수 있을 것 같지 않다고요. 나는 이미 출판 경력이 있었는데도요." 앨리스가 과감히 시각장애 때문에 아이를 포기하고 입양 보낸 눈먼 여주인공이 등장하는 현실판 서스펜스 소설을 썼을 때였다. "편집자가 그 원고를 거절했는데, 시각장애 여성이 그런 결정을 할 것 같지 않다는 이유였어요." 편집자는 미디어에서 본 대로 편견이 있었기에 그렇게 생각했다.

다시 말해서 미디어가 비시각장애인에게 제시하는 것이 곧 복음이 되고 시각장애인이 살면서 겪는 다양한 사건은 시시한 것이 된다. 그러나 아이를 포기하고 입양 보낸 시각장애 여성의 이야기는 현실이며, 시각장애 부모의 자녀 양육 능력과 관련한 편견 또한 현실이다. 앨리스는 그런 뉴스 기사 외에도 그 등장인물의 배경에 영감을 준 기사를 읽은 적이 있기에, 개인적으로 그 문제를 붙잡고 씨름했다. "나는 시각장애 여성으로서 엄마가 된다는 것에 대한 의구심이 너무 많아서 결국 엄마가 되지 않기로 했어요." 이 고통스러운 에피소드와 관련해 앨리스는 이렇게 말했다. "그 편집자가 엄마인 시각장애 여성에 대한 편견에 관해 몰랐다는 건 괜찮아요. 다만 그 편집자가 나를, 본인이 무슨 말을 하는지도 모르는 사람으로 생각했다는 게 너무 화가 나서 나는 에이전트한테 그만두겠다고 했어요."

앨리스는 글쓰기를 중단하지 않았지만, 차별 또한 중단되지 않았다. 최근 작품을 작업할 때였다. 교열된 교정지가 들어왔고, 앨리스는 원고가 "편집되는 걸 좋아"하기 때문에 아무 문제가 없었다. 그러나 이 여성은 앨리스에게 원고 두 부를 보냈는데, 그중 한 부는 편집한 대로 모두 수정된 것이었다. 그녀는 앨리스에게 "시각적 곤란함이 있으니" 수정된 그대로 진행하는 게 좋겠다고 충고했다. 그 편집자의 뻔뻔함에 나까지 화가 나 나라면 어떻게 대처했을까 하는 상상을 멈출 수가 없었다. 그러나 앨리스는 이제 어느 정도 마음을 가라앉혔고 농담까지 할 여유가 생겼다. "무슨 시각적 곤란함일까요? 내 머리카락이 희끗희끗해진 거? 작업하느라 너무 오래 앉아 있다 보니, 장애인 차별주의자 편집자를 다루기에는 지나치게 커진 내 엉덩이 크기?"

출판계의 장애인 차별은 에이전트와 편집자를 넘어 콘퍼런스 주최자에게까지 확장된다. 앨리스가 패널로 초대받아 발언할 기회를 얻는 것은 다양성이나 장애와 관계된 경우뿐이었다. 한번은 콘퍼런스에 참석해 발언해달라는 요청을 받았지만, 막상 현장의 주최 측은 발언하지 말라고 충고했다. 계단이 있다는 거였다. "음, 뭘까요? 눈먼 게 계단이랑 무슨 상관이 있죠? 그리고 도대체 콘퍼런스에 계단이 왜 있어야 하는 거죠? 안내 책자에 이렇게 쓰지 그러셨어요. '장애인은 환영하지 않습니다.'"

설사 장애인을 차별하는 주최 측 사람들을 유쾌하게 넘겨버린다 해도, 우리는 우리를 자기네 일원으로 믿지 못하는 동료들과 싸워야 한다. 앨리스가『허프포스트』에 쓴 한 일화를 보자. 그녀가 로맨스 장르에서 최우수상 후보에 올랐던 어느 콘퍼런스에서의 일이었다. 앨리스는 스물다섯 권의 책을 낸 작가임을 말해주는 이름표를 달고서 한 워크숍에서 발표하고 있었지만, 동료 작가들은 그녀와의 공통 관심사가 책(또는 다른 뭐든)이라고는 상상할 수 없었다. 대신에 그들은 앨리스의 안내견에게 말을 걸었다. "아마 석사 학위를 딴 눈먼 여성보다 호두 크기의 두뇌를 가진 동물이 더 지적"이라고 생각했던 모양이다.[8]

나도 캣스킬스에 있는 작가 휴양지에 머무는 동안 비슷한 상황을 겪었다. 호의적인 파트너십의 맥락에서 다뤄지지 않는 그 느낌에 관해서는《뉴욕 타임스》의 칼럼「현대적 사랑(Modern Love)」에서 다루었다. 작가와 다큐멘터리 제작자를 위한 로건 논픽션 프로그램에 내 에이전트가 내 이름을 올려서 가게 된 것이었다. 나는 신통치 않은 내 이동 능력 때문에 캠퍼스에서 길을 찾아 헤맬 거란 생각보다는, 그 다섯 주가 이 책을 쓸 좋은 기회가 될 거라는 기대가 더 컸다. 그래서 이동 시 나를 도와줄 앨러배스터와 함께 가도 되는지 물었고, 친절하게도 그들은 동의해주었다.

그러나 동료 작가들은 다른 사람을 길 안내자로 둔다는 것은 나의 전문적 능력이 부족해서라고 생각하는 것 같았다. 내가 이메일로 무언가를 읽는 얘기를 하고 있을 때, 한 동료가 물었다. "이메일을 읽는다니, 앨러배스터가 읽어준다는 얘기예요?" 아울러 그들은 나의 시각장애 때문에 내게 다가오기가 힘들다는 듯, 나보다는 앨러배스터에게 말하길 더 편안해했다. 아마도 내 편집증 때문인지 몰라도, 그들은 책과 글쓰기에 관해 나와 얘기하기보다는 앨러배스터의 음악과 오래전의 군대생활에 훨씬 관심이 많아 보였다. 가끔은 내가 투명인간처럼 느껴졌고, 종종 덜 존중받는 것 같았다. 나는 그 다섯 주 동안 거의 화난 기분으로 지냈다. 사람들이 내가 아닌 내 동반자에게 말하는 것을(예를 들면 "그녀의 이름이 뭐예요? 그녀가 뭐 좀 마시고 싶어 할까요? 그녀를 거기에 앉혀요.") 몇 년 동안 겪어왔지만, 장애에 관한 나의 불안감이 끝나고 다른 사람들의 불편함과 걱정이 시작되는 지점을 파악하기는 쉽지 않다.

시각장애인을 비롯한 장애인 작가들이 지금보다 많이 나와서 우리만의 진실을 발언하기 전에는 차별을 짓밟아버리기가 불가능해 보인다. 우리가 우리 이야기를 더 많이 쓰게 되기까지 시각장애 및 장애를 둘러싼 사회적 불안은 사라지지 않을 것이다. 그리고 출판계에서 그 문제는 단지 우리가 우리의 수많은 관점을 제시하는 작가가 되는 문제만은 아니다. 출판계 자체도 바뀌어야 한다. 편집자부터 에이전트, 홍보 담당자, 마케팅 담당자까지, 출판의 모든 분야에서 장애인이 자리를 잡을 때까지는 그런 변화를 상상하기가 힘들다. 2019년 리앤로출판사에서 행한 다양성 기준 조사에 따르면, 전 미국인 가운데 약 20퍼센트가 장애인이지만, 출판업계에서는 11퍼센트만이 장애인으로 확인되었고 "장애의 절대 다수"는 "정신 질환(45퍼센트), 신체장애(22퍼센트), 만성적 질병(20퍼센트)"이었다.[9]

앨리스가 주류 미디어에서 보기를 꿈꾸는 부류의 눈먼 인물을 내세운 소설을 지금까지 출간할 수 없었던 이유도 어쩌면 이 때문일 것이다. 대체로 그녀는 눈먼 인물을 등장시키지 않는다. "저도 등장시키고 싶죠." 내게 앨리스는 말했다. "지금 편집자와도 그런 논의를 해왔고, 그녀도 제 생각을 받아들이는 편이에요. 하지만 그건 지금 제가 쓰는 낭만적 서스펜스 이상일 거예요. 저는 좀 더 진지한 글을 쓰고 싶어요. 로맨스보다는 여성 소설, 일부 독자의 마음을 건드리고 나아가 변화시킬 수 있는 소설이요. 다만 지원을 아끼지 않는 저의 에이전트에게 시장에 그런 책이 설 자리가 있다고 설득할 수 있을지는 모르겠어요."

반대로 출판계에서 다양성을 추구하는 움직임에는 자기만의 목소리를 담은 서사에 대한 요구도 있으므로 앨리스는 자신이 원하는 부류의 눈먼 인물에 관해 쓸 수 있을지 모른다. "파라 로천(Farrah Rochon)이나 콰나 잭슨(Kwana Jackson)처럼 제가 좋아하는 몇몇 흑인 작가는 직접 겪은 편견과 인종차별을 이야기하는 흑인 등장인물을 만들어냈죠. 매우 사실적이고 솔직한 이야기가 좋은 작품을 만든다고 생각해요. 하지만 사람들은 시각장애를 두려워하죠. 전혀 잘못된 이유 때문에요. 어쩌면 눈먼 등장인물의 사실적인 생활을 쓰면 다큐멘터리 없이도 교육하기 좋을지 모르죠."

맞는 말이다. 소설은 현실보다 더 현실 같은 방식으로 사람의 마음과 정신을 파고드는 것 같다. 영화도 마찬가지이다. 그러므로 눈먼 등장인물이 잘못 묘사될 때는 앨리스의 말처럼, "잘못된 인상을 주고 거짓된 신화와 오해를 만들어내며, 이것이 장애인 차별과 시각장애인에 대한 노골적인 편협함으로" 이어진다.

비시각장애 작가가 잘못 알고 있는 것이 너무 많다. 안내견은 몰라보게 낭만화하는 경우가 많다. 앨리스는 이 점을 지적한다. "정말 많은 연구가 가능할 거예요. 작가들은 안내견 훈련에 대해 아무 강아지에게나 앉아, 서 정도만 가르치면 끝인 것처럼 말하는데, 이런 태만함에는 변명의 여지가 없어요." 어디서나 볼 수 있는 얼굴 만지기에 대한 앨리스의 생각 역시 울림이 있다. "앞으로 다른 사람의 얼굴을 만지고 싶어 하는 눈먼 인물을 등장시킨 작가가 있다면, 그 작가에게 그건 성희롱이고 역겨운 행동이라고 말해줄 생각이에요." 그리고 눈먼, 특히 여성 등장인물의 낭만적인 애정과 관련해, 그 경우에는 "종종 못생긴 파트너를 만나게 된"다고 앨리스는 지적한다.

맞는 말이다! 내가 한창 무대 위에서 공연을 많이 할 때는, 볼품없는 남자들이 나를 만나서 기뻐할 거라는 흔해 빠진 가정을 소재 삼아 농담 시리즈를 하곤 했다. 나는 '마침내 내면을 보고 상대방의 진가를 아는' 눈먼 여자였으니까. 물론 그 남자들은 기꺼이 내면을 보고 여성을 만나기보다는 눈요기할 자격이 있다고 생각한다는 게 아이러니하지만 말이다. 이것은 케케묵은 아담과 이브의 위선이다. 밀턴이 썼듯, 아담이 "수면의 영상보다는 곱지 않고 / 매력 있게 우아하지 않고, 사랑스럽게 온화하지 않음에도" 불구하고, 이브에게 아담을 사랑하라는 위선 말이다. 이브와 마찬가지로, 눈먼 여성은 "사내다운 우아함이 미보다 우월함"을 받아들이고 "그것(지혜)만이 참된 아름다움"임을 깨달아야 한다.

눈먼 여주인공은 시각을 되찾지 않는 이상 매력적인 남성과 맺어지는 법이 없다. 그런데 시각을 되찾기란 십중팔구 위험스럽고 막다른 줄거리 라인으로 이어진다. 결국에는 기적처럼 치유되어야 한다. 앨리스의 표현을 빌리면 "한쪽이 눈이 멀었다면 영원히 행복하게 살 수 없죠. 눈먼 사람에게는 영원히 행복한 삶이 허락되지 않거든요."

앨리스의 여러 소설이 암시하듯, 눈먼 작가라고 반드시 눈멂에 관해 쓰고 싶어 하지는 않는다. 내 친구 니펠은 세 편의 회고록과 여덟 권의 소설, 그리고 범죄부터 레스토랑, 영화, 음악, 정치, 미술까지 모든 것에 관해 수천 편의 기사를 쓴 작가이다. 그는 『스티그마』를 쓴 사회학자 어빙 고프먼(Erving Goffman)의 개인 서고를 얻게 된 사연을 설명한 기사에서, 일단 시각장애인 작가라고 밝힌 후에는 눈멂이 아닌 다른 것에 관해 쓰기가 힘들어진다고 이야기한다. 그가 펴낸 열한 권의 책 가운데 딱 두 권에서만 눈멂을 언급하고 있지만, 그게 중요하지는 않은 것 같다. "만약 불구가 그 사람의 특성이 되면, 그 후 그 불구자는 평생 낙인찍힌 개인의 계급 전체를 대표하는 사람이 된다. 그때부터 그 사람은 항상 '그 눈먼 작가' 또는 '그 다리 없는 건축가'일 뿐 아니라, 그 특정 장애와 관련한 모든 문제의 대변인이다."[10]

니펠이 사용한 '불구'라는 단어가 귀에 거슬릴 사람도 있으리라. 요즘은 '장애인'이라는 용어가 널리 받아들여진다. 그렇지만 왜 우리의 언어를 제한할까? 가끔은 사람들을 안일한 생각에서 일깨우기 위해 정치적으로 올바르지 않은 단어를 사용할 필요가 있다. 이런 충동을 보여주는 완벽한 예는 크리플 펑크(Cripple Punk) 운동에서 볼 수 있다. 타이(Tai)라는 젊은 화가이자 활동가가 창립한 이 운동의 신조는 "연민, 영감 포르노와 나머지 모든 형태의 장애인 차별주의"를 거부하는 것이다. "크리플 펑크는 선한 불구 신화를 거부한다." "크리플 펑크는 분개한 불구, 영감을 주지 않는 불구, 담배 피우는 불구, 술 마시는 불구, 약에 중독된 불구, '모든 것을 시도'해보지 않은 불구를 위해 존재한다."[11]

내 생각에, 니펠이 '불구'라는 단어를 사용한 덕에, 눈먼 작가를 눈멂과 무관한 어떤 것으로 개념화하느라(그리고 고용하느라) 끙끙대는 시각 중심 세계에서 시각장애인이 얼마나 화가 날 수 있는지 분명해진 것 같다. 니펠은 이렇게 쓴다. "나는 내가 그 불구의 눈먼 시선을 갖기 오래전에 책을 냈지만, 만약 내가 요즘 주류 출판계에 접근한다면 그들은 나에게 불구 문제에 대해서만 쓰게 할 것이다. 이따금 확인이 필요하다면, 그렇다. 나는 가면을 쓰고 그 역할을 할 것이다. 하지만 나는 불구 문제가 죽을 만큼 지겹다. 편집자에게 가능하면 내가 시각장애인이라고 말하지 않는 이유도 바로 그 때문이다."[12]

시각장애라는 낙인은 앞으로 우리가 계속 살펴볼 문제이지만, 지금은 그 낙인이 작가들의 고용뿐 아니라 일자리를 찾는 모든 시각장애인의 고용과도 관계가 있음을 지적하고 싶다. 대학원 시절에 나는 노르웨이 출신의 한 객원 교수의 영작문을 돕는 일에 지원해서 채용된 적이 있다. 나는 안내견 밀레니엄과 함께 과사무실에 가서 그를 찾았다. 행정 보조원이 개를 데려온 시각장애 여성에 관해 무슨 말을 했던 게 분명하다. 2분 후 그 노르웨이인 교수가 뛰어 들어오더니 마치 내가 밀레니엄더러 그의 소중한 원고에 똥이라도 싸게 할 것처럼 고함치고 씩씩거렸다. "아니! 안 돼요!" 교수가 소리쳤다. "당신과 같이 일할 수 없어요, 미안합니다." 이 말은 개에 관한 것이 아니었다. "난 개를 좋아해요. 하지만 난 빨리 일을 해야 하는데, 당신은 날 돕지 못할 거예요."

그래서 우리는 엘리베이터 옆 로비에서 족히 15분 동안 언쟁을 벌였다. 나는 교수에게 내 가방 안의 노트북을 가리키며 나에게 시킬 일이 있으면 우리가 만나기 전이든 도중이든 나에게 이메일만 보내면 된다고, 아무 문제가 없을 것이라고 설명했다. 나는 4년째 영문과 대학원을 다니고 있다고 얘기해주었지만, 교수는 이렇게 말할 뿐이었다. "압니다, 알아요. 하지만……." 결국 내가 말했다. "어쨌든 내가 이렇게 왔으니, 오늘 두 시간만 일해 보는 건 어때요? 그래도 안 될 것 같으면 그때 다른 사람을 알아보시면 되죠." 그가 마지못해 동의했다. 그사이 밀레니엄은 새로운 환경에 적응이 된 모양이었다. 낯선 장소에 온 처음의 흥분이 가라앉자 나쁘지는 않았는지, 내가 물러서지 않고 나의 권리를 주장하고 굳히는 동안 편안히 누워 있었다.

교수와의 첫 만남에서 나는 cooperation(협력, 협동)과 corporation(기업)을 혼동한 그의 글을 손봐주었다. 나는 녹슨 라틴어 실력을 발휘해 전자의 중심에는 opera(일)가 있고, 후자의 어원은 corpus(몸)라고 말해주었다. 결국 그 교수를 설득해낸 것은 내가 받은 고전 수업 덕분이었다. 그 후 그 교수가 뉴욕에서 근무하는 동안 우리는 일주일에 몇 시간씩 함께 일했다.

나와 거의 비슷한 일을 당했다는 시각장애나 시각 손상을 가진 친구는 많다. 그들이 (인상적인 이력서 덕분에 채용되어) 일터에 나갔을 때 들은 말은 하나같이 "당신과 일할 수 없어요."였다. 그다음에는 현관문 밖으로 떠밀려 나오는 것이 수순이었다. 시각장애인은 일을 할 수 없을 것이라고 믿는 고용주들은 당국에 올라갈 차별 보고 전화에 관해서는 전혀 걱정하지 않는 것 같다. 그것은 곧 대다수의 고용주가 장애인 차별이 사실상 차별이며 불법임을 인지하지 못하고 있다는 것을 드러낸다.

눈먼 작가가 부딪히는 난관은 나머지 소수 집단이 경험하는 문화적 편견과 비슷하며, 시각장애인을 비롯한 장애인들이 겪는 취업상의 난관을 보여준다. 역사적으로 시각장애인에게 돌아간 약간의 육체노동이 있는데, 통틀어 '맹인 직업'으로 알려져 있다. 그중 하나는 앞에서도 나왔다. 『율리시스』에 등장하는 눈먼 청년의 피아노 조율이다.

친구인 조지 애셔티스는 음악가이자 배우인데, 1965년 고등학교를 졸업한 후 '피아노 기술자' 교육을 받았다. "나는 그것을 피아노 기술이라고 불러요. 조율 이상의 멋진 일이거든요." 그의 말이다. 2년 과정의 프로그램에서 "피아노 조율, 수리, 조정을 배웠어요. 우리는 피아노를 분해한 다음 다시 조립했죠." 피아노 조율은 가장 오래되고 가장 명망 있는 맹인 직업으로 남아 있지만, 등나무 의자 세공, 대걸레 제작 등도 맹인 직업에 포함된다. 시각장애 및 시각 손상 아이들이 대학에 진학할 의향이나 능력이 없다면, 나머지 선택지는 많지 않았다. 이는 지금까지도 대체로 사실이다.

뉴욕 퀸스의 애스토리아에서 그리스인 노동자 집안에서 성장한 조지의 경우 대학은 가족의 대화에 오르내리지도 못했지만, 만약 테크놀로지가 갖추어져 있었다면 자신은 대학에 갔을 것이라고 했다. 조지는 어릴 적에 시각 손상을 입었지만 점자를 배운 적이 없었고, 우리가 많이들 의지하는 문자 음성 변환 소프트웨어는 당시에 존재하지 않았다. 일단 테크놀로지를 선택할 수 있게 되자, 조지는 마침내 대학에 들어갔다. 그러나 개인 가정집은 물론 전시장 등에서 피아노 조율을 하면서 몇 년을 보낸 후의 일이었다. 그는 '더 다코타(센트럴파크 웨스트에 있는 유서 깊은 아파트로, 존 레넌이 살해된 장소이기도 하다.)'에 살던 어느 작곡가의 멋진 피아노를 조율했던 적도 있다.

매력적인 게이 청년이던 조지는 부유하고 나이 지긋한 일부 신사에게는 인기 있는 방문객이었을 것이며, 피아노실에서 침실로 초대를 받은 사건은 잊지 못할 기억으로 남았을 것이다. 조지가 『율리시스』의 뚱한 피아노 조율사 애송이와는 달리 매력적인 이미지였다는 것 정도만 말해두자. 그러나 이는 시각장애인 고용의 행복한 사례이다. 대다수의 경우, 고용의 전망은 암울하다. 일하고 싶어 하는 시각장애인은 많지만, 보통은 장애인 수당을 받는 것으로 끝난다.

2006년 니펠은 실직하자, 뉴욕시의 여러 시각장애 단체를 돌며 일자리를 알아보았다. 그러나 오랜 슬랙조 칼럼 경력(아울러 같은 이름의 회고록을 비롯해 몇 권의 책을 낸 경력)에도 불구하고, 그리고 직업 작가이자 다년간《뉴욕 프레스(New York Press)》에서 일한 비까번쩍한 이력서에도 불구하고, '시각장애인을 위한 취업 서비스'가 그에게 제안한 일은 맹인 육체노동 뿐이었다.

니펠은 2016년 한 기사에서 이렇게 썼다. "자활과 취업에 관한 온갖 헛소리와 상투어에도 불구하고, 그 목적을 위해 뭐라도 하고 있는 사람은 사실상 아무도 없는 것 같았다." 그럼에도 그는 뉴욕시의 모든 단체의 문을 두드렸고, 딱 한 군데에서 연락이 왔다. 뉴욕시에서 직업 소개 상담사가 직원으로 있는 유일한 곳인 것 같았다. 그는 이력서를 보내고 자신의 상황을 설명했다. "그 모든 게 아주 고무적인 것 같았다."[13]

그다음 3년 동안 짐이 그들의 소개로 구직 면접을 본 것은 단 두 차례였다. 첫 번째가 뉴욕시 외곽 어느 구의 '황량한 구역'에 있는 대걸레 공장이었다. "그 공장은 장애인을 고용하고 있음을 자랑하고 있었다. 특히 시각장애인을 많이 고용했는데, 흉하게 뻗은 그 공장 건물로 이어지는 거리마다 말하는 신호등이 있었으므로 충분히 알 수 있었다." 불행히도 그는 "젊고 놀랄 만큼 에너지 넘치는 직업 소개 전문가"로부터 그가 대걸 레를 만들기에는 사실 "심한 시각장애인"이라는 말을 들었다. "그뿐 아니라 (처음 들은 소리였는데) 내가 거기서 일하기에 충분한 정신지체가 있지 않다는 말도 들었다." 뒤틀린 유머 감각과 부조리를 좋아하는 남자이던 니펠은 실망했다. 그는 사람들에게, 자신이 대걸레 공장에서 일한다고 자랑하기를 원했던 것이다.[14]

다음에 니펠이 면접을 보러 간 곳은 우체부와 군인의 제복을 만드는 공장이었다. 임금은 최저시급보다 낮았고, 공업용 재봉틀을 사용한다는 점에서 시각장애인에게는 놀라운 직업이었다. "창문 없는 거대한 지하실에 1000대의 재봉틀이 내는 쿵쾅거리고 윙윙거리는 소리가 가득한 가운데, 나는 어느 소리 없는 재봉틀 앞에 앉아서 중년의 아시아 여성에게 면접을 보게 되었다. 그 면접 시간 역시 5분이 채 걸리지 않았다. 이번에는 시각장애가 심하다는 말도, 충분한 정신지체가 없다는 말도 없었다. 그녀는 몇 가지 예비 질문을 던진 뒤 그저 화제를 바꾸었고, 그 후 나를 문으로 안내했다."[15]

정말 재미있게도, 몇 년 후 나를 면접 본 사람도 바로 그 면접관이었던 것 같다. 나는 손바느질을 무척 좋아하는 데다 공연 의상 디자인 경험도 있었고, 마침 박사 학위 대기자에게 할당되는 온갖 조수직도 다 찼으므로, 나 역시 시각장애인 구직 퍼레이드를 벌였다. 나 역시 이 거대한 공업용 재봉틀 앞에 앉아 있었다. 그리고 안내견을 데리고 갔다는 사실에도 불구하고, 실제로 재봉틀을 돌리도록 허락까지 받았다. 나는 카키색

천 위에 박음질을 똑바로 하려고 최선을 다했지만, 그 여성이 계속해서 나에게 실이 보이는지 묻자 "그런 셈"이라고 답해야 했고, 결국 그녀는 수고했다고 하고는 나를 문으로 안내했다.

그동안 그 여성이 퇴짜 놓은, 지나친 고학력의 저시력 시각 장애인이 몇 명이나 되는지 궁금하다.

니펠이 제복 공장 면접을 보고 나서 얼마 후에 그 단체에서 연락이 왔다. 그들이 해줄 수 있는 일이 더는 없다는 거였다. 그리고 그의 파일은 그대로 닫혀버렸다. 물론 니펠이 인정하듯, 그의 경험은 "직업을 찾는 미국 장애인 사이에서는 독특한 일도 아니다."[16]

그러니 독자 여러분은 40년대 트베르스키의 소설 속 등장인물이 마주한 문제들이 지난 수십 년 동안 변하지 않았음을, 그리고 미국장애인법(Americans with Disabilities Act, ADA) 시대를 맞은 우리가 생각하는 만큼 변하지 않았음을 알았을 것이다. 우리 문화가 눈멂과 시각장애인에 대한 트베르스키의 암울한 묘사를 부정하면서, 진보라는 행복한 관념에 들어맞지 않는 이야기를 부정했다는 생각이 드는 것은 어쩔 수 없다. 그들은 여전히 바뀌지 않았다. 트베르스키가 그랬듯이 주인공이 가족들을 먹여 살리기 위해 지하철에서 구걸하는 모습으로 소설을 마무리하는 것은 우리가 눈먼 등장인물에게 원하는 바가 아니다. 나는 시각장애 경험의 다양성을 부정한다면, 다시 말해 특정 부류의 시각장애 작가가 쓴 특정 부류의 시각장애 이야기만을 허락한다면, 그것은 취업이나 자기 효능감 같은 현실의 문제를 감추는 행위라고 주장하고 싶다. 아동 성희롱부터 직장에서의 성차별까지 수많은 사회적 병폐에서 보아왔듯이, 어떤 것에 대해 말하지 않는 것은 그것을 영속화하는 지름길이다.

여기에서 잠시 시인이자 사이보그 작가 와이즈의 장애에 대한 '삼각화 이론(triangulation theory)'과 글쓰기 작업을 생각해보자. 와이즈는 2019년 한 인터뷰에서 장애를 다룬 책과 관련해 일부 독자와 편집자는 '삼각화' 방법론을 선호하는 것 같다고 설명한다. 심리학에서 삼각화란 일종의 조작 전술로, 한 사람이 다른 사람에게 직접 말하지 않고 대신에 세 번째 사람에게 두 번째 사람과 말하게 함으로써 삼각관계를 형성하는 것을 가리킨다. 와이즈에 따르면 "실제로 이것은 장애인이 쓴 책보다 장애인에 관한 책이 훨씬 많은 이유일 것이다."

와이즈는 앤 패칫(Ann Patchett)이 쓴 루시 그릴리(Lucy Grealy)의 전기를 예로 든다. 그릴리는 아일랜드계 미국 시인으로, 암 투병과 그로 인한 안면 손상에 관한 회고록 『서른 개의 슬픈 내 얼굴』을 냈다. "우리에겐 이미 그릴리의 자서전이 있다. 그런데 왜 패칫이 쓴 전기가 필요한가?"[17]

와이즈의 '삼각화' 이론은 시각장애 직업 작가가 왜 그렇게 드문지 이해하는 데 도움이 된다. 이는 소설가, 시인, 회고록 작가뿐 아니라 저널리스트에게도 해당된다. 고정관념, 편향성, 차별을 타개하기 위해서는 시각장애 및 시각 손상 저널리스트의 존재가 중요할 것이다.

시각장애인에 관한 듣기 좋은 이야기가 인터넷과 전통 미디어에 얼마나 많이 떠도는지 놀라울 정도이다. 예외 없이 비시각장애인이 쓰고 생산한 영감 포르노의 작은 폭발이다. 이와 비슷하게 시각장애인용 테크놀로지에 대한 이야기는 거의 항상 무비판적인 장밋빛 렌즈를 통해 제시되곤 한다. 이 책에서 소개한 테크놀로지는 시각장애인에게 아주 유용했다. 그러나 나의 비시각장애 친구는 흥분하지만, 시각장애 친구는 '별로'라며 회의적인 반응을 보이는 우스꽝스러운 시각장애 장비가 인터넷에 수도 없이 떠돌아다닌다. 그 예로 얼마 전에 미디어에서 수많은 화제를 불러일으켰던 '스마트 지팡이'가 있었다. 최소한 다섯 명의 비시각장애 친구가 내 피드에 그 기사 링크를 달았다. 클릭해보니, 그 장비는 기본적으로 표준적인 흰색 지팡이에 부착하는 제한된 기능의 스마트폰에 지나지 않았다. 499달러. 지팡이는 미포함된 가격이었다.[18]

그런데 그 회사가 이제 지팡이까지 포함해 판매한다는 소식을 얼마 전 한 친구에게서 들었다. 그 친구는 스마트 지팡이가 제공하는 모든 이점, GPS 같은 기능까지 누리기 위해서는 스마트폰이 있어야 한다고 했다. 그러나 어떤 기사에서도 비판적 사고는 보이지 않았으며, 결국 그 지팡이를 사서 시험해보든가 아니면 그냥 웃어넘길 수밖에 없었다. 허심탄회하게 말해야겠다. 우리에게는 시각장애 및 시각 손상 저널리스트가 더 많이 필요하다. 이상이다. 우리가 우리 자신의 이야기를 보도할 수 있을 때 비로소 눈멂과 시각장애인에 대한 공평한 보도를 기대할 수 있다.

내 얘기는 모든 시각장애 작가가 시각장애와 관련한 글을 써야 한다는 게 아니다. 다만 비시각장애 저널리스트가 시각장애인과 우리의 뉴스 및 문화에 관해 쓸 때는 좀 더 신중한 태도로 임해야 한다는 것이다. 연기의 경우처럼, 주요 뉴스 매체가 시각장애 관련 문제를 다룰 때 그 문제에 대처하기 위해서는, 시각장애 작가가 필요한 경험을 하도록 해주는 적극적인 조치가 필요하다.

그러니 뉴스 매체는 "저널리즘에서 장애 다양성을 확장"하고 있는 DisabledWriters.com 리소스에 관심을 가지기를 바란다. 그곳에는 장애에 관해 여러분이 쓴 이야기를 논평하는 장애인 작가들이 있다. 큰 도움이 될 것이다. 아마도 대다수 사람들과 다른 대단한 존재로서 한 명의 장애인을 찬양의 연단에 세우려는 영감 포르노 충동을 완화해줄 수 있을 것이다. 시각장애 저널리스트가 더 많이 나온다면, 비현실적이고 놀랍고 독특하고, 거의 비인간적인 시각장애인에 관한 이야기의 홍수를 막는 데도 도움이 될 것이다. 장애인 운동의 구호는 이에 대해 완벽하게 말한다. "우리 없이 우리에 관한 것은 없다!"

14

예술의 정신 세계와
접근성

눈먼 작가, 눈먼 미술가, 눈먼 음악가에 대해서 한편으로는 갈채를 보내면서도 다른 한편으로는 뭉개버리는 경향이 있다. 물리적 시각의 결핍은 (감각을 초월하는) 예술의 정신을 아름답게 상징하지만, 바로 그 결핍이 재능 연마와 예술계에 진입을 막는 장애물이 된다. 다시 말해 사람들은 시각장애인의 능력은 물리적인 것을 초월한다고 가정하며 지나치게 숭배한 나머지, 우리에게 필요한 테크놀로지와 시설을 무시하거나 거부한다. 시각장애 예술가들은 비시각장애 동료와 동등한 기회를 누리기가 힘든 것이다.

흔히들 보지 못하는 사람에게 확실한 예술의 길은 음악이라고 생각한다. 물론 그 분야에는 원더와 찰스 등의 탁월한 성공 이야기가 있다. 그러나 시각장애 음악가의 삶에는 숱한 난제가 있다. 특히 고전 음악을 하는 사람들은 더 힘들다. 로리 루빈은 회고록『색깔로 꿈꾸나요?』에서 예일 음악 학교 대학원생 동료들이 누리는 공연 경험을 거부당했던 사례를 이야기한다. "전체 프로그램에서 이 위치에 있는 유일한 가수"라는 이유였는데, 애초에 그녀가 거기 있던 건 바로 가수였기 때문이다. "설사 전문가가 시각장애 오페라 가수에게 기회를 줄 생각이라 해도, 그들은 내가 경험자라는 증거를 요구했다." 로리는 한 이메일에서 캐스팅에 '간과'되었음을 알고는 스튜디오 수업에서 강사와 맞섰다.

피가 끓어오르는 이러한 상황에서 로리는, 내가 상상할 수 있는 것보다 더 합리적이고 유창하게 따졌다. 그 강사가 생색을 내며 다들 로리에게 매우 놀랐다고 말하자 그녀가 대답했다. "저는 선생님의 칭찬이나 감탄을 요구하는 게 아니에요. 다만 내가 이 프로그램에 와서 얻으려 했던 것을 요구하는 거고, 그건 바로 오페라 경험이에요. 선생님은 본인이 고용한 무대 감독을 충분히 믿지 않으시는 것 같네요." 무대 감독이 기대만큼 창의적이라면 그녀를 무대에 세울 방법을 함께 궁리할 수 있을 것이라고 로리는 주장했다. 그러나 강사는 그런 식의 합리성이라곤 없는 사람이었는지, 퉁명스럽게 그녀의 주장을 짓밟아버렸다. "우리 감독님은 당연히 의사 결정에 참여해왔지만, 당신과 함께 일할 시간이나 여력이 없을 거예요."[1]

오페라계에서의 이런 편견은 깊이 분노할 만한 또 다른 비대칭을 만들어낸다. 오페라는 멜로드라마를 좋아하고, 따라서 비유로서의 눈멂은 오페라에 아주 잘 들어맞는다. 그 예로 '르네 왕의 눈먼 딸'이라는 덴마크 이야기를 각색한 대본에 차이콥스키(Pyotr Il'ich Tchaikovsky)가 작곡한 오페라 「이올란타 (Iolanta)」를 보자. 여기에는 아름다운 눈먼 공주가 등장한다. 여자는 자신이 공주인지, 눈이 멀었는지, 아름다운지도 모른 채 정원에 갇혀 지낸다. 물론 멋진 청년이 공주와 사랑에 빠지고 눈이 멀었음을 일깨워준다. 이제 공주는 눈이 멀었다는 사실을 알게 되었으니 '치료'받을 수 있을 것이다.

나는 로리에게 이메일을 보내 오페라 「이올란타」에 관해 물었다. 로리는 몇 해 전 명망 있는 탱글우드 음악 캠프에서 여름을 보내던 중 이 오페라의 한 장면을 공연한 적 있었다. 로리가 말했다. "오페라의 결말에 이르러 이올란타가 시각을 얻는다는 점이 슬퍼요. 그리고 영원히 행복하게 살죠." 하지만 그래도 "음악은 아름다워요."

나는 메트로폴리탄 오페라 하우스에서 공연된 최근작에 관해 들은 얘기를 언급했다. 진보적인 연출이었지만, 이올란타 역은 비시각장애 소프라노가 맡았다.

로리는 대답했다. "글쎄요, 만약 메트로폴리탄 판본이 그렇게 진보적이었다면, 왜 시각장애 가수를 쓸 기회를 잡지 않았을까요? 제가 할 수 있는데 말예요."

나는 전문 극단이 이올란타 역에 시각장애나 시각 손상을 입은 소프라노를 찾기 위해 노력하지 않았다는 것을 말하고 싶다. 언제나 그렇듯 플롯 장치로서 눈멂은 받아들일 수 있지만 시각장애인의 고용 자체는 받아들이지 못한다. 지금처럼 극단에서 시각장애인 배역을 시각장애 오페라 가수에게 맡길 생각이 없다면, 대체 언제 시각장애인을 쓰게 될 것인가?

시각장애 가수로서 오페라 무대에 설 기회를 얻기 힘든 현실적 난관 또는 인지된 난관을 접어두더라도, 록 밴드에서부터 오케스트라까지 그룹 연주에서 이뤄지는 소통은 대부분 시각적 신호를 통해 일어나곤 한다. 따라서 여러분이 눈먼 음악가라면 성공할 수 있는 연주 영역은 좁아진다. 여러분은 뛰어난 솔로 연주자나 밴드 리더여야 하며, 설사 재능과 노력으로 장애를 극복할 수 있다고 해도 온갖 농담과 싸워야 한다.

작가이자 편집자, 라디오 프로듀서인 앤드루 릴런드(Andrew Leland)는 망막색소변성증이다. 그가 진행하는 팟캐스트 에피소드 「오르가니스트」[2]를 들은 나는 「지미 키멜 라이브」의 2018년 꼭지를 떠올렸다. 그 쇼에 출연한 배우이자 감독 도널드 글로버(Donald Glover)는 자신의 TV 드라마 「애틀랜타」에 스티비 원더의 노래를 사용한 것과 관련해 원더와의 상호 작용을 설명한다. 시각장애인과의 소통이 일종의 괴물 쇼라는 듯, 글로버는 원더와 문자 메시지를 주고받는다는 것이 황당하다는 듯 이야기하면서 시작한다. 원더가 대본을 읽고 싶다는 답을 보내자, 글로버는 '읽다'라는 단어에 강조 표시를 넣으면서 이마저도 놀랍다고 암시한다.

시각장애인과 테크놀로지와 관련해 글로버처럼 비교적 젊은 사람(그는 1983년생이다.)이 이토록 무지하다니, 눈이 번쩍 뜨일 정도다. 키멜과 청중의 반응으로 보건대, 원더가 눈이 멀었기 때문에 그들과는 전혀 다른 방식으로 세계와 상호 작용할 것이라는 인식이 그들의 웃음을 촉발하는 것 같다.

원더는 수십 년 동안 자기 음악에 첨단 테크놀로지를 사용하기도 했지만, 릴런드의 팟캐스트에서 내가 알게 된 것처럼, 영화 음악도 작곡했다. 「식물의 정신세계 여행(Journey Through the Secret Life of Plants)」은 베스트셀러 『식물의 정신세계』라는 색다른 대중 과학서를 바탕으로 1978년 제작된 같은 제목의 영화를 위해 만든 앨범이다. 솔직히 나는 가짜 과학과 진짜 과학으로 가득한 이 책이 무척 좋다. 그중에는 식물의 소통이 실제라는 놀라운 발견에 영감을 준 내용도 있다. 물론 식물은 대체로 같은 종의 개체끼리 화학적 방법을 통해서 소통하지만 말이다. 안타깝게도 그것은 우리가 내려갈 수 없는 토끼굴이다.

원더의 「식물의 정신세계 여행」은 기발하고 기괴하며 세속적인 음향이 화려하게 분출되는 앨범이다. 당시에는 혹평을 받았고 이후 비평가나 팬도 무시하거나 일축해왔다. 2019년 온라인 음악 잡지 《피치포크(Pitchfork)》는 이 두 장짜리 사운드트랙에 대한 회고적 평론에서 이렇게 썼다. "스티비 원더의 심오한 음악 세계에 대한 거의 모든 감상에서, 「식물의 정신세계 여행」은 일종의 페이지 나눔, 북엔드, 널리 사랑받는 「인생의 열쇠에 담긴 노래(Songs in the Key of Life)」라는 아찔한 봉우리를 지난 뒤에 만나게 되는 건조한 계곡과 같다. 거의 모든 평론에서 그 앨범은 팝의 역사에서 가장 위대한 음악의 종말로 여겨진다."[3]

그러면서도 그 기사는 기이하고 오해받는 그 앨범이 원더의 실수나 착오가 아니라, 진정 새롭고 유별나게 개인적인 무언가를 하려는 의도적 시도였다고 지적한다. 기대에 찬 수백만의 주목을 받는 음악가라면 대체로 하지 않았을 시도였다.

예술의 정신 세계와 접근성

그 시도에 마술 같은 것은 없었다. 적어도 그 방법에 관한 한 없었다. 《피치포크》에 따르면, 원더는 4트랙 레코더와 헤드폰을 가지고 작업했다. 프로듀서가 왼쪽 귀에 대고 스크린에서 벌어지는 일을 설명해주고, 오른쪽 귀에서는 엔지니어가 시퀀스 내의 프레임 수를 일일이 세어줌으로써 "원더에게 악보를 쓰게 했"다는 것이다.[4]

평론가는 또한 지적한다. "그동안 무시되고 소홀히 여겨지고 사회가 식물계에 붙인 외견상의 비인간적인 측면을 탐험하면서, 원더는 식물학적 주제와 흑인의 경험이 공명한다는 것을 발견한다."[5] 그 앨범의 핵심은 타이틀 트랙의 가사 "우리가 보는 건 대수롭지 않아요." 안에 담겨 있는 듯하다.

원더는 보이지 않는 불가해한 세계를 탐험하기 위해서 최첨단 악기를 사용했다. 《피치포크》에 따르면, 4만 달러를 호가하는 야마하 GX-I 신시사이저 두 대도 사용되었는데, 이는 (시각장애인이든 아니든) 시류와 실험적 테크놀로지를 포용할 수 있는 사람이 있다면, 바로 원더라는 점을 강조한다. 그러니 원더와의 문자 메시지에 관한 농담을 늘어놓는 글로버의 말을 듣다 보면 실소가 나오기도 한다. 내가 아는 모든 시각장애인은 음성 및 점자 출력 기능이 내장된 스마트폰을 가지고 다닌다. 나는 2011년에 그런 기능이 있는 스마트폰을 갖게 되었지만 단연코 내가 처음은 아니었다.

글로버는 문자 메시지와 읽기에 관한 농담도 모자라 원더가 텔레비전을 '보는' 능력에 관한 농담까지 한다. "저는 그런 생각이 들죠. 그는 어떻게 텔레비전을 보지?" 글로버는 그 쇼의 첫 장면에 대한 원더의 반응을 이야기한다. "그건 그의 앨범 재킷과 같아요. 아주 훌륭하죠. 그런데 누가 그에게 말해줄까요? 아니면 어떻게 알까요?"[6]

대중의 믿음과는 반대로, 시각장애인은 격리되어 살지 않는다. 우리는 우리가 사는 세계의 시각적 측면에 아주 익숙하다. 그렇지만 나는 원더의 1972년 앨범 「토킹 북」이 떠오른다. 그 앨범 앞면에는 그의 이름과 앨범 제목이 점자로 등장하며, 크레디트 위의 안쪽 날개에는 그의 시각장애 팬에게 보내는 비밀 점자 메시지가 있다.

나는 재즈 보컬리스트 친구인 프랭크 시니어에게 젊은 시각장애인으로서 그 앨범을 샀을 때를 기억하느냐고 물었다. "아, 그럼요. 그때가 뉴욕대학교에서 음악 교육을 공부하던 첫 해였죠." 당시 그에게 원더는 전부였기 때문에 그는 무슨 수를 써서든 그 앨범을 샀을 것이라고 했다. 그 점자 메시지는 프랭크와 비시각장애 학생들과의 어색한 관계를 풀어주는 역할을 했다. "너희들, 그 앨범에 있는 게 점자라고 하면, 다들 '이런, 정말?' 하고 생각하겠지?"

프랭크가 원더의 비밀 메시지를 비시각장애 친구에게 읽어줄 때, 그의 (상당한) 매력 지수가 기하급수적으로 상승하는 모습이 눈에 선하다.

여기 내 음악이 있어요,
그것은 내가 느끼는 바를
말해줄 수 있는 전부랍니다.

당신의 사랑이 내 사랑을

강하게 지켜준다는 것을

알아주세요.

스티비[7]

이 메시지는 앞 커버에 있는 제목과 그의 이름처럼 2급 점자로 되어 있는데, 이는 표준 점자를 간결하게 하는 온갖 축약형을 사용하고 있다는 얘기다. 진짜로 실제 점자 독자를 위한 것이다! 불행히도 CD 시대로 접어들면서 그 점자 메시지는 사라졌고, 내가 알기로 2000년 앨범 발매 때 잉크 인쇄된 번역문이 덧붙여졌다. 어떤 비시각장애인들에게는 더는 받아들이기 힘들 만큼 접근 불가능성의 경험이 너무 컸나 보다.

점자와 함께, 토킹 북(시각장애 독자를 위한 전체 오디오 녹음)은 원더가 읽고 쓰는 도구 상자의 일부였다. 1930년대 맹인 도서관이 제1차 세계대전에서 시력을 잃은 참전 군인을 위해 음반에 책을 녹음하기 시작한 이후 토킹 북은 나를 비롯한 거의 모든 시각장애 독자의 도구 상자에 들어 있었다.[8]

물론 앞서 말한 쇼에서 키멜은 「토킹 북」이나 원더의 다른 앨범 커버가 아니라 원더의 애정 관계에만 관심이 있다. 이는 마치 피할 수 없다는 듯 다음의 상투어구로 이어진다. "그가 결혼한 여자나 데이트하던 여자와 같이 있을 때 보면, '와, 여자 예쁜데.' 하는 감탄이 절로 나오죠."[9] 이는 앨러배스터가 미남이라고 늘 나에게 말해주고 싶어 하는 사람을 떠올리게 한다. 마치 내가 그것을 알 리 없다고 생각하거나 또는 시각장애인이 잘생긴 비시각장애인과 사귀는 것은 일종의 낭비라고 여기는 듯하다. 방송 시간이 다 되어가므로 글로버는 그 농담의 펀치라인을 내뱉는다. "네, TV 화면을 만지면서 이거 재미있네 하는 것과 같겠죠."[10] 만약 내가 원더라면 이렇게 말할 것이다. "어이, 내 음악 돌려줘."

원더의 눈멂에 관한 농담이 아직도 많이 돌아다닌다는 것은 나로선 믿기 힘든 일이다. 그러나 엔터테인먼트 산업계에서 일하는 시각장애인의 입장은 껄끄럽다. 값싼 웃음을 위해서 여러분을 버스 밑으로 내던질 얼간이가 수없이 많기 때문이다. 코미디를 하던 시절에 나도 똑같은 일을 겪었다. 대개 코미디언은 동료 공연자에게 자극받은 즉석 농담을 터뜨리길 좋아한다.

이 모든 눈먼 농담과 관련해 우리가 결백하다고 할 수는 없다. 글로버가 출연한 키멜 쇼의 그 짜증 나는 꼭지는 원더의 생일 파티를 언급하며 시작하는데, 원더는 (청중 속에 있던) 글로버에게 "오늘 밤 이 자리에 온 도널드 글로버가 보이네요."라고 말하며 「미신(Superstition)」을 같이 부르자고 했다.[11] 당연히 큰 웃음이 터졌다. 공연하던 그 시절에 나도 이 손쉬운 열매를 땄던 적이 한 번 이상 있음을 인정할 수밖에 없다. 우리의 예언자적 능력과 관련한 비시각장애인의 의심과 두려움을 활용하려는 충동에 저항하기는 쉽지 않다.

그러나 나는 우리가 이런 농담을 계속해야 한다고 주장하고 싶다. 백인인 나는 감히 인종적 농담을 할 엄두도 못 내지만, 크게 성공한 코미디언 앨리 웡(Ali Wong) 같은 사람은 아시아계 미국인에 대해 얼마든지 배꼽 잡는 농담을 할 수 있다(비록 궁극적으로는 아시아인과 관련해 백인 중심 미국의 위선과 어리석음을 조롱하고 있지만). 왜냐하면 그녀는 중국-베트남계 미국인이기 때문이다. 이는 시각장애인 농담에 적용해야 할 훌륭한 경험 법칙인 것 같다. 그리고 그 법칙은 눈멂의 비유라는 열차에서 비시각장애 작가, 배우, 프로듀서를 잠시 내리게 해줄 것이다.

시각장애인과 문자 메시지를 주고받는다는 황당한 생각으로 돌아가면, 시각장애인의 성공에 테크놀로지가 얼마나 필수적인지, 그리고 대체로 시각장애 테크놀로지가 어떻게 새로운 테크놀로지의 혜택을 받고 또 그것을 촉발하는지에 관해 아직 잘 알려지지 않았다고 생각한다. 앞에서도 말했지만, 시각장애인 중 대다수가 비시각장애 친구나 동료보다 한참 먼저 테크놀로지에 의존하기 시작했다.

1976년 원더는 NBC의 「투데이」 쇼의 한 꼭지를 보았다. 한 시각장애 남성이 미래학자이자 기업인인 레이 커즈와일(Ray Kurzweil)이 발명한 독서 기기를 보여주고 있었다. OCR 소프트웨어 초기 버전을 사용한 기계였다. 원더는 커즈와일에게 연락했고, 그 독서기 최초의 공식적인 고객이 되었다.[12]

터무니없이 비싼 커즈와일 독서기를 나는 구할 수 없었지만, 1990년대 중반 뉴욕대학교 봅스트도서관에서 하나를 발견했다. 다른 시각장애 및 시각 손상 학생과 같이 쓰던 작은 방음실에 그 장비가 있었다. 당시 커즈와일 독서기는 기본적으로 OCR 소프트웨어와, 숫자 키패드를 사용해 장비를 읽고 작동하기 위한 문자 음성 변환 소프트웨어가 탑재된 아주 커다란 독립형 스캐너였다.(무게가 약 9킬로그램에 달했다.) 나는 대출 데

스크에서 서가의 책을 신청한 다음, 그 책들을 작은 방음실로 가져가 스캔하곤 했다. 책 한 페이지 한 페이지를 스캔대에 놓고 밑줄이나 여백에 낙서가 없기를 기도했다. 낙서 등이 있으면 중요한 구절을 읽을 수 없을 때가 많았다. 당시에는 OCR 소프트웨어 기능이 완벽하지도 않았으며 스캔하는 데 많은 시간이 걸렸고, 그 결과를 컴퓨터에서 관리하고 통합하기도 쉬운 일이 아니었다. 그러나 컴퓨터에서는 페이지를 찾고 복사하고, 필기를 위해 무언가 붙이는 것도 가능하다. 깔끔하고 언제든 읽을 수 있는 전자책에 내가 이렇듯 흥분하는 것도 바로 그 때문이다.

여전히 나는 거의 날마다 커즈와일 독서 기기를 사용하는데, 이제는 날렵한 휴대용 스캐너와 같이 사용하는 막강한(그리고 여전히 비교적 비싼) 소프트웨어가 되었다. 나는 커즈와일로 종이책을 스캔하기도 하지만, Bookshare.org에서 전자책을 다운로드할 때가 더 많다.

그동안 전자 음악에 관심이 있는 몇몇 친구에게 커즈와일 독서기를 언급할 때마다, 친구들은 곧바로 그 이름을 알아들었다. 언젠가 커즈와일이 원더의 스튜디오인 원더랜드를 방문했을 때, 원더는 그에게 "어쿠스틱 악기의 훌륭하고 깊은 소리를 내고, 컴퓨터 악기의 막강한 제어 기능을 가진 컴퓨터 악기를 만들"라는 과제를 주었다. 커즈와일은 "패턴 인식 및 기계 학습"을 활용해 그 과제를 해냈고, 그 결과가 커즈와일 250 신시사이저였다.[13]

독서기 이야기로 돌아가자. 원더는 커즈와일 독서기 사용자이기도 하고 전도자이기도 했다.『브라더 레이』의 공저자였던 데이비드 리츠(David Ritz)는 레이 찰스의 사망 직후에 재출간된 2004년판 후기에서, 처음 그 전기를 낸 후 다른 음악가들과 공동 작업했던 책들을 레이 찰스에게 선물했다고 말한다. 리츠는 마빈 게이, 어리사 프랭클린, 비비 킹 등의 아티스트와 같이 쓴 책을 찰스에게 주었고, 찰스는 원더가 건네준 독서기를 이용해 그 책들을 읽었다고 한다.[14] 전자책이 나오기 전까지 독서기는 시각장애인이 비시각장애인 대독자를 기다릴 필요 없이, 출간되는 즉시 책을 읽을 수 있던 최고의 방법이었다. 그러나 수십 년 동안 보통 사람의 경제 사정으로는 꿈도 꾸지 못할 장비이기도 했다.

사람들이 원더와 찰스를 설명할 때는 거의 항상 그들의 눈멂과 관련해 경외심이 뚝뚝 떨어지는 말을 사용하는 것 같다. 눈멂에도 불구하고 그들이 얼마나 놀라운지 감탄하면서, 한편으로는 그 눈멂 덕택에 그들은 비시각장애인 세계의 진부함을 뛰어넘어 음악의 핵심에 도달하게 해주었다는 식이다. 갖은 고된 작업과 끝없는 연습, 그리고 원더의 경우 특히 그 음악을 만들어준 테크놀로지에 대해선 신경 쓰지도 않는다. 이들 눈먼 음악가가 다른 세계 사람이라는 생각이 너무 만연해 있어서, 그들의 이야기를 읽으면서는 위축되기 마련이다.

마크 리보스키(Mark Ribowsky)는 2010년에 낸 원더 전기에서 이렇게 썼다. 원더의 음악은 "우리보다 더 많은 것을 '보는' 눈에 의해서만 만들어질 수 있었다. 지금까지 그것은 '내면의 시야'에서 나왔고, 지금까지 우주로 전달되었다."[15]

원더가 대단한 아티스트라는 사실은 의심할 여지가 없지만, 통찰을 지나치게 과장하고 떠받드는 식의 은유는 시각장애인의 실질적 요구에 대한 진지한 대화를 아주 힘들게 만든다. 원더는 2017년 그래미 시상식에서 이를 분명히 밝힌 바 있다. 그는 동료 발표자들이 봉투 안에 있는 것을 읽지 못한다고 장난스레 놀리며 큰 웃음을 이끌어냈다. 봉투 안에 쓰인 건 점자였기 때문이다. 그러나 수상자를 발표하기 전에 그는 담백하고 확실하게 말했다. "우리는 장애를 가진 모든 사람이 모든 것을 이용할 수 있게 해야 합니다."[16]

시각장애인이 음악 이외의 소리 지향적인 예술에서 잠재적인 경력을 갖기는 쉬워 보일 수 있다. 그러나 역사적으로 소리 녹음이나 소프트웨어 편집(흔히 DAW(디지털 오디오 워크스테이션)을 가리킨다.)은 아이러니하게도 대체로 매우 시각적인 작업이었고, 시각장애인과 시각 손상인이 음향 예술 직종에 접근하는 길을 차단해왔다. 친구인 앤디 슬레이터(Andy Slater)는 그 세계에 사운드 아티스트가 유달리 적다는 사실을 깨닫고, 시각장애인사운드아티스트협회(Society of Visually Impaired Sound Artists, SoVISA)를 설립해 상황을 개선하고자 애쓰고 있다.

SoVISA는 선언문에서 "우리는 우리의 노력으로 새로운 아티스트와 작곡가를 낳을 것이며 시각장애인과 시각 손상인에게 음향 예술을 소개하려 한다."라고 밝힌다. "비시각장애인

사운드 아티스트의 수가 시각장애 사운드 아티스트의 수보다 대단히 많다는 사실이 기묘하다고 생각"하기 때문이다. SoVI-SA는 시각장애인을 위한 예술 교육에 음향 기반의 작업과 아티스트를 포함할 것, 박물관은 음향 기반의 작업을 위해 더 많은 자금을 제공할 것, 접근 가능한 오디오 및 녹음 기술을 시각장애 예술가가 더 많이 이용할 수 있게 할 것 등을 요구하고 있다.[17]

앤디는 비록 미국 전역과 미국 밖의 명망 있는 박물관과 갤러리에서 작품을 선보이고 있지만, 날마다 새로운 기술을 추구하는 과정에서 여전히 어려움에 부딪히곤 한다. 노스웨스턴대학교에서 음향 예술 및 산업에서 박사 학위를 취득하기 위해 연구를 시작할 때, 그는 엄청난 행정적·기술적 난관에 부딪혔다. 그 예로 그에게 배정된 컴퓨터에는 접근 가능한 소프트웨어가 설치되어 있지 않았고, 따라서 그는 처음 두 달 동안은 참여할 수가 없었다. IT 부서에서는 수없이 '죄송합니다.'를 반복했지만, 앤디가 학기 시작 전부터 요구했는데도 그 간단한 걸 왜 하지 않았는지 아무도 설명하지 못했다.

따라서 앤디의 작품이 멋있기도 하지만, 종종 대담한 형태의 행동주의이자 장애 정의의 성격을 띠는 것도 놀랄 일은 아니다. 그는 그런 작품을 '급진적 시각장애'라고 부르는데, 그가 만들어낸 사운드 스케이프의 다수는 그가 흰색 지팡이로 사방을 치고, 손뼉을 치고, 발을 구르고, 클리커(시끄럽고 날카로운 소리를 내는 작은 상자로, 개를 훈련시킬 때 흔히 사용된다.)를 사용함으로써 공간을 '활성화'하는 것과 관련이 있다. 2019년 앤디는 두 명의 시각장애 사운드 아티스트와 함께 시카고 아트인스티튜트에서 「우리가 여기 있다니 멋지지?(Is It Cool That We're Here?)」라는 제목으로 장애인의 목소리(내 목소리도 들어갔다.)가 들어간 공연 설치 작품을 선보였다. 서로 다른 음높이로 녹음되어 뒤섞인 목소리와 전자음 속에서 각각의 목소리가 명료하게 표면으로 올라왔다가 다시 밑으로 사라진다. 기억할 만한 소리 대목은 어느 박물관 경비에게 말하는 것 같은 말이었다. "제 지팡이가 뭐라도 넘어뜨릴까 봐 걱정되세요?"

"그 공연은 완전히 펑크다웠고 완전히 급진적이었죠. 전체가 박물관과 예술에 대한 비평이었거든요." 《캐터펄트》에 「블라인드 펑크의 두뇌 강타와 동정심 강타(The Brain-Smashing, Pity-Bashing Art of Blind Punk)」라는 제목의 나와의 인터뷰에서 앤디는 말했다. 아이러니하게도 「우리가 여기 있다니 멋지지?」의 공연 장소는 근사한 미술품들이 전시된 시카고 미술관 건물의 거대한 대리석 방(시카고 주식거래소가 있던 곳)이었다. "그 미술품들은 소리와는 아무런 관련이 없었죠."[18]

음향 예술을 만지작거리는 사람으로서 나는 SoVISA 회원이다.(나는 나의 오랜 공동 작업자이자 예전 밴드 일원인 데이비드 로와 함께 내 글을 위한 사운드 스케이프는 물론, 익살스러운 예술 영화 대여섯 편의 사운드트랙을 만들기도 했다.) 요즘에는 음향 녹음이나 편집을 많이 하지는 않지만, 이런 작업을 할 때는 프로 툴스(Pro Tools)를 사용한다. 나는 이 DAW 괴물을 배웠을 뿐 아니라, 애플 맥 사용법도 배웠다.(나는 늘 윈도 사용자였다.) 이것을 배우도

록 도와준 사람은 당시 뉴욕시 라이트하우스 인터내셔널* 음악
학교의 강사를 지낸 마크 와그넌이었다. 이 학교는 이후 독립
기구인 필로멘 M. 다고스티노 그린버그 음악학교가 되었다.

마크는 시각장애인은 아니지만, 오랫동안 음악학교에 있
으면서 오디오 편집부터 퍼커션, 재즈 앙상블 운영 등을 가르
쳤다. 내가 처음 마크를 만난 시점은 드럼 레슨을 받기로 결심
했을 때였다. 드럼을 잘 치지 못했던 나는 어느 날 레슨을 받으
러 갔다가, 한 꼬마가 드럼을 신나게 두드리는 소리를 듣고 결
국 집으로 발길을 돌렸다. 이 다섯 살배기 꼬마가 바로 피아노
신동 매슈 휘터커(Matthew Whitaker)였다. 휘터커는 곧잘 원더
와 비교되며, 원더가 아폴로 극장 명예의 전당에 오를 때 열 살
의 휘터커가 개막 공연을 했다. 어른이 되어서는 밴드를 구성
해 전 세계를 돌며 재즈 연주를 했지만, 내가 마크의 드럼실에
서 그를 만났던 2006년 당시 휘터커는 페달에 발이 겨우 닿을
정도였다. 나는 마크에게 말했다. "제길, 저 꼬마가 저보다 낫네
요." 마크의 대답은 모호했다. "아니…… 아직은요."

마크는 프로 툴스에 소프트웨어의 장애인 접근성을 높여
달라는 청원을 도와주었고, 그 일이 성사되자 나는 프로 툴스

---

* 시각장애인 및 저시력자의 교육, 재활, 의료 서비스 등을 위해 세워진 자선 단체.
  1903년 뉴욕시에서 위니프레드와 이디스 홀트 자매가 만든 '라이트하우스 프리
  티켓 뷰로(Lighthouse Free Ticket Bureau)'가 모태가 되어 이후 뉴욕 시각장애인협
  회 주식회사로 병합되었다. 1989년에 라이트하우스 주식회사를 거쳐 1998년에
  라이트하우스 인터내셔널로 다시 이름을 바꾸었다. 유대인 보건길드와 합병된
  지금은 라이트하우스 길드 인터내셔널로 불린다.

를 배우기 시작했다. 한번은 뉴욕대학교의 탠던공대의 학생들 앞에서, 20개 이상의 트랙이 있는 보기에도 복잡한 프로젝트를 처리하기 위해 보이스오버(VoiceOver, 애플이 모든 자사 제품에 장착한 문서 음성 변환 프로그램)의 사용법을 시연한 적이 있었다. 학생들은 깊은 인상을 받았다. 이토록 수많은 트랙과 중첩된 툴과 상호 작용하는 것은 비시각장애인에게도 만만찮은 일인데, 하물며 시각장애인은 훨씬 더 많은 것을 암기해야 하니까 말이다. 이를테면 녹음할 트랙이 선택되었는지 눈으로 볼 수 없으니, 기억해두거나 주변을 두드리며 확인해야 한다. 하지만 접근성이 주는 힘을 고려하면, 난이도가 추가되는 것쯤은 환영할 만한 일이다.

접근 가능한 테크놀로지가 있으니, 시각장애 및 시각 손상 사운드 아티스트(뿐 아니라 음향 엔지니어)가 되기란 얼마든지 가능하다. 그럼에도 이 분야에서 경력을 쌓아가는 이들은 여전히 상대적으로 적다. 하지만 상황은 빠르게 바뀌고 있다. 개인적으로 나는 '리퍼(Reaper)'에 매우 들떠 있다. 시각장애 프로그래머가 받아들이고 향상시킨 DAW인 리퍼 덕분에 음향을 다루는 작업에 참신한 방식으로 접근할 수 있다. 이를테면, 점자 디스플레이를 사용해 각 트랙과 상호작용할 수 있어 시각적 트랙이 배치된 방식과 더 유사한 창조가 가능해지고, 손으로 만져지기 때문에 오디오가 녹음되거나 재생되는 동안에도 쉽게 정보를 파악할 수 있다.[19]

예술에서 접근성은 두 가지 측면이 있다. 예술을 창조하기 위한 도구와 자원에 대한 접근성, 그리고 예술 작품 자체에 대

예술의 정신 세계와 접근성

한 접근성이다. "접근성은 나에게는 매우 중요하며 솔직히 모든 예술가에게도 중요할 것이다." 앤디는 「언신 리허드(Unseen Reheard)」의 라이브 공연 전시 프로그램에서 설명한다. 이 음향 우주의 두 장짜리 앨범에는 「탭 앤드 롤」, 「마비성 통과」, 「올랜도로 가는 터널」, 「출몰(메아리의 형상)」 등의 트랙이 들어 있다.[20]

앤디는 장애인 아티스트로서 자신을 포함해 시각장애인을 위한 접근성을 의식하고 있을 뿐 아니라 자기 예술의 접근 장벽에 대해서도 생각한다. "어떻게 하면 들을 수 없는 사람들도 내 작품에 접근하도록 할 수 있을까?" 답은 참신하고 거창한 번역을 시도하는 것이다. "나는 앨범 「언신 리허드」의 모든 곡을 글로 묘사했다." 앤디는 설명한다. "시적인 것, 의성어, 은유, 또는 여러분이 받아들이는 모든 것을 동원했다. 이 작품에서 표현된 모든 소리는 참고 자료가 가득한 세계에서 녹음되었으므로, 소리의 구절·서사·구성을 묘사할 방법은 무궁무진하다." 여기에 몇 가지 예가 있다.

무언가가 찌르레기들을 지켜보고 찌르레기들이 사실상 금속성이라고 결론짓는다.

발들이 문을 박차고 복도로 들어간다. 쾅 하는 소리와 달리는 발소리에 깜짝 놀란 일행이 주변을 돌아본다. 지팡이가 균열을 관찰하기 위해 석회암 위를 넘어선다.

게들이 싸우는 소리가 바람을 타고 뜰 전체에 울려 퍼진다. 역류한 물이 정적인 전자(電子)로 막힌다. 목소리의 그림자가 밑에서 부글부글 차오른다.[21]

모든 번역이 그렇듯, 놓치는 것과 더해지는 것이 늘 있을 것이다. 오디오에 대한 언어적 묘사라는 도전을 받아들이는 것은 한 감각에서 다른 감각으로의 번역 작업이 어떻게 예술을 새로운 영역으로 밀고 갈 수 있는지 멋지게 보여준다. 접근성이 반드시 ADA 준수를 확인한 무균 상자여야 할 필요는 없지만, 모두에게 예술의 영역과 접근성을 확장하는 도구를 제공할 수 있으며 또 그래야 한다.

예술의 정신 세계와 접근성

15

낙인과 초능력 사이의
진퇴양난

어릴 때 처음 「스타 워즈」 시리즈를 보던 무렵 내 시력은 정상이었다. 핼러윈 때는 레아 공주 옷을 입고 그녀를 닮은 얼굴로 제법 관심을 끌기도 했고, 보이기보다는 느껴지는 힘인 포스에 매료되었던 기억도 있다. 눈가리개를 한 광선검 훈련부터 마지막의 짜릿했던 데스 스타의 폭발까지, 루크 스카이워커는 앞을 보지 못할 때도 잘 해냈다. 오비완 케노비의 말처럼 "눈은 널 속일 수 있다. 눈을 믿지 마라."

어쩌면 그래서일까? 「스타 워즈: 라스트 제다이」의 감독 라이언 존슨(Rian Johnson)이 루크를 맹인으로 만들려고 생각했던 것도 놀랍지는 않다. 그는 2017년 《롤링 스톤(Rolling Stone)》의 커버스토리에서 이런 생각을 했다고 말한다. "만약 루크가 시각장애인이라면? 만약 루크가 이를테면, 눈먼 사무라이라면?" 그는 그때가 「로그 원」에서 눈먼 전사 치루트가 등장하기

전이었다고 덧붙인다.[1]

눈먼 전사 치루트, 맹인 검객 자토이치, 눈먼 슈퍼히어로 데어데블은 하나같이, 눈은 방해가 될 뿐이며 싸움에서는 다른 감각을 사용하는 것이 유리하다는 비시각장애인의 미신을 활용한다. "우리는 인간의 한숨 소리에서 비밀을 듣고, 두려움의 냄새를 맡는 등 비시각장애인에게 불리하게 사용할 수 있는 이점을 가진다고들 이야기된다." 클리지는『보이지 않는 시각』에서 이렇게 쓴다. "시각장애인은 초자연적이거나 인간 이하, 외계인이거나 동물이다. 우리는 다르기도 하지만 위험하기도 하다."[2]

세월이 흐르면서 시와 예언을 통한 보상의 개념은 슈퍼 히어로의 영역으로 옮아갔고, 여기서 시각장애인의 나머지 감각은 비시각장애인의 감각을 훨씬 뛰어넘는 기이한 초자연적 능력으로 발전할 잠재력을 갖는다. 따라서 대중이 우리에게 기대하는 것은 모두 초능력에 관한 것이지만, 인간으로서의 평범한 측면은 잊힌다. 클리지가 주장하듯, 비시각장애인의 낮은 기대를 어느 뛰어난(그들이 이해하기로는) 시각장애인이 뛰어넘을 때, "그들은 보상적 능력, 초감각적 인지력에 관한 오랜 신화를 재발명할 수밖에 없다. 육감, 제2의 시각, 세 번째 눈 등이 그러하다. 우리는 매우 정확한 청력과 절대 음감, 더 많고 더 정확한 미뢰, 더 예리한 촉각, 블러드하운드의 후각을 모두 가진 사람이어야 한다."[3]

나도 사람들에게 이런 말을 정말 자주 듣는다. "당신은 후각이 굉장히 좋겠죠." "청력이 정말 뛰어나시네요." "내 얼굴 만지고 싶어요?" 반대로 내 직업이 무언지 묻는 경우는 아주 드물다. 그래서 가끔 그런 질문을 받으면 다른 사람과의 대화에 열중하던 주인으로부터 마침내 다시 관심을 받게 된 강아지처럼 지나치게 흥분하기도 한다. 그러나 내가 작가라고 말하면 사람들은 "대단하세요."라고 말한다. 그러나 비시각장애인에게 말하는 것처럼 비꼬는 식이라기보다는 "멋진데요! 시각장애인이 글을 쓴다니 정말 훌륭해요." 하는 식이며 그다음에는 종종 팔위쪽을 툭툭 친다.[4]

사람들의 목소리 방향(그리고 그들이 미소 짓고 있는지 찡그리고 있는지)을 듣는 것, 만져서 대상을 구분하고, 소리로 방이나 거리의 크기와 특징을 알아내는 것은 시각장애인에게는 너무나 분명한 현상이기 때문에, 비시각장애인이 표현하는 놀라움은 재미있으면서도 우려스럽다. 그래서 나는 감각심리학자 로젠블룸의 『오감 프레임』에서 내 생각의 타당성을 입증받은 기분이 들고, 흥분되며, 영감을 받는다. 그 책에서 우리는 슈퍼 맹인의 환상적인 듯한 위업과 함께, 일반인의 관련된 능력을 나란히 발견한다.

로젠블룸이 (소나를 사용하는 키시와 그 동료를 포함해) 책 속의 많은 사례를 통해 보여주듯이, 우리가 종종 '초능력'이라고 생각하는 것은 사실상 인간이 무의식적으로 늘 하는 것을 확장한 것에 지나지 않는다. "덜 의식적인 뇌는 초인적인 정보 처리 과정을 거쳐 엄청난 양의 장면과 소리와 냄새를 받아들인다."[5]

비시각장애인은 대체로 동기 부족과 연습 부족 때문에 후각을 활용하지 않거나, 반향 정위의 가능성을 생각하지 않는다. 그러나 그렇다고 그들이 학습 능력이 없다는 얘기는 아니다. 또 그렇다고 시각장애인이 그런 능력을 가지고 태어난다는 얘기도 아니다. 오히려 어느 경우든 그 능력을 사용하고 훈련하고 갈고닦아야 한다. 인간은 활동할 준비가 된 언어 영역을 두뇌에 가지고 태어나지만, 단 한 마디도 들어본 적 없다면(또는 수어의 경우 본 적이 없다면), 어릴 때 부모나 다른 사람으로부터 언어에 노출되지 않는다면, 언어 능력은 시들해질 것이다. 인간은 환경과 기대의 산물인데, 초능력 관념이 시각장애인에게 매우 해로운 것도 바로 그 때문이다. 시각장애인은 인간 반향 정위 기술을 활용할 이유가 더 많지만, 그렇다고 학습과 연습의 도움을 받지 않는 것이 아니다.

"사람은 누구나 선천적으로 음향 탐지 능력을 가지고 있으며, 어느 정도의 절대 음감을 가지고 있다. 또 누구나 말하는 사람의 얼굴을 보거나 만지는 것으로 그 말의 내용을 이해할 수도 있다. 게다가 우리는 이런 능력의 상당 부분을 하루 종일 활용하고 있다. 평범한 사람과 감각 능력이 뛰어난 사람을 구분 짓는 것은 평범한 사람과 카네기 홀의 연주자를 구분 짓는 요인과 같다. 바로 연습이다."[6]

활용되기를 기다리는 무의식적인 능력이 누구에게나 있다고 생각하면 나에겐 매우 위로가 된다. 이것은 기회만 주어진다면 누구나 예외적인 능력을 발달시킬 수 있다고 암시함으로써 슈퍼 맹인이라는 고정관념에 도전한다. 시각장애인에게는 이 점이 특히 중요한데, 지극히 낮은 기대와 지극히 높은 기대 사이를 헤쳐나가야 하는 경우가 종종 있기 때문이다.

작가 벨로 치프리아니(Belo Cipriani)는 2011년의 회고록『눈먼(Blind)』에서 폭력으로 인해 시각장애의 세계에 던져진 후 한참 적응 중이던 무렵, 슈퍼 맹인 고정관념을 마주한 이야기를 전한다. "'슈퍼 맹인' 관념 때문에 비시각장애인과 어울리기란 만만치 않게 되었다. 사람들은 시각장애인에게서 그런 능력을 기대하기 때문이다. 심지어 한번은 버스 정류장에서 모르는 남자가 나더러 자기 심장 박동을 들을 수 있는지 묻기도 했다."[7]

도시 거리에서 0.5미터 정도 떨어진 사람의 심장 박동을 듣는 것은 그렇다 치더라도, 시각장애인은 비시각장애인의 일상적 경험에 비하면 놀라운 일을 할 수 있다. 그러나 콘서트장의 바이올리니스트 역시 일반인에 비해 놀라운 일을 할 수 있다. 실력 있는 피아니스트가 되기 위해 꼭 글렌 굴드(Glenn Gould)가 되어야만 하는 것은 아니다. 끊임없이 피아노에 몰두하면 된다.

로젠블룸은 감각심리학 연구 교수이기도 했지만, 열렬한 아마추어 클래식 기타리스트이기도 했는데, 아마 그래서 보통 사람보다 연습의 중요성을 좀 더 잘 알고 있었을 것이다. 내 잡지《아로마티카 포에티카(Aromatica Poetica)》에 싣기 위해 로젠블룸을 인터뷰할 때, 나는 향기 추적 실험에 관해 물어보았다. 학생들이 눈가리개와 잡음 제거 헤드폰, 장갑을 착용하고, 기어서 향기의 자취를 따라가는 실험인데, 구체적으로는 페퍼민트 오일에 적신 밧줄이 사용된다. 참가자들은 자신이 해낼 수 있었다는 것을 알고 놀랐다.

내가 물었다. "그래서 궁금했어요. 그건 선택적 주의력에 더 가까운 걸까요, 아니면 일종의 다시 쓰기일까요? 주의력이 어느 지점에서 사실상 뇌의 변화로 바뀌게 되는 거죠?"

로젠블룸은 능력 있는 교수답게 내 질문을 좀 더 정확하게 다듬어주었다. "아, 그건 심오한 철학적 질문이군요. 왜냐하면 이론적으로는 당신이 두뇌로 하는 모든 것이 당신 두뇌를 미묘하게 바꾸기 때문이죠. 하지만 무슨 말씀인지 알겠습니다. 그러니 이런 질문이겠죠. 그것은 장기적 변화인가, 아니면 단기적 변화인가?"[8]

우리의 지각은 순식간에 바뀔 수 있다. 예를 들어 사람들로 북적이는 장소에서 눈을 감으면 예전에는 의식의 범위 바깥에 있던 대상을 느낄 가능성이 크다. 얼마 전 한 칵테일파티에서 친구에게 그 얘기를 했더니 그 친구가 시험해보았다. "나 지금 눈 감고 있어. 내 뒤에서 하는 대화가 아주 또렷하게 들려. 조금 전이었다면 듣지도 않았을 거야!"

확실히 이 경우는 행동이 두뇌의 장기적 변화에 영향을 끼치는 것은 아니다. 그러나 꾸준히 연습한다면 상황은 달라지기 시작한다. 로젠블룸은 말했다. "그것은 새로운 기술을 배우는 것과 같아요. 악기 연주나 스포츠 테크닉을 배우는 것과 마찬가지죠. 우선은 당신 자신을 그 모드로 바꾸기 위한 기본적인 것을 해야 해요. 워밍업 같은 개념이에요. 그래서 처음 악기를 배울 때는, 그 악기를 가지고 원하는 소리를 내기 위해서 오랜 시간 워밍업을 해야 하지만, 일단 손에 익으면 더는 워밍업을 하지 않아도 되죠. 아마 그것이 장기 가소성으로 가기 위한 단기 가소성에서 가장 직관적인 현상학일 겁니다."[9]

따라서 시각장애인으로 잘 지내기 위해서는 연습이 필요하다. 『벽의 소리』에서 트베르스키는 맹아학교(브롱크스에 있는 뉴욕 인스티튜트로, 지금도 있다.) 시절, 소년들끼리 서로를 '풋내기 장님'이라고 부르며 괴롭히던 일을 이야기한다. "다른 감각을 잘 사용하는 법을 배우지 못해, 여기저기 부딪히고 더듬고, 발을 끄는" 시각장애 소년을 가리키는 말이었다.[10] 최근에 앨러배스터에게 그 얘기를 했더니, 그가 아주 예리하게 지적했다. "아, 그래. 그럼 시각장애인이 되면 다양한 기술을 갖게 된다는 말이네."

나는 내가 풋내기 장님인 것 같다. 적어도 이동성에 관해서는 말이다. 그러나 차근차근 해나가고 있다. 몇 년 전 처음 흰색 지팡이를 들고 밖으로 나설 때는 종종 모퉁이에서 걸음을 멈추고 혼자서, 시각 없이 보철을 단 것 같은 팔과 청각만으로 모퉁이가 어떻게 느껴지는지 알아보곤 했다. 그러면 사람들이 묻곤 했다. "길 건너게 도와드릴까요?" 나는 대답했다. "아, 감사합니다만 연습하는 중입니다."

그러고 나면 "흠." 하는 감탄사 외에는 대답이 없었다. 나는 그들의 대답 없음은 곧 지팡이 연습이 비시각장애인에게는 낯선 관념이라고 받아들였다. 사람들은 우리가 앞이 안 보이게 되고, 우리 손에 흰색 지팡이가 쥐어지면 붐비는 도로로 나가든 아니든 간에, 마치 맷 머독이 데어데블로 변신하듯 갑자기 변화가 일어난다고 가정하는 모양이다. 시력을 잃으면 레이다를 비롯한 초감각을 얻는 것처럼 말이다!

나는 그런 생각에 오랫동안 갇혀 있었고(지금도 어느 정도는 그렇다.) 그래서 내 적응력은 제 기능을 다하지 못했다. 점점 더 시력을 잃어갈수록, 나는 내 이동술이 얼마나 나쁜지를 더욱더 의식하게 되었다. 나는 왜 뉴욕시의 라이트하우스에서 보곤 했던 시각장애 아동처럼 쌩쌩 돌아다니지 못할까? 나는 왜 벽 쪽으로 걸어가기만 할까? 내 청력이 그렇게 좋다면, 나는 왜 지하철 문이 열리는 위치를 감지하지 못할까? 나는 왜 혼자 다니는 것이 그렇게 두려울까?

얼마 전까지도 이 모든 것에 시간과 노력이 든다는 사실을 깨닫지 못했기 때문에, 나는 사람들과 나 자신에게 이렇게 말하기만 했다. "나는 시각장애인도 아니야." 치프리아니의 회고록을 읽고, 나는 그가 갑자기 시력을 잃은 뒤 시각장애에 적응하려고 얼마나 많은 노력을 기울였는지 비로소 알게 되었다. 이러한 회고록을 수없이 읽고, 로젠블룸 같은 사람들에게서 신경 가소성에 관해 배운 후에야, 나는 새로운 태도를 형성해가고 있다. 비록 지금은 슈퍼 풋내기 장님일지 몰라도 언젠가는 날개를 활짝 편 시각장애인이 되기를 소망한다.

슈퍼히어로로 여겨지고 그들과 비교당하는 것의 문제는, 그런 기대로 인해 일상적인 행위가 영웅적인 것이 되기도 하고, 제한받기도 한다는 것이다. 침대에서 내려오면 축하를 받고, 가게까지 걸어가면 위업을 이룬 셈이지만, 시각장애인이 감히 사회적 문제나 출산을 말하면, 사회 복지사부터 언론까지

비시각장애인은 '슈퍼' 지위를 취소하고, 그 말과 행위가 대단하거나 영웅적이라고 여기는 대신, 위험하며 잘못되었고, 엉뚱하며 잘못 알고 있다는 등등이라고 생각한다.

제1차 세계대전 중 켈러는 미국의 심장부로 평화의 메시지를 보냈다. 그러나 결과는 신통치 않았다. "언론의 태도는 사람을 미치게 했다. 내가 공적인 사안을 말했을 때 그들이 붙인 논평보다 어리석고 얼빠진 것은 상상하기 힘들다. 내 활동이 사회 복지 사업과 시각장애인에게 국한되는 한, 그들은 나를 '눈먼 사람들의 여사제장', '원더우먼', '현대의 기적'이라 부르며 터무니없이 추어올리다가도, 내가 사회적 현안이나 정치적 문제를 논의하면, 특히 종종 그렇듯 인기 없는 편에 설 때면, 그들의 어조는 완전히 뒤바뀐다. 그들은 내가 내 고통을 이용하는 파렴치한 사람들의 손아귀에 빠져서 그 사람들을 대변하고 있다고 생각하기 때문에 몹시 애석해한다."[11]

이렇듯 시각장애인들은 슈퍼 맹인의 역설을 꽤 오랫동안 느껴왔다. 우리가 느끼기에, 사회적 기대는 매우 낮은 반면에 초감각적 능력에 대한 기대는 터무니없을 만큼 높다. 우리는 어느 눈먼 나라, 눈먼 행성, 눈먼 우주의 시민이며, 우리에게 주어진 거품 바깥으로 나가 비판적인 시선으로 온전히 사회에 참여하는 것은 우리 능력 밖의 일인 것 같다. 비시각장애인은 세계의 중대한 많은 현안에 대한 우리의 견해를 부정하면서, 우리 능력을 의심하고 불신하며 가장 자연스러운 인간적 양상에까지 종종 그 불신을 확대한다.

미디어 속에 슈퍼 맹인은 너무 많고 평범한 맹인은 너무 적은 탓에, 시각장애인은 비시각장애인에게 주어지는 것과 같은 종류의 기대를 스스로 가지기가 매우 어렵다. 좋은 직업, 행복한 가족, 밝은 미래가 있는 건강한 자녀 등 대다수 사람이 자기 삶에 갖는 기대 말이다. 여러분은 어머니이면서 시각장애인인 등장인물을 얼마나 자주 보거나 읽었는가? 좀 더 확실하게 말하면, 시각장애인이 어머니가 된 경우를 얼마나 보았는가?

이런 재현은 드물기 때문에 우리 사회는 시각장애 부모를 의심하고, 시각장애 부모는 불공정한 압력을 느낀다. 그리고 우리의 집단의식 속에 시각장애 부모가 부족한 이유는 아마도 시각장애 여성이 출산 직후 병원에서 사회 복지사에 의해 마주하게 되는 악몽 같은 현실 때문일 것이다. 내 친구 미셸은 바로 이러한 경험을 회고록에 쓰고 있다. "나는 기함하고 말았다." 그녀는 한 사회 복지사가 당당히 병실로 들어와서 어떻게 신생아를 돌볼 계획인지 심문하듯 묻던 순간을 이야기한다. "도와줄 사람은 있어요? 남편과 사이는 좋은가요? 그리고 지원 체계는 뭐가 있어요? 순진했던 나는 그들이 모든 환자에게 그렇게 하나 보다고 생각했다. 아이를 제대로 돌보지 못할 것 같은 환자에게만 그런다는 것을 알지도 못한 채 말이다."

미셸이 경험한 차별은 드물지 않으며, 불행히도 가끔은 시각장애 공동체 내의 파벌이 이런 잘못된 고정관념을 강화한다. 2016년 망막질환 연구 기금을 모금하기 위한 단체인 '실명과 싸우는 재단(Foundation Fighting Blindness)'은 '#눈이그것을보는법(#HowEyeSeeIt)' 운동을 시작했다. 이는 비시각장애인이 안대를 하고 간단한 일을 하면서, 그 모습을 비디오로 찍게 하는 운동이었다. 비디오는 의심할 여지없이 아주 우스웠다. 비디오에서 사람들은 안대를 한 채 집을 청소하고, 운전하고, 아이들을 돌보는 등의 일을 눈을 사용하지 않고 하려 애썼다. 특정 유형의 실명 치료법을 찾기 위한 기금의 절실한 필요성을 알린다는 이 단체의 기본 취지는 명백히 중요했음에도(그리고 언젠가 나에게도 도움이 될 수 있겠지만), 결과는 많은 시각장애인들을 불쾌하게 만들었다. 그 운동이 실명의 두려움과 시각장애인의 능력에 대한 의심을 더욱 부채질한다고 생각했기 때문이다.

"특히 시각장애 부모가 자녀를 키우는 게 힘들거나 불가능하다고 암시하는 건 잘못이며 무책임한 짓이다." NFB의 회장 마크 A. 리코보노(Mark A. Riccobono)는 말했다. "나는 세 아이를 둔 시각장애 아버지이자 시각장애인과 결혼한 사람으로서 날마다 자라나는 아이들을 얼마든지 돌볼 수 있고, 그러고 있다고 분명히 말할 수 있다. 그럼에도 학대나 방치의 어떤 실질적 증거도 없이 단지 시각장애인의 자녀 양육 능력에 대한 오해 때문에 부모의 품에서 아이들을 떼어내는 일이 계속되어왔으며, '#눈이그것을보는법' 운동은 이미 심각한 이 문제를 더욱 악화하고 있다."[12]

우리가 슈퍼히어로가 될 수 있다면 부모도 될 수 있음은 아무리 말해도 지나치지 않다.

———

시각장애인의 여러 기본 인권을 부정하고 시각장애인의

능력을 약화하는 우리 문화의 시각 중심주의를 고려하면, 눈멂 자체보다 눈먼 사람으로 보이는 것을 더 두려워하는 이가 많다는 사실은 놀랄 일이 아니다. 나를 비롯한 많은 이처럼, 트베르스키도 비시각장애인처럼 보이기를 원했다. "나는 어떤 유형의 길잡이도 바라지 않았다. 앞을 보는 사람처럼 안내견도 없이, 지팡이도 없이, 정상적으로 고개를 들고 가능한 한 눈을 뜬 채로 지내고 싶었다."[13]

확실히 공감이 간다. 첫 안내견과 짝이 되기 전 20대 때, 나는 여전히 지팡이를 거부했더랬다. 이것이 어리석은 행동임을 잘 알고 있었고, 심지어 가방 안에 지팡이를 가지고 다니면서도 정말 사용해야 할 때조차 그 낙인과 같은 물건을 꺼내지 않으려 했다. 그저 숨을 참고 사람들과 부딪히지 않으려 최선을 다했고, 최대한 직선에 가깝게 가로등을 따라가곤 했다.

눈먼 사람처럼 보이기를 죽기보다 더 두려워하는 이들이 많다는 사실은 아주 명백해 보인다. 이것은 내가 이 책을 써야겠다고 생각한 이유의 큰 부분을 차지한다. 시각장애인이 되면 물론 많은 도전이 따르지만, 가장 큰 도전 중 하나는 낙인의 족쇄를 벗어던지는 것이라고 해도 과장은 아닐 것이다.

찰스는 맹인처럼 보이지 않으려는 노력을 이렇게 요약한다. "내가 어릴 때 절대 갖고 싶지 않던 세 가지가 있었음을 이해하는 게 중요하다. 개, 지팡이, 그리고 기타였다. 내 머릿속에서 그 세 가지 물건은 저마다 눈멂과 무력함을 뜻했다.(내가 즐겨 들었던 눈먼 블루스 가수는 모두 기타를 연주했던 것 같다.)"[14]

따라서 찰스는 지팡이를 가지고 다니거나 안내견을 두는

대신에 점자 악보를 외듯 거리들을 외웠다. "우선 술집 다섯 곳을 외운다. …… 그리고 다시 다섯 곳을 외운다. ……그다음에는 열 곳 정도, 그렇게 전체가 머릿속에 곧바로 들어올 때까지 외운다."[15]

하지만 찰스는 그 문제를 무시한 만큼이나 공연 생활 내내 도움을 받았다. 이는 그의 말만 들어서는 잘 모르는 사실이다. 찰스의 자서전 공저자인 리츠의 후기를 보면, 찰스가 무대에 들어가고 나올 때 도움을 받았음을 알 수 있다. "뒷문에서는 그들이 그를 데리고 나가는 것이 보였다. 그는 떨고 있었다. 멀리서 보면, 그의 선글라스는 알 수 없는 어떤 고통을 감춘 붕대처럼 보였다. 그가 가까이 다가올 때, 그 선글라스는 그의 얼굴에 바느질로 박아 넣은 것 같았다."[16]

솔직히 이 대목이 나에게 매우 위안이 되었음을 인정해야겠다. 요즘 나도 마이크에 다가설 때는 도움을 받는 게 편하기 때문이다. 내 방식대로 하는 공연이 아닌 이상 시각장애인처럼 보이는 것이 싫다. 다시 말해 동정의 눈길을 보내는 관객 앞에서 지팡이를 탁탁 두드리는 불편함이 두렵다. 이 불안감이 떳떳하지 않게 느껴지고 언젠가는 그것을 떨쳐버리기를 바라지만, 이 불안감은 '맹인처럼 보이고 싶지 않다'는 오랜 생각의 잔재임을 인정하는 바이다.

'맹인처럼 보인다'는 말이 나온 김에 잠시 선글라스 얘기를 해보자. 리츠는 이렇게 말한다. "우리는 눈 맞춤에 의존한다. 우리는 시각적 표정 속에서 승인을 구한다. …… 레이의 경우는 그의 선글라스뿐이다. 선글라스는 아무것도 말해주지 않는다.

처음부터 자신이 없다면, 당신은 그의 물리적 존재만으로도 두 배로 불안해질 것이다."[17]

심지어는 거의 매일 찰스와 작업하던 사람들도 겁을 먹었다. 한 직원은 이런 말을 했다. "저는 할 말을 늘 적어놓지 않으면 말이 안 나와요. 그가 저를 보면, 몸이 얼어붙고 말죠. 마치 저를 꿰뚫어보는 것 같아요."[18]

그렇다. 나는 선글라스가 비시각장애인에게 주는 효과가 좋다. 고정관념을 강화한다는 이유로 선글라스를 기피하는 시각장애인도 있지만, 나는 근래에 잦은 사교적 모임에서 선글라스를 써왔고, 사실상 공연 때마다 쓴다. 가끔은 은색 테에 작은 자주색 알이 있는 선글라스를, 또는 상황에 따라 꽃무늬 테에 거울 처리된 알이 큼직한 선글라스를 쓴다. 선글라스를 쓰면 눈을 맞추는 척하기가 쉽다. 언젠가 관객 앞에 있을 때, 신경질적으로 킥킥 웃는 소리가 나기에 그 방향으로 고개를 돌려 그쪽을 보는 척했다.

또 다른 시각장애 장비인 흰색 지팡이 얘기를 해보자. 시각 상실이 불완전하거나 간헐적인 사람, 시력이 퇴화 중인 사람에게 지팡이는 특히나 의지하기 어려운 도구이다. 시인 쿠시스토가 회고록『눈먼 자들의 행성』에서 말했듯, 흰 지팡이에 대한 그의 공포와 눈멂의 낙인에 대한 두려움은 어머니에게서 물려받은 것이었다. "내 눈이 멀었음을 알았지만 그 사실을 부인하도록 키워진 나는 불쏘시개로 쓰는 메마른 풀처럼 굽어서 자랐다. 나는 당당하게 서 있을 수도, 물러날 수도 없었다. 나는 용기와 부인이 복잡하게 뒤엉킨 어머니를 떠올렸고, 어디에서

나 지팡이 없이 아찔한 속도로 걸어다녔다. 그러나 여전히 나는 눈먼 나 자신이, 검게 변해버린 고인돌이 부끄러웠다. '눈먼(blind)'과 '눈멂(blindness)'이라는 단어 자체가 내 주변에서 말해지는 일은 거의 없었다. 나는 내가 이룬 모범적 성과 덕분에 그것을 알게 되었다. 어머니는 그 단어가 마치 암을 일으킨다는 듯 격하하면서 피하곤 했다."[19]

사회 복지사와 이동 강사 직업군, 시각장애인을 위한 지원 등이 너무 빠른 속도로 증가한 나머지 멋없고 거친 국가 체계의 파생물이 되어버린 현실도 결코 도움이 되지 않는다. 쿠시스토는 회상한다. "검은 세단 한 대가 우리 집 앞에 멈추더니 거대한 몸집의 여자가 운전기사의 도움을 받으며 내렸다. 그녀는 흰색 지팡이를 펴고는 우리 집 문으로 다가왔다. 엄마는 눈멂의 공포와 이제 막 관료주의에 대해 생긴 적의로 신경이 곤두서 있었다. 그들이 뭐라고 그녀의 아들더러 시각장애인이라고 말할 수 있단 말인가? 시각장애인 사회 복지사가 있을 때 아들이 나타나선 안 된다. 그 낙인은 영영 지워지지 않을 수도 있으니까."[20]

망막색소변성증의 경우, 시력의 퇴화가 매우 느린지라 각 단계의 환자는 체계적인 시각장애 지원의 한 부분이라도 필요할 만큼 자신이 정말로 눈이 멀었는지 의심하게 된다. 니콜 키어(Nicole Kear)는 회고록『이제 당신이 보여요(Now I See You)』(2014)에서, 두렵기만 했던 흰 지팡이 연습을 마지못해 받아들이는 장면으로 이야기를 시작한다. 사실상 버려진 브루클린의 한 거리에서, 그녀는 이동 강사가 참을성 있게 기다리는 동안 변장하느라 법석을 떤다. "나는 모자와 후드, 안경을 쓰고서 그녀의 지시에 따라, 가방 안의 동물 크래커 상자와 부러진 크레용, 물휴지 사이를 뒤지다가 조금 전 받았던 꾸러미를 가방에서 꺼냈다. 모양과 크기는 대충 마이크와 비슷하지만 무게는 덜 나가는 단단한 흰색 꾸러미였고, 다섯 개의 둥근 관은 초경량 알루미늄으로 되어 있었는데, 검정 고무줄로 묶여 있었다. 나는 그것이 언제든 살아나서 나를 공격하기라도 할 것처럼, 오른손으로 꽉 쥐었다."[21]

그녀는 망막색소변성증이 악화되던 20년 동안 여전히 거의 완벽하게 장애를 부정했지만, 엄마가 되자 "아이들을 위해" 지팡이를 사용하기로 했다. "허영심, 자존심, 두려움은 막강한 상대였지만, 모성의 의무감이 훨씬 더 강했다."[22]

마침내 키어는 지팡이를 폈고, 선글라스를 올린 채 가만히 바라본 후, 다시 선글라스를 쓰고는 이동 강사인 에스페란사에게 말했다. "이러면 더 진짜 같겠죠? 내가 더 시각장애인처럼 보일 거예요." 그 말에 조용한 꾸지람이 돌아왔다. "당신은 시각장애인이에요. 아닌 척하고 있을 뿐이죠."[23]

나의 감정이 늘 이렇지는 않았지만, 지금은 나의 흰 지팡이를 사랑한다. 그 지팡이는 이름하여 모세이다! 무대 위에서 지팡이를 휘두르길 좋아하지는 않지만, 모세는 보통 조명 아래에서 나와 함께하며 내가 좋아하는 수많은 사진에도 등장한다. 앨러배스터와 나는 누가 그 이름을 지었는지를 두고 항상 아웅다웅한다. 정부가 배포한 빨간색과 흰색 반사 테이프를 두른 볼품없는 지팡이에 불과하지만, 그 이름 덕에 마법처럼 뉴욕시 보행자의 끝없는 바다를 갈라지게 만드는 힘을 지니게 되었으니, 우리 둘 다 그 이름을 지은 주인공이 되고 싶어 한다. 아마 그 이름은 내가 제안했겠지만, 실은 그 아이디어의 출처는 따로 있다. 니펠은 1999년의 회고록『슬랙조(Slackjaw)』에서 흰 지팡이의 쓸모를 마지못해 인정하면서 친구에게 말한다. "내 앞에서는 모두가 홍해처럼 갈라지지. 그건 틀림없어."[24]

니펠 역시 흰 지팡이를 받아들이는 법을 배워야 했다. 이것이 유용하고 불가피함을 인정하기 전의 어느 날 밤, 그는 더듬더듬 집으로 가다가 한 노인의 개를 발로 차고 말았다. 노인은 당연히 조심성 없는 행인이 정신을 딴 데 팔았다고 생각하고 니펠에게 호통을 치기 시작했다. 그러자 죄책감이 든 니펠은 가방에서 접이식 지팡이를 꺼내어 설명했다. "전 시각장애인입니다. 미처 개를 보지 못했어요. 제 잘못입니다."[25]

노인은 흐느끼기 시작했고 니펠은 바보가 된 기분이었다. 그러나 나는 이해한다. 사람들은 흰 지팡이를 보면 으레 시각장애인을 얕잡아 보지만, 그에 따른 온갖 어리석은 편견을 지닌 비시각장애인으로 비춰진 이상 그 수치심을 받아들이기는 쉽지 않다.

오랫동안 나는 흰 지팡이를 꺼내는 순간 돌이킬 수 없이 시각장애인의 영역으로 들어가게 된다고 생각했다. 그 영역에는 들어가고 싶지 않았다. 설사 내 움직임이 제한된다고 해도, 설사 밤에 혼자 외출하기가 꺼려진다 해도, 설사 지팡이 덕에 생활이 개선되고 쉬워질 것임을 알고 있다고 해도, 시각장애인으로 보인다는 것은 너무나도 끔찍하기만 했다. 시각장애 단체가

20세기 동안 정말 훌륭할 만큼 흰 지팡이에 관한 말을 퍼뜨린 결과, 얼마 안 가 흰 지팡이는 시각장애인에게 안전한 이동 수단이 되었다. 그런가 하면 역설적으로, 비시각장애인이 보기에는 무력함의 막강한 상징이었다. 흰 지팡이는 굉장히 유용하지만, 굉장히 치욕적이기도 하다.

고프먼은 1963년에 펴낸 주요 사회학 저서인 『스티그마』에서 낙인(stigma)이라는 단어가 "시각적 보조물을 중요하게 여겼을" 그리스인들로부터 우리에게 어떻게 전해졌는지 설명하며 시작한다. 낙인은 한 개인이 "노예나 범죄자, 반역자"임을 표시하기 위해 그 사람의 살을 베거나 태운 부호였고, 따라서 낙인이 찍힌 사람은 "제의에 따라 더럽혀지고 흠결이 있으므로 특히 공공장소에서는 피해야 할 사람"이었다.[26] 고프먼은 뒤에서 설명하기를, 낙인, 그중에서도 특히 장애와 관련된 낙인은 "정상인들"이 한 개인에게서 볼 수 있는 유일한 것이므로 "낙인이 찍힌 사람은 인간답지 않다고 믿게 된다."[27]

고프먼은 특히 시각장애와 관련해 "보지 못한다고 인식하면 그것을 총체적 장애로 일반화하기도 하는데, 따라서 그 개인이 마치 듣지 못하는 것처럼 그에게 소리를 지르거나, 다리를 못 쓰는 것처럼 그를 들어 올리려고도 한다. 시각장애인을 마주한 사람들은 고정관념에 뿌리박은 광범위한 믿음을 가지고 있을 수 있다."[28]

흰 지팡이는 보편적인 인식과 힘이 담긴 낙인을 상징하기 때문에 들고 있기만 해도 시각장애인이 되어버린다. 내 친구 데이비드 로와 캐럴라인 캐즈너키언은 앨러배스터와 나처럼 비시각장애 남성과 (박사 학위를 지닌) 시각장애 및 시각 손상 여성 커플이다.[29] 언젠가 파리의 에펠탑을 방문했을 때, 캐럴라인은 외투 단추를 채우려고 흰 지팡이를 데이비드에게 건넸다. 거기 서 있던 완벽한 시력의 데이비드는 그에게 다가오는 한 관광객을 보았다. 그 사람은 휴대폰을 들고 다가오더니 데이비드를 시각장애인이라 여기고 노골적으로 그에게 렌즈를 들이밀어 위아래로 훑으며 동영상을 찍었다. 우리로서는 그 관광객이 그 이미지의 무엇에 끌렸는지 영영 알 수는 없지만, 에펠탑 꼭대기에서 흰 지팡이를 든 시각장애 남성의 모습이 적어도 그에게는 에펠탑에서 보는 풍경만큼이나 영상으로 남길 만했다는 것은 분명히 말할 수 있다.

앨러배스터는 나에게, 우리가 빠른 걸음으로 거리를 걸을 때면 무슨 일이 벌어지는지를 종종 말해준다. 내 손에는 모세가 들려 있고, 우리 둘 다 거울 처리된 선글라스를 쓰고 똑바로 앞을 보며 걸을라치면 사람들이 껑충 뛰며 옆으로 비켜주는데, 흰 지팡이 하나가 우리 두 사람의 눈멂을 의미한다는 듯이 종종 두려운 표정을 짓는다고 한다!

하지만 앨러배스터는 정반대의 일도 목격했다고 이야기해준다. 술집과 식당 바깥에 모여서 시끄럽게 떠들던 젊은이들이 우리가 다가오는 것을 보았고 지팡이와 우리 얼굴을 보았지만, 꿈쩍도 않고 가만히 서 있었다고 했다. 앨러배스터는 그들을 살짝 밀쳐야 했고, 나는 모세를 무기처럼 사용해 발목과 정강이를 치면서 빠져나갈 수밖에 없었다.

똑같은 현상을 경험한 니펠은 이 "고집스러운 새로운 호전

성"이 젊은이들의 상상 속에 자리 잡은 슈퍼 맹인의 존재와 관련이 있을 수도 있다고 주장한다. 오늘날 우리가 아는 시각장애 등장인물은 슈퍼히어로이거나 무술가이며, 이동용 흰 지팡이는 사용하지 않으니까 말이다. 실제로 최근 몇 년 동안 해리 포터 세대는 내 지팡이가 마법 지팡이인지 물어오곤 했다. 내가 모세에 장식용으로 묶은 중국식 용 무늬 곱창 밴드가 그런 생각을 부추기기는 하지만, 지팡이의 진정한 (실용적인) 힘과 관련한 인식 부족이 문제임은 확실해 보인다. 니펠의 말처럼 말이다. "그 의미를 아는 사람이 갈수록 적어진다면, 비시각장애인에게 하나의 상징이 되어버린 지팡이는 어떤 쓸모가 있겠는가? 그것은 지팡이처럼 보이지만, 그것을 들고 있는 시각장애인 자신은 또 한 번 투명인간이 되고 있다."[30]

물론 이동용 지팡이는 현대 사회에서 두 가지 주요 목적을 지닌다. 비시각장애인에게는 시각장애인이 다가오고 있음을 경고하고, 시각장애인에게는 앞에 놓인 사물이나 지면의 굴곡을 경고한다. 그러나 이상하게도, 시각장애가 있는 인물을 등장시킬 때조차 흰 지팡이에 관한 묘사는 꺼리고 있는 느낌인데, 이는 일종의 또 다른 말소 장치이다. 특정 시각장애인의 위대함을 홍보하는 책마저도 기본적으로 지팡이를 아예 언급하지 않거나 무시함으로써 지팡이의 개념을 하찮게 만든다. 여기서 사라마구의 『눈먼 자들의 도시』가 생각난다. 나는 방금 그 책을 다시 완독했다. 내 아이폰에 무선으로 연결된 비교적 신상품인 점자 디스플레이를 만지면서 읽었는데, 이 책이 실제의 눈먼 사람들을 얼마나 무시하고 있는지 또 한 번 놀랄 뿐이다.

낙인과 초능력 사이의 진퇴양난

주인공은 끝까지 시력을 잃지 않음으로써 그 수많은 눈먼 사람 가운데 엄청난 능력자인 듯한 분위기를 자아내기도 하지만 온갖 기발한 생각을 제시한다. 마치 나머지 사람들은 시각과 함께 사고력이나 문제 해결력이 사라져버린 것처럼 말이다. 이것이 그 소설에서 가장 모욕적인 부분일 것이다. 소설의 팬이라면 우의적인 설정이라고 주장할 수 있고, 어쨌든 그 또한 어디까지나 사실이다. 그러나 화자의 목소리는 끊임없이 독자에게 '진정' 눈먼 사람들을, 그리고 진정 눈먼 사람들이 할 수 있는 것과 할 수 없는 것을 상기시킨다.

"눈먼 사람들은 동서가 어디이고, 남북이 어디인지에는 관심이 없다. 그들이 원하는 것은 그들의 더듬는 손이 그들에게 올바른 길을 말해주는 것이다. 전에 눈먼 사람들의 수가 적었을 때는 흰 지팡이를 짚고 다녔다. 땅과 벽을 계속 두드려댈 때 소리가 일종의 암호 역할을 해주어 나는 길을 확인할 수 있었다. 그러나 모든 사람이 눈이 먼 지금의 어지러운 환경에서는 흰 지팡이가 별 도움이 되지 않았다. 게다가 자신을 둘러싼 백색 속에 잠겨 있어서 자기가 손에 뭘 들고 있다는 것조차 의심할 수도 있다."[31]

소설 속 화자와 작가를 동일시하는 것은 언제나 위험하다.(사라마구는 이제 우리 곁에 없으므로 나는 그의 생각이 어떤지 물을 수도 없다.) 그러나 이 순간부터 나는, 그리고 다른 이도 마찬가지이겠지만, 더듬는 손이 자연스레 더 긴 무언가를 잡으려 한다는 점을 사라마구가 이해하지 못하는 것처럼 느껴진다. 손은 발 옆에 놓여 있을지 모를 막대기나 지팡이, 심지어 빗자루나 대걸레 자루를 찾기 마련이다. 시각장애인인 나에게 앞의 구절은 그저 게으른 비시각장애인의 생각일 뿐이다. 나는 집 안을 돌아다닐 때 골반 높이의 책상이나 탁자를 좀 더 주의하기 위해서 내가 들고 다니는 빈 물병을 사용할 때가 종종 있다. 사운드 아티스트인 내 친구 앤디는 언젠가 아파트로 이사하는 와중에 지팡이를 엉뚱한 곳에 두고 찾지 못했는데, 결국 아들의 1.8미터짜리 낚싯대 케이스를 대신 사용해 버스를 타고 새 아파트를 찾아갔다고 한다.

여러분이 보다시피, 사라마구의 소설 속 눈먼 사람들이 모두 갈팡질팡한다거나, 그들 중 누구도 빗자루, 커튼 봉, 낚싯대 같은 기다란 막대기를 사용하면 한두 걸음 앞에 물체가 있다는 것을 파악할 수 있으리라 생각하지 못했다는 점은 나로서는 믿을 수 없을 지경이었으며 눈먼 자들에게는 독창성이 없다는 듯해서 불쾌하기도 하다. 그런데 그 독창성이 이제 막 대중 언론에서 일종의 '생활의 지혜'로 인정받기 시작했다. 장애인은 무언가를 다른 방식으로 하는 데 매우 능해서 실제로 비장애인(또는 아직은 장애인이 아닌 사람)의 골치 아픈 문제에 대해 창의적 해법을 찾아내는 데 도움을 줄 수 있다는 것이다.

그러나 비시각장애 독자 여러분은 여전히 회의적이지 않을까? 여러분은 아마 사라마구의 눈먼 자들이 갑자기 실명한 나머지 너무 충격을 받아서 그렇게 짧은 시간에는 뭐든 생각해내지 못했다고 생각할지 모르겠다. 그런데 실제로 신경학 연구를 살펴보면, 안대를 한 비시각장애인의 두뇌는 놀랄 만큼 짧은 시간 내에 중대한 변화를 가져올 수 있다. 《사이언스데일리

《(ScienceDaily)》의 보도에 따르면, 비시각장애인에게 5일 동안 안대를 하고 그 시간 동안 점자를 배우게 한 결과, 촉각 자극에 의해 피험자의 시각 피질이 활성화되었다. "연구원은 안대를 착용한 피험자가 안대를 하지 않은 피험자보다 점자 학습에 뛰어나다는 사실을 발견했다." 특이한 점은, 안대를 한 참가자의 두뇌를 스캔했더니 "두뇌의 시각 피질이 촉각 반응에 대해 (거의 또는 아무런 활동성을 보이지 않던 초기의 스캔과는 대조적으로) 굉장히 활동적이었다."[32]

시각 자극을 받지 못하게 된 시각 피질은 불과 5일 후면 촉각 자극에 새롭게 연결될 수 있다. 그러나 이런 변화는 일시적이다. 안대를 제거하고 24시간이 지나자 비시각장애 참가자의 시각 피질은 더 이상 촉각 자극에 반응하지 않았다. "다시 말해 점자를 읽어도 피험자 두뇌의 '시각' 영역이 더는 활성화되지 않았다."[33] 물론 안대를 벗지 않았다면, 그들의 두뇌는 계속 변화했을 것이다.

갑자기 또는 서서히 시각을 잃은 사람이 쓴 수많은 회고록은 인간이 적응할 수 있다는 사실을 증언해준다. 그리고 우리는 범죄와 싸우거나 악의 제국과 싸우면서 바뀌기보다는, 일상 활동을 위한 새로운 방법을 찾는 과정에서 바뀔 가능성이 훨씬 더 크다. 설사 미디어가 시각장애인을 평범하게 묘사할 생각을 별로 하지 않고 초자연적 존재로만 묘사한다고 해도, 우리 대부분은 대중의 기대를 저버리고 장을 보고, 취직해서 날마다 출근하고, 아이를 낳고 돌보아야 하는 등 일상적인 영역에서 살고 있다. 시각장애인이라는 사실이 우리가 세계 속에서 움직이고 세계를 인식하는 방식에 영향을 끼침은 의심의 여지없는 사실이다. 그러나 그 차이는 신비하고 신적인 초능력 때문이 아니라 배우고 적응하고 변화하는, 지극히 인간적인 우리 능력의 자연스러운 발현이다.

16

보이지 않는 고릴라와
또 다른 부주의

우리 인간은 다른 어떤 감각보다 시각에 의존한다고 생각하는 경향이 있어 흔히 시각을 가장 중요하게 여긴다. 나는 이 가설에 대입할 숫자를 찾아봤는데, 구글 덕분에 (여러분 자녀를 안과에 데려가 검사를 받게 하라고 다그치면서 많은 안과가 들먹이는) 수많은 웹사이트에서 되풀이되는 답변을 찾았다. 그 내용인즉 학습과 인지의 80~85퍼센트가 시각을 통한 것이며, 15~20퍼센트만이 나머지 네 가지 감각의 결합에서 나온다는 주장이다. 인간이 나머지 감각보다 시각에 얼마나 많이 의존하는가 하는 내 질문은 명백해 보이는 답(인간은 나머지 어떤 감각보다 훨씬 많이 시각에 의존한다.)을 얻은 듯했지만, 그 답은 이내 미심쩍어졌다. 사실을 확인하려고 검색하다가 종종 겪는 일이지만, 깔끔한 답을 찾으려는 선입견과 욕심이 내가 찾은 이른바 과학적 정보의 부류를 결정해왔던 것 같다.

예를 들면, 블로그 '벨벳 체인소(Velvet Chainsaw)'는 '우리의 감각은 저마다 얼마나 많은 정보를 가공하는가?'와 관련해 권위적인 분위기를 풍기며 숫자들을 쪼갠다. 83퍼센트: 시각, 11.0퍼센트: 청각, 03.5퍼센트: 후각, 01.5퍼센트: 촉각, 01.0퍼센트: 미각.[1]

이 글은 심지어 우리의 오랜 친구인 감각심리학자 로젠블룸을 포함해 세 명의 연구자를 출처로 인용했는데, 여기서 나는 잠깐 멈출 수밖에 없었다. 어쨌든 로젠블룸의 책『오감 프레임』은 통합 감각의 가소성에 관해, 그리고 우리 두뇌가 여러 감각을 통해 종종 무의식의 수준에서 우리 환경을 끊임없이 지각하는 과정을 다루고 있지 않았던가. 그래서 캘리포니아대학교 리버사이드캠퍼스에서 연구실을 운영하는 로젠블룸의 사무실로 이메일을 보냈더니, 그는 다소 어리둥절한 답을 보내왔다. "그 연구를 제가 했다고들 오해하시는데, 여러 번 그에 관한 질문을 받았습니다."

심지어 그는 이렇게 썼다. "저는 이 문제를 언급한 어떤 연구도 알지 못하며 그런 것을 어떻게 시험할 수 있는지조차 잘 모릅니다! 저는 비시각 감각이 우리가 의식하는 것보다 더 지각 세계에서 큰 역할을 한다고 믿습니다. 하지만 이 믿음은 통합 감각의 영향이 (우리의 의식에도 불구하고) 과거에 생각했던 것보다 훨씬 더 흔하며, 지각하는 두뇌는 여러 감각의 원리를 중심으로 설계된 것 같다는 점을 보여주는 연구에 기반하고 있습니다. 정말이지, 감각의 상대적 중요성을 계량화하는 연구가 어떻게 가능한지는 모릅니다."

그렇더라도 우리가 청각·후각·촉각·미각을 시각만큼 보편적으로 사용하고 즐기는 영역을 창조할 때까지, 시각 또는 그 부재는 앞으로도 계속해서 감각 중에서 최고의 위치를 차지할 것이며, 신체적 능력 또는 그 결핍을 훨씬 넘어선 은유에 시달릴 것이다. 이런 은유가 시각 중심적 과학과 결합할 때, 전반적으로 시각장애인과 특히 시각장애 과학자에게 비우호적인 환경을 만든다는 것이 내 생각이다.

시각장애 유기 화학자 호비 웨들러(Hoby Wedler)는 테드 강연 '감각 문해력(Sensory Literacy)'을 시작하면서, 비시각장애인 친구 몇몇과 여행한 경험을 들려준다. 그들 모두 캘리포니아 소노마 카운티의 안개 낀 들판에 서서 보이는 것을 열심히 그에게 설명해주었다. 심지어 녹색을 묘사하기 위해 애쓰기까지 했다. "솔직히 저는 녹색이 어떻게 보이는지는 관심도 없었죠. 왜냐하면 제가 얻는 모든 감각 정보는 비시각적이었으니까요." 나중에 그는 자신이 느낀 감각 인상을 친구들에게 설명했다. 새와 암소들, 공기의 점도, 나무와 풀, 거름에서 나는 냄새의 '교향곡'까지. "친구들은 시각에 열중한 나머지 시야 밖의 사물은 보지 못하더군요." 나는 이러한 비시각장애인의 태도로 인해 시각장애인이 제시할 수 있는 정보가 곧잘 소설이나 불합리한 것으로 매도되고, 쉽게 무시되거나 아주 사소한 것으로 전락한다고 믿는다(물론 우리가 말하는 게 은유로서의 눈멂이 아닌 한에서). 그리고 이런 편견 때문에 시각장애인은 웬만해선 과학 분야에서 일할 엄두를 내지 못한다.

웨들러는 2017년 캘리포니아대학교 데이비스캠퍼스에서

박사 학위를 받았는데, 평생 시각장애인으로(빛을 지각하지 못한다.) 살아왔다. 그는 소노마 들판에서의 일과 그 비슷한 다양한 경험을 계기로, 시각이 아닌 감각, 비시각장애인이 너무도 흔히 간과하는 감각에 대한 이해와 어휘를 확장하기 위한 작업을 시작했다. 특히 후각에 대해서 말이다. "우리는 우리가 아는 것들의 냄새는 늘 맡지만, 그것을 설명하거나 그 감각을 말로 표현하는 것은 매우 힘들어하죠."《아로마티카 포에티카》에 싣기 위해 그를 인터뷰할 당시 그가 들려준 말이다.[2]

웨들러는 자신의 회사인 센스포인트(Senspoint)를 통해 기업이 시각 이외의 감각을 마케팅하도록 돕는다. 웨들러와 나는 포도주용 포도에서 젖은 포장도로의 달큼한 냄새와 풍미가 나게 하는 방법은 물론, 그가 화학에 입문한 계기와 어려운 과학을 그만두고 사업가가 된 이유에 관해서도 이야기를 나누었다.

모든 것은 웨들러가 훌륭한 고등학교 교사를 만나면서 시작되었다. 화학이 모든 것의 기초라는 교사의 주장은 설득력이 있었다. 웨들러는 화학을 택했지만, 화학은 매우 시각적인 학문이기 때문에 교사는 그가 화학을 전공하는 것에 대해선 회의적이었다. 교사는 상기시키려 했다. "그건 실용적이지 않아. 넌 실용적인 사람이 되고 싶다고 말했잖아."

웨들러는 시각적 방식이 아니어도 화학을 할 수 있다고 교사를 설득했다. 그러나 대학과 대학원을 다니면서, 웨들러는 자신의 연구와 공헌이 순수 과학보다는 관례 때문에 제한받을 수 있음을 이해했다. "화학을 하기 위해서 꼭 눈이 보일 필요는 없어요. 어쨌든 원자는 보이지 않잖아요. 우리가 변화를 보기

보이지 않는 고릴라와 또 다른 부주의

는 하지만, 실제로 화학을 이해한다는 것은 머리를 쓰는 일이거든요. 나에게 변화를 설명해줄 사람을 고용하면 문제는 해결되지 않을까요."

그러나 웨들러는 박사후과정을 밟지 않았다. 대신 감각 문해력 프로젝트로 방향을 선회했다. 그 이유를 그는 이렇게 설명한다. "화학 자체, 과학을 하는 것은 머리를 쓰는 일이고 할 수 있고 재미있기도 하지만, 세계가 화학 정보를 제시하는 방식은 지극히 시각적이죠. 문헌에서 얻은 자료를 내 머릿속에 집어넣고 내 머릿속에 있는 것을 다시 문헌으로 돌려놓는 작업 말이에요."

만약에 시각장애 화학자를 비롯해 시각장애 과학자가 아주 많이 배출된다면, 정보를 소통하는 비시각적인 방법, 즉 언어적·청각적·촉각적, 심지어 후각적 방법을 장려할 수도 있을 것이다.

나는 오랫동안 우리 문화의 시각 중심적 편견을 의식해왔다. 내 눈이 멀어가고 있는데 어떻게 모를 수 있겠는가? 그러나 냄새 같은 나머지 감각에 관심을 가질수록 과학 공동체가 나머지 사람만큼이나 편견에 치우쳐 있다는 사실을 점점 더 알게 되었다. 《아로마티카 포에티카》에 싣기 위해 로젠블룸을 인터뷰했을 때, 그는 자신이 연구하는 심리학도 오랫동안 냄새에는 거의 관심이 없었다고 했다. "알아두셔야 할 점은 역사적으로 지각심리학 교수들은 수업 시간에 후각 관련 자료 준비는 조교에게 떠맡겼다는 거예요." 내가 놀라움을 표했더니 그가 다시 설명했다. "지각과 관련한 중대한 문제는 시각적이죠. 청각적인 것도 어느 정도는 있을 거예요. 하지만 후각은 사실 인간에게 그리 중요하지 않으므로 실제로 뭐랄까, 감각의 못난 쓰레기처럼 취급되죠."[3]

그는 『오감 프레임』을 쓰면서부터 후각으로 이루어지는 흥미진진한 작업에 관해서 알게 되었다고 인정했다. 로젠블룸이 '감사의 말'에서 일찍부터 지각의 과학에 관심을 가지게 된 계기를 부모의 공으로 돌린 것이 흥미롭다. "어머니와 돌아가신 아버지, 레노어와 밀턴 로젠블룸은 감각이 손상된 사람들과 작업하면서, 최초로 이 책(그리고 내 경력)의 전반적 주제에 영감을 주었다."[4] 그는 인터뷰에서 자세히 설명했다. "아버지는 뉴욕 시러큐스에서 시각장애인을 위한 라이트하우스를 운영했죠. 어머니는 청각장애 아동, 그 가족들과 함께 일했고요. 두 분 모두 전통적인 사회 복지사로 대중을 위한 서비스업에 종사하셨죠. 저는 부모님의 사무실에서 두 분이 디자인한 온갖 장비와 훈련에 관해 배우곤 했어요. 아마 제가 중요한 깨달음을 얻었던 순간은 그때였을 거예요. 그 맹아학교에 야구·풋볼·축구 등 교내 스포츠팀이 있었는데, 소리를 통해 경기를 하는 모습을 본 거죠."[5]

그렇다면 그의 연구 대부분이 "주로 시청각 발화 지각, 그리고 안면 지각과 음성 지각"을 다루고 있는 것도 놀랄 일은 아니다. 그는 분명히 밝힌다. "우리의 연구 주제는 신경 과학이 아니라 행동 과학이에요. …… 제 연구는 이론상의 동기가 확실하고, 그래서 우리는 이론적 관념을 테스트하는 실험을 설계하면서 대부분의 시간을, 설레는 시간을 보내죠."[6]

보이지 않는 고릴라와 또 다른 부주의

나는 로젠블룸 덕분에 내 두뇌가 여러 방식으로 새롭게 지각하는 법을 배울 수 있음을 이해했다. 따라서 그가 어렸을 때 감각장애가 있는 사람을 만난 경험을 통해 질문을 시작했다는 사실이 마음에 든다. 나는 가끔 과학 스스로가 인간적인 개성이나 특성을 제거했다고 믿는 것은 아닐까 하는 생각을 한다. 마치 우주에서 저 혼자 작용하는 것처럼, 제각기 경험과 결함, 독창성을 지닌 사람에 의해 이론화되거나 증명된 것이 아닌 것처럼 말이다.

로젠블룸은 또 다른 연구자이자 저자인 레이철 허즈(Rachel Herz)를 알려주었다. 그녀는 점점 그 수가 늘어가는 후각 분야의 지각 심리학자이다. 허즈는 2007년에 펴낸 『욕망의 향기 (The Scent of Desire)』에서 미국의사협회가 서로 다른 감각 손상과 관련해 삶의 질을 어떻게 정량화하는지 언급한다. "『영구 손상 평가를 위한 미국의사협회 안내서(The American Medical Association Guides to the Evaluation of Permanent Impairment)』는 현재 후각과 미각 손상에는 한 개인의 삶의 총 가치에서 겨우 1~5퍼센트에 해당하는 가치만 부여하는 반면, 시각 손상에는 85퍼센트의 가치를 매긴다."[7]

이들 수치가 각각의 감각을 통해 수집된 정보에 관한 숫자와 일치하는 것처럼 보이지만, 이 측정값이 어떻게 얻어지고 평가되는지 상상하기는 쉽지 않다. 더 중요한 점은, 이런 부류의 숫자들은 차이를 미미하게 만드는 한편, 그런 것들이 생물학적으로 '인간적'이며 문화와 개인적 상황에 따라 크게 결정되지는 않는다고 암시함으로써 편견을 조장한다는 것이다. 그러나 만약 내가 후각을 잃는다면 향기에 관심 없는 사람보다는 충격이 크겠지만, 조향사나 셰프에게만큼 그 영향이 파괴적이지는 않을 것이다.

이들 숫자는 서로 다른 감각 능력과 경험을 지닌 다양한 부류의 사람에게도 문제가 되겠지만, 특히 시각 손상이나 후각 상실이 있는 양극단의 사람에게는 더할 것이다. 허즈가 지적하듯 후각 상실은 사람을 쇠약하게 만들지만, 시각 상실과는 달리 그 영향은 대체로 점진적으로 나타나는 것 같다. "사고를 당한 후 시각장애의 트라우마와 후각 상실의 트라우마를 비교한 연구를 보면, 처음에 시각을 잃은 사람은 후각을 잃은 사람에 비해 상실의 트라우마를 더 많이 느낀다고 밝혀졌다. 그러나 이들 환자의 정서적 건강에 대해 1년 후에 시행된 추적 연구는 무후각증인 사람이 시각장애인보다 훨씬 더 상태가 좋지 않음을 보여주었다."[8]

내 생각에 무후각증인 사람이 겪는 난관 중 적어도 일부는 냄새에 관해서 거의 관심을 두지 않는 우리 문화가 종종 후각 상실을 사소하게 여기고, 따라서 그들을 돕기 위한 인프라가 전혀 개발되지 않았다는 사실에서 비롯되는 것 같다. 반대로 태어날 때부터 눈이 멀었거나 후천적으로 시각장애를 갖게 된 사람을 돕기 위한 단체는 수없이 많다. 이와 같이 조직적으로 불균형한 상황에서 한 감각을 잃은 사람이 부딪치는 난관은 해부학적 차이와도 관련이 있지만, 각 감각의 상대적 중요성에 대한 사회적 가정과도 관련이 있다는 사실은 눈에 띄지 않는다. 더욱이 우리의 시각 중심적 문화에서 시각이 가장 중요한

보이지 않는 고릴라와 또 다른 부주의

감각이라 믿는다고 해서 시각이 세계에 관한 정확하고 편견 없는, 또는 완벽한 그림을 보여준다는 뜻은 결코 아니다.

시각에 대한 너무도 많은 것이 당연하게 여겨지기 때문에, 시각장애인의 관점은 종종 비시각장애인의 불안감을 드러내기도 한다. 『브라더 레이』의 공저자 리츠는 말한다. "어느 날 나는 레이가 사람을 만날 때마다 보름달 이후의 달 모양에 관해 묻는 것을 들었다. '달은 다시 은빛으로 돌아가나요, 아니면 서서히 작아지나요?'" 사실 "아무도 그 질문에 답할 수 없었다." 그의 친구와 동료 모두 대답을 하지 못하자 찰스는 놀랐다. "당신들 모두 시력이 완벽한데도 달을 보지도 못하는군요."[9]

그게 사실 아닌가. 비시각장애인은 생각만큼 눈을 사용하지 않으며, 하다못해 그만큼 어휘력을 사용하지도 않는다. 호기심 많은 시각장애인을 상대하면서 할 말을 잃어버리는 현상은, 한 장의 사진이 천 마디 말을 할 수 있음을 당연하게 여기는 비시각장애인이 너무 많다는 사실과 관계가 있을 것이다. 글쎄다. 어쩌면 그들은 눈에 보이는 것을 묘사하기 위해 단어를 사용하려고 시도해보고 그게 힘들다는 것을 깨달아야 할지도 모른다. 비시각장애 친구에게 그들의 소셜 미디어 이미지를 대체할 텍스트를 넣어달라고 부탁했을 때, 그들이 보이는 당혹감은 그것을 증언해준다. 즉 교육의 빈곤이다. 고쳐 말하면, 그들의 이른바 소중한 사진을 언어와 사고의 복잡한 문제로 번역하느라 먼 길을 갈 수도 있다는 이야기이다.

시각 중심의 질문을 새로운 방향으로 밀어내기 위해서는 시각장애 및 시각 손상 과학자가 있어야 한다. 대부분의 시각장애인은 완전한 시력을 가진 친구들이 똑같은 물체를 보고도 서로 다른 색을 말하는 경우를 경험해보았을 것이다. 언젠가 나도 공연이 끝난 후 처음으로 뼈저리게 깨달았다. 그 공연에서 한 친구가 모든 관객석 밑에 작은 미니카를 놔두었다. 나는 흐릿한 내 눈에 오렌지색으로 보이는 미니카를 보았다. 하지만 친구들에게 무슨 색인지 물었더니 데이비드와 미셸은 각기 다른 색이라고 말해주었다. 나는 웃었고, 다른 친구들에게도 내 미니카를 보여주었다. "이게 무슨 색이지?" 내 단순한 질문은 논쟁을 불러일으켰다. 누구는 오렌지색이라고, 누구는 핑크색이라고, 누구는 빨간색이라고 했고, 더러는 노란색이라고 했고, 다른 친구들은 혼합색이라고 말했다. "핑크색이 도는 빨간색 비슷해, 아니면 오렌지색에 가까운 노란색이거나."

여기에서 무슨 일이 벌어지고 있는가? 그 차이는 언어의 문제일까? 광수용기(photoreceptor)의 문제일까? 미학의 문제일까? 달리 말해서 견해차는 눈 해부학의 문제 또는 뇌 기능의 문제, 아니면 학습과 경험의 문제, 이도 저도 아니면 이 모든 것의 문제일까? 가끔은 이런 생각이 든다. 비시각장애인들이 모두 똑같은 방식으로 실제 존재하는 그대로를 보고 있다고 믿고 있지만, 만약 서로에게 좀 더 자세히 물어보고 어휘로 설명하게 한다면, 어쩌면 그들은 온갖 비정상성과 주의력 편향성을 지닌 한 개인으로서, 자신이 볼 수 있는 것만 보고 있음을 깨달을지도 모른다고 말이다. 바로 이 점을 명쾌하게 밝힌 것이 그 유명한 '보이지 않는 고릴라(invisible gorilla)'이다.

'보이지 않는 고릴라'는 1990년대 말 하버드에서 크리스토퍼 차브리스(Christopher Chabris)와 대니얼 사이먼스(Daniel Simons)가 처음 설계한 이후 전 세계에서 다양한 주제로 재현한 실험이지만, 늘 놀랍고 똑같은 결과를 낳았다. 시각적 과제로 인해 주의 집중이 분산되면, 시각에 전혀 문제가 없는 사람 중 약 50퍼센트는 바로 눈앞에 실물 크기의 고릴라가 있어도 알아보지 못한다는 것이다.

이 심리학 실험을 잠간 설명해보자. 두 명의 연구원이 학생들을 검은 셔츠를 입은 팀과 흰 셔츠를 입은 팀의 두 팀으로 나누고, 실내 체육관에서 농구공을 주고받도록 했다. 연구원들은 그 게임을 동영상으로 찍은 다음 참가자에게 보여주면서, 흰 셔츠 선수들의 패스 횟수를 세되, 검은 셔츠 선수들의 패스는 무시하라고 했다.

동영상을 보여준 직후, 연구원들은 실험 참가자에게 몇 가지 질문을 했다. 우선 선수들과 패스에 대해 물었고 이어서 이상한 질문을 했다. 정말 중요한 "고릴라 보셨나요?"라는 질문을 포함해서. 참가자 절반은 이렇게 되물었다. "네? 뭐라고요?"

"패스 횟수 세기는 실험 참가자가 화면상의 움직임에 주의를 집중하도록 내준 과제"였다. 차브리스와 사이먼스는 2010년에 펴낸 『보이지 않는 고릴라』에서 이렇게 설명한다. "우리는 패스 횟수를 세는 능력에는 관심이 없다. 실제 우리의 관심은 다른 데 있었다. 동영상 중간에 고릴라 의상을 입은 여학생이 약 9초에 걸쳐 무대 중앙으로 걸어와 선수들 한가운데 멈춰서서 카메라를 향해 가슴을 치고 나서 걸어나갔다."[10]

비록 이 실험은 한 가지에 주의하다 보면 '인지맹(cognitive

blindness)'에 빠질 수 있음을 보여주지만, 실험 참가자의 태도에 관해 많은 것을 말해준다. 차브리스와 사이먼스의 설명에 따르면, 참가자에게 어떤 과제도 주지 않고 두 번째로 영상을 보게 했더니 모든 참가자가 완벽하게 고릴라를 보았으며, 심지어 몇몇은 테이프를 바꿔치기했다며 연구원을 비난했다. 그들의 능력에 대한 자신감, 아니 그들의 무능에 대한 불신이 진정 흥미로운 부분이다. "고릴라 실험은 강력하면서도 광범위하게 스며 있는 주의력 착각의 영향력을 다른 어떤 연구보다 극적으로 보여준다. 실제로 인간이 경험하는 시각적 세계는 생각만큼 넓지 않다. 이러한 착각은 아무리 주의를 기울여도 한계가 있다는 사실을 충분히 깨닫는다면 사라질 것이다."[11]

내가 맹점을 생각하면서 언급한 바와 같이 대체로 우리는 보이지 않는 것을 볼 수는 없다. 이렇게 차브리스와 사이먼스는 결론을 내린다. "우리의 생생한 시각적 경험은 충격적인 정신적 맹시를 가린다. 우리는 시각적으로 뚜렷하거나 독특한 사물이 우리의 주의를 끌 것이라고 가정하지만 사실 그것은 전혀 눈에 띄지 않고 지나간다."[12]

내 생각에 디드로는 보이지 않는 고릴라를 직관적으로 알고 있지 않았을까. 그는 앞을 보는 사람들이 그들이 보는 것의 진실을 엄청나게 과신한다면서, 세계에 대한 우리의 지각이 얼마나 제한적이고 상황과 관련되는지 돌아보기 위해 눈먼 사람을 보는 것이 좋을 것이라고 깨닫고는 썼다. "아주 사소한 사고로 교란되어버린 섬세한 기관에 대한 고통스러운 수술을 막 끝낸 맹인에게, 오랫동안 소리를 사용해오던 사람으로서 소리라는 길잡이를 신뢰할 수 없을 때, 그에게서 우리가 어떤 정보를 기대할 수 있을지 나는 상상할 수가 없습니다."[13]

그러나 불행히도 '치료'라는 미사여구에 관한 한 디드로의 시대 이후 달라진 것은 별로 없다. 눈멂에 대해 과학에 만연한 태도는 눈멂의 상태를 끝내기 위한 노력이다. 일례로《내셔널 지오그래픽(National Geographic)》2016년 9월호의 커버스토리를 보자.「시각장애 치료에 관한 새로운 희망의 이유」라는 기사는 줄기세포부터 디지털카메라 이식까지, 유망한 치료법을 환희에 차서 자세하게 실었다. 이상한 생각이다. 이것은 치료 충동에 불과하다. 나는 개인적으로 치료에 대해 그다지 생각해본 적이 없다.

지금보다는 젊은 시절에, 내가 시각장애인이라고 밝혀야 했을 때(어쨌든 겉보기에 눈에 띄지는 않았으니까.) 사람들은 치료법이 있는지 묻곤 했다. 나는 보통 어깨를 으쓱하고는 줄기세포나 쥐 실험이 이루어진 유망한 방법에 관해 아무 말이나 하곤 했다. 완전히 시력을 잃은 지금은 아무도 치료법에 관해 묻지 않는데, 아이러니하다. 과학은 20년 전보다 훨씬 더 치료법에 가까워졌는데도 말이다. 그리고 나는 치료를 거의 생각하지 않지만, 다시 볼 수 있다는 데 흥분한 내 모습을 확실하게 상상할 수 있다. 그리되면 지금과는 정말 다를 것이고 글로 쓸 만한 재미있는 일도 많을 테니 말이다. 그리고 나는 항상, 만약 갑자기 눈이 잘 보이게 되어 운전을 할 수 있다면 모터사이클 한 대를 구해서 전국을 누비겠다고 말해왔다. 공상은 이쯤하고, 나는 치료법에 대해 어떤 환상도 품지 않는다. 살아생전에 치료법이

나올 것이라고, 또는 시력이 회복되면 내 삶은 저절로 나아질 것이라는 환상도 없다. 세상에는 눈이 멀쩡해도 불행한 사람들이 많으니까.

장애인 공동체의 성원 대다수는 '치료'라는 수사가 문제가 있다고 느낀다. 왜냐하면 '치료'라는 단어는 우리가 행복하고 충만하고 의미 있고 강렬한 삶을 누릴 수 있다는 인식을 뒤흔들기 때문이다. 그리고 비록 치료의 미사여구가 종종 장애인의 필요와 욕구보다는 비장애인의 두려움 때문에 쓰이기는 하지만, 거기에는 삶의 질과 관련한 자기 충족적 예언이 있다. 만약 비장애인이 장애인의 삶이 자신의 삶보다 가치가 덜하다고 가정한다면, 사회적 장벽은 그 가정을 바로 현실로 만들어버린다. 장애라는 감정은 환경과 사람들이 우리를 대하는 방식과 관련이 있다. 디지털 시대에 나는 어떤 종류의 도움도 없이, 작가로서 내 작업의 대부분을 할 수 있다. 따라서 매일 아침 책상에 부딪힌다 해도 적어도 장애인이라고 느끼지 않으며, 여느 작가처럼 앉아서 일을 시작한다. 그러나 밀턴의 경우는 달랐다. 그는 밤의 적막 속에서 시를 지었고, 누군가 와서 '젖을 짜주기를', 다시 말해 그날의 대필을 해주기를 참을성 있게 또는 초조하게 기다렸다. 물론 문단에서 이미 확립된 중요한 지위가 있었고 경제적으로도 든든했으므로, 밀턴의 장애 경험 역시 제한적이었다. 만약 그가 온종일 마구간을 치워야 했거나 요리와 설거지를 해야 했다면, 시를 읊으며 빈둥거릴 수는 없었을 것이다.

우리의 신체에서 벌어지는 일과는 상관없이 우리가 경험

하는 장애 수준에 가족과 재정 상태, 공동체, 사회가 커다란 영향을 끼친다는 것은 아무리 강조해도 지나치지 않다.

그렇다면 장애인이 다양한 기술적·경제적 도움은 물론 좋아하는 일을 하는 데 필요한 사회적 도움도 받는, 최고의 시나리오라 할 만한 상태를 가정하면, 그들이 어떤 기여를 할 수 있을까? 글쎄, 이론 물리학자 스티븐 호킹(Stephen Hawking) 같은 이를 떠올려보면, 답은 '엄청나게 많이'가 될 것이다.

인지 심리학자 스티븐 핑커(Stephen Pinker)는 『지금 다시 계몽』에서 인권의 진보를 축하하지만, 이상하게도 장애인 인권에 대해서는 침묵한다. 장애와 진보에 관한 한 핑커에게 중요한 것은 의학을 통해 우리 세계에서 장애를 없애는 것인 듯하다. 앞에서도 말했지만 문제의 소지가 많다.

설사 모든 사람이 장애를 뿌리 뽑기 위해 노력해야 한다고 동의하더라도(이는 논란의 여지가 있지만 청각장애인 공동체에서 달팽이관 이식에 대한 저항은 아마 가장 잘 알려진 사례로, 이런 의견 불일치가 결코 여기에 국한되지는 않는다.), 마법 지팡이가 갑자기 모두의 신체를 건강하게(그것이 무엇을 뜻하든 간에) 만들지 않는 이상 아직 '치료'를 기다리는 사람을 위한 인권은 필요할 것이다. 더욱이 우리가 건강한 신체를 목표 삼아 열심히 달리다 보면 장애의 경험이 곧 사라질 것이라는 희망에서 장애의 소중한 경험을 부정할 가능성이 높다.

나는 데모크리토스가 아니다. 나는 스스로 눈멂을 택하지 않았으며, 만약 기회가 온다면 시력의 회복을 고려해볼 것이다. 하지만 내 눈멂은 분명 나의 성장에 중요한 부분을 차지했으며, 나아가 나의 비시각장애 독자에게도 통찰력을 전해주었을 것이다. 디드로처럼, 나는 시각장애 경험을 쓰면서 "보는 사람에게 도움이 되는" 글이 되도록 노력해왔다. 그러나 핑커는 그 계몽주의 논문을 읽지 않은 것으로 보인다. 바로 이 때문에 계몽주의가 그렇게 약화하려 애썼던 장애인 차별주의를 그의 이념 목록에서 빼버렸는지도 모르겠다.

『지금 다시 계몽』에서 「평등권」이라는 장은 인종차별, 성차별, 동성애 혐오에 관한 자극적인 구절로 시작된다. 이러한 차별은 "인간이 나머지 인간의 전체 카테고리에 대해 목적을 위한 수단으로 또는 없애야 할 골칫거리로 취급하기 쉽다."라는 사실에서 빚어진 결과라는 것이다. "다른 인종, 다른 신념을 가진 사람, 여성, 제3의 성, 트랜스젠더, 온갖 퀴어를 향한 부당함은 역사를 통틀어 대부분의 문화에서 다양할 정도로 만연해" 있으며 "이러한 해악을 부정하는 태도는 우리가 시민권 또는 평등권이라고 부르는 영역에서 큰 부분을 이룬다." 핑커는 평등권의 확장을 "인간 진보의 역사에서 감동적인 장"이라고 언급하고 있지만, 그의 책 어디에서도 장애인 차별주의에 대한 언급은 찾아볼 수 없다.[14]

계몽주의의 이상이 눈먼 사람의 삶을 개선해왔음은 의심할 수 없지만, 가끔은 그 진보가 단일한 관점에서 틀 지어져 있다는 생각이 든다. 즉 비장애인의 시점 말이다. 이것은 아주 유용한 카테고리도 아니다. 정체성의 나머지 카테고리와 달리, 장애는 유동적이다. 우리는 종종 장애인이 되기도 하고 때로는 장애에서 벗어나기도 한다. 미국인 다섯 명 중 한 명은 장애가 있으며, 우리 대부분이 인생의 어느 시기에는 어느 정도의 장애를 경험하게 된다.

　진보에 대한 우리 자존심에 먹칠하는 것이 장애가 아니라 장애인 차별주의라는 사실을 보지 못하는 사람은 펑커만이 아니다. 다양성 선언에 장애가 포함되는 경우는 여전히 드물다. 그럼에도 나는 장애인의 목소리와 견해를 들을 준비가 되어 있는 사람들이 있다고 믿는다.

　"나는 증가하고 있는 소외 집단의 일부라는 게 자랑스럽습니다." 2018년 덴버에서 팟캐스트 '리스크!' 생방송 녹화 중에 나는 말했다. 이 말에 주로 밀레니얼 세대인 청중 200~300명이 진심 어린 박수를 보냈다. 그날 밤 내가 한 이야기는 휠체어에서 말년을 보낸 내 아버지의 사연이었다. 군인이자 세계 여행가로 살아온 아버지는 장애에 대처할 준비가 되어 있지 않았다. 이런 일이 드물지는 않을 것이다. 우리는 장애인이 된다는 것을 너무 수치스럽게 여기고, 신체가 건강할 때는 너무 오만해서 종종 이 두 상태가 물리적·문화적 경계에 의해 유지되는 불안정한 상황이라기보다는 엄밀한 양극단이라고 가정한다. 장애인의 목소리 또한 나머지 인류와 마찬가지로 지혜롭기도 하고 어리석기도 하다는 사실을 받아들이기 전까지, 우리의 계몽된 관점은 과거와 미래의 장애인에 대해서 편향되고, 잘못되고, 파괴적일 수밖에 없다.

　여성 과학자와 유색인 과학자, 그리고 기존 과학계에서 오랫동안 배제되어온 이들처럼, 시각장애 과학자도 인간의 이해를 새로운 방식으로 밀고 나갈 수 있는 중요한 질문을 하게 될 것이다. 내가 아는 광범위한 시각장애 공동체 내에서 인지 과학, 로켓 과학, 물리학, 컴퓨터 과학, 유전학 등 과학을 공부하는 학부생이나 대학원생으로 당장 떠오르는 이들만 꼽더라도 웨들러 외에 대여섯 명이 있다.

드루 해즐리(Drew Hasley)는 2016년 매디슨의 위스콘신대학교에서 유전학 박사 과정을 수료했다. 해즐리는 자신의 성취를 다룬 기사에서 기자에게 말했다. "저는 생물학에 관심을 가진 저 같은 사람이 많아지도록 생물학 교육을 개선할 기회가 있다고 봅니다. 저의 경우가 특별할 이유는 없어요." 계속해서 그는 말했다. "과학을 공부하는 다음 세대의 장애인 학생은 저만큼 과학에 열정을 쏟지 않아도 될 겁니다. 장애인 학생도 다른 비장애인 학생처럼 시작하고 즐길 수 있겠죠. 물론 지금은 갖은 노력을 해야 하지만 그건 공정하지 않아요. 학교에서 할 수 있는 게 노트 필기를 대신할 사람을 정해주는 정도라면, 생명 과학 분야에서 경력을 쌓는다는 게 가능하기나 할까요?"[15]

역사적으로 장애인을 연구 대상으로 여겼지, 동료로 여기는 일이 거의 없었던 과학계에서 시각장애인이 마주하는 난관에도 불구하고, 시각장애 과학자가 존재한다는 사실 자체가 시각장애인과 과학 모두의 미래에 좋은 징조다. 시각장애를 연구하는 호기심 많은 비시각장애인은 물론 시각을 연구하는 호기심 많은 시각장애인이 중대한 질문을 던지고 답할 미래는 무척 고무적이고 흥미로울 것이다.

내가 생각하는 최고의 페미니즘 비평이란, 남성도 방식만 다를 뿐(일반적으로 더 많은 권력을 준다.) 여성과 마찬가지로 전통적인 젠더 역할에 제약받는다는 사실을 일깨워주는 것이다. 비시각장애인과 시각장애인에 대해서도 비슷하게 말할 수 있을 것이다. 우리가 시각을 고정되고 획일적인 선물, 가지거나 못 가지는 양자택일의 선물로 생각한다면, 스스로 개선의 가능성을 부정하는 것이다. 신경 가소성에 대한 최근 발견이 말해주듯, 우리의 감각 기관은 뇌에서는 그리 뚜렷하게 구분되지 않는다. 따라서 보는 사람과 눈먼 사람을 나누던 역사적인 구분이 필요하거나 유용하고, 심지어 사실이라고도 할 수 없다. 만약 우리가 봄과 눈멂의 실체(물리적·정신적·은유적·사회적 상황의 거대한 상호 작용)를 이해한다면, 비시각장애인에게든 시각장애인에게든 우리가 세계를 경험하는 다양한 방식은 좀 더 확장될 것이다.

17

고대와 진화의
눈멂의 밈에서 벗어나
자긍심 세우기

실존 인물이든 가공의 인물이든, 호메로스는 우리의 문화 지형 여기저기에 흩어진 방대한 눈멂의 밈(meme) 네트워크에서 일종의 시작점을 이룬다. 호메로스의 이미지는 다른 눈먼 음유시인을 낳았다. 만약 호메로스의 이미지가 밀턴에게 없었다면, 매일 밤 어둠 속에 누워서 『실낙원』을 짓는 밀턴을 상상하기는 어렵다. 또한 눈먼 예언자 테이레시아스의 이미지로 무장한 밀턴은 어둠 속에 눈을 심고 "인간의 눈에 보이지 않는 것을 보고 말하는" 자신의 능력에 자부심을 가질 수 있었다.

나는 진화 생물학자 도킨스가 원래 '문화적 복제자'를 가리키기 위해 사용한 '밈'이라는 용어를 차용한다. 도킨스와 그가 '밈'이라는 용어를 지어낸 얘기는 잠시 후에 하기로 하고, 지금은 눈멂의 밈이 이미지·텍스트·언어를 통해 실제 시각장애인에 대한 이해에 영향을 끼치는 문화적 복제자이며, 따라서 실체는 원형과 함께 흐려진다고 주장하고 싶다.

고대 그리스의 눈멂의 밈이 누군가에게 도움이 되어 밀턴 같은 사람은 시각 중심적 세계에서 큰 성과를 이루기도 했지만, 또한 그것이 어느 정도 제약이 될 수도 있다. 언젠가 내가 샌프란시스코의 망막색소변성증 지원 단체에 갔을 때였다. 한 노인이 안내견을 데리고 신문을 읽으며 장거리 전철역에 앉아 있다가 겪은 일을 들려주었다. 낯선 사람이 그에게 다가와 말을 걸었다. "선생님은 맹인처럼 보이지 않으세요!" 그래서 노인은 가방에 손을 뻗어 짙은 선글라스를 꺼내 쓴 다음 계속 신문을 읽었다. 우리 모두 배꼽이 빠지도록 웃었다.

우리 시각장애인은 가상으로든 대면으로든, 비시각장애인의 순진함에 같이 웃으며 적지 않은 시간을 보내곤 한다. 물론 자신들이 세계를 지배한다고 생각하는 경향이 있는, 완벽하게 기능하는 눈을 가진 사람의 부족한 감수성에 불평하고 투덜거리고 넋두리하기도 하지만, "맹인처럼 보이지 않으세요!"라는 대사와 관련한 온갖 등급의 농담도 있다. 우리에게는 싸워야 할 수천 년 역사의 눈멂의 이미지가 있지만, 안내견을 데리고 신문을 읽는 이미지는 그에 속하지 않는다.

눈멂의 획일성은 다양성을 허용하지 않는 경향이 있다. 따라서 눈먼 여성은 눈먼 남성보다 덜 흔하게 밈이 되고, 눈먼 어린이는 거의 이야깃거리가 되지 않는다. 반면 눈먼 청년은 꽤나 유명하다. 조이스의 『율리시스』에서 지팡이를 두드리며 길을 가는 풋내기 맹인 청년을 떠올려보라. 그는 호메로스의 눈먼 음유시인과는 거리가 있으면서도, 그 메아리로 남은 후행

연상이다.

보통의 비시각장애인은 시각장애인을 만날 기회보다 눈멂의 밈을 볼 기회가 더 많다. 『문학 속의 눈멂』에서 트베르스키는 이렇게 쓴다. "시각장애인이 얼마나 소수를 구성해왔는지 고려하면(그들은 인구의 1퍼센트를 초과한 적이 거의 없다고 여겨진다.) 그들은 분명히 문학에서 지나친 관심을 받아왔다. 확실히 눈멂은 그 자체로 중요하고, 시각장애인은 특히 흥미롭거나 특이하며 상상력과 감정을 자극함을 의미한다."[1]

최근의 수치는 그보다 높게 나타난다. 2016년 NFB의 통계에 따르면, 미국에서 16세 이상의 성인 가운데 약 2.4퍼센트가 시각장애인이다. 그렇다고 해도 65세 이하에서 시각장애인은 여전히 상대적으로 드물다.[2] 얼마 전, 나는 앨러배스터의 누이 리사와 그녀의 남편 프랭크와 함께 저녁 식사를 하고 있었는데, 시각장애가 화제로 떠올랐다. "리사를 알기 전에는 시각장애인을 한 명도 몰랐어." 프랭크가 말했다. 그 말에 이어 나의 미니 강의가 시작되었다. 요지는 이렇다. "시각장애인은 비시각장애인만큼이나 다양하다. 차이가 있다면 비시각장애인이 많다는 것뿐이다."

우리 시각장애인은 상대적으로 그 수가 적기 때문에 모두가 비슷하다고들 여겨진다. 사실 장애인으로서 우리는 다른 어느 소수 집단보다 상당히 다를 것이다. 한 가족, 한 학교, 한 동네 내에서 우리는 시각장애인으로서 유일한 경우가 많다. 따라서 특성은 우리가 거주하는 맥락만큼이나 다양하다. 그러나 어쩌다 우리가 같은 장소에 있게 되면, 사람들은 우리를 서로 착

고대와 진화의 눈멂의 밈에서 벗어나 자긍심 세우기

각하곤 한다.

얼마 전 뉴욕대학교의 옛 친구와 다시 연락이 닿았다. 엘리자베스 비어든(Elizabeth Bearden)이라는 친구로, 지금 매디슨의 위스콘신대학교의 르네상스학 교수로 있다. 나는 박사 과정을 밟던 중에 박사 과정 막바지에 있던 그녀를 만났다. 우리는 시각이 손상된 여성으로서, 비시각장애인으로 보이기 위해 좌충우돌하던 대학 생활의 경험이 비슷함을 공유하면서 급속하게 가까워졌다. 엘리자베스는 나보다 먼저 골든 리트리버 안내견이 생겼다. 나에게는 그보다 늦게 검은색 래브라도 안내견이 생겼다. 얼마 전 대화를 나누던 중 그녀는 뉴욕대학교 공동체(학생에서부터 경비원까지)가 우리를 자주 혼동하곤 했다는 얘기를 꺼냈다. 우리는 전혀 닮은 구석도 없었다. 그녀와 그녀의 안내견 셜리는 머리와 털이 금발이었고, 나와 밀레니엄은 모두 검은색이었다.

물론 엘리자베스와 나는 친구들조차 모두 문학 전공 대학원생이라는 것을 포함해 공통점이 많았다. 그러나 사람들은 일반적으로 시각장애인은 서로 친구여야 한다고 생각한다. 심지어는 서로에게 유일한 친구가 되어야 한다고 말이다. 기르마는 하버드 법학원을 졸업한 최초의 시청각장애인이다. 기르마는 하버드 법학원을 졸업하기까지의 여정을 담은 2019년 회고록에서 다음의 이야기를 들려준다. 기르마가 대학 구내식당에서 빈자리를 찾아 헤매고 있자 누군가 자신의 팔을 툭툭 치면서 친구를 찾고 있느냐고 물었단다. 기르마는 그 사람이 누구를 가리키는지를 알 수는 없었지만 그렇다고 대답하자, 그 사람은 곧바로 자신을 식당 내의 다른 시각장애인에게 데려갔다고 한다.

기르마는 부분적인 시청각장애를 가지고 있어, 그 사람이 '친구'를 찾아주었을 때, 긴 흰색 지팡이를 보고 그 사람이 누구인지 알았다. 기르마는 지인인 빌에게 인사했다. 빌은 뉴멕시코에서 온 1학년생으로 역시 시각장애인이었다. "여기 사람들은 빌이 나인 줄 알고 큰 소리로 말하고, 빌은 계속해서 사람을 잘못 봤다고 설명해야 한다." 두 사람은 "시각장애인은 모두가 친구일 거야, 그렇지?" 하는 생각에서, 기르마가 자신과 같은 부류를 찾고 있다고 생각했던 그 자발적 도우미를 두고 웃을 수밖에 없었다.[3]

이런 착각과 가정은 비시각장애인이 일상적인 의미에서 시각장애인과 사실상 소통할 수 없다는 생각에서 비롯되었을 수도 있다. 2014년 《뉴욕 타임스》에 실린 「왜 우리는 시각장애인을 두려워하는가?」라는 제목의 오피니언 기사는 그 점을 뼈아프게 지적하고 있다. 그 칼럼을 쓴 맹아학교 교사는 어느 파티에서 한 여자에게 다음의 질문을 받고 이 기사를 쓰게 되었다고 한다. "학생들한테 말씀하실 때 어떻게 하세요?"

교사는 자신이 가르치고 있는 학생들은 청각장애인이 아니라고 설명했지만, 여자는 계속 말한다. "네, 학생들이 귀머거리가 아닌 건 알아요. 제 말은 선생님이 실제로 학생들에게 어떻게 말씀하시는가가 궁금하다는 거예요." 이런 착각은 놀랄 만큼 뿌리가 깊다. 만약 우리 시각장애인이 전혀 다른 지각 우주에 산다면, 일상의 의사소통은 불가능하며 특별히 단조로운 말을 허용할 여지만 남을 것이다.

고대와 진화의 눈높의 밈에서 벗어나 자긍심 세우기

나의 대학원 친구인 금발의 엘리자베스는 대중이 장애인을 어떻게 규정하고, 근대 초의 예술적 재현은 어떻게 그들을 규정했는지를 탐색한『괴물 족속들(Monstrous Kinds)』을 썼다. 책 서문에서 엘리자베스는 시각장애인에 대한 고대의 초자연적 태도가 어떻게 현대적인 의학 모델과 공존하는지 설명하기 위해 보기 드물게 개인적 일화를 소개한다. "뉴욕시의 거리를 누비는 시각장애 여성인 내가 지하철에서 걸어 나올라치면 사람들은 나더러 축복받은 기적이라고 하고, 매일 마시는 커피를 주문할 때는 대단하다고 하고, 수위 아저씨는 나더러 지난밤 뉴스에서 본 여자, 기적적인 의료 시술 덕에 시력을 '고친' 여자와 똑같다고 한다."[4]

달리 말해서 우리는 신의 손길을 받은 사람들이거나 초능력을 부여받은 사람이 아니면 치료가 필요한 사람들로 생각한다. 시각장애인 대다수는 이 모순적인 태도를 거의 매일 경험하는 것 같다. 아마도 시각장애인은 비시각장애인의 인생극장에서 재현으로서 계속 등장하기 때문일 것이다. 눈멂은 무언가를 의미해야 하고, 따라서 눈먼 개인 역시 무언가를 의미해야한다. 우리는 사람이 아니라 어떤 징표나 상징으로 여겨지는데, 이는 눈멂의 밈이 왜 그렇게 인기가 있는지를 설명하는 데도움이 된다.

앞에서 말했듯, 밈은 도킨스가『이기적 유전자』(1976)에서만들어낸 용어이다. 도킨스는 유전자 중심의 진화를 말하면서문화적 복제자를 지시하는 단어가 없음을 확인하고 직접 '밈'을 제시한다. 영어에서 주요한 단어가 대개 그렇듯, 이 단어도 의식적으로 그리스어에서 차용한 것이다. 도킨스의 설명은 이렇다. "알맞은 그리스어의 어근은 mimeme인데 내가 바라는 것은 gene(유전자)이라는 단어와 발음이 유사한 단음절의 단어이다. 이를 위해서는 그리스어의 어근을 '밈(meme)'으로 줄여야 한다. 이에 대해 고전학자들의 관용을 바라는 바이다. 위안이 될지는 모르지만, 밈이라는 단어는 '기억(memory)' 또는 이에 상당하는 프랑스어 même과 관련이 있는 것으로 생각할 수 있을 것이다. 또 이 단어는 '크림(cream)'과 같은 운으로 발음해야 한다."[5]

유전자가 유성 생식을 통해 몸에서 몸으로 건너뜀으로써 스스로를 복제한다면 "밈이 밈 풀 내에서 번식할 때에는 넓은 의미로 모방이라고 할 수 있는 과정을 매개로 하여 뇌에서 뇌로 건너다닌다." 도킨스는 몇 가지 예를 든다. "곡조, 사상, 표어, 의복 양식, 도자 기술 또는 아치 건축술 등이 있다."[6]

'밈'은 아주 유용한 단어이지만 불행히도 인터넷에서 거칠게 전용되어왔다. 도킨스 자신의 용어를 빌리면, '납치'되어왔다. 최근에 있었던 가족 저녁 모임에서 20대의 요리사 견습생인 한 청년이 나에게 (인터넷) 밈에 관해 어떻게 생각하는지를 물었다. 나는 그것이 매우 어리석다고, 그리고 내가 특별히 소외감을 느끼지는 않는다고 말하면서도 늙은 노파처럼 말을 더듬는 나 자신을 발견했다.(나는 와인을 꽤 마신 후였다.)

내가 몇 년 전 처음으로 『이기적 유전자』를 읽고 문화적 복제자로서 밈에 관해 배웠을 때, 나는 인터넷에 속은 기분이었고, 밈이 위트와 영리함의 리트머스 시험지라도 되듯 (대체로)

시각적 개그를 하는 사람들에게 무시당한 기분이 들었다. 밈은 내가 대체로 접근할 수 없는 소셜 미디어의 가벼운 이미지로 왜곡되어버렸다. 그래서 비시각장애 친구들이 일단 그것을 말로 번역하면 아무런 재미도 없는 것 같았고, 나로서는 어쩌다 그것을 접한다 해도 그것에 관해 궁금해하는 것조차도 다소 천박하게 느껴진다. 하지만 여러분이 무엇을 할 수 있겠는가? 많은 이에게, 도킨스의 기발한 밈 개념은 매일 혹사당하는 안구 앞을 흘러가는 온갖 잡동사니의 동의어와 비슷하다. 그러나 그것은 밈 자체와 혼동해서는 안 될 인터넷 밈이다. 진정한 밈은 정말 많은 것이 될 수 있다. 십자가 같은 상징, 햄릿 같은 캐릭터, 보티첼리의 비너스 같은 이미지, 시각 중심주의 같은 관념 등등. 흥미로운 것은 내가 페이스북 포스트에 시각 중심주의라는 말을 쓴 뒤에, 한 친구가 시각 중심주의가 무엇인지 설명하고, 사람들이 그 말에 관심을 갖게 한 공로를 나에게 돌리는 이미지와 텍스트를 넣어 인터넷 밈을 만들었다는 사실이다.

우리는 이 책에서 수많은 눈멂의 밈을 보아왔다. 눈먼 음유시인, 눈먼 예언자, 켈러 자신(그녀를 따라다니는 농담과 물 펌프 장면), 성서 구절에서 찬송가 가사가 된 "한때는 눈이 멀었지만"(그리고 그 가사가 실려 있는 「어메이징 그레이스」, 이 노래는 너무 잘 알려져서 거의 클리셰와 같다.) 글로스터처럼 혼란스러운 맹인, 그리고 몰리뉴 남자(아울러 눈멂을 치료한 다양한 사례), 이외에도 많은 예가 있었다. 따라서 나는 온갖 역설적인 복잡성을 지닌 눈멂의 밈 네트워크에 처음부터 관심이 있었지만, 여기서 도킨스의 용어만을 따로 언급하는 이유가 있다. 도킨스는 나에게 눈멺에 관한 문화적 복제자를 개념화할 아주 유용한 방법을 알려주었을 뿐 아니라, 눈먼 음유시인을 돋보이게 하는 완벽한 받침이자 눈멺이 무의식과 얼마나 쉽게 융합되는지를 고통스레 환기하는 '눈먼 시계공'을 제공해주었기 때문이다.

정확히 짚고 넘어가자. 도킨스가 진화론을 주장한 『눈먼 시계공』(1996)을 비판하자면, 그것은 전적으로 하나의 언어이지 과학이 아니다. 나는 진화를 믿는 사람이며, 어릴 때부터 그랬다. 6학년 때 우리는 다윈주의 교육이 적법한지를 따지는 스코프스의 '원숭이 재판(Monkey Trials)'을 토대로 쓴 희곡 『신의 법정(Inherit the Wind)』을 읽었다. 나는 이 책이 너무 좋아서 수십 년 동안 (잘못) 인용하곤 했다. 내가 얼마나 그 작품을 훼손했는지는 말하지 않겠지만, 적어도 마음속으로 기억하는 대사는 역사와 과학의 옳은 편에 선 변호사가 잘못된 편에 선 변호사에게 하는 말이다. "모든 운동은 상대적입니다. 아마도 떠나간 쪽은 당신일 겁니다. 가만히 서 있었으니까요."[7]

이 대사는 지금 들어도 소름이 끼친다. 변화를 부정하는 행위 자체로 변화가 일어날 수 있다는 생각이 내 어린 마음에는 아주 심오하게 다가왔던 것 같다. 라틴어를 공부하면서 배우게 되었지만, 보수주의의 관념이란 근본적으로 특정 이데올로기를 옹호하는 것이 아니라, 오히려 기존의 믿음 체계를 유지 또는 보존하려는 두려운 욕망에 가깝다. 대부분의 장애인이 알고 있듯 인식을 바꾸기란 쉽지 않으며, 세상에는 복지부동한 '건강한 신체'의 사람들이 여전히 많다. 그렇더라도 그들도 허약한 인간이기에 위태로울 수밖에 없다.

종종 그렇듯 『눈먼 시계공』에서 '눈먼'이라는 단어는 무의식, 생각 없음, 예지력의 결핍을 의미한다. "자연 선택은 눈먼 시계공이다. 눈이 멀었다고 말하는 것은 앞을 내다보지 못하고, 절차를 계획하지 않고, 목적을 드러내지 않기 때문이다."[8]

시인을 뜻하는 단어 poet은 '만들다'를 뜻하는 고대 그리스어 poiein에서 유래한다. 따라서 눈먼 시계공은 생각만큼 눈먼 음유시인과 크게 다르지 않을지도 모른다. 한쪽에는 문학적 세계와 아름다운 음악을 창조할 능력을 갖춘 시 짓는 사람(호메로스와 데모도코스를 생각해보라.)이 있고, 다른 한쪽에는 물리적 세계에서 가장 정교한 생명체를 설계할 능력이 있는 시계공이 있다. 전자의 경우 눈멂은 물리적 시각의 결핍으로 시적 기술을 꽃피우게 해준다. 즉 뮤즈의 목소리를 들을 수 있는 귀와 음악성을 갖추고 있다. 후자의 경우 '눈먼'이란 단어는 목적 없음을 상징하며 눈먼 시계공을 무의식적인 창조자로 만든다. 도킨스는 박쥐의 경이로움을 생각하면서 "살아 있는 기계를 '설계한 자'는 의식이 없는 자연 선택, 즉 눈먼 시계공이다."[9]라고 말한다.

도킨스에게 지나친 힘을 부여할 위험 또는 그를 비난할 위험을 무릅쓰고 말한다면, 그는 '눈먼'과 '진화'를 거의 뗄 수 없는 한 쌍으로 만드는 데 일조한 것 같다. 유발 노아 하라리(Yuval Noah Harari)의 『사피엔스』에서 눈부시고 압도적인 인류 역사의 이 순간을 생각해보자. "인류는 목적이나 의도 같은 것 없이 진행되는 눈먼 진화 과정의 산물이다."[10]

정치적 올바름을 들먹이며 투덜대는 인간의 위험성을 인

정하는 바이지만, 언어는 중요하다. 언어는 우리가 생각하는 방식, 쓰는 방식을 형성한다. 언어는 우리가 누구인지 개념화하는 것을 도와주며, 우리의 정치적 권리뿐 아니라 우리의 기대와 권력감에 중대한 결과를 불러올 수 있다.

작가 마이클 베루베(Michael Bérubé)는 다운증후군 자녀를 키우면서 이에 대한 이야기를 쓴 1996년의 회고록『우리가 아는 삶(*Life as We Know It*)』에서 말한다. "당신에게 그것은 한낱 단어에 지나지 않을지 모른다. 그러나 정책(그리고 조건) 때문에 삶이 방해받은 연약한 신생아는 어쩌면 어느 천상의 법정에서 사소한 언어가 가진 힘에 대해, 단어와 사회 정책과의 밀접한 관계에 대해 증언할 수 있을 것이다."[11] 이 요점은 모든 장애에도 적용된다. 우리 장애를 가진 사람들은 우리가 쓰는 용어에 항상 동의하지는 않을지 몰라도 용어가 중요하다는 것, 그리고 사회가 변하고 성장하듯 우리가 사용하는 용어도 변하고 성장한다는 데는 대체로 동의한다. 비록 '불구(crip)'라는 단어가 장애인 공동체에서 많이 쓰이긴 하지만(불구 이론, 불구의 시간 등), 이제 스스로를 불구라 부르는 사람은 많지 않다.

흥미로운 것은 베루베가 장애라는 우리의 문화적 구조와 그 유전적 실체의 관계를 민감하고 영리하게 파악하고 있지만, 『이기적 유전자』를 논의한 후 곧바로 눈멂과 관련해 도킨스식의 수사학적 사용에 빠져든다는 사실이다. "아마도 정의(正義)라는 개념의 기원과 그에 수반되는 이타주의의 가능성은 원시적 눈물의 맹목적 작용에서 찾기보다는 의식적이면서, 언어로 매개된 인간적 동의라는 잠정적 형태 속에서 찾아야 할 것이다."[12]

밈의 번식에 관해 말해보자! '눈먼' 또는 '맹목적'이라는 단어의 사용은 정신적 틱(tic) 혹은 전염되는 하품과 같다. 나는 직접 그 단어를 사용하고 싶어진다. "'맹목적'이라는 단어의 맹목적 사용을 중단하세요!" 그러니까 "'맹목적'이라는 단어를 맹목적으로 생각 없이 사용하지 마세요!" 나는 이러한 폭넓은 수사학적 사용을 폐지하라고 촉구한다. 왜냐하면 수많은 비시각장애 독자가 훌륭한 논픽션 걸작에서 이처럼 즉흥적이면서 거창한 은유를 접할 때, '맹목적'이란 단어는 필연적으로 시각의 결핍보다 훨씬 더 극악한 무언가를 의미하는 듯한 느낌이 들기 때문이다.

물론 내가 여기서든 다른 어디에서든 모든 시각장애인을 대변할 입장은 아니다. 캐나다의 작가 라이언 나이턴(Ryan Knighton)은 망막색소변성증으로 인한 실명과 씨름한 경험을 회고록 『사팔뜨기(Cockeyed)』(2006)에서 단언한다. "시각적 은유와 눈먼 은유가 신경 쓰인 적은 없었다. 내가 이러한 은유 때문에, 또는 정상 시력을 가정하는 우리의 경향 때문에 희생되었다며 주먹으로 연단을 내리칠 일은 앞으로도 없을 것이다."[13]

나는 그의 말뜻을 이해한다. 봄과 눈멺의 은유는 그의 삶의 질에 직접 영향을 끼치지는 않는 것 같다. 그것은 은유이며, 대부분의 지적인 사람은 그렇게 받아들인다. 흔히 '맹목적'이란 단어를 경멸적으로 사용하면서 생각 없음, 무지, 무의식 등을 가리키는 관행에 신경 쓰지 않는 사람이 나이턴만은 아닐 것이다. 그러나 나는 은유가 중요하다고 생각한다. 은유는 우리의 언어를 형성하고 또 언어에 의해 형성되며, 언어가 우리의 생각을 형성하고, 언어의 확장을 통해 우리의 가정과 편향, 편견을 형성함은 거의 확실하기 때문이다. 그렇게 형성된 모든 것이 날마다, 수많은 시각장애인의 삶의 질에 실제로 영향을 끼친다. '맹목적'이라는 단어를 경멸적인 형용사로 흔히 사용할 때의 명백한 문제점은, 우리처럼 시각이 거의 없거나 아예 없는 사람으로서는 다양한 자긍심 운동(pride movement)과 함께 시각장애의 자긍심을 축하하기는커녕, 그 어떤 자긍심도 이해하기가 어려워진다는 것이다.

나는 눈멂과 봄의 모든 은유가 동등하게 만들어지지는 않는다고 주장할 것 같다. "다음에 보자."라는 말은 거슬리지 않지만 "맹목적 진화"는 거슬린다.

『눈먼 시계공』에서 '눈먼'이라는 단어의 사용이 특히 거슬리는 이유는, 그 책에서 도킨스가 단지 봄과 눈멂의 은유적 의미에만 관심을 두지 않기 때문이다. 그는 물리적인 눈도 중요하게 여긴다. "눈이 없다면 전혀 볼 수 없다. 눈이 절반만이라도 있으면 비록 초점이 맞는 정확한 영상을 얻지는 못하더라도 천적이 움직이는 대강의 방향이나마 탐지할 수 있을 것이다. 그리고 이것이 삶과 죽음의 차이를 만들어낼 것이다."[14]

시각이 손상된 채 삶의 많은 부분을 살아온 사람으로서, 나는 이 말의 진실을 증명할 수 있다. 부분적인 시력이라도 쓸모가 있다. 그러나 도킨스가 물리적 눈멂과 은유적 눈멂을 명쾌하게 지속적으로 결합하면서 문제가 생긴다. 왜냐하면 대부분의 비시각장애 독자가 거의 모든 페이지에서, 눈멂이란 곧 무의식이며 우리가 사는 세계를 관장할 수 없는 무능력이라는 잘못된 개념에 빠져들기 때문이다.

눈먼 시인과 눈먼 시계공은 눈먼 사람, 맹목적 생각, 눈먼 등장인물의 모든 상태와 상황을 오가는 거친 진폭을 상징한다. 눈멂에 대한 이 두 가지 구조를 (비록 관련은 있지만) 서로 다른 믿으로 생각하는 것이 유용하기는 해도, 그 두 가지 형용사를 공유하는 세계에 살면서 그저 '맹인'으로 지칭되고, 그에 따르는 온갖 염려스러운 연상을 떠안아야 하는 실제의 눈먼 사람은 여전히 존재한다. 가끔은 나도 나와 같은 사람을 '맹인'으로 부르곤 하지만, 보통은 눈먼 사람들 대(對) 볼 수 있는 사람들이라는 식으로 '우리'를 '그들'과 뚜렷하게 비교해야 할 때 그렇다. 그게 아니라면 개인적으로는 '시각장애인'이라 부르는 편을 선호한다. 포괄적으로 말하고 싶을 때는 '시각장애인과 시각 손상인'을 쓰기도 하지만 아직까지 이 구분은 시각장애 공동체의 모든 이에게 인정받지는 못하고 있다.

『보이지 않는 시각』에서 클리지는 말한다. 책을 쓰는 도중 "점자를 사용하기 시작하고 흰 지팡이를 가지고" 다니게 되었지만, 스스로 '시각 손상' 또는 '부분적 시각장애'라고 생각하던 자신이 '시각장애'라고 말하게 된 것은 이런 외형적인 선언 때문이 아니라고 말이다. 그보다는 연구를 통해 "내가 실제로 보는 것이 얼마나 적은지" 이해하게 되었기 때문이다. "어릴 때 나는 남들에게 보이는 것이 내게는 보이지 않음을 잘 알고 있었다. 예를 들어 책을 눈에 바짝 대고 극단적으로 가까이 하지 않으면 글자를 읽을 수 없었다. 하지만 빛, 형태, 색깔, 움직임 등은 볼 수 있었기에 남들만큼 충분히 비슷하게 볼 수 있다고 생각했다. 이 책을 쓰면서 정상적인 눈으로 볼 수 있으리라고 짐작되는 것과 내가 보는 세계를 비교할 수밖에 없었는데, 결과는 충격적이었다. 이를테면 잔디밭 접이식 의자에 앉아 있는 비시각장애인은 발밑에서 풀잎 하나하나와 다른 식물들, 어쩌면 기어다니거나 그 위를 맴도는 곤충까지 볼 수 있는 데 반해, 나에게 보이는 것은 푸르른 녹색이 전부라는 것을 알고는 충격을 받았다." 이렇게 클리지는 깜짝 놀랄 선언을 한다. "이 책을 쓰는 작업이 나를 시각장애인으로 만들었다."[15] 클리지는 자신에게 보이는 것과 보이지 않는 것을 '정상' 시각을 가진 사람의 시야와 비교하면서, 눈멂이란 아직 자신에게 남은 시각에도 불구하고 시각의 결핍임을 깨닫는다.

나는 정상 시각에서 눈멂까지 먼 길을 여행해왔기 때문에 시각 손상은 그 둘 중 어느 하나와도 매우 다른 경험임을 알고 있다.(아, 그 푸르른 녹색을 다시 보게 된다면 얼마나 좋을까!) 사실은 아직도 여행 중이다. 매일 아침 일어나면서 침실 창문으로 들어오는 빛줄기를 아직 감지할 수 있을까 생각한다. 그렇지만 눈멂이란 이른바 '정상 시각'이 아닌 것에서 의미를 도출하는 경험이자 하나의 구조라는 클리지의 생각에 동의한다.

이 책을 쓰는 동안 그마저 있던 시야의 대부분을 잃었다. 어쩌면 올 한 해가 내 시각의 종말이라고 말할 수도 있겠지만, 꼭 그렇지는 않다. 아직도 왼쪽 눈의 왼쪽 구석에서는, 고개를 돌려 거기에 광원을 놓으면 그것이 켜져 있는지 아닌지 간헐적

고대와 진화의 눈멂의 밈에서 벗어나 자긍심 세우기

으로나마 확인할 수 있다. 그러나 그것은 내 눈앞에서 끊임없이 어른거리고 반짝거리고 흔들리는 물결 같은 전체 빛 중에서 아주 작은 부분이기 때문에 비시각장애인이 약시나 아주 제한된 시력을 생각할 때 떠올릴 법한 '빛과 그림자'를 이루기에도 부족하다.

한쪽 구석에서 어른거리는 빛 외에도, 램프를 켤 때면 흔들리는 물결의 끊임없는 어른거림 너머로 빛의 솜털 하나가 보인다. 이것은 몇 분 동안 내 망막에 버티고 있고, 아주 어렸을 적 밝은 실외에서 컴컴한 실내로 이동했을 때 내 눈이 친구들의 눈만큼 빨리 적응하지 못함을 처음 알아차렸을 때의 느낌을 되새기게 한다. 지금 나는 램프에 곧장 얼굴을 가져다대지만 (처음 스위치를 켠 후에) 램프가 켜져 있는지 꺼져 있는지 자신하지 못한다. 그래서 튀어나온 손잡이를 한 번, 두 번, 세 번 돌려본다. 그러면 다시 그 빛의 솜털이 보인다. 그래서 이번에는 램프가 꺼졌다고 생각될 때까지 횟수를 센다. 그리고 뒤로 누워서 항상 내 시각 풍경을 이루고 있는 그 어른거리고 반짝이며 흔들리는 빛을 지켜본다. 하지만 그 빛은 밤에 표면상의 어둠 속에서 특히 잘 보인다. 때로는 내가 정말 불을 껐는지 궁금한데, 나의 세계는 아직 너무 밝은 것처럼 느껴지기 때문이다. 그러면 나는 아이폰(나도 여러분처럼 항상 팔이 닿는 거리 안에 아이폰을 둔다.)을 집어 들고 이어버드를 귀에 꽂고 '보는 AI'라는 앱을 찾아 두 번 탭(비시각장애 사용자가 한 번 탭하는 것과 같다.)해서 모드 선택기를 찾는다. "짧은 텍스트, 색깔, 장면 미리 보기, 빛 감지." 나는 아직 빛 감지 모드에 있고 낮은 웅웅거림이 시작된다.

그러면 나는 아이폰을 문제의 램프가 있는 방향으로 향하는데, 만약 내 의심이 맞으면 소리가 날카롭게 약 한두 옥타브 정도 올라간다. 그러면 아이폰을 한 손에 쥔 채 그 소리가 낮아질 때까지 다시 램프 스위치를 누르고, 이제 나는 적어도 내 눈 바깥의 세계가 어둡다는 것을 알게 된다.

이 책을 쓰는 도중에 일어났던 또 한 가지 일은 내 점자 실력이 늘었다는 것이다. 이제 나에게는 점자 디스플레이가 생겨서 어떤 책도 읽을 수 있지만, 처음 점자로 독서 훈련을 시작했을 때는 구할 수 있는 책이 한정되어 있었다. 점자 독서 시간은 제한되었는데, 나의 속도가 너무 느린 탓도 있지만, 구할 수 있는 책의 종류가 선택권이 있다고 해도 읽을 만한 책이 아니었기 때문이다. 요즘은 점자 종이책이 많지가 않다.(매년 일반 종이책으로 출간되는 수에 비하면, 심지어 상업적으로나 시각장애 단체를 통해서 생산되는 오디오북의 수에 비해도 사실상 없는 것이나 마찬가지이다.)

아마 내가 점자로 읽은 세 번째 소설은 어슐러 K. 르 귄(Ursula K. Le Guin)의 『어둠의 왼손』이었을 것이다. 읽고 싶던 책을 시각장애인 도서관에서 빌릴 수 있다는 것을 알고 무척 기뻤다. 어느 날 오후 거센 뇌우가 시작되었다. 당시 내가 살고 있었던 덴버의 여름 뇌우는 강력하다. 콰쾅 하고 울리는 천둥소리는 우리의 건물을 뒤흔들었고 우박이 창문을 때렸다. 나는 나를 울린 대목을 막 읽고 있었다. 어릴 때 이후 울다가 독서를 멈춘 것은 처음이었는데, 멈추기 위해 일시 정지 버튼을 더듬거릴 필요가 없었다. 이것은 기억할 만한, 거의 잊고 있던 느낌이었고 나는 그 순간을 즐겼다. 그날 오후 이후 나는 즉각적인 멈

고대와 진화의 눈멂의 밈에서 벗어나 자긍심 세우기

춤의 순간을 다시 즐기곤 했지만, 그때가 처음이었다.

그 순간을 기념하기 위해 1969년에 출간된 그 놀라운 책을 인용하고자 한다. 그 책은 성별이 개인(남성과 여성)에 따라 나뉘는 대신 각 개인의 삶의 주기에 따라 달라지는 세계에서 일어나는 이야기를 전한다. 윈터 행성에서는 인간이 주기적으로 성적인 상태에 들어가 우리 세계에서 여성 또는 남성이라고 부르는 성적 특질을 보여준다. 성적으로 준비된 이 상태를 케머(kemmer)라고 하는데, 고대 외계인이 남긴 다음 시는 혼합되고 간헐적인 이런 이원성을 축하하고 있다.

> 빛은 어둠의 왼손이고
> 어둠은 빛의 오른손이네.
> 둘이 하나이고, 삶과 죽음은
> 케머 안에 연인처럼 함께 누워 있네.
> 서로 맞잡은 손처럼,
> 끝과 길처럼. [16]

『어둠의 왼손』은 어둠과 빛이라는 고정된 양극성을 환기함으로써 똑같이 고정된 남성과 여성이라는 양극성을 문제 삼는다. 내가 이 책을 사랑하는 이유도 그 때문일 것이다.

나는 눈멂과 봄, 어둠과 빛의 단순한 이분법을 복잡하게 만들면서, 다른 자긍심 운동이 세운 전통을 따른다. 개인성과 동시에 공동체를 창조하는 것이 이런 운동의 미묘하지만 강력한 효과이다. 우리 시각장애인과 시각 손상인이 공동체 정체성을 가진다면, 눈멂의 자긍심(pride)을 약간은 이해할 수 있을 것이다. 여기서의 '자긍심'은, 자긍심이 인간성의 나약함이나 타인의 존엄성을 못 보게 만들 수 있음을 수사학적으로 (종종 그러듯이) 강조하는 표현이 아닐 것이다. 여기서 말하는 눈멂은 은유적 눈멂이 아니다. 나는 우리가 우리의 빈약한 시력을 유감으로 생각하는 대신, 눈멂의 자긍심을 가지고 우리의 무수한 관점을 축하할 수 있는 세계에서 살았으면 한다. 만약 비시각장애인이 (문학과 영화 속에서 우리에게 거의 집착하듯 보여준 것처럼) 우리가 이상화된 독특한 관점을 가졌다고 계속해서 굳게 믿는다면, 우리도 우리 스스로에 대해 그렇게 할 수 있을 것이다. 만약 흑인의 자긍심, 성소수자의 자긍심이 있을 수 있고, 최근 들어와 장애인의 자긍심이 있을 수 있다면, 작은 눈멂의 자긍심이 있지 못할 이유가 있을까?

로즈메리 갈런드톰슨(Rosemarie Garland-Thomson)은 장애 연구의 기본 텍스트인 『보통이 아닌 몸』(1997)에서 장애를 진단과 치료법을 찾는 의학적 모델에서 문화적 모델로 전환하는 데 한몫했다. 서문에서 말하다시피 그녀는 "장애를 의학의 영역에서 정치적 소수자의 영역으로 이동시키고, 병리학의 한 형태에서 종족성의 한 형태로 새로 빚어내"기를 원했다. "장애란 신체 특이성을 사회적 권력 관계의 맥락에서 판독한 것이라고 주장함으로써, 나는 신체장애가 절대적인 열등한 상태이자 개인적 불행이라는 기존의 관념에 맞서고자 한다."[17]

장애는 세계 속에서 신체가 겪는 경험이다. 따라서 다른 신체적·정신적·감각적 양태에 세계가 접근할 수 있다면 장애는 낙인이 아닐 것이며, 다른 신체와의 관계를 방해할 일도 없을 것이다. 갈런드톰슨은 '남성 대 여성, 백인 대 흑인, 이성애 대 동성애, 비장애인 대 장애인' 같은 사회의 단순한 이분법을 무너뜨리는 대화에 덧붙여 "신체적 차이와 결부된 사회적 정체성 사이의 미묘한 상호 관계를 시험해볼 수" 있게 한다.[18]

시각장애가 있는 개인이 얼마나 다양하든 간에, 우리를 시각장애 공동체로 여기게 하는 강력한 무언가가 존재한다. 다른 소수자 집단의 경우와 마찬가지로, 연대는 장애 세계에도 도움이 된다. 그러므로 만약 내가 시각장애인으로 보낸 비교적 짧은 몇 해와 시각 손상인으로 보낸 오랜 세월을 구분하려는 경향이 나에게 있다면, 나의 개인적 경험과 관계가 있지만 뒤죽박죽 복잡한 영광 속의 다양성에 대한 나의 철학적 집착과도 그만큼 관계가 있다.

눈멂의 밈이 만들어낸 거대한 네트워크는 자신을 비시각장애인, 시각장애인, 그 중간, 그 너머(신체적 결핍에 대한 멋진 보상인 시각 너머의 시각)로 여기는 사람들에게 크든 작든 어느 정도 영향을 끼친다. 나는 시각장애가 멋지다고 늘 생각하지는 않지만, 물리적 눈의 능력 너머에 볼 가치가 있는 것이 있다고 생각하면 시각 중심의 세계에서 어떤 권력감이 생기는 것 같다. 따라서 눈먼 예언자(앞을 내다보는 맹인이라는 뜻의 모순어법 같지만, 우리의 은유를 지배하는 인물)는 눈멂이 실제로 이해에 유용하다는 관념을 조장한다. 우리가 보았듯 눈먼 예언자는 진부하고 끝없이 반복되지만, 그래도 나는 눈먼 예언자 밈이 나에게 도움이 되었다고 인정할 수밖에 없다. 특히 시각 상실로 몸부

림치던 초기에는 나에게 눈멂의 자긍심을 조금이나마 일깨워주었다.

여전히 시각장애인과 비시각장애인 사이에 존재하는 현실적인 사회적 차이에 대처하기 위해서는 은유적인 것과 물리적인 것, 특이한 것과 평범한 것의 균형을 맞춰야 한다는 사실이 지금쯤은 분명해졌기를 바란다. 미국시각장애인재단(American Foundation for the Blind, AFB)에 따르면, 2017년 생산 가능 시각장애인 인구 가운데 39퍼센트만이 노동에 종사한다.[19] 일하고 싶어도 일자리를 구할 수 없는 시각장애인과 시각 손상인을 고려하면 이렇듯 낮은 취업률은 마음이 아프다. 한편으로 그 낮은 수치는 시각장애인의 관점에서 보면 우리 사회가 얼마나 빈곤한지를 보여준다.

시각장애인과 시각 손상인이 비시각장애인과 나란히 예술부터 과학, 사업, 학문, 그리고 미디어 생산과 정보 시스템 등 사회 각계 각층에서 어마어마한 다양성과 힘을 지니고 일하게 된다면 얼마나 근사할지 생각해보시라. 우리가 세계를 다루고 이해하는 방법의 차이점과 유사성에 관해서는 우리 모두가 배워야 할 것이다. 만약 우리가 깨어 있고 열려 있다면, 어둠의 왼손이 빛이고 빛의 오른손이 어둠임을 깨닫게 된다면, 아마도 그 중간에 우리가 아직 개척하고 누리지 못한 온갖 얼룩덜룩한 것이 있을지 모른다.

감사의 말

눈멂과 문학에 대한 나의 집착은 캘리포니아대학교 샌타크루즈캠퍼스 학부생일 때, 조지 에이미스 교수에게서 처음 들은 밀턴 수업에서, 그리고 반쯤 눈이 멀어도 성실했던 어린 나를 환영해준 학과장 존 린치 밑에서 고전을 전공하면서 시작되었습니다. 뉴욕대학교에서는 니코 이즈라엘의 도움으로 포스트모던 문학에 관심을 가지게 되었는데, 그분이 주최하는 조용하고 오붓한 분위기의 세미나는 대학원 시절에서 가장 기억에 남는 추억의 일부입니다. 학문의 길에서 벗어나면서 간신히 박사 학위를 취득한 나로서는 뉴욕대학교의 많은 교수님께 감사와 사과를 드려야 할 것입니다. 개브리엘 스타와 어니스트 길먼은 멘토이자 친구였고, 그분들과 함께 '서구의 대화'를 가르친 경험은 이 책을 구상하는 데 나의 눈 질환만큼이나 큰 역할을 했습니다.

그 일탈과 관련한 얘기를 하자면, 2003년 즈음의 어느 수요일 저녁, 나는 안내견 밀레니엄과 함께 '레버런드 젠스 안티-슬램' 극장에 갔다가 일인극을 공연하게 되었죠. 이후 내 삶은 전과 달라졌다고 솔직히 말할 수 있습니다. 로어이스트사이드의 익살스러운 오픈 마이크 현장에서 나를 반겨주고 눈멂과 구경거리에 관한 생각을 형성하도록 도와준 수많은 음악가, 코미디언, 이야기꾼, 행위 예술가 들에게 진심 어린 감사를 드립니다. 그리고 내가 쓴 두 편의 희곡에 무대를 제공해주신 프리지드 뉴욕에 감사드립니다. 정말 환상적인 무대 경험이었어요!

이 책은《캐터펄트》와 함께 시작되었습니다. 이 잡지는 '투석기'라는 이름이 뜻하는 대로 저를 날려 보내주었지요. 2017년 방황하던 시절 나는 캐터펄트라는 곳에서 광고하는 프로그램 「주말에는 혼자 글 쓰지 마세요」를 보게 되었습니다. 나는 곧바로 등록했고 당시 글쓰기 프로그램 책임자였던 줄리 번틴을 만났습니다. 완전히 푹 빠져버렸습니다. 그렇게 온라인 픽션 수업을 두 번 더 들었고, 그러면서 와밍 창을 비롯한 몇몇 온라인 펜팔 친구를 사귀게 되었죠. 그리고 온라인 잡지《캐터펄트》에서 칼럼니스트를 찾고 있다는 것을 알고는 '어느 눈먼 작가의 공책'을 제안했습니다. 놀랍게도 멘사 데메리가 그 제안을 받아들였고, 이 칼럼이 이 책의 몇몇 장의 토대가 되었습니다. 2018년 1월 첫 번째 글이 발표된 후, 와밍(알고 보니 수강생을 가장한 편집자였죠.)은 나에게 축하한다며 에이전트가 따로 있는지 묻는 글을 보냈더군요. 마침 그녀의 남자 친구가 에이전트였는데, 그렇게 해서 신데렐라처럼 나는 세계 최고의 에이전트 마커스 호프만을 만나게 되었죠. 그가 없었다면 이 책은 존재하지 못했을 겁니다.

이 프로젝트에 모험을 걸어준 나의 첫 번째 편집자 캐서린 텅, 그리고 미운 오리 새끼 같았던 이 책을 백조처럼 성장시켜준 두 번째 편집자 톰 폴드에게 깊이 감사드립니다. 혹시라도 우스꽝스럽게 비어져 나온 깃털이 아직 남아 있다면, 전적으로 나의 책임입니다. 판테온 출판사의 용감한 지도자 댄 프랭크에게도 특별히 감사를 드립니다. 판테온은 모든 면에서 나에겐 꿈의 출판사예요.

많은 친구가 이 책의 일부를 읽고 소중한 의견을 보내주었습니다. 멀리 사는 아름다운 숙녀들인 케이틀린 허낸데즈, 미셸 클라인버그, 로리 루빈은 원고의 첫 번째 독자로서 보석 같은 의견을 내주었습니다. 짐 니펠은 그 게임에서 뒤늦게 독자가 되어 울림이 있는 술 취한 공모자의 어조로 실질적인 조언과 피드백을 정말 아낌없이 해주었습니다. 로렌스 로젠블룸은 과학적 내용을 제대로 서술하게 도와주었고, 옛 대학원 친구인 엘리자베스 비어든은 대단치 않은 내 글이 문학적 사실과 너무 동떨어지지 않도록 자신감을 북돋아주었습니다.

친구들과 지인들(시각장애인과 명예 시각장애인)과의 공식적이고 일상적인 수많은 대화는 이 책의 어조를 설정하고 실제 경험을 바탕으로 광범위한 이야기를 해나가는 데 도움이 되었습니다. 티머시 앨런, 조지 애셔티스, 크리스 대니얼슨, 로리 앨리스 이크스, 키라 그루넌버그, 대런 하버, 프랭크와 리사 게일호인스, 캐럴라인 캐즈너키언, 데이비드 로, 앤드루 릴런드, 란리와 그녀의 감각사 과정 학생들, 세라 필로와 마크 와그너, 리베카 레드밀블래보엣, 프랭크 시니어, 앤디 슬레이터, 콜린 와트, 호비 웨들러, 질리언 와이즈, 린 젤빈에게 감사드립니다. 결정적 순간에 지원을 주고 2019년 가을 학기에 나에게 영원한 우정을 선사해준 로건 논픽션 프로그램에도 감사를 드립니다. 로건 출신들이여, 건배!

아버지 리 고갱은 이 책이 출판사를 만나기 직전에 돌아가셨습니다. 여러 가지 이유로 그 사실이 가슴 아픈데, 무엇보다 아버지는 눈멂에 관한 책에 회의적이셨습니다. 살아계셨다면 진 비피터를 채운 커다란 잔으로 아버지와 함께 건배를 했을 거예요. 나의 삶과 훌륭한 교육은 어머니 에벌린 쿠퍼스 덕분입니다. 어머니는 많은 희생을 하셨죠. 그리고 비록 어머니가 나의 방법론을 의심하던 순간도 없지는 않았지만, 그 사랑과 큰 기대는 결코 시든 적이 없었습니다. 나의 가족이 멀리 떨어져 있을 때 나에게 집과 가족을 선사해준 윌리엄슨 가족, 파파 빌과 마마 벨에게 정말 깊은 감사와 사랑을 드립니다. 슬프게도 마마 벨은 편집의 마지막 단계에서 돌아가셨는데, 우리 모두 마마 벨을 많이 그리워하고 있답니다.

절친한 친구이자 자매 같은 인디고 버턴, 항상 그 자리에 있으면서 칵테일 대화를 나눠주고 흔들리지 않는 정신적 지원을 해줘서 고마워요. 마지막으로 내 사랑, 나의 인생 파트너인 앨러배스터 럼, 모든 면에서 나를 위해 곁에 있어줘서, 무엇보다 내 엉뚱한 수많은 아이디어를 실행하는 데 당신의 무한한 재능을 마음껏 이용하게 해줘서 고마워요. 비록 우리가 영겁회귀 속에 영원히 갇힐지라도 당신과 함께하는 이 기이한 생활이 계속되기를 기대합니다.

감사의 말

들어가는 말

봄과 보지 못함

[1] 2017년에 행한 유전자 검사 결과 나의 시각장애는 서클(CERKL, CERamide Kinase-Like) 유전자의 돌연변이에 의한 것으로 밝혀졌다.

[2] 눈멂이 단지 하나의 주제가 아니라 관점이기도 하다는 얘기를 처음 들은 것은 작가이자 편집자, 망막색소변성증을 다루는 팟캐스트 프로듀서인 앤드루 릴런드에게서였다. 그와는 2019년 11월에 만났다. 그는 역시 망막색소변성증인 로드니 에번스(Rodney Evens)가 제작하고, 작가 나이턴(역시 망막색소변성증이다.)이 출연해 어떻게 시각이 없는 사람이자 작가가 되었는지를 설명하는 다큐멘터리 「시각 초상화」를 보고서, 주제라기보다는 자유로워지기 위한 관점으로서 눈멂이란 관념을 찾게 되었다. 「시각 초상화」가 일부 도시에서만 배급되었기 때문에, 나는 거의 1년 후에, ADA 서명 30주년을 기념해 휘트니미술관에서 오디오 설명을 곁들여 온라인으로 방영했을 때에야 보게 되었다. 그 무렵 이 책은 편집 마지막 단계에 있었다.

[3] Milton, *Paradise Lost*(2007b), Lost(2007), III. pp. 51~55.

[4] Sontag, *Illness as Metaphor*, p. 3.

[5] Ibid., p. 4.

[6] Borges, "Blindness," p. 115.

[7] Ibid., p. 116.

[8] 비록 이 책에서 언급하지는 않았지만 그의 말년에 나온 나머지 작품도 마찬가지이다. 『복낙원』과 성서 인물 삼손이 눈먼 포로 생활을 하다 신전을 파괴하기까지를 다룬 『투기사 삼손』이 그 예이다.

[9] Keller, *The World I Live In*, pp. xi~xii.

[10] Ibid., pp. 76~77.

[11] 샤를보네증후군(Charles Bonnet Syndrome), 즉 시각적 표출 환각은 뒤늦게 시력을 잃은 사람들에게서 드물지 않게 나타난다. 색스는 『환각』에서 이 증상을 길게 다룬 바 있다.

[12]   Borges, op. cit., p. 107.

1
[호메로스의
  눈먼 음유시인]

[1]   West, "Proclus' Life of Homer," p. 423.

[2]   Homer, *The Odyssey*, 8.62~64.

[3]   Borges, "The Last Interview," p. 152.

[4]   Borges, op. cit., p. 114.

[5]   Ibid., p. 114.

[6]   Borges, "Original Mythology," p. 69.

[7]   Homer, op. cit., 8.65~71.

[8]   Homer, op. cit., 8.260~63.

[9]   나는 (인쇄 지향적인) '문해력(literacy)'이라는 단어를 구전 문화와 구분하기 위해 사용하고 있지만, 문해력이란 여러 형태를 띨 수 있다는 것이 분명해지기를 바란다. 책을 귀로 듣거나 손가락으로 읽는 것도 포함된다. 예를 들어 마라 밀스(Mara Mills)의 「우리는 무엇을 독서라 하는가?(What Should We Call Reading?)」를 보자.
"미국에서 현대 문해력의 명령은 시각장애인 및 다른 인쇄물 장애인이 읽을 수 있는 청각·촉각·후각·시각 등 수십 가지 새로운 형식의 발달을 촉발했다. '잉크프린트 독서'는 수많은 가능성 중 하나가 되었다. 19세기 양각 인쇄 및 점자와 함께 새로운 가능성이 보였고, 20세기에 들어서는 축음기를 사용한 토킹 북스, 라디오 리딩 서비스, 인쇄물을 소리, 점자, 말, 진동 또는 말로 번역해주는 다양한 전자식 스캔 장비가 등장했다."

[10]   Homer, introduction, 12.

[11]   'List of Blind People.' 출처는 Nov. 19, 2020: https://en.wikipedia.org/wiki/Lost_of_blind_people.

[12]   이메일처럼 하이폰이 전혀 없었다! 전자책은 보통 문자 음성 변환 프로그램과 점자 디스플레이를 통해 접할 수 있고, 따라서 전자책에 대해서 일부 독자와 작가가 보이는 냉담한 태도는 나에게는 장애인 차별처럼 느껴진다.

[13]   Danielewski, *House of Leaves*, p. 423. 시각적 점자는 20장이 시작되는 페이지의 3분의 1을 차지하고 있으며 2급 점자로 되어 있다. (처음 나오는 몇몇 단어를 확인해보니 주석은 사실상 그 점들을 번역한 것이었다.) "벽은 끝없이 비어

있다. 아무것도 걸려 있지 않고 벽을 규정하는 것도 없다. 벽은 질감이 없다. 가장 예리한 눈으로 보거나 가장 민감한 손끝으로 만져도 그 벽을 읽을 수는 없다. 당신은 어떤 자국도 발견하지 못할 것이다. 어떤 흔적도 남아 있지 않다. 벽은 모든 것을 지워버린다. 벽은 모든 기록을 영원히 삭제한다. 모호하고, 영원히 알 수 없고, 글자도 없다. 그 부재의 완벽한 사원을 바라보라."

[14]   Ibid., p. xxi.

[15]   Homer, op. cit., 8.486~88.

[16]   Homer, op. cit., 8.494~99.

[17]   Flynn, *Sharp Objects*, p. 150.

[18]   Homer, op. cit., 11.127.

2
⌈ 눈먼 예언자의
집요함 ⌋

[1]   Sophocles, *Oedipus the King, The Three Theban Plays*, p. 179.

[2]   Ibid., p. 180.

[3]   Ibid., p. 181.

[4]   Ibid., p. 236.

[5]   Kleege, *Sight Unseen*, pp. 47~48.

[6]   티레시아스의 성적·지각적 변신은 찰스 마틴(Charles Martin)이 번역한 오비디우스의 『변신』 3.409~40를 참고한 것이다.

[7]   Daisy Johnson, *Everything Under*, Kindle loc. p. 453.

[8]   Sophocles, *Antigone, The Three Theban Plays*, p. 110.

[9]   Herbert, *Children of Dune*, pp. 330~31.

[10]   Ibid., p. 337.

[11]   Sophocles, *Oedipus the King*, p. 240.

[12]   King, *The Langoliers, Four Past Midnight*, p. 268.

[13]   Sophocles, *Oedipus the King*, p. 242.

[14]   Sophocles, *Oedipus at Colonus, The Three Theban Plays*, p. 381.

[15]   「콜로노스의 가스펠」에 나오는 「이제 울음을 그치게 하소서」의 노랫말.

[16]   Burton, *The Anatomy of Melancholy*, 서문 'Democritus Junior to the Reader.'

3
⌈ 한때는 앞을 못 보았으나
지금은 잘 보게 되었다 ⌋

[1] Plato, *Phaedo*, p. 58.

[2] Ibid., p. 79.

[3] Nelson, *The Art of Cruelty*, p. 110.

[4] Ibid., p. 110.

[5] Ibid., p. 111.

[6] Ibid., p. 111.

[7] 「요한복음」9:1-25.

[8] 「요한복음」9:32-33.

[9] 「요한복음」9:34-39.

[10] CBC Radio, Tapestry, "Punk Rock and Passion Plays."

[11] Hull, *Touching the Rock*, p. xx.

[12] 「사도행전」9:3-4.

[13] 「사도행전」9:5-10.

[14] 「사도행전」9:17.

[15] Brontë, *Jane Eyre*, pp. 403~404.

[16] Ibid., p. 421.

[17] Ibid., p. 421.

[18] Hull, *Touching the Rock*, p. 12.

[19] Ibid., p. 216.

4
⌈ 사악한 눈알아,
빠져라! ⌋

[1] Orwell, "Lear, Tolstoy, and the Fool," pp. 322~23.

[2] Bloom, *Lear*, p. 1.

[3] Ibid., p. 35.

[4] Shakespeare, *King Lear*, 1.1.8~16.

[5] Ibid., 1.2.187~90.

[6] Milton, op. cit., III. p. 691. 밀턴의 시구는 "선의는 악이 안 보이면 / 악이라

고 생각하지 않는다."(III. 688~89).

[7] Shakespeare, op. cit., 1.1.60~62.

[8] Ibid., 1.1.86~87.

[9] Bloom, op. cit., p. 75.

[10] Shakespeare, op. cit., 3.7.6.

[11] Ibid., 3.7.69~71.

[12] Ibid., 3.7.81~82.

[13] Ibid., 3.7.99~104.

[14] Bloom, op. cit., p. 81.

[15] Sophocles, *Oedipus the King*, pp. 236~37.

[16] Homer, op. cit., 9.388~94.

[17] Vendler, *The Art of Shakespeare's Sonnet*, 1.5~6.

[18] From AZquotes.

[19] Shakespeare, op. cit., 4.1.19~20.

[20] Ibid., 4.1.24~25.

[21] Ibid., 4.1.54.

[22] Ibid., 4.6.1~9.

[23] Twersky, *Blindness in Literature*(1955), p. 23.

[24] Shakespeare, op. cit., 4.6.93~95.

[25] Twersky, op. cit.(1955), p. 24.

[26] Ibid.(1955), p. 12.

[27] Ibid.(1955), p. 12.

[28] Ibid.(1955), p. 23.

5
⌈ 망원경, 현미경, 안경, ⌉
⌊   그리고 사색   ⌋

[1] 그리스어에서 prosthesis는 '부가물'을 뜻하지만, 여기서는 현대 의학이 그런 장치에 얼마나 의존하고 있는지를 의미한다. 안경은 개인에게 그저 심미적인 의미가 있으나 하나의 사회로서 우리의 인식에 훨씬 중요한 영향을 끼친다. 앞으로 보겠지만, 안경이나 콘택트렌즈가 개인과 관계된 장치라면, 망원경과 현미경은 우리 사회와 관련된 장치이다.

[2] Galileo, *Sidereus Nuncius*, pp. 64~66.

[3]　Ibid., p. 12.

[4]　갈릴레오의 논문 서두의 구절이자 혹과 스위프트의 책의 한 구절인 이 대목은 나의 2009년 논문 「구경꾼과 눈먼 사람(The Spectator & the Blind Man)」 일부를 토대로 한 것이다.

[5]　Bacon, *New Organon*, p. 45.

[6]　Ibid., p. 171.

[7]　Ibid., p. 171.

[8]　Hooke, *Micrographia*, "Observation I: Of the Point of a small sharp Needle."

[9]　Hooke, *Micrographia*, "Observation V: Of watered Silks, of Stuffs."

[10]　Pope, *Essay on Man: Epistle, I*, lines 153~56.

[11]　젖통(dug)은 포유동물의 유방을 가리키는 말로, 걸리버는 여기서 거인 유모를 비인간화하는 과감한 시도를 하고 있다.

[12]　Swift, *Gulliver's Travels*, Part II. Chapter I.

[13]　Ibid.

[14]　Ibid.

[15]　기다란 나이프, 또는 선원이나 해적이 차는 단검 비슷하게 허리에서 늘어뜨리는 짧은 칼.

[16]　Swift, op. cit.

[17]　Eliot, "The Love Song of J. Alfred Prufrock," lines 55~61.

[18]　Johnson, "Life of Swift."

[19]　Galileo, op. cit., p. 2.

[20]　Ibid., p. 2.

[21]　Jay, *Downcast Eyes*, p. 79.

[22]　Ibid., pp. 69~70.

[23]　Ibid. 제이는 이 글을 1장의 제명으로 사용하고 71쪽에서 분석하고 있다.

6
[보이는 어둠]

[1]　"The Life of Mr. John Milton by John Phillips," Helen Darbishire(ed.), *Early Lives of Milton*. 다비셔는 확인이 안 된 초기 생애의 출처를 필립스에게 돌리고 있으나 이후 출처는 시리악 스키너로 여겨진다.

[2]　Johnson, "Life of Milton".

[3]　Milton, op. cit.(2007b), I. pp. 1~6.

[4]　Ibid., I. pp. 61~64.

[5]　Kuusisto, *Eavesdropping*(2006), p. 50.

[6]　Kuusisto, *Planet of the Blind*(1998), p. 5.

[7]　Milton, "To Leonard Philaras"(2007d), p. 780.

[8]　Magee and Miligan, *On Blindness*, p. 11.

[9]　Ibid., p. 11

[10]　Ibid., p. 21

[11]　Samuel Johnson, *Life of Milton*.

[12]　Eliot, "Milton I." 엘리엇의 서문은 다음과 같다. "나의 목적에 비추어볼 때, 밀턴에게서 가장 중요한 사실은 그의 눈멂이다. 내 말은 중년에 시력을 잃는다는 것이 그 자체로 한 남자의 시 세계의 전체 본질을 결정하기에 충분하다는 얘기가 아니다. 눈멂은 밀턴의 성격과 특성, 그리고 그가 받았던 특이한 교육과 함께 고려해야 한다. 또한 음악이라는 예술에 대한 그의 헌신, 전문성과도 연결해서 고려해야 한다. 밀턴이 예리한 감각의 소유자였다면, 즉 오감이 모두 예리했다면 그의 눈멂은 큰 문제가 되지 않았을 것이다. 그러나 감각적 능력이 책을 통한 학습으로 일찍 시들었고 타고난 청력을 가졌던 사람에게 그것은 중대한 문제였다. 사실상 그것은 그가 가장 잘할 수 있는 것에 집중하도록 해주었다."

[13]　Dobranski, *Milton's Visual Imagination*, pp. 6~8.

[14]　Milton, op. cit.(2007b), I. pp. 283~91.

[15]　Milton, *Areopagitica*(2007a), p. 950.

[16]　Milton, op. cit.(2007b), VIII. pp. 17~18.

[17]　Ibid., III. p. 1.

[18]　Ibid., III. pp. 50~53.

[19]　Ibid., III. pp.18~25.

[20]　Brown, *Milton's Blindness*(1934), p. 22.

[21]　Milton, "Selection from Second Defense of the Engish People"(2007c), p. 1079.

[22]　Brown, op. cit., p. 1.

[23]　Ibid., p. 61.

[24]　Brown, *Corridors of Light*(1958), Chapter 4.

[25]　Milton, op. cit.(2007b), III. pp. 41~50.

[26]　Eliot, "Milton I."

[27]　Kuusisto, op. cit.(2006), p 59.

[28]   Milton, op. cit.(2007b), IX. pp. 509~18.

[29]   Ibid., IV. p. 505.

[30]   Ibid., IV. pp. 300~306.

[31]   Ibid., IV. pp. 466~91.

[32]   Ibid., IV. p. 299.

[33]   Ibid., IV. p. 358.

[34]   Ibid., IX. pp. 705~708.

[35]   Ibid., IX. pp. 865~66.

7
[몰리뉴 남자]

[1]   Aristotle's *De Anima* (On the Soul).

[2]   Locke, *An Essay Concerning Human Understanding*, II.I.2.

[3]   Ibid., II.IX.8.

[4]   Ibid., II.IX.8.

[5]   Ibid., II.IX.8.

[6]   Ibid., II.IX.8.

[7]   Sacks, "A Man of Letters"(2010), Kindle loc. 984.

[8]   Ibid., Kindle loc. 997.

[9]   Ibid., Kindle loc. 997.

[10]   Pollan, *How to Change Your Mind*, p. 261.

[11]   Ibid., p. 263.

[12]   색맹은 색스의 『색맹의 섬』의 주제를 이룬다.

[13]   Gregory, *Eye and Brain*, pp. 57~58.

[14]   Ibid., p. 5.

[15]   Ibid., pp. 5~6.

[16]   이 기사는 색스의 선집 『화성의 인류학자』에 실린 것을 언급하고 있다.

[17]   Sacks, "To See and Not See"(1995), p. 108.

[18]   Ibid., p. 109.

[19]   Ibid., p. 109.

[20]   Ibid., p. 109.

[21]   Ibid., p. 109.

[22]   Ibid., p. 110.

[23] Ibid., p. 139.

[24] Ibid., p. 121.

[25] Ibid., p. 121.

[26] Ibid., p. 121.

[27] Ibid., p. 122.

[28] Ibid., p. 140.

[29] Kurson, *Crashing Through*, pp. 126~27.

[30] Ibid., p. 223.

[31] Ibid., p. 223.

[32] Ibid., p. 258.

[33] Glenny and Silva, *The Senses and the History of Philosophy*, "General Introduction."

[34] Ibid.

[35] Ibid.

8
[계몽의 실천]

[1] Ross, *Journey into Light*, p. 97.

[2] Ibid., p. 97.

[3] Ibid., pp. 97~98.

[4] Ibid., p. 96.

[5] Foucault, *The Birth of the Clinic*, p. 65.

[6] Diderot, "Letter on the Blind," p. 117.

[7] Weygand, *The Blind in French Society from the Middle Ages to the Century of Louis Braille*, p. 63.

[8] Diderot, op. cit., p. 69.

[9] Ibid., p. 69.

[10] Ibid., p. 77.

[11] Ibid., p. 90.

[12] Ibid., p. 109.

[13] Ibid., p. 109.

[14] Ibid., p. 111.

[15] Ibid., p. 112.

[16] 뱅센 감옥은 원래 중세 성이었는데, 디드로는 1749년 7월 22일부터 11월 3일까지 수감되어 있었다.

[17] Curran, *Diderot and the Art of Thinking Freely*, pp. 2~3.

[18] Weygand, op. cit., p. 74.

[19] Ross, op. cit., p. 87.

[20] Ibid., p. 89.

[21] Weygand, op. cit., p. 74.

[22] Ibid., p. 75.

[23] Dickens, *American Notes*, "Chapter III Boston."

[24] Ibid.

[25] Ross, op. cit., p. 103.

[26] Ibid., p. 104.

9

┌ 브라유와 ┐
└ 그의 발명 ┘

[1] Ross, op. cit., p. 122.

[2] 여기서는 물리적 잉크 인쇄본을 말한다. 내가 이 책을 구입할 당시 전자책은 없었다.(지금도 없다고 믿는다.) 점자책과 오디오북은 NLS에서 구할 수 있다.

[3] Mellor, *Louis Braille*, p. 14.

[4] Ibid. p. 16.

[5] Ibid. p. 24.

[6] 브라유와 바르비에에 관한 이 문단과 주얼과 함께 점자를 배우는 다음 내용은 《캐터펄트》에 실린 나의 글 「책 읽는 맹인(Reading Blind)」에서 인용한 것이다.

[7] National Federation of the Blind, "The Braille Literacy Crisis in America."

[8] Mervosh, "Lego Is Making Braille Bricks. They May Give Braille Literacy a Needed Lift." 비록 레고 점자 브릭(엄청 비싸며 교육 기관만 구할 수 있다.)만으로는 우리 학교 내에서 점자를 읽고 쓰는 데 부딪히는 만연한 시스템 문제를 해결할 수 없지만, 시각장애 아동과 비시각장애 아동이 같이 놀며 서로에게서 배울 기회를 제공함으로써 시각장애 아동이 종종 느끼는 고립감을 완화할 수 있을 것이다.

[9] Ibid.

[10] Mellor, op. cit., pp. 97~99.

[11] Ibid., p. 99.

[12] Rubin, *Do You Dream in Color?*, p. 139.

[13] Ibid., p. 139.

[14] 허낸데즈는 2019 CTEBVI(California Transcribers and Educators for the Blind and Visually Impaired) 연례 콘퍼런스에서 기조연설을 했는데, 그 텍스트를 공유해주었다.

[15] Russell, *To Catch an Angel*, p. 31.

[16] America Foundation for the Blind, "Movie Magic: Helen Keller in Paris to Honor Louis Braille, 1952." 프랑스어를 번역한 원고를 인용한 것이다.

[17] *New York Times*, "A Century of Louis Braille."

[18] Rosenblum, *See What I'm Saying*(2010), p. 130.

10
눈먼 여행자의 두드림

[1] Roberts, *A Sense of the World*, Kindle loc. p. 1281.

[2] Holman, *A Voyage Round the World*, Chapter I.

[3] Ibid., Chapter I.

[4] Ibid., Chapter I.

[5] Ibid., Chapter I.

[6] Winter, "10 Fascinating Facts about the White Cane."

[7] 흰 지팡이에 관한 이 부분과 홀먼, 조이스의 맹인 풋내기에 관한 부분은 "Parting the Sea, and Why the White Cane Is a Symbol of Power, Not Helplessness"에서 인용했다.

[8] Roberts, op. cit., Kindle loc. p. 1233.

[9] Ibid., Kindle loc. p. 1233.

[10] Ibid., Kindle loc. p. 5312.

[11] Kish, "How I Use Flash Sonar to Navigate the World."

[12] Ibid.

[13] Ibid.

[14] Ibid.

[15] Rosenblum, op. cit.(2010), p. 4.

[16]   Ibid., p. 4.

[17]   Dawkins, *The Blind Watchmaker*(1996), p. 35.

[18]   Ibid., p. 35.

[19]   Ibid., p. 35

[20]   Ibid., p. 23.

[21]   Twersky, *The Sound of the Walls*(1959), p. 18.

[22]   Joyce, *Ulysses*, Episode 11.

[23]   Ibid, Episode 10.

[24]   Birmingham, *The Most Dangerous Book*, p. 288.

[25]   Beckett, *Beckett Remembering/Remembering Beckett*, p. 45.

[26]   Joyce, op. cit., Episode 8.

[27]   Ibid., Episode 8.

[28]   Ibid., Episode 8.

[29]   Ibid., Episode 3.

[30]   Ibid., Episode 3.

[31]   Roberts, "In the Realm of Blind Voices."

[32]   Roberts, op. cit., Kindle loc. 81.

[33]   Kish, op. cit.

11
[헬렌 켈러의
  보드빌 공연과 사랑]

[1]   이 장의 내용은 "How Helen Keller's Stint on Vaudeville Inspired Me as an Artist"의 내용을 다시 쓴 것이다.

[2]   Nielsen, *The Radical Lives of Helen Keller*, p. 42.

[3]   Herrmann, *Helen Keller*, pp. 227~28.

[4]   Keller, *Midstream*, (1930), pp. 209~10.

[5]   Ibid., pp. 211~12.

[6]   Ibid., p. 210.

[7]   Ibid., pp. 210~11.

[8]   Ibid., p. 211.

[9]   Fitzgerald, "'See' Actress Marilee Talkington on What It's Like to Be Legally Blind in Hollywood."

[10]　Ibid.

[11]　Ibid.

[12]　나의 웹사이트에 올린 블로그 포스트에서 이 테마를 자세히 다루었다. "She Doesn't Look Blind to Me': The Blind Actor Phenomenon."

[13]　청각장애인 교육에서 (수어에 우선한) 구술적 방법론의 촉진 및 결혼과 관련한 우생학에 대한 관점 때문에 청각장애 공동체에서 벨은 매도당하고 있다. 그 예로 VeryWellHealth.com의 "Alexander Graham Bell's Controversial Views on Deafness" 참조.

[14]　Keller, op. cit.(1939), p. 133.

[15]　Ibid., p. 133.

[16]　Ibid., p. 133.

[17]　Ibid., p. 134.

[18]　Ibid., p. 177.

[19]　Ibid., p. 178.

[20]　Ibid., p. 182.

[21]　Herrmann, op. cit., p. 134.

[22]　Ibid., p. 134.

[23]　Ibid., p. 134.

[24]　Girma, *Haben*, p. 210.

12

[고난을 통해
거룩해졌는가]

[1]　이 장에서 이 단락을 비롯해 몇몇 단락은 《캐터펄트》에 실린 나의 에세이 'Are Blind People Denied Their Sexuality?'를 다시 쓴 것이다. 이 에세이는 《플레이보이》에 실린 내 기사 'The Real Story Behind Blind Dating'에서 영감을 받아 쓴 것이다. 이외에도 나의 에세이 'After Losing My Sight, Struggling to Be Seen'에서 재구성한 부분도 있다.

[2]　Twersky, *The Face of the Deep*(1953), p. 128.

[3]　Charles, *Brother Ray*, p. 53.

[4]　Ibid., p. 103.

[5]　Carver, "Cathedral," 209.

[6]　Ibid., p. 215.

[7] Weise, "Cathedral by Raymond Carver."

[8] Ibid.

[9] Bowles, *The Sheltering Sky*, p. 140.

[10] Disability Justice, "Sexual Abuse."

[11] Coetzee, *Waiting for the Barbarians*, p. 29. 이 원주민 소녀와 동질감을 느끼는 것은 나만이 아니다. 클리지는『보이지 않는 시각』에서 원주민 소녀가 보는 방식에 관해 읽고서 "지금까지 알던 것과는 다른 깨달음의 충격"을 경험했다고 한다. "그 소녀의 눈멂은 정확히 나와 같았다. 깨끗이 지워지지 않은 중심부의 흐릿함은 내 눈앞에도 있다. 사실『야만인을 기다리며』를 읽기 전에는 잘 보이지 않는다고 말하는 것 말고는 나의 시각적 경험을 묘사할 언어를 알지 못했다"(82쪽).

[12] Ibid., p. 34.

[13] Ibid., p. 41.

[14] Ibid., p. 55.

[15] Harris, *Red Dragon*, pp. 330~31.

[16] Ibid., p. 303.

[17] Ibid., p. 302.

[18] 2020년 코로나-19 팬데믹으로 극장 공연이 금지되자 하버는 프로 레슬러로 전향한 후 지금은 인스파이어(inspirer)라는 예명으로 활약하고 있다.

[19] Godin, "The Real Story Behind Blind Dating"(2018).

[20] Potok, *Ordinary Daylight*, p. 242.

[21] Ibid., p. 249.

[22] 국제가라테연맹(World Seido Karate)은 시각장애인과 시각 손상인을 위한 프로그램을 운영한다. 단체 본부는 맨해튼 웨스트 23번가에 있었다. (새 건물로의 이주는 이 글을 쓰는 현재 코로나-19로 인한 셧다운 때문에 중단되었다.) 나는 갈색 띠까지 땄다. 내가 그만둘 때까지 나를 따라붙었던 시각장애 훈련 동지인 콜린 와트는 현재 4급 검은 띠다!

[23] Godin, op. cit.(2018).

[24] Ibid.

[25] Twersky, op. cit.(1959), p. 197.

[26] Godin, "After Losing My Sight, Struggling to Be Seen"(2020).

[27] Twersky, op. cit.(1959), p. 200.

[28] Ibid., p. 201.

[29] Ibid., p. 202.

13
⌈ 눈먼 작가가
일하는 풍경 ⌋

[1]   Kendrick, "Country of the Blind." 이 가혹한 평론은 H. G. 웰스(H. G. Wells)의 단편「눈먼 자들의 나라(The Country of the Blind)」에서 제목을 가져왔으며 시작은 이렇다. "나는 시각장애라는 엄청난 불리함을 극복한 트베르스키의 정신적·신체적 성과를 아주 높이 산다. 솔직히 그 찬사를『심연의 얼굴』의 어떤 부분에라도 확장할 수 있기를 바란다."

[2]   Ibid.

[3]   Twersky, op. cit.(1953), p. 329.

[4]   Ibid., pp. 329~30.

[5]   Ibid., p. 333.

[6]   Twersky, op. cit.(1959), p. 233.

[7]   Laurie Alice Eakes, Interview with Leona Godin.

[8]   Eakes, "Blind People Read Books. We Write Them, Too."

[9]   Lee & Low, "Where Is the Diversity in Publishing? The 2019 Diversity Baseline Survey Results."

[10] Knipfel, "All The World's a Stage"(2019).

[11] Cripple Punk, "Principles of Cripple Punk." 안타깝게도 크리플 펑크 운동을 시작한 젊은 아티스트는 2017년 11월 9일 자살했다. 이 사실은 크리플 펑크 텀블러 사이트의 'Message from Tai's Family'에서 공표했다.

[12] Knipfel, op. cit.(2019).

[13] Knipfel, "The Cliff"(2016a).

[14] Ibid. 뉴욕대학교의 한 시각장애인이자 인지에 전혀 문제가 없는 친구가 대걸레 공장에서 일한다고 나에게 말했다. 고용주는 최저 임금을 약간 상회하는 임금을 주면서, 시력이 거의 없거나 아예 없는 장애인을 고용한다. 그 일을 하는 데는 눈을 전혀 사용하지 않아도 되는데, 그 친구는 먼지가 눈에 들어가지 않도록 사실상 눈을 감고 일한다고 했다. 공장에서 고글을 제공하느냐고 물었더니 고글을 쓰고 싶으면 개인이 준비해야 한다고 했다.

[15] Ibid.

[16] Ibid.

[17] Young, "disabled queer poet Jillian Weise upends ableist assumption in *cyborg detective*."

[18] 이 스마트 지팡이는 '위워크(WeWALK)'라고 불리며, 튀르기예의 시각장애

인 엔지니어가 개발했다. 보어드 판다 같은 커뮤니티에 올라와 수많은 친구
가 내 타임라인에 포스팅한 반사적이고 무비판적인 기사들(「시각장애 엔지니
어, 구글 지도를 사용해 시각장애인의 길찾기를 도와줄 '스마트 지팡이'를 발명하
다」)은 사실상 그 개발자의 명분을 깎아내리고, 시각장애 공동체 내에서 그
전체가 무슨 농담처럼 여겨지게 만드는 것 같다.

14
[예술의 정신 세계와
접근성]

[1]   Rubin, op. cit., pp. 322~23.

[2]   Leland, "The Secret Life of Plants," *The Organist*. 이 에피소드는 또 '스티비
       트루더스'라고 불리는 음모론자를 고려한 것이다. 그들은 원더가 평생 눈멂
       을 가장해왔다고 믿지만, 나는 믿을 생각이 없다.

[3]   Beta, "Stevie Wonder's Journey Through the Secret Life of Plants."

[4]   Ibid.

[5]   Ibid.

[6]   "Donald Glover on Singing with Stevie Wonder," *Jimmy Kimmel Live*.

[7]   Wonder, *Talking Book*.

[8]   토킹 북, 즉 오디오북의 흥미로운 역사는 매슈 루베리(Matthew Rubery)가
       『토킹 북의 비화(*The Untold Story of the Talking Book*)』(2016)에서 언급하고 있
       다.

[9]   "Donald Glover on Singing with Stevie Wonder," *Jimmy Kimmel Live*.

[10]   "Donald Glover on Singing with Stevie Wonder," *Jimmy Kimmel Live*.

[11]   "Donald Glover on Singing with Stevie Wonder," *Jimmy Kimmel Live*.

[12]   Kurzweil AI, "How Musician Stevie Wonder + Inventor Ray Kurzweil
       Made History."

[13]   Kurzweil AI, "How Musician Stevie Wonder + Inventor Ray Kurzweil
       Made History."

[14]   Charles, op. cit., pp. 322~23.

[15]   Ribowsky, *Signed, Sealed, and Delivered*, p. 2.

[16]   나는 수년간 그래미 시상식을 본 적이 없는데, 이 멋진 순간을 알려준 것
       은 친구 키라 그룬넨버그이다. 시각 손상인인 그녀는《아메리칸 송라이터
       (*American Songwriter*)》와《다운비트(*Downbeat*)》를 비롯해 여러 잡지에 글

을 기고하는 음악 평론가이다. 이 장면은 《슬레이트(*Slate*)》에서 볼 수 있다. "Stevie Wonder Reading the Envelope in Braille Might Be the Most Charming Moment of the 2016 Grammys"(video).

[17] Slater, "The Society of Visually Impaired Sound Artitsts Manifesto"(2017).

[18] Godin, "The Brain-Smashing, Pity-Bashing Art of Blind Punk." 시카고 아트인스티튜트에서 있었던 라이브 공연 'Is It Cool That We're Here?'의 공연 실황 녹음은 MixCloud.com에서 볼 수 있다.

[19] 리퍼 조스(Reaper Jaws) 스크립트에 관해서는 FS 캐스트(FS Cast, 에피소드 185)라는 프리덤 사이언티픽(Freedom Scientific) 팟캐스트에서 들었다. 나의 AudioBrailleHead 친구들을 위해 소개한다. "점자 디스플레이에서 라우팅 버튼을 찾으십시오. 점자 디스플레이의 길이는 당신의 프로젝트 전체 길이를 나타내는 눈금자로 생각하면 됩니다. 이제 그것을 재생하고 라우팅 버튼으로 이리저리 이동하고, 프로젝트의 다른 위치로 즉시 옮아가면서 당신이 집중하고 싶은 부분을 찾을 수 있습니다. …… 점자 디스플레이는 당신이 지금 어느 트랙에 있는지 간결하고 효율적으로 표시하도록 포맷되어 있습니다. 녹음 준비의 여부와 음소거의 여부를 확인하십시오. 커서 시간이 있어서 현재 프로젝트의 3분 12초에 와 있음을 알 수 있는데, 당신이 이동함에 따라 나아가게 되어 있습니다."

[20] Slater, *Unseen Reheard* (전시 프로그램)

[21] Slater, *Unseen Reheard* (전시 프로그램)

15
⌈ 낙인과 초능력 사이의 ⌉
⌊ 진퇴양난 ⌋

[1] Hiatt, "Jedi Confidential: Inside the Dark New 'Star Wars' Movie."

[2] Kleege, op. cit., p. 28.

[3] Ibid., p. 28.

[4] 이 장의 서두와 몇몇 문단은 "When People See Your Blindness as Superhuman, They Stop Seeing You as Human"을 새로 쓴 것이다.

[5] Rosenblum, op. cit.(2010), p. x.

[6] Ibid., p. x.

[7] Cipriani, *Blind*, pp. 98~99.

[8] Rosenblum, "Scent Tracking, Dark Dining, & Other Sensations(2019)."

[9]   Ibid.

[10]   Twersky, op. cit.(1959), p. 92.

[11]   Keller, op. cit., p. 172.

[12]   "National Federation of the Blind Comments on Foundation Fighting
       Blindness #HowEyeSeeIt Campaign."

[13]   Twersky, op. cit.(1959), p. 113.

[14]   Charles, op. cit., p. 41.

[15]   Ibid., p. 41.

[16]   Ibid., p. 310.

[17]   Ibid., p. 314.

[18]   Ibid., p. 314.

[19]   Kuusisto, op. cit.(1998), p. 7.

[20]   Ibid., p. 14.

[21]   Kear, *Now I See You*, p. 2.

[22]   Ibid., p. 3.

[23]   Ibid., p. 4.

[24]   Knipfel, *Slackjaw*(1999), p. 226.

[25]   Ibid., p. 220.

[26]   Goffman, *Stigma*, p. 1.

[27]   Ibid., p. 5.

[28]   Ibid., p. 6. 고프먼의 관념은 마사 누스바움(Martha Nussbaum)의 『정의의 최
       전선(*Frontiers of Justice*)』의 인용을 통해 알게 되었다. "주로 결함이나 장애가
       있는 사람에 대한 낙인 작용에서 중심적인 특징은 개성을 부정하는 것이다.
       그런 사람과의 만남은 낙인화된 특성의 관점에서 표현하며, 우리는 낙인이
       찍힌 그 사람이 온전하거나 진정한 인간이 아니라고 믿게 된다."

[29]   캐즈너키언은 심리학 박사이며 프랫인스티튜트상담센터 소장이다.

[30]   Knipfel, "Hey, What's with the White Cane?"(2016b).

[31]   Saramago, *Blindness*, p. 287. 유일하게 실제(뿌옇게 보이기 이전에) 눈먼 사람
       은 나쁜 남자라는 사실을 덧붙여야겠다. 그는 점자 실력을 이용해 폭력배가
       병원에서 훔친 전리품을 추적하도록 돕는다.

[32]   Beth Israel Deaconess Medical Center, "How the Brain Compensates for
       Vision Loss Shows Much More Versatility Than Previously Recognized."

[33]   Ibid.

16
┌ 보이지 않는 고릴라와 ┐
└ 또 다른 부주의 ┘

[1] Hurt, "Your Senses Are Your Raw Information Learning Portals."

[2] 인터뷰 전체는 다음에서 오디오로 들을 수 있다. "A Conversation with Dr. Hoby Wedler, Blind Chemist, About Wine Tasting, Sensory Literacy, and the Glorious Smell of West Pavement," *Aromatica Poetica*.

[3] Rosenblum, op. cit.(2019).

[4] Rosenblum, op. cit.(2010), p. xv.

[5] Rosenblum, op. cit.(2019).

[6] Ibid.

[7] Herz, *The Scent of Desire*, p. 7.

[8] Ibid., pp. 4~5.

[9] Charles, op. cit., p. 314.

[10] Chabris and Simons, *The Invisible Gorilla*, p. 6.

[11] Ibid., p. 7.

[12] Ibid., p. 7.

[13] Diderot, op. cit., p. 117.

[14] Pinker, *Enlightenment Now*, p. 214.

[15] Tenenbaum, "A Vision for Genes."

17
┌ 고대와 진화의 눈멂의 밈에서 벗어나 ┐
└ 자긍심 세우기 ┘

[1] Twersky, op. cit.(1955), p. 10.

[2] National Federation of the Blind, "Blindness Statistics(2016)."

[3] Girma, op. cit., pp. 164~65.

[4] Bearden, *Monstrous Kinds*, p. 7.

[5] Dawkins, *The Selfish Gene*(2016) p. 249.

[6] Ibid., p. 249.

[7] Lawrence and Lee, *Inherit the Wind*, p. 67.

[8] Dawkins, op. cit.(1996), p. 21.

[9] Ibid., p. 37.

[10] Harari, *Sapiens*, "19 and They Lived Happily Ever After," Section "The Meaning of Life." "6 Building Pyramids," Section "An Imagined Order." "목적도 없이 개인의 탄생으로 이어지는 맹목적인 진화 과정만 있을 뿐이다."

[11] Bérubé, *Life as We Know It*, p. 33.

[12] Ibid., p. 239.

[13] Knighton, *Cockeyed*, pp. 102~103.

[14] Dawkins, op. cit.(1996), p. 41.

[15] Kleege, op. cit., p. 2.

[16] Le Guin, *The Left Hand of Darkness*, p. 195.

[17] Garland-Thomson, *Extraordinary Bodies*, p. 6.

[18] Ibid., p. 8.

[19] American Foundation for the Blind, "Key Employment Statistics for People Who Are Blind or Visually Impaired."

참고문헌

American Foundation for the Blind, "Key Employment Statistics for People Who Are Blind or Visually Impaired." https://www.afb.org.

_____. "Movie Magic: Helen Keller in Paris to Honor Louis Braille, 1952." Film clip(with audio description) and transcript.

Bacon, Francis. *The New Organon*. Edited by Lisa Jardine. Translated by Michael Silverthorne. Cambridge: Cambridge University Press, 2000.

Bearden, Elizabeth B. *Monstrous Kinds: Body, Space, and Narrative in Renaissance Representations of Disability*. Ann Arbor: University of Michigan Press, 2019.

Beckett, Samuel. *Beckett Remembering / Remembering Beckett*. Edited by James and Elizabeth Knowlson. New York: Arcade Publishing, 2011.

Bérubé, Michael. *Life as We Know It: A Father, a Family, and an Exceptional Child*. New York: Pantheon Books, 1996.

Beta, Andy. "Stevie Wonder's Journey through the Secret Life of Plants." *Pitchfork*, August 4, 2019.

Beth Israel Deaconess Medical Center. "How the Brain Compensates for Vision Loss Shows Much More Versatility Than Previously Recognized." *Science-Daily*, August 27, 2008. www.sciencedaily.com.

Birmingham, Kevin. *The Most Dangerous Book: The Battle for James Joyce's "Ulysses."* New York: Penguin Books, 2014.

Bloom, Harold. *Lear: The Great Image of Authority*. New York: Scribner, 2018.

Borges, Jorge Luis. "Blindness." *Seven Nights*. Translated by Eliot Weinberger. New York: New Directions, 2009.

_____. "The Last Interview." Interview by Gloria López Lecube. Translated by Kit Maude. In *Jorge Luis Borges: The Last Interview*. Brooklyn: Melville House,

2013.

_____. "Original Mythology." Interview by Richard Burgin. In *Jorge Luis Borges: The Last Interview*. Brooklyn: Melville House, 2013.

Bowles, Paul. *The Sheltering Sky*. New York: Ecco Press, 1977.

Bradley, Laura. "Stevie Wonder Reading the Envelope in Braille Was Grammys 2016's Most Charming Moment." Video. *Slate*, February 15, 2016.

Brontë, Charlotte. *Jane Eyre*. New York: Stignet Classics, 2008.

Brown, Eleanor Gertrude. *Corridors of Light*. Yellow Springs, OH: Antioch Press, 1958. Online at https://DaytonHistoryBooks.com.

_____. *Milton's Blindness*. New York: Columbia University Press, 1934. Retrieved from archive.org.

Burton, Robert. *The Anatomy of Melancholy* (published under the name "Democritus Junior"). Project Gutenberg ebook #10800. Release date: January 13, 2004. Most recently updated: May 31, 2020.

Carver, Raymond. "Cathedral." *Cathedral: Stories*. New York: Knopf, 1983.

CBC Radio. "Punk Rock and Passion Plays." *Tapestry*. January 24, 2020.

Chabris, Christopher F., and Daniel J. Simons. *The Invisible Gorilla: And Other Ways Our Intuitions Deceive Us*. New York: Crown Publishers, 2010.

Charles, Ray, and David Ritz. *Brother Ray: Ray Charles' Own Story*. Cambridge, MA: Da Capo, 2004.

Cipriani, Belo Miguel. *Blind: A Memoir*. Tuscon, AZ: Wheatmark, 2011.

Coetzee, J. M. *Waiting for the Barbarians*. New York: Penguin Books, 1982.

Cripple Punk. "Principles of Cripple Punk." 2016. https://crpl-pnk.tumblr.com.

Curran, Andrew S. *Diderot and the Art of Thinking Freely*. New York: Other Press, 2019.

Danielewski, Mark Z. *House of Leaves*. New York: Pantheon Books, 2000.

Darbishire, Helen, ed. "The Life of Mr. John Milton by John Phillips." *The Early Lives of Milton*. London: Constable, 1932.

Dawkins, Richard. *The Blind Watchmaker*. New York: Norton, 1996.

_____. *The Selfish Gene*. 40th anniversary edition. New York: Oxford University Press, 2016.

Dickens, Charles, *American Notes for General Circulation*. Project Gutenberg ebook #675. Release date: February 18, 2013.

Diderot. "Letter on the Blind for the Use of Those Who See." *Diderot's Early Philosophical Works*. Translated and edited by Margaret Jourdain. Chicago:

Open Court Publishing, 1916.

Disability Justice. "Sexual Abuse: People with Disabilities are Sexually Assaulted at Nearly Three Times the Rate of People without Disabilities." https://disabilityjustice.org.

Dobranski, Stephen B. *Milton's Visual Imagination: Imagery in "Paradise Lost."* New York: Cambridge University Press, 2015.

"Donald Glover on Singing with Stevie Wonder." *Jimmy Kimmel Live.* YouTube clip. May 11, 2018.

Eakes, Laurie Alice. "Yes, Blind People Read Books. We Write Them, Too." *HuffPost*, September 17, 2018.

Eliot, T. S. "Eliot on Milton: Milton I & II." Michigan Technological University. https://pages.mtu.edu.

_____. "The Love Song of Alfred Prufrock." Representative Poetry Online(RPO). https://rpo.library.utoronto.ca.

Fitzgerald, Toni. "'See' Actress Marilee Talkington on What It's Like to Be Legally Blind in Hollywood." *Forbes*, November 25, 2019.

Flynn, Gillian. *Sharp Objects.* New York: Broadway Books, 2006.

Foucault, Michel. *Birth of the Clinic: An Archaeology of Medical Perception.* Translated by A. M. Sheridan. Abingdon, Oxon: Routledge Classics, 2003.

FSCast. Episode 185. *Freedom Scientific*, June 2020. blog.freedomscientific.com/fscast.

Galilei, Galileo. *Sidereus Nuncius, or The Sidereal Messenger.* Translated by Albert Van Helden. 2nd ed. Chicago: University of Chicago Press, 2015.

Garland-Thomson, Rosemarie. *Extraordinary Bodies: Figuring Physical Disability in American Culture and Literature.* New York: Columbia University Press, 2017.

Girma, Haben. *Haben: The Deafblind Woman Who Conquered Harvard Law.* New York: Hachette Book Group, 2019.

Glenney, Brian, and José Filipe Silva, eds. *The Senses and the History of Philosophy.* New York: Routledge, 2019. Bookshare.org ebook.

Godin, M. Leona. "After Losing My Sight, Struggling to Be Seen." Modern Love, *New York Times*, January 17, 2020.

_____. "Are Blind People Denied Their Sexuality?" A Blind Writer's Notebook. *Catapult*, July 17, 2018.

_____. "The Brain-Smashing Pity-Bashing Art of Blind Punks." A Blind Writer's

Notebook, *Catapult*, November 21, 2019.

_____. "How Helen Keller's Stint on Vaudeville Inspired Me as an Artist." A Blind Writer's Notebook, *Catapult*, January 29, 2019.

_____. "Parting the Sea, and Why the White Cane Is a Symbol of Power, Not Helplessness." A Blind Writer's Notebook, *Catapult*, October 15, 2018.

_____. "Reading Blind." A Blind Writer's Notebook. *Catapult*, March 6, 2018.

_____. "The Real Story Behind Blind Dating." *Playboy*(online), April 13, 2018.

_____. "The Spectator & the Blind Man: Seeing and Not-Seeing in the Wake of Empiricism." PhD diss., submitted under birth name, Michelle Leona Godin. New York University, 2009.

_____. "The Star of Happiness: Helen Keller on Vaudeville?!" Unpublished play. Performed in New York City, 2011, 2012.

_____. "When People See Your Blindness as Superhuman, They Stop Seeing You as Human." A Blind Writer's Notebook, *Catapult*, November 29, 2018.

Goffman, Erving. *Stigma: Notes on the Management of Spoiled Identity*. New York: Simon and Schuster, 1963.

Gregory, R. L. *Eye and Brain: The Psychology of Seeing*. Princeton, NJ: Princeton University Press, 1997.

Harari, Yuval Noah. *Sapiens: A Brief History of Humankind*. New York: HarperCollins, 2018. Bookshare.org ebook.

Harris, Thomas. *Red Dragon*. New York: Berkley, 2009.

Herbert, Frank. *Children of Dune*. New York: Berkley, 1976.

Herrmann, Dorothy. *Helen Keller: A Life*. New York: Knopf, 1998.

Herz, Rachel. T*he Scent of Desire: Discovering Our Enigmatic Sense of Smell*. Sydney, Australia: HarperCollins, 2007.

Hiatt, Brian. "Jedi Confidential: Inside the Dark New 'Star Wars' Movie." *Rolling Stone*, November 29, 2017.

Holman, James. *A Voyage Round the World, Volume I: Including Travels in Africa, Asia, Australasia, America, etc., etc., from 1827 to 1832*. Project Gutenberg ebook #12528. Release date: April 13, 2019.

Homer. *The Odyssey*. Translated by Emily Wilson. New York: Norton, 2018.

Hooke, Robert. *Micrographia, or some Physiological Descriptions of Minute Bodies, made by Magnifying Glasses, with Observations and Inquiries thereupon*. Project Gutenberg ebook #15491. Release date: March 29, 2005.

Hull, John M. *Touching the Rock: An Experience of Blindness*. New York: Pantheon

Books, 1991.

Hurt, Jeff. "Your Senses are Your Raw Information Learning Portals." *Velvet Chainsaw*, May 23, 2012. https://velvetchainsaw.com.

Jay, Martin. *Downcast Eyes: The Denigration of Vision in Twentieth-Century French Thought*. Berkeley: University of Californian Press, 1993.

Johnson, Daisy. *Everything Under: A Novel*. Minneapolis, MN: Graywolf Press, 2018.

Johnson, Samuel. "Life of Milton." Edited by Jack Lynch, 2019. http://jacklynch. net.

_____. "Life of Swift." *Lives of the English Poets: Addison, Savage, Swift*. Project Gutenberg ebook #4679. Release date: May 31, 2020.

Joyce, James. *Ulysses*. Project Gutenberg ebook #4300. Release date: December 27, 2019.

Kear, Nicole C. *Now I See You: A Memoir*. New York: St. Martin's Press, 2014.

Keller, Helen. *Midstream: My Later Life*. New York: Doubleday, Doran, 1930.

_____. *The Story of My Life*. Edited by Roger Shattuck and Dorothy Herrmann. New York: Norton, 2003.

_____. *The World I Live in*. New York: Century, 1908.

Kendrick, Baynard. "Country of the Blind; The Face of the Deep. By Jacob Twersky." *New York Times*, May 24, 1953.

King, Stephen. "The Langolieres." *Four Past Midnight*. New York: Pocket Books, 1990.

Kish, Daniel. "How I Use Flash Sonar to Navigate the World." TED Talk, 2015.

Kleege, Georgina. *Sight Unseen*. New Haven, CT: Yale University Press, 1999.

Knighton, Ryan. *Cockeyed: A Memoir*. New York: PublicAffairs, 2006.

Knipfel, Jim. "All the World's a Stage." *The Chiseler*. 2019. https://chiseler.org.

_____. "The Cliff: 25 Years after the Americans with Disabilities Act, Why Can't the Disabled Find Work?" *Smashpipe*, February 15, 2016a. (Website no longer exists. Manuscript furnished by author.)

_____. "Hey, What's with the White Cane?" *Wall Street Journal*, October 11, 2016b. (Manuscript furnished by author.)

_____. *Slackjaw*. New York: Jeremy P.Tarcher/Puntnam, 1999.

Kurson, Robert. *Crashing Through: A True Story of Risk, Adventure, and the Man Who Dared to See*. New York: Random House, 2007.

Kurzweil AI. "How Musician Stevie Wonder + Inventor Ray Kurzweil Made History." *On Air-Make It*, December 1, 2019. http://www.kurzweilai.net.

Kuusisto, Stephen. *Eavesdropping: A Life by Ear.* New York: Norton, 2006.

_____. *Planet of the Blind.* New York: Dell, 1998.

Lawrence, Jerome, and Robert E. Lee. *Inherit the Wind.* New York: Ballantine, 2007.

Lee & Low. "Where Is the Diversity in Publishing? The 2019 Diversity Baseline Survey Results." The Lee & Low Blog. January 28, 2020. https://blog.leeandlow.com.

Le Guin, Ursula K. *The Left Hand of Darkness.* New York: Penguin Books, 2016.

Leland, Andrew. "The Secret Life of Plants." *The Organist.* KCRW, September 20, 2018.

Locke, John. *An Essay Concerning Human Understanding.* Edited by Peter H. Nidditch. New York: Oxford University Press, 1979.

Magee, Bryan, and Martin Milligan. *On Blindness: Letters between Bryan Magee and Martin Milligan.* New York: Oxford University Press, 1995.

Mahoney, Rosemary. "Why Do We Fear the Blind?" *New York Times*, January 4, 2014.

Mellor, C. Michael, *Louis Braille: A Touch of Genius.* Boston: National Braille Press, 2006.

Mervosh, Sarah. "Lego Is Making Braille Bricks. They May Give Blind Literacy a Needed Lift." *New York Times*, April 27, 2019.

Mills, Mara. "What Should We Call Reading?" New York University, December 3, 2012.

Milton, John, *Areopagitica.* In *The Complete Poetry and Essential Prose of John Milton*, edited by Stephen M. Fallon, William Kerrigan, and John Rumrich. New York: Modern Library, 2007a.

_____. *Paradise Lost.* In *The Complete Poetry and Essential Prose of John Milton*, edited by Stephen M. Fallon, William Kerrigan, and John Rumrich. New York: Modern Library, 2007b.

_____. "Selection from Second Defense of the English People." In *The Complete Poetry and Essential Prose of John Milton*, edited by Stephen M. Fallon, William Kerrigan, and John Rumrich. New York: Modern Library, 2007c.

_____. "To Leonard Philaras." In *The Complete Poetry and Essential Prose of John Milton*, edited by Stephen M. Fallon, William Kerrigan, and John Rumrich. New York: Modern Library, 2007d.

National Federation of the Blind. "Blindness Statistics." 2016. https://www.nfb.org.

———. "The Braille Literacy Crisis in America: Facing the Truth, Reversing the Trend, Empowering the Blind." March 26, 2009.

———. "National Federation of the Blind Comments on Foundation Fighting Blindness #HowEyeSeeIt Campaign." September 26, 2016.

Nelson, Maggie. *The Art of Cruelty: A Reckoning.* New York: Norton, 2011.

New York Times. "A Century of Louis Braille." June 23, 1952.

Nielsen, Kim E. *The Radical Lives of Helen Keller.* New York: NYU Press, 2004.

Orwell, George. "Lear, Tolstoy, and the Fool." *All Art Is Propaganda: Critical Essays.* New York: Mariner Books, 2009.

Ovid. *Metamorphoses.* Translated by Charles Martin. New York: Norton, 2004.

Pinker, Steven. *Enlightenment Now: The Case for Reason, Science, Humanism, and Progress.* New York: Penguin Books, 2018.

Plato, *Phaedo.* Translated by Eva Brann, Peter Kalkavage, and Eric Salem. Indianapolis: Focus, 1998.

Pollan, Michael. *How to Change Your Mind: What the New Science of Psychedelics Teaches Us about Consciousness, Dying, Addiction, Depression, and Transcendence.* New York: Penguin Books, 2019.

Pope, Alexander. "Essay on Man: Epistle I." Representative Poetry Online(RPO). University of Toronto. https://rpo.library.utoronto.ca.

Potok, Andrew. *Ordinary Daylight: Portrait of an Artist Going Blind.* New York: Bantam Books, 1980.

Powers, Hiram. AZQuotes.com, Wind and Fly, Ltd., 2020. https://www.azquotes.com.

Ribowsky, Mark. *Signed, Sealed, and Delivered: The Soulful Journey of Stevie Wonder.* Hoboken, NJ: John Wiley, 2010.

Roberts, Jason. "In the Realm of Blind Voices." http://jasonroberts.net.

———. *A Sense of the World: How a Blind Man Became History's Greatest Traveler.* New York: HarperCollins, 2007.

Rosenblum, Lawrence D. "Scent Tracking, Dark Dining, & Other Sensations: Interview with Lawrence Rosenblum, Perceptual Psychologist." By M. Leona Godin. *Aromatica Poetica*, November 20, 2019.

———. *See What I'm Saying: The Extraordinary Powers of Our Five Senses.* New York: Norton, 2010.

Ross, Ishbel. *Journey into Light: The Story of the Education of the Blind*. New York: Appleton-Century-Crofts, 1951.

Rubery, Matthew. *The Untold Story of the Talking Book*. Cambridge, MA: Harvard University Press, 2016.

Rubin, Laurie. *Do You Dream in Color?: Insight from a Girl without Sight*. New York: Seven Stories Press, 2012.

Russell, Robert. *To Catch an Angel: Adventures in the World I Cannot See*. Toronto: Copp Clark Publishing, 1962.

Sacks, Oliver. *The Island of the Colorblind*. New York: Vintage Books, 1998.

_____. "A Man of Letters." In *The Mind's Eye*. New York: Knopf, 2010.

_____. "To See and Not See." In *An Anthropologist on Mars: Seven Paradoxical Tales*. New York: Knopf, 1995.

Saramago, José. *Blindness: A Novel*. Translated by Juan Sager. New York: Harcourt Brace, 1997.

Shakespeare, William. *King Lear*. Folger Shakespeare Library. New York: Simon and Schuster, 2015.

Slater, Andy. "Is It Cool That We're Here?" SoVISA. Chicago Art Institute, 2019. Live performance recording. https://www.mixcloud.com.

_____. "The Society of Visually Impaired Sound Artists Manifesto." YouTube. February 28, 2017.

_____. *Unseen Reheard*. Album. March 21, 2020.

_____. *Unseen Reheard*. Exhibit program. *The Chicago Sound Show*. University of Chicago, Smart Museum of Art, 2019. Draft furnished to author.

Sontag, Susan. *Illness as Metaphor and AIDS and Its Metaphors*. New York: Picador, 1989.

Sophocles. *The Three Theban Plays: Antigone, Oedipus the King, Oedipus at Colonus*. Translated by Robert Fagles. New York: Penguin Books, 1984.

Swift, Jonathan. *Gulliver's Travels: Into Several Remote Regions of the World*. Project Gutenberg ebook #829. Release date: June 15, 2009. Most recently updated: August 6, 2020.

Telson, Bob. "Now Let the Weeping Cease." *Gospel at Colonus*. Original cast recording. Rhino Entertainment, 2005.

Tenenbaum, David. "A Vision for Genes: One-of-a-Kind Geneticist Snags Ph.D." *News—University of Wisconsin, Madison*, November 3, 2016. https://news.wisc.edu.

Twersky, Jacob. *Blindness in Literature: Examples of Depictions and Attitudes*. New York: American Foundation for the Blind, 1955.

———. *The Face of the Deep*. New York: World Publishing, 1953. Bookshare.org. ebook.

———. *The Sound of the Walls*. New York: Doubleday, 1959. Bookshare.org. ebook.

Vendler, Helen. *The Art of Shakespeare's Sonnet*. Cambridge, MA: Harvard University Press, 1997.

Wedler, Hoby. "A Conversation with Dr. Hoby Wedler, Blind Chemist, about Wine Tasting, Sensory Literacy, and the Glorious Smell of Wet Pavement." Interview by M. Leona Godin. *Aromatica Poetica*, June 7, 2018. https://www.aromaticapoetica.com.

———. "Sensory Literacy." TEDx Talk, Sonoma County, December 1, 2017.

Weise, Jillian. "Cathedral by Raymond Carver." *Academia*. https://www.academia.edu.

West, Martin L., ed. and trans. "Proclus' Life of Homer." In *Homeric Hymns. Homeric Apocrypha. Lives of Homer*. Cambridge, MA: Harvard University Press, 2009.

Weygand, Zina. *The Blind in French Society from the Middle Ages to the Century of Louis Braille*. Translated by Emily-Jane Cohen. Stanford, CA: Stanford University Press, 2009.

Winter, Bill. "10 Fascinating Faces about the White Cane." *Perkins School*, October 15, 2015. http://www.perkins.org.

Wonder, Stevie, *Talking Book*. Talma Records, 1972.

Young, Élan. "disabled queer poet jilliam weise upends ableist assumptions in *cyborg detective*." 3:AM Magazine, September 26, 2019.

거기
눈을
심어라

눈멂의 역사에 관한
개인적이고
문화적인 탐구

1판 1쇄 찍음 2022년 12월 12일
1판 1쇄 펴냄 2022년 12월 19일

펴낸이 박상준
펴낸곳 반비

지은이 M. 리오나 고댕
옮긴이 오숙은

출판등록 1997. 3. 24.(제16-1444호)
(06027) 서울시 강남구 도산대로1길 62
강남출판문화센터

편집 최예원 조은 조준태
미술 김낙훈 한나은 이민지
전자책 이미화
마케팅 정대웅 허진호 김채훈
홍수현 이지원 이지혜 이호정
홍보 이시윤 윤영우
저작권 남유선 김다정 송지영
제작 임지헌 김한수 임수아
관리 박경희 김도희 김지현

대표전화 515-2000, 팩시밀리 515-2007
편집부 517-4263, 팩시밀리 514-2329

한국어판 ⓒ (주)사이언스북스, 2022.
Printed in Seoul, Korea.

ISBN 979-11-92107-96-7 (03840)

반비는 민음사출판그룹의 인문·교양 브랜드입니다.

만든 사람들
책임편집 조은
디자인 이지선